SCHATTENSTAUB

DIE SUCHE

SAM FEUERBACH
MIRA VALENTIN
GREG WALTERS

Über die Autoren

Weltenbauer[3] ist eine Gemeinschaft der Fantasy-Autoren Mira Valentin, Greg Walters und Sam Feuerbach. Zusammen treten sie seit 2017 auf Messen, Lesungen und Podiumsdiskussionen auf. Viele ihre Einzelwerke wurden mit Preisen ausgezeichnet (Seraph, Deutscher Phantastik Preis, Kindle Storyteller Award, Skoutz Award). In Summe haben sie über zwei Millionen Bücher (Ebooks, Hörbücher, Taschenbücher) verkauft.

In Band 2 *Schattenstaub – Die Suche* bricht das Dreigestirn auf zum Turm der Zeit, um die Welt zu retten. Doch wenn das so einfach wäre, könnte es jeder. Die drei ungewöhnlichen Helden bekommen wieder alle Hände voll zu tun.

Sam Feuerbach
Mira Valentin
Greg Walters

Schattenstaub

Die Suche

bene Bücher

Coverdesign: Alexander Kopainski
Lektorat: Ulrike Weinhart
Illustrationen: Mo Kast, mina.boo_tattoo
Karte: Kim Goldenmoon

Druck: Print Group Sp. z.o.o.
1. Auflage 2021

info@benebuecher.de
www.benebuecher.de
www.weltenbauer3.de
ISBN: 978-3-947515-62-2

MERIBOR
EISMEER
DIE EISLANDE
ROTER FORST
FLUSS NUBLIS
INSELN DES MORGENS
TIEFEBENE VON MANDOR
GRAULAND
LEUCHTTURM
NEBELHAIN
VERLORENER OZEAN
TURM DER ZEIT
KANDORIA
FLADENMOOR
FLUSS GORIAM
DER SCHATTENSTAUB
LICHTTEMPEL
PIRATENINSEL
DRABNAR
SÜDMEER
© Weltenbauer3

Verschollen

Mit einem gequälten Stöhnen schleppte sich Belam die letzten Stufen zum Wehrgang der Lichtbogenfeste hinauf. Den graubärtigen Zauberer malträtierten nicht nur größere und kleinere Zipperlein, sondern zusätzlich die schwindende Kraft des Alters. Das linke Knie etwa vergalt ihm diese tägliche Schinderei damit, dass es beständig anschwoll und an besonders schlimmen Tagen die Farbe von reifen Pflaumen annahm. Seine Lunge gab ein Rasseln von sich, das sich im Laufe der Nächte zu einem schlimmen Husten wandelte, und die Augen des Magiers tränten vom Wind auf dem Wehrgang. Dennoch nahm Meister Belam den anstrengenden Weg immer wieder auf sich. *Das bin ich ihnen schuldig.* Einfach in seinem gemütlichen und vor allem warmen Arbeitszimmer auf ihre Ankunft zu warten, wäre ihm schäbig vorgekommen. *Schließlich habe ich die drei Auserwählten auf diese Mission geschickt.* Schwer atmend erreichte er endlich den überdachten Mauergang. Um seine Rückenschmerzen zu lindern, presste er seine

Hände in den Lendenbereich, streckte sich und verharrte für einen kurzen Moment bewegungslos in dieser Pose. Der kräftige, schneidend kalte Westwind, der unablässig über die Mauern der königlichen Burg pfiff, stach wie kleine Nadeln in seiner Lunge.

Einer der patrouillierenden Wachen nickte ihm respektvoll zu, nahm aber sonst keine weitere Notiz vom mächtigsten Magier des Königreichs Meribor. Alle hatten sich an den Anblick des grüblerisch dreinblickenden Mannes mit dem ausladenden blauen Gewand gewöhnt, der täglich wortlos über den Wehrgang der Burgmauer streifte und suchend in das weite Land hinausblickte.

Nachdem er wieder zu Atem gekommen war, ging Belam zu der Stelle, an der er seinen Rundgang üblicherweise begann, und machte sich innerlich für den Anblick bereit, der ihn gleich erwarten würde. Egal wie oft er bereits die Ausläufer des Schattenstaubs gesehen hatte, es schockierte ihn jedes Mal aufs Neue, wie nah das tödliche Phänomen der Hauptstadt des Reiches bereits gekommen war und welche Ausmaße die Erscheinung inzwischen angenommen hatte. Grauem Nebel gleich verschluckte der Schattenstaub die gesamte Welt südlich von Kandoria. Belam wusste nur zu gut, dass es in dem dunklen Brodem keinerlei Leben mehr gab. *Wieso haben wir es nur so weit kommen lassen?*

Nicht nur waren die Magier des Kontinents Meribor daran gescheitert, den Todesnebel aufzuhalten, sondern ausgerechnet einer der ihren, ein Novize namens Razuhl, hatte das Phänomen mit dunklen Kräften überhaupt erst erschaffen. Er war im Begriff, die Menschheit auszulöschen, um Rache an der Gilde der Lichtmagier zu nehmen, die ihn für einen begangenen Frevel hatte blenden lassen. *Würden das die Menschen dort unten in den Straßen wissen, wäre mein Kopf und der jedes anderen Zauberers längst, vom Beil des Scharfrichters abgetrennt, über den Marktplatz gerollt.* Noch hatte der Schattenstaub nur den wenig besiedelten Süden erobert, doch der bitterkalte Wind mahnte Belam, dass der Winter vor der Tür stand. Im Moment begannen sich zwar gerade erst die Blätter der Bäume zu verfärben und in manchen Stadtgärten hingen noch Äpfel an den Bäumen, doch die Ankunft des Winters war unumkehrbar.

In der Ferne glitzerten die Wellen des breiten Goriam. Längst waren alle Brücken über den Fluss zerstört worden, denn der Goriam bildete die letzte Verteidigungslinie Kandorias gegen den Schattenstaub. Seine Fluten schützten die wenigen noch verbliebenen Menschen in der Hauptstadt. Unerklärlicherweise konnte der sonst so allmächtige und tödliche Nebel keine Wasserflächen überqueren. Leider schwächte ihn Regen nur wenig, kein Guss war bisher stark genug gewesen, um ihn endgültig aufzulösen. Und so wartete der graue Tod geduldig an den Ufern des Goriam, bis sein Verbündeter, der Winter, den Strom gefrieren lassen und ihm den Weg frei machen würde.

Mit einem traurigen Kopfschütteln drehte sich Belam weg und begann den Wehrgang zu umrunden. Er wollte – wie stets – auch einen Blick auf die am Fuß des Burgbergs gelegene Stadt Kandoria werfen, die, wie das Kaninchen vor der Schlange, schicksalsergeben ihrer grausamen Vorsehung harrte. Natürlich waren längst viele Kandorianer geflohen. Mehr als drei Viertel der Bewohner hatten die einst so prächtige Metropole mittlerweile verlassen. Mancher Stadtteil war verwaist, an vielen Häusern waren die Fenster und Türen mit Brettern vernagelt. Jeder, der es sich leisten konnte, hatte sich auf die Inseln des Morgens oder ihre Gegenstücke im Westen – die Inseln des Abends – in Sicherheit gebracht. Es ging sogar das Gerücht um, dass der Bruder des Truchsesses bereits seine Abreise vorbereitete. Belam hatte Hamthor zu Berlichhausen nur flüchtig kennengelernt, aber anders als sein Bruder Ferok – der in Vertretung des Königs über die Geschicke der Stadt wachte und das absolute Vertrauen des Monarchen genoss – war er ihm wie ein Mann ohne Prinzipien vorgekommen, der seine Einstellungen und Meinungen ausrichtete wie ein Wetterhahn seine metallenen Federn im Wind. Belam hingegen sorgte sich um die Armen, die keine Chance hatte, eine Passage übers Meer zu bezahlen. Wenn er genug Gold sein Eigen nennen könnte, hätte er jeder der armen Seelen aus den windschiefen Hütten und Häuschen zur Flucht verholfen. Doch so wohlhabend war er nicht und leider reichten auch seine magischen Fähigkeiten beileibe nicht aus, um die drohende Gefahr zu bannen. Er würde jedenfalls in Kandoria ausharren, bis zum bitteren Ende bei ihnen bleiben. Zwar wusste er, dass es ein hoffnungsloses Unterfangen war, den Schattenstaub mit Zauberkräften aufhalten zu wollen – niemand konnte das –, aber er hatte das Gefühl, den Menschen wenigstens einen aufrichtigen Versuch schuldig zu sein.

Er humpelte weiter, den Blick sehnsüchtig nach Norden gerichtet. Dorthin waren die drei Auserwählten aufgebrochen, welche die *Prüfung* zu ihrer aller Überraschung ausgesucht hatte, um jene Kinder ausfindig zu machen, die die einzige Hoffnung auf einen Sieg gegen das unnatürliche

Phänomen waren. *Drei Kinder und drei Auserwählte, um sie herbeizuschaffen. Dothariel-Samuel, genannt Dott, Fehris Büdner und Marl van Tellenkamp*, sagte er, einem Mantra gleich, ihre Namen in Gedanken auf.

Bei der Göttin des Lichts, wie hatte das Schicksal ihnen nur diese drei Probanden bescheren können? Einen jugendlichen Ziegenhirten, dem die Naivität aus allen Poren quoll, eine hübsche Söldnerin, die ihre Gegner eher mithilfe ihrer weiblichen Reize als durch einen echten Kampf niederrang, und einen gefallenen Mönch, dessen freches Mundwerk und schäbiges Aussehen jeder Beschreibung spottete. Und dennoch hatten ausgerechnet diese drei es geschafft, jenes tödliche Auswahlverfahren zu überstehen, dem Belam sie unterworfen hatte: der *Prüfung*. Der Gedanke daran jagte dem Magier einen kalten Schauder über den Rücken. Seit dem ersten Tag des Auswahlprozesses hatte sich der Zauberer gefragt, ob der fürchterlich hohe Preis, den die Rettung Meribors vor dem Schattenstaub forderte, angemessen war. So viele gute, junge Leben waren ausgelöscht worden, um die drei Auserwählten zu finden. Es war eine Qual für Belam gewesen, nicht nur der Initiator dieses Treibens gewesen zu sein, sondern ihm darüber hinaus auch noch tatenlos zusehen zu müssen.

Freilich hatte er keine andere Wahl gehabt. Die Anweisungen, die Unah, die letzte oberste Lichtpriesterin, ihm aus dem sterbenden Tempel mithilfe einer Brieftaube gesandt hatte, waren eindeutig gewesen. *Nur derjenige, dessen Antrieb, das Kind zu entdecken, größer ist, als die eigene Angst zu sterben, kann es finden.* Lange hatte niemand in der Gilde der Magier geglaubt, dass es nötig sei, nach Menschen zu suchen, die über diese Eigenschaft verfügten, doch dann waren die Jahre ins Land gezogen und die Kinder aus ihren geheimen Verstecken nicht nach Kandoria zurückgekehrt. Deshalb waren derartig herausfordernde Prüfungen unumgänglich gewesen, denn nur dadurch konnten Menschen ausfindig gemacht werden, die diese Einstellung verinnerlicht hatten.

Auf Belams vom Alter zerfurchten Gesicht schlich sich ein kurzes Lächeln. *Die drei wären genau nach Unahs Geschmack gewesen.* Die allmächtige Lichtzauberin hatte Zeit ihres Lebens Gefallen an Sonderlingen und Außenseitern gefunden. Ihrem sicheren Gespür für Begabungen hatte Meribor die Entdeckung einiger der besten Magier zu verdanken – und kaum einer davon stammte aus den adligen oder reichen Familien des Kontinents. *Gerettet hat das keinen von ihnen.* Unter ihnen hatte sich leider auch Razuhl befunden. In Bezug auf ihn hatte Unah ein weniger gutes Händchen bewiesen.

Seufzend warf Belam einen letzten Blick auf den breiten Königsweg. Inzwischen musste er seine magischen Kräfte nutzen, um die schwindende Sehkraft auszugleichen, aber auch mit dieser Unterstützung konnte er niemanden entdecken, der sich stadteinwärts bewegte. Alle Menschen und Fuhrwerke kannten nur eine Richtung: nach Norden. So weit weg wie möglich vom Schattenstaub und dem todgeweihten Kandoria. Natürlich wusste Belam, dass auch diese Flüchtenden ihr Schicksal nur aufschoben. So wie der Schattenstaub den Fluss über kurz oder lang überwinden würde, so würde er auch alle anderen Grenzen irgendwann niederreißen und jedes Leben verschlingen, das Meribor beherbergte.

Mit der üblichen Mischung aus Enttäuschung, Ratlosigkeit und Zorn machte der Zauberer sich auf den beschwerlichen Rückweg zu seinen Gemächern. Beim Durchschreiten der verwaisten Korridore des einst vor Leben nur so pulsierenden Palas' grübelte er darüber nach, was Dott, Fehris und Marl zugestoßen sein könnte. *Warum ist immer noch keiner von ihnen zurückgekehrt?* Natürlich barg eine Reise quer über den Kontinent vielgestaltige Gefahren, aber zumindest Marl und Fehris hatte er genügend Erfahrung zugetraut, um damit fertig zu werden. Selbst der junge Dott hatte eine Art an sich, die ihn, wie von Zauberhand geführt, um jede Unbill herum zu lenken schien. Was ihm an Lebens- und Kampferfahrung fehlte, glich der Junge durch Glück und entwaffnende Freundlichkeit und Zuversicht aus. Dass sie alle drei gescheitert sein sollten, wollte Belam einfach nicht glauben.

Verrat!, ein hässliches Wort. Doch immer häufiger zuckte es in letzter Zeit durch seine Gedanken, sodass es ihn fast körperlich schmerzte. Das war die einzige Erklärung. Jemand musste die Identität und das Ziel der drei Auserwählten preisgegeben haben. Ein Bild von drei erschlagenen, blutigen Körpern im Straßengraben erschien vor seinem inneren Auge. Mit einem ungehaltenen Knurren verscheuchte er diese Vorstellung. Das konnte, das durfte einfach nicht sein! So viel er aber auch nachdachte, Belam konnte sich in seinen eigenen Reihen niemanden vorstellen, der der Gegenseite Geheimnisse zuspielte. Allerdings, so musste er sich eigestehen, wären zahlreiche Leute dazu in der Lage, Augen und Ohren offenzuhalten und Information aufzusaugen wie ein Schwamm das Wasser aus dem südlichen Meer: vom einfachen Kammerdiener, dessen Anwesenheit man kaum bemerkte, bis hin zum Truchsess selbst.

Tief in Grübeleien versunken erschrak Belam geradezu, als er angesprochen wurde.

»Meister …« Die gehetzte Stimme seines Novizen Lantbert.

Mit Mühe schaffte Belam es, ein Stöhnen zu unterdrücken. Lantbert war nicht nur kein besonders guter Zauberer, sondern dazu noch verschlagen, faul und eine unerträgliche Nervensäge, die die Zeit seines Meisters über Gebühr strapazierte. Schon mehr als einmal hatte Belam ihn im Visier gehabt, aber keine konkreten Beweise für einen Verrat gefunden. Irgendwie schien Lantbert selbst dafür zu träge zu sein. Belam schenkte seinem Novizen, trotz all seiner Vorbehalte, ein freundliches Lächeln, wie es sich für einen Meister geziemte. »Lantbert, wie kann ich zu Diensten sein?«, fragte er ihn mit feiner Ironie.

Davon bemerkte Lantbert natürlich nichts. »Meister« Er schluckte schwer und keuchte abgehackt.

Wer von uns beiden ist hier der alte Mann? Sein Novize war nicht gut in Form. Kurz streifte Belams Blick die unschönen Wülste, die sich unter Lantberts Gewand auf Höhe des Bauchs abzeichneten.

»Jemand hat versucht, in Eure Gemächer einzubrechen.«

»Warum stammelst du hier so herum und sagst das nicht gleich!« So schnell es seine alten Beine erlaubten, lief Belam los. Er verstärkte seine körperlichen Kräfte mit einem Elementarzauber zweiter Ordnung, indem er einem starken Luftzug in seinem Rücken befahl, seine Schritte zu beschleunigen. Bald hatte er den keuchenden Lantbert hinter sich gelassen.

Vor der brachial aufgebrochenen Tür zu seinen Räumlichkeiten erwartete ihn seine verstörte Novizin Helikon. »Meister, es tut mir so leid …«, begann sie.

Wie immer, wenn er sie sah, wurde Belams Herz von väterlichem Stolz geflutet. Helikon, die er bereits gekannt hatte, als sie sieben Jahre alt gewesen war, hatte sich zu einer bemerkenswerten Zauberin entwickelt. Die Umstände allerdings, unter denen er sie kennengelernt hatte, waren nicht günstig gewesen. Bis heute erinnerte er sich genau an den Tag, als das kleine Mädchen versuchte, ihre diebische Hand in seinen Beutel zu stecken, um womöglich darin verborgene Schätze zu stehlen. Statt seines Geldes hatte Helikon etwas viel Wertvolleres von ihm bekommen: Wissen. Schon bald würde sie auch die dritte, die letzte Säule der Magie vollends beherrschen und ihm ebenbürtig werden. In normalen Zeiten hatten solch herausragende Kräfte ihrem Träger den Respekt seiner Mitmenschen und ein Leben in Wohlstand garantiert. Nur leider waren die Zeiten nicht normal. Der Anblick seines verwüsteten Arbeitszimmers bot einen Beleg dafür.

»Ich habe mich nicht hineingetraut, Meister.« Sie machte eine kurze Pause. Ihr dunklen Augen schimmerten feucht. »Es hat ein Opfer gegeben«, hauchte sie ängstlich und wies auf den bewegungslos am Boden liegenden Körper eines jungen Mannes.

Der Verräter! Wer sonst wäre so dumm und würde in die Räume eines Zauberers eindringen.

»Geht es dir gut?« Belam fasste sie sanft bei den Schultern.

Demütig schlug die Novizin die Augen nieder. »Ja, Meister.«

Mit keuchenden Atemzügen walzte ein schwitzender

Lantbert heran. »Was machst du hier?«, fragte er Helikon mit verwirrtem Blick.

»Den Schaden beseitigen, den du nicht verhindert hast«, zischte sie.

»Ich …«, begann der Novize, doch Belam unterbrach ihn.

»Passt auf, dass niemand hereinkommt!« Er räusperte sich. »Und hinaus!« Vorsichtig trat er über die von Holzsplittern übersäte Schwelle und ließ seinen Blick schweifen. Von seiner Hand stieg eine golden leuchtende Lichtkugel auf, die zügig durch den Raum schwirrte. Auf einen Nichtmagier hätte ihre Flugbahn vermutlich willkürlich gewirkt, aber Belam steuerte die Kugel in jede dunkle Ecke und jedes mögliche Versteck. Nichts. Langsam näherte er sich dem Körper am Boden. Der Mann war in königliches Lindgrün gekleidet und, den jugendlichen Gesichtszügen nach zu schließen, höchstens zwanzig Jahre alt. Vermutlich gehörte er zu den Wachen. Dennoch konnte sich Belam nicht an sein Gesicht erinnern. »Helikon, Lantbert, kommt herein!«

Zu dritt untersuchten sie die Leiche, die auf den ersten Blick keinerlei Spuren aufwies, welche ihr Ableben erklären konnten.

»Wer ist das?«, fragte Belam.

Helikon zuckte entschuldigend mit den Schultern.

»Ständig kommen neue Männer«, begann Lantbert schließlich, »weil viele der Wachen desertieren und in Richtung Norden fliehen. Es ist ein Wunder, dass die Mauern überhaupt noch besetzt sind.«

»An welcher Eurer Fallen ist er gestorben?«, fragte Helikon, während sie mit geübten Griffen die Leiche untersuchte.

Ein freudloses Lachen entwich Belams Mund. »An keiner.

Ich habe nämlich keine aufgestellt. Bisher habe ich geglaubt, dass mein düsterer Ruf und die stabile Tür mir genug Schutz bieten würden. Außerdem lagere ich in diesen Räumlichkeiten nichts von echtem Belang. Da könnte ich mein wertvolles Wissen auch gleich auf einen Präsentierteller legen.«

»Tatsächlich?« Lantberts Stimme klang überrascht. »Ich dachte immer, dass Ihr hier all Eure magischen Geheimnisse und konspirativen Pläne für das Reich aufbewahrt.«

Durchdringend sah Belam seinen Novizen an.

Die in dem Blick enthaltene Botschaft erreichte – wie so oft – ihren Empfänger nicht. Lantbert ging jetzt ebenfalls in die Hocke, um die Leiche genauer zu untersuchen. »Da, seht doch!«, sagte er und deutete auf deren Unterarm.

»Was meinst du?«, fragte Helikon, schaute zu Belam und verdrehte die Augen. Der Magier kommentierte diese Geste mit einem kurzen Lächeln der Verbundenheit.

»Na dort, unter deiner Hand.« Unsanft schob Lantbert Helikons feingliedrige Finger beiseite. »Die vielen kleinen Einstichlöcher in seinem Unterarm.«

»Errasil«, entwich es Belam. Schnell beugte er sich über das mit schwarzem Wasser gefüllte Becken, in dem die giftige Viper schlief. Das grelle Licht, das er zwischen seinen Händen erschaffen hatte, durchdrang das Gefäß jedoch bis auf seinen Grund. Zusammengerollt ruhte dort die tödliche Schlange. Belams Gedanken schweiften ab: *Auch mit ihrem Fluch habe ich die drei Auserwählten belastet. Ihre Zeit ist fast abgelaufen.*

»Er muss seine Hand hineingesteckt haben. Vermutlich glaubte er, darin etwas Wertvolles zu finden.« Mit diesen

Worten brachte ihn Helikon, die neben ihn getreten war, zurück ins Hier und Jetzt.

»Möglich. Nur warum sollte er nach ihrem ersten Biss seine Hand nicht aus dem Wasser gezogen, sondern darin gelassen haben, sodass die Viper mehrmals zubeißen konnte, bis ihr Gift tödlich wirkte?«

»Vielleicht hat ihn jemand dazu gezwungen. Oder die Wache ist das Opfer und wurde vom Eindringling getötet, als er diesen stellte.« Lantberts Bemerkungen ergaben ausnahmsweise einmal Sinn.

»Das würde bedeuten, dass es noch mindestens einen zweiten Täter gibt«, stammelte Helikon graugesichtig. »Derjenige ist vielleicht noch innerhalb der Burg.«

»Vielleicht …«, murmelte Belam. »Sucht ihn! Befehlt den Wachen, die Tore zu verriegeln und niemanden hinauszulassen. Schnell!«

Diensteifrig stürzten seine beiden Novizen aus dem Zimmer.

Im Verborgenen wob Belam winzige Wehrlichter, die sich an ihre Fersen hefteten und ihn warnen würden, wenn die beiden versuchen sollten, die Lichtbogenfeste unbemerkt zu verlassen. Es war an der Zeit, seine Novizen mithilfe von Geistmagie über die Vorgänge innerhalb der Burg zu befragen.

Doch zunächst wandte er sich erneut dem Leichnam zu. Konnte er etwas übersehen haben? »Was hast du hier gesucht?«, fragte er den Toten nachdenklich. »Bist du der Verräter, ein tragischer Held oder nur ein einfacher Dieb, der es auf das Wissen und die Artefakte eines großen Magiers abgesehen hatte?«

Als er sich selbst dieses Schlagwort lieferte, überkam es Belam. *Die Artefakte.* Erst am gestrigen Abend hatte er die Zeit gefunden, um sich dem schnöden Papierkram zu widmen, auf dem jedes große Reich fußte, und dem König in einem Brief detailliert beschrieben, welche drei Artefakte sich Dott, Fehris und Marl aus der Schatzkammer ausgesucht hatten und was diese zu bewerkstelligen vermochten. Ausführlich hatte er die besondere Macht des Mantels, die Kraft des Stabs und die Unberechenbarkeit der drei Sterne dargelegt.

Eilig lief er zu seinem Schreibtisch. Sein Magen krampfte sich zusammen. Das Schriftstück war verschwunden. *Wie habe ich nur so dumm sein können, den Brief offen liegenzulassen?* Sollten diese Informationen dem Feind in die Hände fallen, könnte das das endgültige Scheitern der Mission bedeuten. Marl, Dott und Fehris würden dadurch ihres einzigen Vorteils gegenüber einem schier allmächtigen Feind beraubt.

Hastig begann er erneut, die Leiche zu untersuchen.

Plötzlich schlug diese die Lider auf. Pupillenlose graue Augen starrten ins Nirgendwo.

»Was zum …«, schaffte es Belam noch zu sagen, dann stach der vermeintlich Tote ihm mit einer versteckten Klinge in die Brust.

Zum Fladenmoor

Frau Fehris trabte voran, dann folgte Dott, und die Nachhut der kleinen Armee zur Rettung des Reiches Meribor bildete der Mönch Marl. Ob Letzterer tatsächlich mal ein Mönch oder ein Pirat oder ein Piratenmönch gewesen war, wusste der Ziegenhirte nicht so genau.

Der kleine Trupp erreichte den Beginn des Weges, der den Nebelhain in eine West- und eine Ostseite aufteilte. Diese Schneise hatte König Joradin der Dritte vor einigen Jahren schlagen lassen, um bessere Kontrolle über das von Räubern beherrschte Waldgebiet zu erlangen.

Der erste Tag nach ihrem Aufbruch näherte sich dem Ende. Gestern waren sie im Gasthaus *Zur Krummen Wurzel* nur knapp dem Angriff der Spinnen und Krähen entgangen. Keine normalen Tiere, sondern Narbenspinnen und Fieberkrähen, oder umgekehrt, jedenfalls riesige, aggressive Viecher mit grünem Blut, die es auf die ungleichen Gefährten abgesehen hatten. *Odottodott*. Der Ziegenhirte schüttelte sich bei dieser Erinnerung. Doch der brutale Angriff hatte auch Gutes bewirkt: Gemeinsam hatten sie sich der Monster erwehrt, gemeinsam hatten sie beschlossen, wie es weitergehen sollte, und gemeinsam waren sie aufgebrochen, um das erste Kind, den neunjährigen Arn, im Fladenmoor zu suchen. Fehris war der festen Überzeugung, dass die Feder, die Marl bei Arns toten Zieheltern gefunden hatte, von dort stammte – aus dem *Turm der Zeit*, dem einzigen Ort auf Meribor, wo die Sumpffalken nisteten. Die Feder war einer von drei Hinweisen auf die Aufenthaltsorte der verschwundenen Kinder der Obersten Lichtpriesterin Unah. Anstelle des achtjährigen Gordyn hatte Fehris nur eine Träne aus den Eislanden mitgebracht. Und Dott selbst hatte anstatt des Mädchens Beryll lediglich eine Muschel von der Pirateninsel gefunden. Es hieß, nur Unahs drei Sprösslinge könnten den Bösewicht Razuhl vernichten und das vom Schattenstaub bedrohte Reich Meribor retten. So behauptete es jedenfalls Belam, der Hofzauberer des Königs, ein mächtiger Magier, der sie mittels blutiger Spiele für diese Reise ausgesucht hatte. Mit Grauen dachte Dott an die Zweikämpfe auf Leben und Tod in der Hauptstadt Kandoria zurück.

Niemand sprach, was niemanden störte, denn diese Gemeinschaft genoss das Schweigen. Eine friedvolle Stille, gespeist aus Kameradschaft und Zusammengehörigkeit. Worte waren nicht nötig, Worte vermochten die innige Verbundenheit nicht zu beschreiben. Wärme durchflutete Dott – es war schön, mit Freunden unterwegs zu sein, die ihm mit Respekt und Anstand begegneten, für die seine einfache Herkunft keine Rolle spielte und …

»He, Ziegendödel. Du sitzt auf dem Pferd wie auf 'nem Kackstuhl«, zerriss Marl sowohl die Stille als auch Dotts

Überlegungen. »Entspann mal deinen Arsch und such den tiefsten Punkt des Sattels. Dann Oberkörper gerade.«

Fehris drehte den Kopf. »Dafür, dass er bisher nur auf Ziegen geritten ist, macht er es doch ganz gut.« Damit schaffte sie es, sowohl Marl zu widersprechen, als auch gleichzeitig Dott zu necken, wofür sie sich selbst mit einem schmallippigen Lächeln belohnte. Immerhin, denn die Dame lachte selten, und wenn, dann vornehmlich über ihre eigenen spitzen Bemerkungen. Dabei hatte sie ein hübsches Lachen.

Dott dachte gar nicht daran, sich zu ärgern oder etwas an seiner Sitzposition zu ändern. Er und sein Pferd Haserl kamen damit gut zurecht, und nur das zählte.

Marl war noch nicht fertig. »Und wenn dein Gaul partout nicht galoppieren will, lass dir gesagt sein, woran das liegt: am Reiter! Ausschließlich am Reiter. Und wer sitzt auf dieser krummbeinigen Mähre?«

Dott vermutete stark, dass diese Frage der Rhetorik geschuldet war.

Und tatsächlich – schon beantwortete Marl sie selbst. »DU! Du musst dem Gaul deinen Willen aufzwingen. Oder soll er etwa den Weg vorgeben? Hab ich recht, Grolli?« Er richtete seinen Blick auf das Wesen, das direkt vor ihm im Sattel saß, eine Grolldrummel. Wenn man so wollte, ein vierter Gefährte. Ein Biest, etwa so groß wie ein Bärenjunges, nur haariger und doppelt so schwer. Das Ende seines dornigen Schwanzes schwenkte es hin und her wie eine Katze kurz vor dem Sprung auf die Beute. Und es stieß ein tiefes Brummen aus.

»Habt ihr gehört, Grolli stimmt mir zu«, sagte Marl.

»Für mich klang sein Brummen eher nach Widerspruch«, meinte Dott. »Außerdem merke dir: Wenn Haserl nicht galoppierten will, dann möchte ich es auch nicht. Siehst du – ganz ohne Zwang gehorcht sie mir.«

Hinter ihm ertönte ein ungläubiges Schnauben. »Du drehst einem das Wort im Munde herum. Ich wollte dir nur einen guten Ratschlag geben – so kämen wir für den Rest des Abends schneller voran.«

»Nur klang es bei dir mehr nach Schlag denn nach Rat«, antwortete Dott.

Wieder herrschte Schweigen. Doch diesmal führte es zu einer anderen Stille. Friedloser, gereizter, brüchiger.

Nachdem Dott ein Stück des Weges über Marls Hinweise nachgedacht hatte, rutschte er etwas tiefer in den Sattel. Und tatsächlich, die Position war bequemer, zudem spürte er Haserls kraftvolle Bewegungen noch intensiver unter sich. Auch wenn Marl manches Mal zu viel herumknötterte, so wusste er sehr viel übers Reiten und Kämpfen. Aufgrund seines hohen Alters wurde der Mönch als Gegner gern unterschätzt, dabei handhabte er seinen Kriegsflegel wie kein anderer. Eine weitere Waffe steckte in seiner Sattelschlaufe. Sie sah aus wie ein primitiver, knorriger Stab, dabei handelte es sich um ein mächtiges Artefakt, das Feuer spucken konnte. Auch Fehris und Dott hatten sich für die Reise zur Rettung der drei Kinder in der Schatzkammer des Königs jeweils einen magischen Gegenstand aussuchen dürfen. Fehris' Wahl war auf eine kleine Kiste mit drei Wurfsternen gefallen, die nach dem Wurf in ihre Hand zurückkehrten, Dott hatte sich für einen grauen Kapuzenmantel entschieden, dessen zauberhafte Eigenschaften ihm schon mehr als einmal das Leben gerettet hatten.

»Ich will nur anmerken, dass die Bummelei ihren Preis hat. Wenn wir so weitermachen, werden wir den Wintereinbruch nicht mehr erleben. Schade, weil ich gerne gesehen hätte, wie der Schattenstaub über den gefrorenen Fluss kriecht und das restliche Leben dieses verkommenen Kontinents verschlingt. Hier – schau!«

Dott drehte sich im Sattel. Der Mönch präsentierte seinen linken Arm, an dessen Unterseite zwei dunkle Streifen vom Handgelenk zur Schulter wanderten; diese rührten von einem Biss der Viper Errasil.

»Genau so sieht es bei mir auch aus. Und das Ungemach nähert sich meinem Herzen«, rief Fehris.

Auch Dott wies solche Streifen auf, somit litten alle drei Gefährten an dieser Vergiftung – ein Andenken der Lichtmagier, um die Helden unentwegt an ihre Aufgabe zu erinnern.

»Diese hinterfotzigen Zauberer zwingen uns zur Eile. Wenn wir im Turm kein Kind finden, das uns entgiften kann, krepieren wir elendig. Am liebsten würde ich Belam den Flegel so lange auf den Kopf knallen, bis er lächelt«, knurrte Marl.

Die Grolldrummel brummte dunkel.

»Wieder ist Grolli meiner Meinung.«

»Das kann jeder behaupten«, entgegnete Dott. »Doch zumindest gebe ich dir recht, was die Magier angeht. Die Geschichte mit dem Viperngift ist eine Sauerei.« Laut Belam war jedes der vermissten Kinder in der Lage, die Vergiftung zu heilen, nur hatten sie bisher keines von ihnen gefunden.

»Belam und lächeln? Der weiß gar nicht, wie das geht«, knurrte Fehris. »Vielleicht ist er mit der Grolldrummel verwandt.«

»Halte Grolli da raus.« Marl lenkte sein Pferd neben Haserl und stupste Dott freundschaftlich die Faust an die Schulter. »Deine Haltung sieht schon besser aus. Bis zum Sonnenuntergang könnten wir noch ein gutes Stück im schnellen Trab schaffen. Kriegst du das hin, Kleiner?«

»Ich rede mal mit Haserl«, erklärte der Ziegenhirte.

Und tatsächlich, für den Rest des Tages legte die Reisegesellschaft ein deutlich höheres Tempo vor.

Längst war die Sonne hinter den Baumwipfeln verschwunden, als sie beschlossen, nach einem geeigneten Platz für die Nacht Ausschau zu halten. An einem Bach machten sie Rast, auch weil Fehris Wasser liebte. Ständig wusch sie sich Haare und Füße und alles dazwischen. Marl befand lautstark, dass Wasser ausschließlich zum Trinken – natürlich nur in der Not – sowie zum Segeln tauge. Beflissen achtete er darauf, bloß nicht zu viel davon an seinen Körper zu lassen.

Dott tränkte die drei Pferde Hott, Grauer und Haserl und begann die Tiere mit trockenen Grasbüscheln abzureiben.

»Das ist nicht nötig, die Gäule haben kaum geschwitzt«, bemerkte Marl.

»Haserl mag es«, antwortete der Ziegenhirte. »Und ich mache es gern.«

»Ich sammle Reisig für ein Feuerchen. Das Fleisch wird nicht frischer«, erklärte Fehris.

Wenig später knisterte ein gemütliches Lagerfeuer in ihrer Mitte. Mit nassem Daumen prüfte Fehris die Windrichtung, bevor sie sich mit der selbigen neben Marl setzte. Wie immer nahm Dott dann mit dem freien Platz vorlieb. Aufgespießt an Stöcken drehten sie ihre Stücke Wildbret über den Flammen und tranken ein paar Schlucke verdünnten Wein dazu. Der Wirt der *Krummen Wurzel* hatte ihnen etliches an Proviant mitgegeben und somit diesen Festschmaus ermöglicht.

Marl warf der Grolldrummel ein Stück rohes Fleisch vor die Pranken. Schwapp! Das Fellwesen schlang seine Portion schneller runter, als Dott blinzeln konnte.

Mit einem Ächzen streckte Marl seine Beine und lehnte sich mit dem Rücken an einen Baumstamm. Missmutig untersuchte er die Streifen auf seinem Körper. »Wir haben alles auf Arn gesetzt. Wenn wir den Jungen nicht in Bälde finden, kann er uns nicht mehr heilen. Schon jetzt verbleibt zu wenig Zeit, um nach Kandoria zu reiten, damit Belam uns hilft. Was machen wir in dem Fall?«

»Sterben«, schlug Fehris vor.

»Und wenn wir Arn finden und er uns mir nichts dir nichts vom Gift befreit? Was machen wir dann?«, fragte Dott. Augenblicklich spürte er die Blicke der beiden Gefährten auf sich.

»Hör sich einer unseren Glückspilz an, noch nie zuvor habe ich einen solchen Wolkensammler getroffen«, meinte Fehris, wobei Dott glaubte, unter dem ganzen Spott ein wenig Neid herauszuhören.

»Entzückend! Alles läuft optimal und morgen geht es noch viel besser«, maulte Marl.

Der Ziegenhirte ließ sie reden und lächelte in sich hinein. Er verzichtete schlichtweg darauf, sich bei jeder Gelegenheit die schlimmsten Ereignisse vorzustellen und eifrig jedmögliche Schwierigkeiten und Ärgernisse in Erwägung zu ziehen. So war er nun mal. Und eines hatte er in seinen jungen Jahren bereits erkannt: Beim Suchen, Finden und Wälzen von Problemen kannte die Kreativität der Menschen keine Grenzen.

»Verflucht, der Wind hat gedreht«, stellte Fehris fest und kräuselte die Nase. Sie sprang auf.

»Du bist aber auch empfindlich«, fauchte Marl. »Ich dagegen rieche dich liebend gern.« Geräuschvoll sog er Luft ein und aus wie ein Trüffelschwein.

»Pft! Nase weg!« Mit beiden Armen machte Fehris eine abwehrende Bewegung. »Ich denke, wir sollten die Wachreihenfolge festlegen, sodass die anderen sich schlafen legen können. Morgen erreichen wir hoffentlich den *Turm der Zeit*. Wer weiß, was da auf uns zukommt. Es kann nicht schaden, gut ausgeruht zu sein.« Sie warf Marl, der wie alle drei Gefährten in den letzten Tagen wenig geschlafen hatte, einen eindringlichen Blick zu.

»Einer muss mit der Wache anfangen«, erklärte der. »Mir macht es nichts aus. Zudem passen die Pferde und auch Grolli mit auf.«

»Darauf will ich mich hier nicht verlassen. Von mir aus beginnst du und weckst mich gegen Mitternacht. Die letzte Wache übernimmt Dott«, sagte Fehris in einem Ton, der keinen Widerspruch duldete.

»Warum heißt der Turm eigentlich *Turm der Zeit*?«, fragte der Ziegenhirte.

»Weil es ein Turm ist und es Zeit wird, dass wir dort ankommen«, erklärte Marl.

»Damit will der Stinker sagen, dass er keine Ahnung hat«, sagte Fehris. »Ich gestehe freimütig, ich weiß es auch nicht. Doch über das Umland habe ich einige unerfreuliche Dinge gehört. Das Fladenmoor gehört zu den gefährlichsten Orten Meribors. Natürlich wird viel geredet und gedichtet, doch es bleibt unumstößlich, dass es nicht viele Augenzeugen gibt, die es aus dem Moor wieder rausgeschafft haben.«

»Bald gibt es drei mehr davon«, sagte Dott. Im nahen Dickicht raschelte es, und eine Wildkatze huschte davon. »Sind in diesem Wald eigentlich immer noch Räuber unterwegs?«

»Iwo, wie kommst du denn darauf?«, meinte Fehris mit starren Mundwinkeln. »Zeit für die Abendwäsche«, sagte sie betont locker, bevor sie sich zum Bach begab.

»Leg auch du dich gleich schlafen, Kleiner.« Marl erhob sich mit knackenden Knien und trat die Glut aus.

»Ja, gute Nacht.« Dott gähnte, plötzlich fühlte er die Müdigkeit in allen Gliedern. »Gute Nacht, Hott, gute Nacht, Grauer, gute Nacht, Haserl, gute Nacht, Grolli.«

Ein tiefes Brummen ertönte. Es klang zustimmend.

Marl hingegen stöhnte. »Du bist unverbesserlich, aber halt jetzt das Maul – oder willst du auch noch jedem Eichhörnchen eine geruhsame Nacht wünschen?«

Der Ziegenhirte grinste, was der alte Grantler in der Dunkelheit nicht sehen konnte. »Früher habe ich allen meinen Ziegen eine Gute Nacht gewünscht.«

Nun ächzte Marl, als hinge er am Kreuz. »Ich weiß nicht, ob du unerträglich oder unverbesserlich bist.« Er schrabbelte mit der Hand über sein Kinn. »Vermutlich beides.«

»Mir fehlen meine Ziegen«, erklärte Dott. »Doch am meisten vermisse ich meine große Liebe, Clarissa.« Entschlossen ballte er die Fäuste. »Wir werden die Kinder finden. Dann bekomme ich das Gold und kann ihrem Vater die Mitgift bezahlen, sodass Clarissa nicht diesen schrecklichen Grafen Meinhard heiraten muss.«

Marl blieb stumm.

Dott sah es ihm an: Das Leben hatte ihn gelehrt, nicht an glückliche Pläne, Fügungen oder Enden zu glauben.

Es war noch dunkel, als Fehris Dott weckte. Müde erhob er sich von seiner Schlafrolle und blinzelte in den Schatten. Seine Kameradin rollte sich auf ihrem Nachtlager zusammen und zog sich die Wolldecke bis über die Ohren. Der Ziegenhirte fröstelte, also warf er sich seinen grauen Mantel über und sah als Erstes nach den Pferden. Danach schlurfte er ein wenig tiefer in den Wald hinein, um seine Blase zu entleeren. Als er vor sich hin plätscherte, vernahm er ein leises Summen. Nicht wie von Bienen, vielmehr eines, dem eine Melodie innewohnte. Mitten in der Nacht, mitten im Wald? Seine Schlaftrunkenheit war wie weggeblasen. Drohte Gefahr? Schon oft hatte Dott auf der Ziegenalm Nachtwache gehalten, doch hier, mitten im Nebelhain, fühlte es sich anders an. Wichtiger. Fehris und Marl mussten sich auf ihn verlassen können. Er horchte angestrengt – das Summen stammte von einer Frau und klang eigentlich nett. Bevor er die Gefährten ohne triftigen Grund weckte, wollte er selbst nach dem Rechten sehen.

Neugierig folgte er dem Geräusch. Um sich besser durch das Unterholz abseits des Weges drücken zu können, musste er sich tief bücken. Das Summen wurde lauter. Schlussendlich kroch er auf allen vieren durch die Büsche, bis sich vor ihm eine Lichtung auftat. Dort entdeckte er die Quelle des Singsangs: Auf einer Bank saß eine alte Frau, die summend in die Dunkelheit des Waldes starrte. Als Dott nähertrat, traute er seinen Augen nicht. Er kannte sie: Es war die Alte, der er auf dem Weg zum *Roten Forst* in dem kleinen Dorf begegnet war. Sie hob den Kopf, als wolle sie ihn anblicken, doch ihre Lider blieben geschlossen. Genau wie damals bedeckte eine graue, unförmige Decke ihre Schultern. Die

Stimme der Alten raschelte wie trockenes Herbstlaub. »Ich grüße dich, Gesegneter.« Ihre Falten und Furchen formten ein Lächeln im Mondlicht.

»Ihr seid es, Mütterchen. Was macht Ihr hier inmitten des Waldes? Ich sehe, Eure Bank habt Ihr auch mitgebracht. Ist die nicht zu schwer? Und wohin seid Ihr damals so schnell verschwunden?«

»Fragen über Fragen, junger Mann«, tadelte sie freundlich und blieb Antworten über Antworten schuldig.

»Na gut, ich erzähle Euch gern etwas. Euer Hinweis auf das Dreigestirn aus Glück, Erfahrung und Zähigkeit hat sich als goldrichtig erwiesen. Wir haben es letztlich auch erkannt, nur zusammen kommen Marl, Fehris und ich unserem Ziel näher.«

Sie nickte, hielt die Augen jedoch weiterhin geschlossen. »Ein Anfang ist gemacht. Doch vor euch liegt noch ein weiter Weg. Ein Weg voller Steine, Kurven und Ungemach.«

»Nach meinen bisherigen Erfahrungen wundert mich das nicht. Um ein Haar hätte mich der böse Schattenfürst Razuhl erwischt. Oder auch die Spinnen und Krähen. Und gleich zu Beginn der Reise hat mich eine Bande Fahnenflüchtiger überfallen.« Dotts Mund wurde trocken, als er diese Kaskade an Gefahren aufzählte.

»Ich weiß – doch das Schicksal war dir bisher hold, Gesegneter.« Ihre Augen öffneten sich; das tiefe Blau ihrer Pupillen leuchtete in der Dunkelheit. Mit sanfter, melodischer Stimme fuhr sie fort: »Doch alles hat zwei Seiten. Denke in schweren Zeiten und dunklen Momenten stets daran: Ohne Pech kann es auch kein Glück geben.«

Ihre Worte klangen furchtbar logisch, was sie noch beunruhigender machte. »Sagt bitte, habt Ihr etwas mit meinem Mantel zu tun? Eure Decke scheint aus dem gleichen Stoff gefertigt ...«, er rieb ein Stück davon zwischen Daumen und Zeigefinger, »… und er fühlt sich genauso an.«

»Gut beobachtet, Glücksgänger, doch jetzt ist die Zeit zu knapp für die ganze Wahrheit. Finde es selbst heraus.«

»Ich weiß immer noch nicht, wie Euer Name lautet und was Euch in den Nebelhain führt.«

»Stimmt«, sagte sie. Und schwieg.

Der Ziegenhirte starrte sie mit runden Augen an. Nahm sie ihn auf den Arm?

Ihre Mundwinkel zuckten, als wollte sie lächeln. »Du musst wissen, meine Antworten haben ihren Preis, daher wähle deine Fragen mit Bedacht.«

Nun ließ Dott sich einen Augenblick Zeit, um sich eine neue Frage zu überlegen. »Wie kann ich Euch danken? Ich denke nicht, dass es wieder mit einem Silberling getan ist.«

Ihre Falten fanden sich in einem breiten Lächeln wieder. »Erneut gilt dein erster Gedanke mir und nicht deinem eigenen Vorteil. Somit stehen die Zeichen gut, dass wir uns wiedersehen, Gesegneter, denn du hast dich als würdig erwiesen.«

Was sie wohl damit sagen will?, fuhr es dem Ziegenhirten durch den Kopf.

Eine Wolke schob sich vor den Mond und hüllte die Lichtung in Dunkelheit. Im nächsten Augenblick war die Alte verschwunden, samt ihrer Bank, was den Ziegenhirten diesmal jedoch kaum verwunderte. »Bis zum nächsten Mal, Unbekannte«, rief Dott den Büschen und Bäumen zu.

Nachdenklich kroch er zurück zum Nachtlager. Er strich mit den Fingerkuppen über den grauen Stoff seines Mantels. »Ich glaube, du birgst noch einige Geheimnisse, von denen ich nichts weiß oder die ich nicht verstehe«, flüsterte er.

Das Kleidungsstück tat so als wäre es nichts Besonderes – schließlich waren nachts alle Mäntel grau.

Lauter Lebensretter

Auf dem Hauptweg des Nebelhains zu reiten, löste zwiespältige Gefühle in Fehris aus. Früher, als sie noch Teil von Philipps Räuberbande gewesen war, hatte dieser die Gewohnheit gehabt, gerade hier die Reisenden zu überfallen. Adelige mit dickem Geldbeutel und ebensolchen Kutschen nahmen nämlich stets die direkte und am besten ausgebaute Route durch den Wald, weshalb der Hauptweg die fetteste Beute versprach. In den letzten Jahren hatte König Joradin jedoch so viele Jäger und Schergen zum Schutz der Reisenden ausgesandt, dass die meisten Räuber die breite Straße mieden. Bei ihrer ersten Durchquerung hatte Fehris diesen Umstand nicht bedacht, war aus reiner Gewohnheit auf die verborgenen Trampelpfade ausgewichen und dadurch erst recht Rupert in die Arme gelaufen. Tatsache war: Eine ungefährliche Passage durch den Nebelhain gab es nicht. Sie konnten von Glück sagen, dass ihnen bislang nichts passiert war – und das, obwohl sie des Nachts einen dusseligen Ziegenhirten über sich wachen ließen!

Ein Dunst nach ranziger Butter marlträtierte ihre Nase und Augenblicke später lenkte der Stinker sein Pferd samt Grolldrummel noch näher. »Wie hoch stehst du denn in der Gunst der hiesigen Beutelschneider?«, fragte er, als mache er sich ebenfalls Sorgen um ihr sicheres Vorankommen.

»Bei manchen höher als bei anderen«, antwortete sie. »Es gibt viele Banden, die untereinander allesamt verfeindet sind. Ich vermute, das kennst du von den Piraten.«

Er nickte nachdenklich. »Aber diese Dolch-Strolche … die hattest du ganz gut im Griff.«

»Ja, aber die waren auch nicht auf Beutezug.«

Von hinten versuchte Dott zu ihnen aufzuschließen, doch wie so oft hatte sein Reitesel beschlossen, den Willen des jungen Ziegenhirten zu ignorieren und trottete ungerührt weiter hinter Fehris' Pferd her, die Nase tief in dessen Schweif vergraben. Jeder andere Gaul hätte längst nach hinten ausgekeilt ob so viel tierischer Penetranz, aber der alte Wallach ließ es sich gefallen.

»Mir scheint, das Haserl steht mehr auf Hott als auf Dott«, kicherte Fehris, selbst überrascht von ihrer plötzlichen guten Laune. Marl fiel in ihr Gelächter ein, woraufhin seine humorlose Grolldrummel auf der Stelle zu fauchen begann. Sie drehten sich alle drei zu Dott um, der als einziger keine Reaktion gezeigt hatte. Verunglimpfungen seiner Stute fand er grundsätzlich nicht witzig.

»Sie wird einen guten Grund haben, hinter euch zu laufen!«, protestierte er. Er sah aus, als wolle er zu einem erneuten Vortrag über Haserls zarte Natur ansetzen, da weiteten sich seine Augen plötzlich vor Schreck und er riss ungewohnt heftig an den Zügeln. »Zum Beispiel diese … Horde grantiger Gesellen!«

Gleichzeitig mit Marl fuhr Fehris herum und sah die Räuber aus Büschen und von Bäumen auf den Weg springen. Es waren gut zwei Dutzend ungepflegte Kerle mit struppigen Bärten. Sie trugen wild zusammengewürfelte Rüstungsteile, die sie vermutlich überfallenen Soldaten und Söldnern abgenommen hatten. Nur ein Ausrüstungsgegenstand baumelte an fast allen Gürteln: ein überlanges, spitzes Messer mit schwarzem Griff. *Die Schnellen Dolche!*

»Oh ja, das sind sie!«, brüllte einer der Männer.

»Oh je, das sind sie!«, kam es von Dott.

»Was?«, blaffte Marl ihn an. »Wer denn?«

»Die Fahnenflüchtigen, die Haserl und mich damals überfallen haben!«

Es dauerte einen Augenblick, bis Fehris die Situation begriff. Offensichtlich hatten sich die verräterischen Söldner mit den Dolchstrolchen zusammengetan, um ihrer habhaft zu werden. Wären sie doch nur auf den Nebenwegen geblieben! Aber nein, in ihrer vagen Hoffnung außerhalb des Dickichts Pest und Cholera zu entgehen, hatten sie die Schwindsucht auf sich gezogen.

Bei genauerem Hinsehen erkannte sie nun Zauselbart, Bohnenstange, Schlamphans und Stinkmatz, denen sie bereits in der *Krummen Wurzel* begegnet waren. Die feigen Hunde hatten zwar vor dem Kampf mit Razuhls Bestien die Flucht ergriffen, anschließend aber wohl ihr Wissen an die Deserteure verkauft und ihnen gemeinsam aufgelauert. Zumindest schienen die Räuber eine Portion Respekt vor den drei Auserwählten entwickelt zu haben, denn Zauselbart hielt sich ganz bewusst im Hintergrund. »Passt auf, die sind gefährlicher, als sie aussehen!«, warnte er die anderen.

»Pah! Du hast mir gesagt, die *Schnellen Dolche* fürchten nichts und niemanden!«, spottete einer der Fahnenflüchtigen, ein Kerl mit Knubbelnase und Narben auf beiden Wangen.

»Angst nein, doch ein wenig Respekt vor Leuten, die eine ganze Armee von Fieberspinnen und Narbenkrähen in die Flucht geschlagen haben und mit einer Grolldrummel befreundet sind, halte ich für angebracht!«

Marl nutzte die Uneinigkeit unter den Angreifern, um seinen Dreschflegel aus der Halterung am Sattel zu ziehen. »Genau! Und wenn ihr den Weg nicht frei macht, sorge ich für ein paar ansehnliche Löcher in euren Schädeln.« Er hatte kaum ausgesprochen, da reckte sich ihm eine Reihe von gespannten Bögen entgegen.

»Versuch es!«, rief der Narbige. »Wir durchbohren dich wie ein Sieb, bevor du auch nur dein Pferd in Schwung gebracht hast.«

Das Argument war nicht von der Hand zu weisen. Selbst mit ihren magischen Artefakten würden sie zu langsam sein, um der Pfeilsalve zuvorzukommen. Fehris blickte von den feigen Räubern zu den überheblichen Deserteuren und kam zu dem Schluss, dass es egal war, ob die Dolchstrolche das Weite suchten oder den Mut fanden, gegen sie anzutreten: Narbenwange und seine Kumpane würden sie niederstrecken, bevor sie auch nur ein einziges ihrer Sternchen gezückt hatte. Sie saßen in der Patsche!

»Also: Her mit den Königsschätzen!«, forderte der Söldner. »Wir wissen, dass ihr sie bei euch tragt!« Er gab einem seiner Soldaten einen Wink, woraufhin dieser auf Marl zustampfte, um ihm den Dreschflegel zu entreißen.

Der klammerte sich daran fest, als gelte es sein Leben.

»Neiiiiiin! Nicht meinen Flegel, bitte, bitte!«, schrie er scheinbar verzweifelt. Die Angreifer begannen über den zitternden alten Stinker zu lachen, manch einer ließ gar seinen Bogen sinken, um besser sehen zu können. Einzig die zähnefletschende Grolldrummel behielten sie noch im Auge.

Im selben Moment als der Soldat nach der Waffe griff, verwandelte sich Marls theatralische Miene in die eines tiefschwarzen Dämons. »Da hast du ihn!« knurrte er und drehte den Stiel so schnell in seiner Hand, dass Fehris ganz schwindelig davon wurde. Obgleich sie ihren betagten Begleiter schon öfter derartige Blitzangriffe hatte ausführen sehen, überraschte es sie immer wieder, wie geschwind und präzise er mit der plumpen Waffe zuschlagen konnte. Der Schaft krachte zielsicher auf den Scheitel des Soldaten. Dabei konnte dieser noch froh sein, dass Marl nicht den nagelbesetzten Kopf des Flegels gewählt hatte.

»Merke dir: Im Krieg trägt man besser einen Helm!«, brüllte Marl.

Ein entsetztes Raunen ging durch die Gruppe der Angreifer. Noch während der Söldner ohnmächtig zu Boden ging, wurden sämtliche Pfeile wieder eingenockt.

»Schießen? Schießen?«, riefen die verwirrten Schützen durcheinander.

Doch ihr Anführer hob eine Hand in die Luft und schüttelte den Kopf. »Noch nicht. Nur auf mein Zeichen hin!« Dann wendete er sich an Marl. »Danke, Väterchen, dass du uns so eindringlich demonstriert hast, welcher der Gegenstände, den du bei dir trägst, dein Artefakt ist. Nur Magie kann so zuschlagen.« Er entblößte eine Reihe schwarzgelber Zähne.

»Mein … mein Flegel?«, nahm Marl sein Theaterspiel wieder auf. »Aber nein, er … kann gar nichts. Eine ganz gewöhnliche Waffe, ohne besonderen Wert.«

»Dann händige uns das Ding aus!«

Wortlos, aber mit verstocktem Gesichtsausdruck presste Marl den Schaft an sich.

Narbenwange wandte sich an seine Bogenschützen. »Erschießt die Grolldrummel, sobald der alte Sack auch nur einen Finger bewegt.« Dann befahl er einem anderen Krieger, sich den Streitflegel zu holen.

Noch während Fehris wie gebannt auf die Szene starrte, schob sich auf einmal Haserls zu groß geratener Kopf an ihr vorbei. Einen Moment später war Dott auf ihrer Höhe und berührte ihren Arm wie zufällig mit seinem Mantel. »Deine Sterne – steck sie in meine Tasche!«, wisperte er.

Waaas?, hätte sie ihn am liebsten angebrüllt. *Hast du vergessen, auf welche Weise Sigismund gestorben ist? Kein Nicht-Magier kann mehr als ein Artefakt bei sich tragen!* Stattdessen schüttelte sie nur unauffällig den Kopf und versuchte, ihre Botschaft in einen warnenden Blick zu legen.

»Mach schon! Ich fasse sie ja nicht an«, flüsterte der Ziegenhirte.

Der Krieger hatte inzwischen den Streitflegel gepackt und zerrte daran, aber Marl hielt ihn umklammert. Er jammerte und schrie, als würde ihm das Wertvollste, das er je im Leben besessen hatte, entrissen. Sogar Grolli stimmte in sein weinerliches Wehklagen mit ein, was aus dessen Kehle umso schauderhafter klang.

»Woher willst du wissen, ob das funktioniert, Dott?«, raunte Fehris. Sie gab es ungern zu, doch die Vorstellung, dass der gutherzige Ziegenhirte im nächsten Moment unter größten Qualen, aus Ohren und Augen blutend, einem grausamen Tod in die Arme fiel, war ihr gänzlich zuwider.

»Wir müssen es riskieren!«

Dem Jungen fehlte es wahrlich nicht an Tapferkeit. Aber Mut und Fahrlässigkeit wohnten oft Tür an Tür. Fehris schüttelte den Kopf.

Neben ihnen hatte der Soldat nun endlich den Flegel aus Marls Umklammerung gerissen. Triumphierend trug er ihn zu seinem Anführer, der ihn wie ein feindliches Wappen stolz entgegennahm.

»Probier ihn doch aus – du wirst sehen, dass er nichts Besonderes ist!«, rief Marl, was alle Räuber und Fahnenflüchtige in Hohnlachen ausbrechen ließ.

»Für wie dumm hältst du mich?« brummte Narbenwange. »Ich weiß genau, wie diese magischen Dinge funktionieren. Im Moment dient die Waffe nur dir. Aber nachdem man sie einige Wochen lang außerhalb deiner Reichweite von einem Zauberer hat beschwören lassen, ist sie wieder frei für einen neuen Herrn. Zufälligerweise kenne ich einen sehr begabten Magier namens Tremor, der die notwendigen Fähigkeiten besitzt und im Räuberlager auf uns wartet. Also händigt mir die gewünschten Gegenstände aus und ihr dürft gehen. Der Bursche da weiß, dass ich die Wahrheit sage!« Sein Zeigefinger richtete sich auf Dott.

Fehris erinnerte sich gut an Dotts Erzählung von seiner ersten Begegnung mit den Fahnenflüchtigen. Damals hatten sie ihm wirklich nur seinen Dolch abgenommen und ihn anschließend laufen lassen. Offensichtlich hatten sie noch nicht herausgefunden, dass er ihnen einen nicht-magischen

Gegenstand untergejubelt hatte. Dennoch gab es einen Umstand, der ihr Hoffnung verlieh: Auf einen direkten Kampf wollten die Angreifer es wohl nicht ankommen lassen. Sie hatten tatsächlich Respekt vor ihnen!

»Nun zu dir, Schätzchen!« Mit einem anzüglichen Lächeln auf den Lippen kam der Anführer auf Fehris zu. Damit war jede Chance dahin, die Wurfsterne in Dotts Manteltasche verschwinden zu lassen. Der Ziegenhirte hatte sein Artefakt damals bereits gerettet, Marl hatte es gerade ebenfalls geschafft. Sie jedoch würde als Einzige ohne magische Unterstützung dastehen, sobald jemand ihren Beutel öffnete. Dennoch: Kein Artefakt dieser Welt war es wert, ein Leben dafür aufs Spiel zu setzen, schon gar nicht Dotts.

»Absitzen!«, befahl Narbenwange.

Fehris presste die Lippen aufeinander, tat aber, was er sagte. Neben ihr glitt auch der Ziegenhirte aus seinem Sattel, obgleich niemand es ihm aufgetragen hatte.

»Und nun: Ausziehen!«

Räuber und Fahnenflüchtige lachten.

Ihr Anführer zwirbelte mit beiden Händen seinen spärlichen Schnauzbart zurecht, als mache er sich für einen Besuch im Hurenhaus fein. »Na los, runter mit dem überflüssigen Zeug!«

Weil Fehris keinerlei Reaktion zeigte, riss er ihr eigenhändig das Schaffell von den Schultern und griff dann an die Gewandnadel, die ihren Wollmantel zusammenhielt. Fehris wollte gerade ausholen, um ihm die Ohrfeige seines Lebens zu verpassen – ganz gleich, wie viele Pfeile dabei auf ihr Herz zielten –, da fing Dott neben ihr auf einmal zu plappern an.

»Ich finde, wir sollten tun, was diese werten Krieger von uns fordern, denn sie sind ganz eindeutig in der Überzahl. Und wenn du ihnen kampflos dein Schwert überlässt, zeigen sie bestimmt Erbarmen mit uns.«

Während er redete, zog er selbst seinen Mantel aus und sah sie herausfordernd an.

Auch Narbenwange ließ nun die Finger von ihr, gespannt, ob sie sich diesem feigen Vorschlag ihres Gefährten fügen würde.

Wehe, du hast keinen astreinen Plan in der Hinterhand, Ziegendödel!

Dott nickte ihr zu und Fehris entledigte sich ihres Umhangs. Die Räuber feixten. Schrille Pfiffe ertönten. Sie öffnete ihren Gürtel, nahm den Beutel, das Trinkhorn und ihr Schwert ab und ließ alles zu Boden fallen. Auch Dott legte Kleidung ab, sein Mantel landete daneben. Da sah sie es: Ein Stück des Stoffes glitt wie zufällig über den Lederbeutel, der die Wurfsterne enthielt. Einer der Räuber durchwühlte alle ihre Besitztümer. Doch als er den Mantel anhob, war weit und breit kein Beutel zu sehen. Fehris frohlockte innerlich.

Du bist wahrhaftig der König dieser Stunde, Dothariel-Samuel!

Keiner der anderen bemerkte etwas. Alle starrten nur lechzend auf Fehris' weiße Haut, die unter dem schimmernden Brustpanzer hervorblitzte. Sie trug keine Tunika mehr darunter, denn diese war in der *Krummen Wurzel* von schleimiger Grolldrummelkotze überzogen und somit für Fehris untragbar geworden. Der Brustpanzer war wenigstens abwaschbar.

»Das Ding muss auch noch ab!«, forderte Narbenwange. »Möglicherweise ist das ja das Artefakt!«

»Nur über meine Leiche«, stellte Fehris klar.

Der Fahnenflüchtige starrte sie an. Dott starrte sie an. Auch Marl und sogar seine Grolldrummel. Sie alle wussten: Sie würden mitsamt ihren Artefakten lebendig aus dieser verfahrenen Situation herauskommen, wenn jetzt der Brustpanzer fiel. In Marls Miene stand eine klare Botschaft: Gib jetzt nicht die verklemmte Jungfer, Fehris!

Na gut! Wenn es unbedingt sein muss, dann tut eine Frau, was eine Frau tun muss.

Sie holte aus und donnerte Narbenwange ihre Faust mitten auf die Nase. Der Knochen brach, Blut spritzte und für einen Wimpernschlag brachte keiner der Gegner auch nur einen Mucks heraus. Dann aber brüllte ihr Anführer, mehr vor Wut als vor Schmerz. Mit der Schnelligkeit eines geübten Kriegers zog er sein Schwert und stürzte sich auf Fehris. Die duckte sich unter seinem Hieb weg, bekam den Griff ihrer am Boden liegenden Waffe zu fassen und rammte die Spitze ins Bein ihres Gegners. Narbenwange schwankte, fiel aber nicht um. Mit ungebrochenem Zorn ging er erneut auf Fehris los. Sie rollte sich zur Seite ab, wollte aufspringen, aber er war schneller und schlug ein weiteres Mal nach ihr. Sie hechtete ein Stück nach rechts, bemüht, endlich auf die Beine zu kommen, dabei traf sie ein Schlag auf den Rückenpanzer, und sie sackte wieder zusammen. Ein dumpfer Schmerz durchzuckte sie, aber das gut geschmiedete Eisen schützte sie vor einer Verletzung. Glücklicherweise wurde sie von hinten angegriffen, denn vorne bestand der Brustpanzer aus sehr wenig Metall, was ihr in anderen Kämpfen zwar stets zum Vorteil gereicht hatte, doch dieser verdammte Fahnenflüchtige schien derartig rot zu sehen, dass er für solcherlei Reize gerade nicht empfänglich war.

Krachend polterte etwas auf Fehris' Rücken und drückte sie noch weiter in den Schlamm, sodass ihr kurz die Luft wegblieb. Was war das? Panisch versuchte sie hochzukommen, ohne Erfolg. Das Schwert glitt ihr aus der Hand. Sie strampelte und schlug vergeblich um sich. Aus dem Augenwinkel sah sie ihren Gegner über sich stehen – bewegungslos, seine Klinge hoch über dem Kopf erhoben, bereit zuzustechen. Was er aber nicht tat, stattdessen tanzte sein Blick suchend hin und her. Ein verwirrter Ausdruck lag in seinem Gesicht. War er auf einmal blind geworden?

Bei der Göttin des Lichts, was geschieht hier?

Hinter Narbenwanges Rücken sah sie Marls Stab glühen, den dieser nun brüllend hin und her schwang, während er seinem Pferd die Fersen in die Flanken stieß und auf die Räuber zugaloppierte. Grolli hatte er vorher wohl abgesetzt, denn der hieb gerade ein Stück weiter seinen Stachelschwanz in den Bauch eines Angreifers. Dott war nirgendwo mehr sehen. Pfeile zischten durch die Luft. Kampfgeschrei brandete auf, viel mehr und viel lautere Stimmen, als Fehris erwartet hatte. Selbst mit seinem brennenden Stab würde Marl gegen eine solche Übermacht nicht viel ausrichten können. Ihr Herz krampfte sich zusammen. Mit ihrer Weigerung, den Brustpanzer abzulegen, hatte sie ihn direkt in den Tod geschickt!

In diesem Moment fiel Narbenwange einfach um. Er schlug der Länge nach neben ihr auf den Boden, den Blick starr ins Nichts gerichtet. In seinem Rücken steckte ein Pfeil mit schwarzen Federn.

»Philipp«, flüsterte Fehris. »Du kommst genau zur rechten Zeit.«

Im selben Moment verschwand die drückende Last von ihrem Rücken.

Das Kampfgeschehen bewies ein für alle Mal, weshalb die *Schnellen Dolche* sich diesen Namen gegeben hatten: Sie waren schneller im Unterholz verschwunden, als man »Dolchstrolch« sagen konnte. Geschwächt durch den Verlust ihres Anführers ergriffen auch die Deserteure überstürzt die Flucht.

Dott half Fehris auf die Beine. Wo er plötzlich hergekommen war, konnte sie nicht sagen. »Wer sind *die* denn? Auch Böse? *Gute* Böse?«, fragte er.

»Sie nennen sich die *Schwarzen Federn*«, antwortete sie, ganz auf deren Hauptmann fixiert, der sie wortlos aus einigen Schritt Entfernung betrachtete, während er einen Pfeil aus der Brust eines toten Fahnenflüchtigen zog und an dessen Kleidung abwischte. Er trug eine schwarze Feder im Haar, genau wie sie selbst bei ihrer letzten Begegnung.

Der Ziegenhirte bemerkte ihre Blicke. »Ihr kennt euch«, stellte er fest.

»Flüchtig.«

»Flüchtig genug, um zu verhindern, dass jemand anderer diesen Brustpanzer öffnet«, stellte Philipp klar.

»Oh«, machte Dott.

»Wo ist Marl?« Das Letzte, was Fehris von ihrem Weggefährten gesehen hatte, war sein beherzter Angriff auf die

Gruppe der Wegelagerer gewesen. Jetzt entdeckte sie nur noch das Hinterteil seines Wallachs ein Stück abseits im Gebüsch. Daneben ragte der unruhig peitschende Schwanz von Grolli hervor. Hastig rannte sie zu der Stelle, gefolgt von Dott.

Marl lag auf dem Rücken, einen Pfeil in seiner Schulter, einen Fuß noch im Steigbügel, und starrte in die Luft, während seine Grolldrummel an ihm rüttelte und ungewohnt hohe Quietschlaute von sich gab. Fehris schlug die Hände auf ihren Mund, um das entsetzte Seufzen zu unterdrücken, aber es drang dennoch aus ihrer Kehle. »Er … darf nicht tot sein«, presste sie hervor.

Da bewegten sich die Augen des Totgeglaubten. »Schön, wie du dich um mich sorgst!«

»Du verfluchter alter Stinker!«, schrie Fehris und trat mit dem Fuß nach ihm, mehr symbolisch als schmerzhaft.

Marl stöhnte dennoch auf. »Sei etwas rücksichtsvoller, meine Schöne. Ich habe mir übel den Kopf angeschlagen, als ich vom Pferd gefallen bin.«

Dott fasste sich als Erster wieder und befreite Marls Fuß aus dem Steigbügel. »Grauer ist ein gutes Pferd. Er ist stehengeblieben, anstatt dich hinter sich herzuschleifen. Ich bin sicher, Haserl hätte das auch …«

»Ihr seid vollkommen irre!«, schrie Fehris.

Die beiden sahen einander verständnislos an.

Von hinten fiel ein breiter Schatten auf sie. Philipp trat an sie heran, nah genug, dass sie seinen vertrauten Geruch nach Lagerfeuer und Kiefernnadeln auffangen konnte. »Wer sind denn diese beiden Vögel?«, fragte er. »Du wolltest nach Norden reiten, um Gordyn zu retten. Stattdessen finde ich dich nun auf dem Weg nach Süden, in Begleitung eines alten Mönchs mit einem Feuerstab«, er deutete auf das immer noch qualmende Artefakt, das neben Marl im Gebüsch lag, »und eines jungen Kerls, der Leute unter seinem Mantel verschwinden lässt.«

»Du hast ihm von Gordyn erzählt?« Mit einem Mal schien Marl wieder putzmunter zu sein. Er richtete sich auf und starrte den Räuberhauptmann feindselig an. Der verengte ebenfalls die Augen zu schmalen Schlitzen.

Fehris kümmerte sich nicht um sie. Erst durch Philipps letzte Bemerkung war ihr aufgefallen, dass Dott den Mantel wieder trug. Ohne auf Marls Frage einzugehen, sprang sie auf und durchsuchte fieberhaft dessen Taschen. Sie wurde schnell fündig. Gleich beim ersten Griff zog sie ihren Beutel daraus hervor.

»Ich habe doch gesagt, ich fasse sie nicht an. Es war allein der Mantel, der das vollbracht hat. Er hat deine Sterne genommen, nicht ich.«

»Du hättest dabei draufgehen können, Dott! Und überhaupt – was soll das heißen, du lässt Leute unter deinem Mantel verschwinden?«

»Etwas anderes ist mir nicht eingefallen. Der Kerl hätte dich sonst umgebracht.«

»Und deshalb hast du das Ding über mich geworfen?« Das erklärte, weshalb Narbenwange so lange nicht zugestochen hatte.

»Nicht ganz«, stellte Philipp unübersehbar zähneknirschend klar. »Er hat sich selbst über dich geworfen, denn er hatte den Mantel bereits wieder an. Die Luft flimmerte merkwürdig und dann warst du verschwunden.«

»Dott, du … hast mir das Leben gerettet?«, stammelte Fehris. Mit einem Mal sah sie den jungen Ziegenhirten mit völlig anderen Augen. Denn er hatte nicht einfach ein Schwert gezückt und damit einen Hieb pariert, sondern seinen eigenen Tod in Kauf genommen, um den ihren zu verhindern.

Philipp räusperte sich. »*Ich* habe dein Leben gerettet, wenn ich das anmerken darf. Euer aller Leben.«

»Wäre es arg vermessen, wenn ich jetzt sage, dass *ich* ihr Leben gerettet habe, indem ich die Pfeile aufgefangen habe, die sonst sie getroffen hätten?«, warf Marl ein und deutete auf den Schaft, der immer noch aus seiner Schulter ragte.

»Du hast das Glück eines Narren«, bemerkte Fehris. »Jeder andere wäre von dieser Salve gespickt worden.«

»Pirat«, sagte Marl. »Wir haben zehn Leben. Eines mehr als Katzen. Und neun mehr als Räuber.« Dabei schickte er Philipp denselben Blick, den auch konkurrierende Hunde tauschten, um Nebenbuhler aus ihrem Revier fernzuhalten.

Sie verbrachten die Nacht in Philipps Lager, wo dessen Kräuterweib sich sogleich Marl vornahm. Zu Fehris' kaum verhohlener Freude steckte sie ihn in einen Zuber voller Badewasser, gleich nachdem sie den Pfeil entfernt hatte. Die Wunde müsse gesäubert werden und zudem könne sie es nicht ertragen, einen Mann zu behandeln, der nach einer Mischung von Zwiebelsuppe und Schafsdung stank. Fehris mochte die Frau auf Anhieb! Als sie deren Hütte betrat, saß Marl gerade in dem Bottich, dessen Inhalt sogar mit einigen Eimern heißen Wassers aufgefüllt worden war, denn es stiegen Dampfschwaden daraus auf. Eine Spur von Neid auf dieses fantastische Bad kam in ihr auf.

Marl deutete ihre Blicke richtig. »Tu dir keinen Zwang an – ich rutsche gern ein Stück zur Seite, und vielleicht finde ich dann sogar ein wenig Freude am Baden«, verkündete er.

»Lieber springe ich in einen gefrorenen Gebirgsbach«, antwortete sie.

Sie blieb vor dem Zuber stehen und betrachtete seine Wunde. Es war eine tiefe, kreisrunde Schussverletzung, die aber keine Gelenke oder Sehnen zerstört hatte. Das Kräuterweib hatte sie bereits gesäubert und es trat nur noch wenig Blut hervor. Direkt daneben, quer über Marls Brust, verlief eine lange Narbe, die vermutlich von einem Piratensäbel herrührte. Sie konkurrierte mit mehreren dunkelroten Stellen, die verdächtig nach großflächig verbrannter Haut aussahen und über deren Ursprung Fehris nur Vermutungen anstellen konnte. Wahrlich, dieser Mann hatte schon einiges einstecken müssen – woran er vermutlich selbst schuld war. Mitleid war also gänzlich fehl am Platze.

Etwas länger blieb ihr Blick auf den beiden dunklen Linien haften, die vom Biss der Viper Errasil stammten. Es war seltsam: In den letzten Tagen schienen sie kaum vorangekommen zu sein. Weiterhin verharrten ihre Enden auf Marls Schlüsselbein, setzten ihren tödlichen Weg in Richtung des Herzens aber kaum noch fort. Oder die Vergiftung schritt bei Marl weniger stark voran als bei ihr. Sie beschloss, in einer einsamen Stunde ihren Brustpanzer abzulegen und nachzusehen.

»Du warst mutig«, sagte sie. »Du hättest nicht angreifen müssen. Es wäre auch damit getan gewesen, zuzuschauen, wie Narbenwange mich erschlägt. Danach hättet ihr weiterreiten können.«

»Ja, aber vergiss nicht: Wir sind das Dreigestirn. Stirbt einer von uns, so steht die ganze Mission auf dem Spiel. Oder was glaubst du, weshalb Dott sich so todesmutig über dich geworfen hat?«

Tatsächlich war Fehris dieser Gedanke bislang noch nicht gekommen. Auf der einen Seite beruhigte sie dieser Umstand, besagte er doch, dass alles beim Alten war: Zweckgemeinschaften ohne tiefe Verbundenheit hatten sich durch ihr bisheriges Leben gezogen. Sie wusste, wie solche Bündnisse funktionierten. Es war leicht, damit umzugehen, denn sie brachten keinerlei Verantwortung mit sich.

Keinerlei Hingabe!

Im Grunde war das, was sie in den letzten Stunden gedacht und gefühlt hatte, viel beängstigender. Denn Menschen, die einander aus freien Stücken mit ihrem Leben beschützten, waren wie gärende Fässer, die eines Tages explodieren und die ganze Hütte mit sich in die Luft jagen würden. Schon einmal hatte sie mit einem solchen Fass zu tun gehabt, und dieses Verhältnis hatte unter einer kalten Brücke in Kandoria geendet – die schlimmste Nacht ihres Lebens. Nein, da war es schon besser, wenn die Verhältnisse geklärt waren: Eine gemeinsame Mission für ein gemeinsames Ziel. Sie waren nur zufällige Weggefährten, die ihr Leben und das der Menschen auf Meribor retten mussten. Danach würde jeder wieder seiner Wege gehen und sie würden einander nie wiedersehen.

»Gut«, sagte sie. »Ich werde mal schauen, ob ich auch neue Kleidung für dich finde.«

Sie wandte sich zum Gehen.

»Warte!«, hielt Marl sie auf. »Wo ist Grolli?«

»Hat sich in den Wald geschlagen. Wird wohl heimlich nach schmackhaftem Menschenfleisch suchen.«

»Das würde er niemals tun!«, begehrte Marl auf.

Sie zuckte mit den Schultern.

»Und Dott?«

»Fachsimpelt mit den Ziegenbesitzern unter den Räubern. Endlich hat er Leute gefunden, die ihn ernst nehmen.«

Marl lachte. Doch sogleich legte sich seine Stirn in Falten. »Und dieser Räuberhauptmann – wie hieß er noch gleich …?«

»Philipp.«

»Genau … was hast du mit dem zu schaffen?«

»Nicht mehr als mit anderen Räubern auch.«

Nun war es wirklich an der Zeit, diese Hütte zu verlassen. Fehris hatte nicht vor, ausgerechnet dem grummeligen Marl ihr Liebesleben – oder, besser gesagt, ihr ehemaliges Liebesleben – offenzulegen. Sie machte auf dem Absatz kehrt und polterte durch die Tür ins Freie.

»Du kriegst rote Ohren, wenn du lügst!«, schrie Marl hinter ihr her, doch sie tat, als hätte sie es nicht gehört.

Mittlerweile war der Abend heraufgezogen. Die untergehende Sonne tauchte den Wald in warme Farben, vor denen sich die schwarzen Silhouetten der Baumhäuser wie Scherenschnitte abzeichneten. Unterhalb gab es nur ein paar Vorratslager, sowie Verschläge und Hütten für die Tiere, auch einige Lagerfeuer brannten dort. Leises Kinderlachen drang an Fehris' Ohr und irgendwo meckerte eine Ziege.

Philipps Behausung thronte auf einer riesigen Eiche, genau in der Mitte des Lagers, wie der Königspalast einer eigenen kleinen Welt, die kaum jemals ein fremdes Auge zu Gesicht bekam. Fehris' Blick schweifte von dort wieder hinunter zu den Lagerfeuern.

Sei nicht so feige!, ermahnte sie sich. Sie griff in ihren Beutel, zog die Feder der Narbenkrähe hervor und flocht sie sich ins Haar. Ein letzter tiefer Atemzug, dann erklomm sie die Strickleiter des nächsten Baumes, und von dort aus ging es weiter durch den Irrgarten aus Seilen und Holzlatten, bis sie schließlich vor Philipps Tür stand. Zögernd klopfte sie an.

»Komm rein!«, hörte sie ihn von drinnen sagen.

Sie trat ein und blinzelte gegen die Dunkelheit an. Nur wenige Kerzen erleuchteten den Raum. Philipp stand an der kleinen Schießscharte, haargenau wie bei ihrem letzten Besuch, und starrte hinaus in den Wald.

»Vermutlich wirst du mir noch immer nicht erzählen, was es mit deiner Reise auf sich hat«, sagte er. »Zumal du nun genügend Zeit gehabt hast, dir eine neue Lüge auszudenken. Denn die Geschichte von Gordyn glaube ich dir nicht mehr. Du wolltest mir entkommen und dafür verkaufst du immer wieder deine Seele.«

»Ich habe nicht gelogen«, verteidigte sie sich schwach. Von all den Dingen, die sie ihm gerne sagen wollte, brachte sie kein einziges Wort heraus. »Aber ich darf nicht darüber sprechen. Es ist … Magie im Spiel.«

Philipp gab ein grunzendes Geräusch von sich. Er schlug mit beiden Händen auf den Rand des Fensters, ehe er sich zu ihr umwandte. Zorn und Enttäuschung stand in seinen Augen. Gefasst, aber unübersehbar aufgewühlt, kam er auf sie zu. Sie wich nicht zurück und so blieb er schließlich auf Tuchfühlung vor ihr stehen.

»Magie, ja?«

»Es ist die Wahrheit, Philipp!«

»Die Wahrheit?« Im Schein der Kerzen funkelten seine blauen Augen wie Saphire. Er griff nach der Feder in ihrem Haar und drehte sie zwischen seinen Fingern. »Die Wahrheit ist, dass du einen Narren aus mir machst. Wie oft soll ich dich noch ziehen lassen? Bis meine Männer mich für einen Waschlappen halten? Rupert hat mich schon gefragt, an welchem Baum ich dich aufknüpfen werde.«

Fehris biss sich auf die Unterlippe, um sie am Beben zu hindern. »Und was hast du ihm geantwortet?«

»Dass ich noch nach einem passenden Ast suche.« Er ließ die Feder los und machte einen Schritt zurück.

»Glaub mir, Philipp, ich … ich musste dem obersten Magier Kandorias versprechen, dass ich niemandem von unserer Mission erzähle. Breche ich dieses Versprechen, so kann es sein, dass jemand von uns stirbt.«

»Und? Was liegt dir an diesen zwei schrägen Vögeln? Wer sind sie überhaupt?«

»Sie sind …«

Ein Ziegendödel und ein alter Stinker. Eine Zweckgemeinschaft.

»… die einzigen Freunde, die ich habe.«

Hatte sie das wirklich gesagt? Und dann auch noch laut? Offenbar, denn ihre Worte schienen Philipp zu verletzen. Fehris betrachtete ihn. Wie er da stand – ein Kerl wie ein Bär, mit Schultern breiter als ein Ochsenjoch – hatte er dennoch etwas Verletzliches an sich. So war es schon immer gewesen und genau dieser Umstand hatte Fehris zu ihm hingezogen.

Sie schob die Ärmel ihres Mantels nach oben und zeigte

ihm die tödlichen schwarzen Striche. »Du musst mich nicht aufknüpfen, denn ich sterbe von ganz allein, wenn wir nicht bald zum Fladenmoor weiterziehen können. Sobald diese Linien mein Herz erreichen, bist du mich endgültig los.«

Ein Schatten huschte über sein Gesicht, der nichts mit den spärlichen Lichtverhältnissen im Raum zu tun hatte. Er starrte wortlos auf die Streifen.

»Hilf mir noch ein letztes Mal, Philipp!«, bat sie. »Verrate mir, wie wir einen sicheren Weg durch das Moor zum *Turm der Zeit* finden!«

»Was sucht ihr dort?«, fragte er mit blecherner Stimme.

Sie schüttelte verzagt den Kopf. »Auch das darf ich dir nicht sagen.«

Der Räuberhauptmann schwieg. Dann, ganz langsam, ging er zurück zu seiner Schießscharte und wandte den Blick wieder hinaus in das Dickicht des Nebelhains.

»Geh mir aus den Augen, Fehris!«, murmelte er. »Ich bin es leid, dein Retter zu sein. Denn genau den hast du nie in mir gesucht.«

Sie verbrachte die Nacht zusammen mit Dott im Ziegenstall. Am nächsten Morgen gingen sie gemeinsam zum Haus des Kräuterweibs. Fehris erkundigte sich nach Marls Zustand und erfuhr, was sie ohnehin längst wusste: »Er ist ein zäher alter Sack!«

Von den Ziegenhaltern hatte Dott eine mehrfach geflickte Hose und ein einigermaßen gut erhaltenes Hemd sowie ein Flachsseil als Gürtelersatz geschenkt bekommen. Fehris atmete auf, als sie Marl darin erblickte. So sauber und wohlriechend hatte sie ihn noch nie angetroffen. Den linken

Arm trug er näher an den Körper gepresst als den rechten, aber zumindest hatte das Schicksal ihm noch eine funktionierende Schwerthand gelassen. Auch wenn Marl, von seinem Stab einmal abgesehen, keine weitere Waffe mehr besaß. Seinen Dreschflegel hatten die Flüchtigen nämlich mitgenommen.

»Kannst du reiten?«, fragte Fehris ihn.

»Natürlich. Grauer lässt sich mit den Schenkeln lenken, und mehr als eine Hand benötigt ein guter Reiter für die Zügelführung ohnehin nicht.«

Das war eine Anspielung auf die Reitkünste von Dott und Fehris, die sie aber ignorierte. »Gut. Dann werden wir jetzt aufbrechen.«

»Und Grolli?«

»Der wird uns schon finden. Wenn nicht … auch gut.«

Marl stieß ein erbostes »Pff!« aus, schien aber nicht daran zu zweifeln, dass sein haariger Kumpan schon bald wieder an seiner Seite sein würde.

»Dein Freund lässt uns gehen?«, erkundigte er sich stattdessen, wobei er das Wort *Freund* auf übertriebene Weise betonte.

»Das wird sich zeigen.«

Sie bedankten sich bei der Kräuterfrau und holten ihre Pferde aus dem Pferch. Als sie sie über den Hauptplatz des Lagers direkt unter Philipps Baumhaus führten, stellte sich ihnen Rupert mit einigen anderen Räubern in den Weg.

»Mooooment!«, dröhnte er. »Du wirst nicht wieder klammheimlich abhauen, Hasenfuß!«

»Wieso klammheimlich? Die Sonne scheint, und jeder kann uns sehen. Hätte ich klammheimlich verschwinden wollen, so hättest du es garantiert nicht mitbekommen.«

»Du setzt keinen Fuß vor den anderen ohne die Erlaubnis unseres Hauptmanns!«, stellte Rupert klar. Dabei pumpte er sich derartig mit Luft voll, dass sein ausladender Bauch noch voluminöser wurde.

»Schweig!«, ertönte Philipps Stimme von oben.

Fehris schaute in die Krone der Eiche und sah, wie er sich auf die Plattform schwang und langsam nach unten gleiten ließ. Sein Blick traf den ihren nicht, sondern schweifte nur über das Lager und die kleine Räuberhorde um Rupert. Es war nicht auszumachen, was er dabei dachte oder fühlte. Er kam auf sie zu und nahm ihr Hotts Zügel aus der Hand. Diese Geste ließ einen Anflug von Verzagtheit in Fehris aufkommen.

»Das war das älteste Pferd, das ich hatte. Willst du ein anderes?«

Sie schüttelte den Kopf. »Nein. Er heißt Hott und hat mir gute Dienste geleistet.«

»So? Seit wann gibst du deinen Pferden Namen?« Philipp schien überrascht. »Nun gut, dann behalte ihn.« Er machte eine Pause, betrachtete sie auf unergründliche Weise. Dann seufzte er und sagte: »Den einzig begehbaren Weg durchs Fladenmoor findet ihr, indem ihr den Steinhaufen mit den weißen Markierungen folgt. Aber gebt acht – manche wurden von Wegelagerern entfernt oder anderswo platziert.«

Damit drehte er sich um und ging zu seinem Baum zurück. Fehris starrte auf seinen Rücken, sah die schwarze Feder zwischen seinen Haarsträhnen im Wind wehen und ihre Brust krampfte sich schmerzhaft zusammen.

»Steig auf dein Pferd, Frau Fehris!«, erinnerte Dott sie und auch Marl schien dem Frieden nicht ganz zu trauen: »Je schneller wir hier weg sind, desto schneller sind wir weg!«

Beide hatten sich schon in ihre Sättel geschwungen.

Fehris fühlte Ruperts Blick auf sich lasten. Er beobachtete sie verkniffen, während er wiederholt das Axtblatt in seine Handfläche klatschte.

Sie ließ Hotts Zügel fallen und rannte Philipp hinterher. Kurz vor seinem seltsamen Aufzug holte sie ihn ein. Er wandte sich zu ihr um, die dichten Brauen gesenkt und die Lippen so sehr zusammengepresst, dass sie unter seinem Bart verschwanden.

»Danke!«, flüsterte sie.

Zuerst reagierte er nicht. Dann zog er sie an sich und küsste sie – tief, innig und mit der Gier eines Räubers. Es war das erste Mal seit vielen Jahren, dass Fehris ihr Blut in den Ohren rauschen hörte.

Ein Strich ins Herz

»Warum bist du so schweigsam, alter Mann?« Fehris hatte ihren Klepper nah an Marls Grauen herangetrieben und sah ihn lächelnd an.

»Nenn mich nicht so!« Marl zwang sich, nicht in ihr hübsches Gesicht zu schauen.

»Oho, woher kommt das denn auf einmal? Ist dir Stinker etwa lieber?«

»Am liebsten wäre mir, wenn ich endlich etwas Ruhe vor dir haben könnte.«

»Kannst du haben! Ich wollte nur freundlich sein. War ja klar, dass man damit bei dir an der vollkommen falschen Adresse ist, *alter Mann*«, schob sie gehässig hinterher und ließ sich mit zornig hochgezogenen Augenbrauen zurückfallen.

Er hörte sie anschließend mit Dott tuscheln. Der Bengel gab natürlich wieder einmal eine seiner nervigen Weisheiten zum Besten. Vermutlich von Oma. »Begrüße den Tag mit einem Lächeln, dann ist er meistens nett zu dir. Haserl und ich, wir …«

Bewusst versuchte Marl die beiden und ihr Gerede auszublenden, was ihm schwerer fiel als gedacht. Schließlich unterhielt er sich mittlerweile doch recht gern mit der Söldnerin und dem Ziegenhirten. Gemeinsam zu reisen, war gar nicht so schlimm, wie er befürchtet hatte. Im Gegenteil, es war angenehm, Reisegefährten zu haben und mit ihnen Sorgen und Nöte der Mission zu teilen – wovon es wahrlich reichlich gab. Dumm nur, dass er darüber hinaus eine kleine Schwäche für die junge Fehris entwickelt hatte. Noch konnte er sich nicht entscheiden, ob er sie als kleine Schwester oder doch eher als Bettgefährtin sehen sollte. Stöhnend rieb er sich mit der Hand übers Gesicht. Es fühlte sich so glattrasiert merkwürdig fremd an, aber Gerlind, die gestrenge Kräuterfrau der Räuber, hatte darauf bestanden, ihm Bart und Haare zu stutzen. Nach dem Bad und der Rasur hatte sich Marl lange im Wasserspiegel seines Zubers betrachtet – und sich kaum wiedererkannt. Ein jüngerer Marl, den er fast schon vergessen hatte, blickte ihm entgegen. Ein Marl, der einst durchaus das Herz der ein oder anderen Maid hatte erwärmen können. Kaum hatte er mit dem Gedanken gespielt, dass dieser Marl vielleicht sogar der schönen Fehris gefallen könnte, schon knutschte die mit diesem Aufschneider herum. Er ärgerte sich über seine vollkommen sinnlose Eifersucht und konnte sie dennoch nicht verdrängen.

»Machst du dir Sorgen um Grolli?«, versuchte Dott sein Glück. Selbst dessen hasenohriger Gaul schien Marl fragend anzublicken.

»Was ist nur los mit euch? Kann man nicht mal etwas schweigsamer sein, ohne dass ihr mir gleich ein Loch in den Bauch fragt?«

Der Ziegenhirte lächelte ihn freundlich an.

»Mach das nicht, sonst könnte ich auf die Idee kommen, wie Grolli zu reagieren und dir ein paar Zähne auszuschlagen.« Drohend erhob Marl eine Faust.

Das Lächeln auf dem Gesicht des Jungen wurde noch strahlender.

»Hach.« Marl warf resigniert die Arme in die Luft. »Ja, ich mache mir ein wenig Sorgen um Grolli. Und ich ärgere mich darüber, dass ihr das nicht tut.« Dem war tatsächlich so, und hinter dieser Geschichte konnte er seine Eifersüchtelei gut verbergen. Über die Schulter rief er Fehris zu: »Eine gewisse Person hat ihm schließlich ihr Leben zu verdanken. Ohne die Grolldrummelkotze wären wir nur noch ein Zweigestirn.«

»Halt, wartet«, rief die Söldnerin, ohne auf den Vorwurf einzugehen. »Hier ist die Weggabelung, von der Philipp erzählt hat. Wir müssen nach links.«

Übertrieben rollte Marl mit den Augen in Dotts Richtung. »Philipp hier, Philipp da. Typisch Weibsbild. Kaum kommt irgendein dahergelaufener Strolch um die Ecke, schon lässt sie sich den Kopf verdrehen.« Er schnaubte verächtlich.

Achtsam wendeten sie ihre Pferde und folgten Fehris, die bereits in einen unscheinbaren Nebenpfad eingebogen war.

»Ich fand den Räuberhauptmann eigentlich ganz nett, immerhin hat er uns vor den *Schnellen Dolchen* und den Deserteuren gerettet. Außerdem hat er dafür gar nichts verlangt. Was wohl eher untypisch für einen Räuber ist. Obwohl ich zugeben muss, dass ich mich da nicht so auskenne.«

»Unsere Fehris, die hätte ihm sicher gern noch ein bisschen mehr gegeben, wenn uns die Zeit nicht davonlaufen würde«, zischte Marl böse.

»Wenn ein Wolf versucht, ein Zicklein zu reißen, dann ist er ein Räuber. Kommt er in der Nacht an mein Feuer, um sich zu wärmen, dann ist er ein Gast. So sehe ich das. Einmal, da …«, begann Dott zu plappern, doch Marl hörte ihm nicht mehr zu. Sein Bedarf an Ziegengeschichten war für die gesamte noch vor ihnen liegende Reise bereits gedeckt. Und für die nächsten.

Gegen Mittag machten sie Rast an einem im Wald versteckten Weiher, dessen Oberfläche so glatt war, dass sie aussah wie ein riesiger Spiegel. Schnell dahinziehende graue Wolken zeichneten sich darauf ab.

Geschickt ließ Dott einige flache Steine übers Wasser hüpfen. Lautstark zählte er ihre Sprünge mit und freute sich, wenn er seinen vorherigen Wurf übertraf.

Marl lehnte an einer knorrigen Eiche, deren braune Blätter im sanften Herbstwind zu Boden segelten, und hing seinen Gedanken nach. *So vergeht die Zeit.* Bald würde der Baum kahl sein, um den Winter empfangen zu können. *Vor einigen Jahren hätte ich noch der junge Anführer der Räuber sein können, den Fehris anhimmelt,* dachte er melancholisch. Im selben Moment traf ihn eine Erkenntnis wie der Blitz: Der Schwarze Marl war verschwunden. Sein dunkler Zwilling hatte die meiste Zeit seines Lebens derartige Gefühle von ihm ferngehalten oder in Zorn und Hass umgewandelt. Marl konnte sich nicht erinnern, wann er zum letzten Mal so etwas wie Trauer, Freude, Enttäuschung, Angst, Einsamkeit – oder Zuneigung – empfunden hatte.

Als könnte sie sein Dilemma erahnen, kam auch schon der Grund für all diese ihn vollkommen überfordernden

Gefühlswallungen direkt auf ihn zu. »Was ist los, Marl?«, fragte Fehris, ohne eine Spur von Spott in der Stimme. »Habe ich etwas falsch gemacht?«

Ihm lag schon ein ‚Es dreht sich nicht immer alles um dich' auf den Lippen, doch genau diese Art von verletztem Stolz und Zorn würde dem Schwarzen Marl wieder Tür und Tor öffnen. Etwas, das er ganz und gar nicht wollte. Zu lange hatte er sich von diesem ihm innewohnenden Dämon steuern lassen. Es war Zeit für ein neues Lebenskapitel. Und dennoch begann er dieses nicht mit der kompletten Wahrheit. Schließlich würde er niemals so dumm sein und Fehris gegenüber eingestehen, dass er Gefühle für sie hegte. Egal wie unklar sie auch waren. Aber er sprach etwas anderes aus, das er nicht länger verbergen wollte: »Es ist wegen euch.« Er räusperte sich angestrengt.

Interessiert kam Dott zu ihnen geschlendert. In seinen Hosentaschen klapperten die vielen Steine, die er am Ufer gesammelt hatte.

»Ihr …«, verlegen kratzte er sich, Fehris tadelnden Blick ignorierend, am Hintern. »Also ich, naja … nun, es ist so. Ich sorge mich halt um euch. Ihr seid immer so unüberlegt. Achtet nicht auf Gefahren und stürzt euch in jedes Gefecht. Dott hier …«, unnötigerweise zeigte er auf den Ziegenhirten, als wäre dessen Identität irgendwie unklar, » … hantiert mit magischen Artefakten, als wäre er Belam persönlich. Und du«, dabei blickte er der schönen Söldnerin das erste Mal seit Philipps Kuss wieder direkt in die Augen, »du lässt dich mit dem erstbesten Räuber ein, der uns ein wenig hilft. Dass dieser Halunke nur schlechte Absichten haben kann, liegt doch auf der Hand. Ich kann euch nicht ständig retten und beschützen.« Verlegen zuckte er mit den Schultern, nur um im selben Moment schmerzgepeinigt zusammenzuzucken. *Diese verfluchte Verletzung!*

»Kann es sein, dass du dir Sorgen um uns machst …«, begann Fehris.

»Weil wir dir etwas bedeuten?«, beendete Dott die Frage mit einem breiten Grinsen.

»Blödsinn, aber ich brauche euch für die Mission. Ich allein kann die Welt leider nicht retten. Denkt nur an all die Opfer, wenn wir scheitern.«

Die beiden blickten ihn durchdringend an.

»Mann, ihr seid ja schlimmer als die Folterknechte des Königs. Gut, ich mache mir Sorgen um euer Wohlergehen, und ihr seid mir nicht gleichgültig. Ist doch keine Schande.« Betreten begann er, mit dem Stiefel im feuchten Boden herumzustochern.

»Ich mag dich auch gern. Und gewaschen noch lieber.« Dott zwinkerte ihm zu.

»Und ich kann euch ertragen, aber nur dann, wenn diese Gefühlsduselei ein Ende hat.« Das Funkeln in Fehris' Augen verriet, dass Marls Worte sie nicht kalt gelassen hatten. Vermutlich tat sich die Söldnerin genauso schwer damit, über ihre Empfindungen zu sprechen wie er selbst. »Ich werde jetzt was essen, und dann sollten wir weiterreiten. Wir sind in Eile, falls euch das entfallen sein sollte.« Sie drehte sich um und ging zu ihrem Pferd.

Lächelnd blickte ihr Marl nach. *Ich glaube, ich hätte sie doch lieber als kleine Schwester, deren großer Bruder aufdringlichen Kerlen wie Philipp die Leviten liest oder die Fresse poliert. Oder beides.*

»Hast du Lust, ein paar Steine zu werfen?«, fragte Dott freundlich und hielt ihm einige seiner Schätze hin.

Merkwürdigerweise gefiel Marl der Vorschlag. Es war schön, mal etwas ganz Profanes zu machen und nicht nur daran zu denken, welch schreckliche Gefahren vor ihnen lagen. »Wo liegt dein Rekord, Kleiner?«

»Bei sieben Sprüngen«, erwiderte der stolz.

»Wollen wir um einen Ring Wurst wetten, dass ich mehr schaffe?«

»Aber nur um die mit Kümmel, die mag ich nämlich lieber als die Knoblauchgeräucherte.«

»Abgemacht!« Marl griff sich eine Handvoll Kiesel und marschierte voran zum See. Konzentriert wählte er einen besonders flachen Stein aus, wippte leicht in den Knien und versuchte, ihn in möglichst kleinem Winkel auf der Oberfläche aufkommen zu lassen.

Das Wurfgeschoss machte einen langen und einen sehr kurzen Satz, bevor es im Wasser versank.

Dott blickte ihn spöttisch aus seinen großen Augen an.

»Ich bin ein wenig eingerostet. Ist eine Weile her, dass ich das gemacht habe. Außerdem habe ich fast nur Erfahrung mit Salzwasser. So ein stinkender kleiner Tümpel in der Pampa ist eigentlich eine Beleidigung für mich. Dazu habe ich auch noch eine Kriegsverletzung, von eurer Rettung gestern.« Er zeigte auf den Arm mit der Pfeilwunde.

Wortlos leerte Dott seine Hosentaschen und ließ einen ansehnlichen Haufen Steine zu Boden klackern. »Reichen die, um den Rost loszuwerden, Pirat?«

Mit zwischen den Lippen eingeklemmter Zungenspitze warf Marl ein ums andere Mal, doch die verfluchten Steine wollten nie mehr als dreimal springen, bevor sie untergingen.

»Ich denke, ich gehe mir meinen Gewinn abholen. Irgendwie habe ich gerade Appetit auf Kümmel.« Übertrieben laut schmatzend marschierte der Ziegenhirte in Richtung der Provianttaschen davon.

»Warte!«, rief Marl. Es konnte doch nicht sein, dass dieser grüne Junge ihn derart in den Schatten stellte. Er suchte ein letztes Wurfgeschoss aus, einen Stein flach und oval, ganz klar ein Achtspringer. »Den Versuch noch!«

Wie ein schnöseliger Adliger machte Dott eine joviale Handbewegung, um sein Einverständnis zu signalisieren.

Na warte, dir zeige ich es! »Jetzt geht es um die Wurst, Ziegenhirte!« Diesmal nahm er drei Schritte Anlauf. Mit federnden Knien lief er los – so jung hatte er sich seit einem Jahrzehnt nicht mehr gefühlt – den Stein fest in der Hand holte er weit aus und stolperte über eine im weichen Sand verborgene Wurzel. Der Stein flutschte ihm aus den Fingern. Platsch! Mit der Nase voran schlug er lang hin und war augenblicklich nass bis auf die Knochen. Der Teich war eiskalt, die Pfeilwunde meldete sich zurück.

»Immerhin hat dein Stein vier Sprünge gemacht. Deiner ins Wasser zählt nicht mit«, kommentierte Dott dieses Ungeschick und lachte.

Prustend hob Marl seinen Kopf aus dem Wasser. Verärgert rieb er sich die Augen trocken und suchte nach passenden Schimpfwörtern. Doch was machten seine Mundwinkel? Erst zuckte der eine, dann der andere. Im nächsten Augenblick gab es kein Halten mehr. Er stimmte in Dotts Gelächter ein und prustete und kicherte, wie er es schon seit Ewigkeiten nicht mehr getan hatte.

Kopfschüttelnd kam Fehris ans Ufer. »Euch kann man keinen Augenblick allein lassen. Deine neuentdeckte Faszination für das Baden in allen Ehren, Marl, aber ich finde, jetzt übertreibst du.« Nach diesen Worten begann auch sie zu lachen.

Marl und Dott schlossen sich erneut an. Marl spürte, dass sie nicht über ihn, sondern mit ihm lachten. Nach all den Entbehrungen und Grausamkeiten der letzten Zeit fühlte es sich unglaublich befreiend an.

»Ich mache wohl besser ein Feuer«, sagte die Söldnerin schließlich. »Hilfst du mir, Dott, und suchst Holz? Nicht, dass unser alter Mann sich noch verkühlt.« Sie zwinkerte Marl freundschaftlich zu.

Grinsend sah der den beiden nach. Ein merkwürdiges Gefühl beschlich ihn. Er brauchte einen Moment, um es zu begreifen: Er war glücklich. Glücklich, diese Begleiter – vielleicht sogar Freunde – zu haben, mit denen er ausgelassen lachen konnte.

Leider verflog der Glücksmoment viel zu rasch. Als er sich zitternd seiner nassen Kleidung entledigte, fiel sein Blick auf die schwarzen Streifen, die sich über seinen Arm zum Herzen zogen, die Maßeinheiten seines sicheren Todes. Er schaute genauer hin, um zu prüfen wie viel Zeit ihnen noch blieb. »Moment mal«, entwich es ihm überrascht. Die Linien hatten sich zurückgezogen. Er war sicher, dass sie gestern noch über seine Schulter hinaus gereicht hatten, nur noch zwei Handbreit vom Herzen entfernt gewesen waren. Während des warmen Bades bei den Räubern hatte er sich nicht der Hoffnung hingeben wollen, dass sie vielleicht angehalten haben könnten. Heute jedoch reichte die Spur des verfluchten Viperngiftes gerade noch bis kurz über die Armbeuge. Wie konnte das sein?

Hastig rannte er zu dem qualmenden Lagerfeuer, das seine Begleiter gerade zu entzünden versuchten, um von seiner Entdeckung zu berichten. »Der Reisig ist feucht und die Äste sind viel zu dick«, kommentierte er ihren vergeblichen Versuch, sein geliebtes Feuer anzurufen.

»Was?« Fehris, die am Boden kniete und in den Rauch hineinblies, drehte sich um und starrte ihn mit offenem Mund an. »Zieh dir sofort was an! Das ist ja widerlich.«

Erst jetzt bemerkte Marl, dass er vor lauter Aufregung vollkommen nackt zu ihnen gerannt war. »Ähm … ich habe nichts anderes. Alle meine Sachen sind nass.« Dankbar nahm er die Pferdedecke entgegen, die ihm Dott eiligst holte und schlang sie sich um die Hüften. »Schaut mal! Ich muss euch etwas zeigen.«

»Danke nein, ich habe mehr als genug von dir gesehen!« Ohne ihn anzublicken, wedelte sie mit der Hand wie jemand, der einen lästigen Bittsteller verscheuchen wollte.

Marl machte eine wegwerfende Geste. »Glaubst du, bei deinem Räuber sieht es untenrum anders aus? So hat die Lichtgöttin uns Männer nun mal erschaffen, und bei mir hat sie es sogar besonders gut gemeint. Aber darum geht es nicht. Seht doch her!« Er zeigte auf die zwei schwarzen Streifen an seinem Arm. »Die Linien gehen zurück.«

Hastig rollten Dott und Fehris ihre Kleider hoch, um zu kontrollieren, ob es bei ihnen genauso war. Die junge Söldnerin musste dafür – leider – nicht einmal mehr ihren Brustpanzer ablegen, denn auch bei ihr hatten sich die Linien mittlerweile bis zur Armbeuge zurückgezogen.

»Tatsächlich«, hauchte der Ziegenhirte ungläubig.

»Wieso?«, fragte Fehris mit aufgerissenen Augen.

»Grolldrummelkotze!«, entwich Marls Mund jäh die Lösung. Natürlich! Wie hatten sie nur so dumm sein können? Der widerliche Auswurf der Kreatur heilte jede Art von Vergiftung! Und sie hatten nur an den Biss der Fieberspinne gedacht. Wie gut, dass Dott und er aus Kameradschaftlichkeit jeder einen großen Schluck von dem furchtbaren Gebräu getrunken hatte, um Fehris zu überzeugen, dass es ihr das Leben retten würde. »Wir sind frei!«, knurrte er fassungslos.

Leider kam mit dieser Erkenntnis kein Glücksgefühl über ihn, sondern Enttäuschung. *Wir werden uns trennen. Was sollte die beiden jetzt noch dazu bewegen, die Mission zu beenden? Anders als ich haben sie ein Leben. Dott hat Clarissa und Fehris ihren Philipp.* Er nahm sich vor, sie auf die Probe zu stellen. »Die Kotze heilt uns. Ihr wisst doch, was das heißt? Freiheit! Wir können gehen, wohin wir wollen. Den Zauberer und seine Kinder vergessen. Wir sind niemandem mehr verpflichtet.« Er setzte ein aufforderndes Grinsen auf, betrachtete aber gleichzeitig argwöhnisch ihre Reaktion.

»Mag sein«, entwich es Dott, »aber ohne die Kinder keine Belohnung. Ohne Belohnung kann ich Clarissa nicht heiraten. Und das Wichtigste zum Schluss: Wenn wir den Schattenstaub nicht aufhalten, wird bald niemand mehr zum Heiraten da sein«, murmelte er.

Fehris stemmte die Arme in die Hüften. »Was redest du da, Marl? Du denkst doch nicht ernsthaft daran, jetzt aufzugeben? Nach all dem, was wir bereits hinter uns haben. Wir können dem Schattenstaub nicht davonlaufen! Das haben uns die Kreaturen, die uns vor dem Gasthaus überfallen haben, wohl eindrücklich aufgezeigt. Ich werde Gordyn unter allen Umständen retten und notfalls jedes andere Kind, das ihr aufgebt.«

»Ich suche auch weiter nach Beryll. Nie könnte ich meiner Clarissa und meinen Ziegen wieder unter die Augen treten, wenn ich nicht alles versucht hätte, um ein unschuldiges Kind vor diesem Razuhl zu retten.«

Ihre Blicke richteten sich auf Marl, der Erleichterung verspürte. »Meinen Arn werde ich natürlich auch nicht im Stich lassen. Trotz der neuen Situation haben wir also immer noch alle das gleiche Ziel. Tja, dann: Auf geht's. Befreien wir Meribor vom Schattenstaub.« Er klatschte in die Hände, wobei ihm die Decke von den Hüften rutschte.

Übertrieben verdrehte Fehris die Augen und blickte zur Seite.

»Tschuldigung«, murmelte Marl und bedeckte sich wieder.

»Nur derjenige, dessen Antrieb, das Kind zu entdecken, größer ist, als die eigene Angst zu sterben, kann es finden«, sagte Dott plötzlich mit tonloser Stimme.

Im selben Augenblick erhob sich für einen kurzen Moment ein geheimnisvolles Knistern, das so schnell erstarb, als wäre es gar nicht dagewesen.

»Was war das?«, fragte Fehris argwöhnisch.

»Ich glaube, das kam von unseren Artefakten«, antwortete Marl, zog seinen Stab aus der Satteltasche und strich liebevoll über den gedrechselten Schaft. Er fühlte sich an, als würde er sanft vibrieren.

»Sie wollen uns wohl sagen, dass wir auf dem richtigen Weg sind«, stellte Dott in seiner frappierenden jugendlichen Weisheit fest.

Bodenlos

Die drei Gefährten folgten dem Weg mitten durch den Nebelhain in südlicher Richtung. Immer näher rückten die Bäume zusammen, wodurch der Wald in ein Meer von Schatten getaucht wurde. Diesmal war die Reihenfolge eine andere: Der unerschrockene Pirat Marl ritt voran, während die liebliche Frau Fehris die Flanke nach hinten absicherte. Und, nicht zu vergessen, der nimmer verzagte Glückner Dott auf seinem angestammten Platz dazwischen. Vermutlich dachten Vor- und Nachhut, sie müssten das Küken stets in ihre Mitte nehmen. Gegebenenfalls lag es aber auch daran, dass Dotts Reittier sich bislang nicht gerade einen Ruf als Rennpferd verdient hatte. Haserl besaß halt andere Vorzüge. Liebevoll betrachtete er sie. Die lange Mähne, die lange Nase, die langen Ohren. Das linke knickte im oberen Drittel leicht weg, was Haserls verschmitzten Gesichtsausdruck betonte.

Die Nachhut sprach: »Gegen Abend müssten wir das Ende des Nebelhains erreichen.«

Fehris kannte sich erstaunlich gut in dieser Gegend aus. Obgleich er keine Einzelheiten wusste, hatte Dott natürlich mitbekommen, dass eine bewegte Vergangenheit sie mit diesem Räuberhauptmann Philipp verband. Solange sie nicht von selbst davon anfing, verzichtete er auf jegliche Nachfragerei. Marl hingegen schien dieses Thema über Gebühr zu beschäftigen.

Just in diesem Moment drehte sich die Vorhut um. »Ich erkenne die Gegend. Hier ganz in der Nähe haben mich die Grolldrummeln verschleppt, wodurch ich meinen kleinen Freund kennengelernt habe.« Ein Schatten flog über sein Gesicht, ganz offensichtlich vermisste er das Fellwesen. »Es ist nur ein kleiner Umweg, doch ich möchte kurz in ihrem Dorf vorbeischauen. Einverstanden?«

»Wie bitte? Diese pelzigen Ungeheuer fressen uns bei lebendigem Leib«, rief Fehris. »Du hast schon mal bessere Ideen gehabt.«

»Nein, nein, die haben mich damals schon nicht verspeist – warum sollten sie es heute tun?«

»Wenn ich daran denke, wie du gestunken hast …«, in Erinnerung daran kräuselte sie ihre Nase, »selbst Grolldrummeln hüten sich vor verdorbenen Lebensmitteln. Aber mich haben sie bestimmt zum Fressen gern.«

»Dir wird kein Haar gekrümmt. Dafür sorge ich. Im Grolldrummeldorf bin ich eine große Nummer. Immerhin habe ich ihnen das Feuer geschenkt«, versicherte Marl.

»Hm.«

Wie schaffte Fehris es nur, so viel Skepsis, Vorbehalt und Misstrauen in solch eine kurze Bemerkung zu legen?

»Dein *Hm* klingt wie *Au ja, das machen wir. Prima Idee*«,

deutete Marl die Zwischentöne, so wie er sie brauchte. Er zwinkerte Dott zu, und zwar auf eine Art und Weise, dass Fehris es unmöglich übersehen konnte.

Natürlich konnte sie das nicht hinnehmen. »Hab ich euch schon von meinem fürchterlichen Tagtraum erzählt?« Sie schüttelte sich. »Stellt euch vor: Ein alter Mann stand plötzlich splitternackt vor mir und jammerte, er sei so furchtbar um unser aller Wohlergehen besorgt.«

Mit viel Selbstbeherrschung unterdrückte Dott ein Lachen. »Den gleichen Traum hatte ich auch«, gluckste er.

Marl schwieg, aber Fehris ließ nicht locker. Zuckersüß fragte sie: »Weißt du, wer das gewesen sein könnte? Ich habe völlig vergessen, auf sein Gesicht zu achten.« Sie zwinkerte Dott zu, als plage sie ein schweres Augenleiden.

»Das ist überhaupt nicht lustig«, entschied Marl.

Der Ziegenhirte konnte sich nicht mehr zurückhalten und kicherte, sodass Haserl den Kopf drehte und ihn erstaunt ansah.

Ein durchdringendes Heulen, erfüllt von Wut und Schmerz, ertönte aus der Tiefe des Waldes, gefolgt von einem tiefen Knurren.

Abrupt richtete sich Marl kerzengerade im Sattel auf. »Das war Grolli! Es ist was passiert. Ich wusste es doch! Wir müssen zu ihm.«

»Schweinepest und Asselfurz, in dem Fall bleibt uns wohl keine andere Wahl«, pflichtete Fehris ihm bei.

Umgehend verließen sie den Weg und lenkten die Pferde in die Richtung, aus der die Geräusche gekommen waren. Alsbald wurde der Wald immer dichter, sodass sie absitzen und die Pferde an den Zügeln zwischen Bäumen und

Büschen hindurchführen mussten, bis sie schließlich eine Lichtung erreichten. Dort bot sich ihnen ein fürchterlicher Anblick. Überall lagen Fellhaufen auf dem Boden. Große, kleine, junge, alte Grolldrummeln – sämtliche Wesen hatten eines gemeinsam: Sie waren tot, ihre Körper regelrecht zerfetzt. Haserl zitterte nervös, die Witterung des vielen Blutes behagte ihr überhaupt nicht. Sprachlos standen die drei Gefährten am Rand des zerstörten Dorfes. Marl deutete auf den Leichnam eines besonders großen Fellwesens, das eine Kette aus getrockneten menschlichen Ohren um den Hals trug. Sein Kopfschmuck aus Narbenkrähenfedern war ihm vom Schädel gerutscht. »Dort liegt der Häuptling der Horde.«

Während Dott mit der flachen Hand Haserls Hals beruhigend tätschelte, ließ er seinen Blick schweifen. Inmitten von Blut und Leichen entdeckte er Tonscherben, Stofffetzen, ein Wagenrad und einen Tisch. Und jede Menge Knochen, von denen etliche menschlichen Ursprungs waren. Zwei der aus Ästen und Zweigen gebauten Unterschlupfe standen noch, in einem davon nahm der Ziegenhirte eine Bewegung wahr. Auch die beiden anderen Gefährten hatten es bemerkt, sofort machten sich Marl und Fehris kampfbereit. Mit schmalen Augen starrten sie auf die dunkle Öffnung, aus der ihnen eine untersetzte Gestalt entgegenwankte; tiefe Trauer war ihr ins fellige Gesicht gezeichnet.

Marl sprang vor und breitete die Arme aus. »Grolli!«

Das Fellwesen rauschte mit einem schrecklichen Grollen auf ihn zu und riss ihn mit einem Sprung zu Boden. Die beiden drückten und drehten sich wie Ringkämpfer, dann sprang Grolli auf und brummte Fehris und Dott kameradschaftlich an.

»Was um alles in der Welt ist hier geschehen, mein Freund?«, fragte Marl.

Wie zur Antwort zeigte Fehris auf acht lange, dürre Gliedmaßen, die gekrümmt nach oben ragten. Eine monströse Fieberspinne lag tot auf dem Rücken. Im gleichen Moment entdeckte Dott einen grünen Klumpenbrei aus Federn – der Kadaver einer Narbenkrähe. Übergroß, von der gleichen Sorte wie jene vor dem Gasthaus Zur *Krummen Wurzel.* Die Biester hatten das Grolldrummeldorf überfallen und alles Leben zerstört. Bis auf Grolli, der offensichtlich erst nach dem Überfall auf das Dorf hier aufgetaucht war. Vielleicht hätten sich die Fellwesen gegen die Fieberspinnen allein erwehren können, zumal sie deren Gift trotzen, doch die Narbenkrähen waren offenkundig zu viel des Bösen gewesen.

»Verflucht!«, schimpfte Marl. »Das tut mir so leid, Grolli.« Er rappelte sich vom Boden hoch und hielt sich die Hand auf die Wunde in der Brust.

Mit einem ungewöhnlichen Jaulen wie von einem Welpen, gefolgt von einem furchtbaren Donnergeräusch, sprang Grolli mit einem Satz auf Marls Pferd. Zum Glück scheute Grauer nicht, sondern schien sich sogar über den wiederentdeckten Gefährten zu freuen.

»Ich habe den Eindruck, spätestens jetzt hat Grolli unseren Auftrag auch zu seinem erklärt. Er will Rache«, erklärte Marl.

Fehris schwieg. Doch der Ziegenhirte sah es ihrer Miene an – Worte konnten es schwer beschreiben. An diesem Ort verschwammen die Grenzen zwischen Tier und Mensch, zwischen Gut und Böse, zwischen Freund und Feind.

»Schön, dass du wieder da bist, Grolli. Jetzt sind wir wieder ein *vier*blättriges Kleeblatt. Das bringt Glück«, sagte Dott.

Fehris hob freundschaftlich einen Arm in Richtung Grolldrummel. »Beim Kampf gegen diese widerlichen Schattenwesen können wir jede Hilfe gebrauchen.«

Der Rattenschwanz des Fellwesens peitschte aufgebracht hin und her.

»Hier können wir leider nichts mehr tun. Lasst uns verschwinden, bevor sie zurückkommen«, sagte Marl.

Trotz ihres Umweges über das zerstörte Grolldrummeldorf erreichten sie noch vor Einbruch der Dämmerung die südlichen Ausläufer des Nebelhains. Dott setzte sich auf einen entwurzelten Baumstamm und krempelte einen Ärmel hoch. Seine Haut darunter bot ihm einen freudigen Anblick – rosa leuchtete sie in der untergehenden Sonne, die ehemaligen Streifen hatten sich zu zwei kleinen Flecken oberhalb des Handgelenkes zurückgebildet. Diese widerlichen Todesboten, die ihn nicht nur ständig an seine Aufgabe erinnerten, sondern ihn auch zur Erfüllung derselbigen zwingen sollten, gehörten der Vergangenheit an. Dabei hätte es dieser Hinterlist bei ihm nicht bedurft. Ebenso wenig wie bei Fehris und Marl, wie sich herausgestellt hatte, denn obgleich die Gefahr der Vergiftung nun gebannt war, suchten sie weiter nach den Kindern. Andere hätte dies ob der Vergangenheit der beiden vielleicht verwundert, Dott nicht. Er hatte schon sehr früh an sie geglaubt. Spätestens nach der Wahl der Artefakte in der königlichen Schatzkammer.

Bei der Einschätzung von Grolli tat er sich deutlich schwerer – zumal das Fellwesen kaum zu begreifen war. Gedankenversunken betrachtete der Ziegenhirte die Grolldrummel, die regungslos neben ihm auf dem Boden hockte.

Über diese Fellwesen gab es mehr Gerüchte, als Haare auf ihrem Rücken wuchsen. Ihre dolchartigen Klauen an den riesigen Tatzen, die scharfen Zähne und vor allem der dornenbewährte Rattenschwanz wirkten nicht gerade vertrauenserweckend. Auch die abgenagten Menschenknochen in ihrem Dorf sprachen eine deutliche Sprache. Doch was verrieten schon Essgewohnheiten, Aussehen und Herkunft und eines Lebewesens über dessen Gesinnung? Grolli hatte sich auf seine Art als zuverlässiger Gefährte erwiesen, und ab jetzt bekämpften sie ein gemeinsames Feindbild: die verhexten Tiere und ihren Schöpfer, den Schattenfürsten Razuhl. Und damit den alles verschlingenden Schattenstaub. Grollis tiefe Trauer über die Zerstörung seines Heimatdorfes berührte Dott. Einen besseren Beweis für eine Seele konnte es nicht geben. Das Fellwesen erwiderte seinen Blick mit unergründlichen Augen. Um ein Haar hätte Dott es aufmunternd angelächelt, doch im letzten Augenblick widerstand er diesem Reflex, denn er wusste aus eigener Erfahrung, dass dies keine gute Idee war. Grolldrummeln reagierten auf gebleckte Zähne äußerst aggressiv. Offenbar hielten sie dies für eine unverzeihliche Drohgebärde, die nur mit einem sofortigen Angriff beantwortet werden konnte.

Folglich nickte Dott nur stumm und hielt ihm seinen Arm unter die Schnauze. »Danke noch einmal für die Heilung, Grolli. Dank deiner unglaublichen Kotzbrocken pocht nun kein Gift mehr in unseren Körpern.«

Die Bedeutung, die Dott aus seinem tiefen Brummen herauszuhören meinte, lag irgendwo zwischen *gern geschehen* und *lass mich allein.*

Mit meinen Ziegen habe ich schon immer geredet, mit Haserl verständige ich mich, warum sollte mir das mit Grolli nicht auch gelingen. Tiere verstehen viel mehr, als die meisten Menschen meinen, und die Grolldrummeln sind uns noch einiges näher. Sie kleiden sich in Stofffetzen, benutzen Werkzeuge und verfügen über eine einfache Form von Sprache.

Angespornt von diesem letzten Gedanken, nickte Dott dem Fellwesen demonstrativ zu. »Schau! Das heißt *Ja.*« Er bewegte den Kopf mehrmals auf und ab. »Das mache ich, wenn ich mit etwas einverstanden bin. Die Menschen benutzen es als Zeichen der Zustimmung. Wenn du mich verstehst, dann hoch und runter mit dem Kinn.«

Grollis Brummschädel dachte nicht daran, sich zu bewegen.

»Verstehe. Ja-Sager sind ohnehin langweilig. Versuch's mal hiermit.« Dott schüttelte den Kopf, dass die Ohren schlackerten. »Das heißt Nein. Wenn ich etwas ablehne oder anderer Meinung bin, dann bewege ich meine Nase hin und her. Wie machen denn die Grolldrummeln, wenn ihnen etwas nicht passt?«

Grolli saß nur da wie ausgestopft. Seine kleinen Augen blinzelten nicht einmal.

»Du könntest stattdessen zum Beispiel besonders böse grollen«, schlug Dott vor.

Fehris trat hinzu. »Gib es auf. Eher bringst du Marl das Waschen bei.«

»Oder unserer edlen Kriegerin ein freundliches Wort«, sagte Marl, der im Lagerfeuer herumstocherte. Für sein Alter besaß der Piratenmönch erstaunlich gute Ohren. »Hör zu, Kleiner: Grolldrummeln betrachten die Welt in einfachen Dimensionen. Die wichtigste lautet: fressbar oder unfressbar?«

»Mag sein«, entgegnete der Ziegenhirte. »Grolli, wenn du reden willst, komm einfach jederzeit zu mir. So habe ich es mit meinen Ziegen auch gehandhabt.«

Marl zog die Augenbrauen hoch. »Das Leben ist keine Ziegenwiese.«

Plötzlich knuffte Grolli Dott mit einer seiner Pranken an die Schulter, sodass er beinahe umkippte.

»Wunder dich nicht, das macht er bei mir auch manchmal, das ist ein Zeichen von Zuneigung«, erklärte Marl.

»Darf ich dir auch ein paar pfeffern? Natürlich nur, weil ich dich so gern hab«, fragte Fehris.

Dott knuffte Grolli zurück. Leben kam in das Fellwesen. Er stupste noch einmal. Dott ließ sich nicht lumpen und gab den Stoß zurück. So ging es eine Weile hin und her, bis die Grolldrummel ihre langen Arme ausbreitete und Dott umschlang. Im nächsten Augenblick balgten beide auf dem Boden herum wie zwei übermütige Knaben, mal war der eine oben, mal der andere. Grollis Schwanz peitschte gefährlich hin und her. Einige Male schlug er damit auf den Boden, dass die Erde bebte.

»SOFORT AUS! AUS!«, rief Marl.

Dott prustete. »Warum? Wir haben doch gerade erst angefangen. Es sieht gefährlicher aus, als es ist. Grolli ist ganz vorsichtig.«

Sie rollten weiter über den Boden.

Als sie ausgetobt hatten, gluckste Dott atemlos. »Marl, du hast eine Rolldrummel mitgebracht.«

»Hm, ihr solltet nicht übertreiben, nicht dass du dich verletzt. Die vor uns liegenden Aufgaben sind verflucht schwierig. Allein, wenn ich an das Fladenmoor denke, wird selbst der Schwarze Marl bleich. Deshalb, lasst uns zeitig schlafen gehen, bevor wir morgen noch im Sumpf versinken.«

»Fladenmoor! Woher kommt eigentlich der merkwürdige Name?«, fragte Dott.

»Weil das Gebiet aus einem riesigen, runden Stück Scheiße besteht. Wie ein Kuhfladen«, erklärte der Alte.

»Aha.« Diese Erklärung machte Dott den Sumpf kein Stück sympathischer.

Die Wacheinteilung blieb die Gleiche, Dott würde den frühen Morgen übernehmen, daher machte er sich daran, sein Nachtlager einzurichten.

Bei Sonnenaufgang stiegen sie auf ihre Pferde und hielten in südöstlicher Richtung auf das Sumpfgebiet zu. Nach wie vor hatte Dott die Karte des Reiches Meribors im Kopf, dank eines Zaubers von Obermagier Belam. Was der wohl gerade machte und dachte? Nach dem ursprünglichen Plan hätten sie längst mit den Kindern zurückkehren müssen. Vielleicht hielt er jeden Tag Ausschau nach den drei Auserwählten. Oder ob er sie schon abgeschrieben hatte?

Selten begegneten sie anderen Menschen. Die meisten waren in Richtung Küste geflohen in der Hoffnung, eine Überfahrt auf die Inseln zu ergattern. Die wenigen Verbliebenen versteckten sich entweder vor ihnen oder liefen erschrocken weg – spätestens dann, wenn sie die Grolldrummel auf Marls Pferd erblickten. Woher sollten sie auch wissen, dass diese illustre Gruppe die letzte Hoffnung zur Rettung ihrer Heimat war?

Am Mittag des darauffolgenden Tages erreichten sie das Fladenmoor. Die Bäume wurden zusehends seltener, eine weite Ebene lag vor ihnen. Seit einigen Tagen hatte es nicht geregnet, dennoch wurde der Untergrund immer weicher und feuchter. Inzwischen erzeugten die Pferdehufe schmatzende Geräusche. Haserl schnaubte empört, sie machte sich nicht gern die Füße nass.

»Haltet nach Steinhaufen mit weißer Markierung Ausschau«, rief Fehris. »Das hat uns Philipp eindringlich ans Herz gelegt.«

Marl grummelte etwas Unverständliches.

Aufmerksam blickte Dott in alle Richtungen, bislang hatten sie nicht einen einzigen solchen Haufen zu Gesicht bekommen.

»Weiß dein Beutelschneider überhaupt, wovon er redet?«, polterte Marl über Dott hinweg nach vorne.

Fehris blieb ruhig. »Das tut er, und ich vertraue ihm.« Auch sie suchte unaufhörlich den Weg ab, doch bislang gab es keine Spur von einer Steinansammlung.

»Hier gibt es nicht einmal Maulwurfshügel.«

»Nein, Maulwürfe würden hier ersaufen.«

»Hat dir das auch Philipp der Tolle erzählt?«

»Natürlich nicht, das sagt mir mein gesunder Menschenverstand.«

So pfiff der Wortwechsel hin und her. Dott zog den Kopf ein. Gerade als er vorschlagen wollte, selbst eine Weile als Vorhut zu reiten, um den beiden die Gelegenheit zu geben, alles und nichts in Ruhe auszudiskutieren, rief Fehris. »Dort! Eindeutig eine Markierung.«

»Tatsächlich«, sagte Marl mit Blick auf den Steinhaufen. »Dennoch bringt uns das kein Stück weiter, weil er ja auch gesagt hat, dass sie von Wegelagerern gerne mal verschoben werden.«

»Da es kaum noch Reisende gibt, die in die Irre geführt werden können, denke ich, dass die Wegweiser echt sind«, entgegnete Fehris. »In dieser Ödnis könnten Räuber nicht überleben.«

Dem hatte Marl nichts entgegenzusetzen. Sie passierten die Ansammlung kopfgroßer Steine, die an der Nordseite mit weißer Farbe bemalt waren. Noch mehr davon tauchten auf, doch denen fehlte die Kennzeichnung. Der Boden wurde zusehends schlammiger und das schmatzende Saugen unter den Pferdehufen lauter.

»Wir sollten absteigen«, sagte Marl. »Der Sumpf klingt gierig. Ich fürchte, er wartet auf einen falschen Tritt, damit er uns verschlingen kann.«

Im Grunde sah die Gegend auf den ersten Blick recht harmlos aus – so wie eine gigantische Wiese nach drei Tagen Regenwetter. Vereinzelt reckten verkrüppelte Bäume ihre blattlosen Zweige in die Höhe, so als riefen sie um Hilfe. Die Pferde schnaubten und zögerten, sie trauten dem Untergrund nicht. Nur widerwillig ließen sie sich an den Zügeln führen. Auf dem Rücken von Grauer war Grolli wieder in Lethargie verfallen und starrte vor sich hin. Linker Hand kamen zwei weitere Steinhaufen in Sicht, auch ihnen fehlte die weiße Farbe. In der Luft hing ein fauliger Geruch, der die Reittiere noch nervöser machte. Schwindel erfasste Dott. Bewegte sich etwa der Schlamm unter seinen Stiefeln? Ihm kam es vor, als atmete der Boden ein und aus.

Nur langsam gewöhnte er sich an das seltsame Gefühl. Ein zarter Nebel umwaberte seine Füße. Doch als sie tiefer ins Fladenmoor drangen, verdichtete sich dieser mehr und mehr zu milchigen Schwaden, die kaum noch den Grund unter den Füßen erkennen ließen. Er krümmte und streckte seine klammen Zehen in den durchweichten Schuhen.

Der Nebel kroch höher, bis er sie wie ein gebleichtes Laken bedeckte. Die Welt verlor ihre Farben und damit ein Stück Freude – so empfand es Dott. Das konturlose Weiß, egal wohin er blickte, deprimierte ihn. Hatte er bisher immer gedacht, nur lichtloses Schwarz riefe Unbehagen hervor, wurde er jetzt eines Besseren belehrt.

»Auch das noch!«, schimpfte Marl. »Wir sehen kaum noch, wohin wir treten. Wie sollen wir dann in der weißen Brühe die Steinhaufen mit den Markierungen finden? Ich gehe langsam vor, ihr folgt genau in meiner Spur.«

Vorsichtig tastete sich der alte Mönch mithilfe seines Stabes über den sumpfigen Boden, wodurch sie nur langsam vorankamen. Der Nebel und das helle Licht reizte die Augen, Dott blinzelte ein paar Tränen weg.

»Wie sollen wir nur ohne die Hinweise auf dem richtigen Weg bleiben?« Auch Fehris rieb sich übers Gesicht.

»Wäre es nicht besser, wir warten, bis sich der Nebel verzieht?«, schlug Dott vor.

»Ich weiß nicht, ob ich so alt werde«, knurrte Marl. »Niemand weiß, wie lange das dauert.« Er patschte mit der Stiefelsohle auf den Schlamm. »Hier können wir sowieso nicht rasten. Also weiter!«

Sie schlängelten sich zwischen zwei kniehohen Felsen hindurch. Ein kleiner Hoffnungsschimmer, denn hier fühlte sich der Boden etwas fester an. In diesem Augenblick stieß der Alte einen Schreckensschrei aus und rief: »HALT!« Dott, der mit Grauer und Haserl an den Zügeln hinter ihm ging, blieb sofort stehen. Marls linkes Bein steckte bis zum Knie im Morast. Er warf sich zurück und landete auf dem Hinterteil. Sofort ließ Dott die Zügel fallen, packte ihn unter den Achseln und zog. Mit vereinten Kräften schafften sie es – mit einem unwilligen Schmatzen gab der Sumpf Marls Bein wieder frei. Ein gieriges Blubbern ertönte.

»He, das war mein Stiefel! Weg ist er. So schnell geht das«, schimpfte Marl.

»Wir müssen ihn zurückholen«, sagte Dott.

»Nein, nein. Das wäre ein großer Fehler. Was das Moor einmal hat, gibt es nie wieder her. Opfern wir ihm also mein Schuhwerk und probieren den Weg rechter Hand aus.« Er rappelte sich hoch.

Die Natur schien sich gegen sie verschworen zu haben: Der Boden unter ihren Füßen drohte sie zu verschlingen, der dichte Nebel nahm ihnen die Sicht auf den gefräßigen Feind und verbarg zudem den richtigen Weg. Und das war noch nicht alles. Die Dämpfe, die dem Sumpf entwichen, reizten ihre Augen, Nasen und Münder. Marl versuchte eine Weile, mit seinem brennenden Stab den Nebel zu vertreiben, doch schnell merkte er, dass es hoffnungslos war. »Wenn wir hier lebend rauskommen, bade ich mindestens einmal im Monat«, versprach er. »Doch dafür müssen wir endlich die nächste Markierung finden.«

Der Nachmittag zog sich dahin. Schritt für Schritt, Fußstapfen für Fußstapfen, Huf für Huf. Dotts Hoffnung, dass der Nebel sich auflösen würde, erfüllte sich nicht. Beständig waberten die Schwaden um die Gefährten herum. Als sich die Umrisse zweier kniehoher Felsen abzeichneten, hielt

Marl an und warf verzweifelt die Arme in die Höhe. »Oh nein. Keinen Schritt weiter. Nicht einmal eine Pferdelänge von hier hat der Sumpf meinen Stiefel verschlungen. Wir sind im Kreis gelaufen.«

Eine Weile schwiegen sie. Weder Fehris noch Dott machte Marl einen Vorwurf, schließlich hatten auch sie den Fehler nicht bemerkt. Die Grolldrummel auf Grauers Rücken starrte vor sich hin, als ginge sie das alles nichts an.

»Meine Augen und auch meine anderen Sinne taugen nichts mehr«, sagte Marl.

So betrübt hatte Dott ihn noch nie erlebt.

»Auch ich sehe nur noch weißes Flimmern, es kommt mir vor, als stecke mein Körper in einem Berg aus Watte«, erklärte Dott. »Wir dürfen die Köpfe nicht hängen lassen. Soll ich mal voran gehen? Ich bin leichter und versinke nicht so schnell. Und wenn doch, kannst du mich herausziehen.«

Mit entschlossener Stimme sagte Fehris: »Ich fürchte, das bringt uns auch nicht weiter. Wir haben die Orientierung verloren, es spielt keine Rolle, wer voranschreitet und im Nebel herumstochert.«

»In den Geschichten über das Fladenmoor war von diesem grässlichen Nebel nie die Rede«, maulte Marl. »Ihr wisst, was das heißt: Zuerst das Grolldrummeldorf und jetzt das hier. Unsere Reise scheint unter keinem guten Stern zu stehen.«

»Genial, alter Mann, du bringst mich auf einen Gedanken!« Fehris' Gesicht leuchtete auf. »Wir haben doch ein paar zusätzliche Augen dabei. Augen, die nicht tränen oder sich blenden lassen.«

Verwundert starrte Marl sie an. »Meinst du etwa Grolli?«

»Nein, der sieht auch nicht mehr als wir drei.« Im nächsten

Augenblick hielt sie zwischen Daumen und Zeigefinger die Erklärung in die Höhe – ihren silbernen Wurfstern.

»Die Idee könnte von mir sein. Versuche es.« Marls Stimme klang wieder hoffnungsfroher.

Fehris fackelte nicht lange, sie holte aus und warf das Artefakt schräg nach vorn. Der Stern verschwand im Nebel. Dott wusste, dass er ihr während seines Fluges die Gegend unter sich aus der Vogelperspektive präsentierte. Zwei Herzschläge später fing Fehris das Artefakt wieder auf, was großes Geschick erforderte, da sie es erst im letzten Moment kommen sah. »Nichts außer unendlichem Weiß«, sagte sie. »Ich probiere es in einer anderen Richtung.« Auch die nächsten beiden Würfe brachten keine neue Erkenntnis. »Aussichtslos, im wahrsten Sinne des Wortes. Ich schaffe es nicht, hoch und weit genug zu werfen.« Sie ließ die Schultern hängen.

»Soll ich es mal probieren?«, fragte der Ziegenhirte. »Ich bin ein Meister im Steinwurf. Frag Marl.«

Trotz der schrecklichen Lage, in der sie sich befanden, lächelte Fehris für einen kurzen Moment, um dann mit ernster Stimme zu mahnen. »Ich weiß, Dott. Doch es spricht einiges dagegen.«

»Du meinst das mit den zwei Artefakten, nicht wahr? Ich lege meinen Mantel vorher ab.«

»Das solltest du unbedingt tun. Doch auch dann bleiben viele Fragen offen. Vermutlich funktioniert der Stern bei dir nicht – Philipp konnte ihn auch nicht benutzen, und mich hat es viel Übung gekostet, ihm im richtigen Moment meinen Geist und damit die Sicht der Dinge zu überlassen. Das heißt, du wirst nichts sehen, und er kommt vielleicht gar nicht mehr zurück. Wenn wir Pech haben, wirfst du das kostbare Artefakt einfach nur ins Moor.«

»Nun ja, allzu viele Möglichkeiten verbleiben uns nicht. Ich denke, wir sollten es einfach probieren. Einen Versuch ist es wert.«

»Ja, genau einen«, knurrte Marl. »Und dann hat mein Stiefel wenigstens Gesellschaft.«

»Also schön. Etwas Besseres fällt mir auch nicht ein.« Fehris zuckte die Achseln und wartete, bis Dott seinen Mantel ausgezogen und über Haserls Sattel gelegt hatte, bevor sie ihm den silbernen Wurfstern in die Hand drückte. Der Ziegenhirte spürte das Metall in seinen Fingern und die Verantwortung auf seinen Schultern. Beides wog schwerer, als er gedacht hatte. »Welche Richtung soll ich ausprobieren?«

»Sucht dir eine aus. Du bist doch unser Glückspilz.«

Der Ziegenhirte drehte sich etwas nach links. Er machte zwei Schritte zurück, streckte den Arm aus und nahm ihn nach hinten. Dann stürzte er vor und schleuderte das Artefakt mit einer peitschenden Bewegung in den Himmel. Vor lauter Schwung fiel er beinahe vornüber.

»Junge, was für ein Wurf!«, rief Marl.

Doch Dott konnte sich kaum freuen. Der Nebel erlaubte es nicht, die Flugbahn des Wurfgeschosses zu verfolgen, er sah nur die weiße Wand, in der es verschwand. Wie Fehris vermutet hatte, blieb auch der erhoffte Blick von oben auf das Fladenmoor aus, das Artefakt diente ihm nicht. Und mindestens genauso schlimm – der Stern kehrte nicht zurück. Daher hatte er ihn augenscheinlich dem Moor geopfert. Waren es die beißenden Dämpfe oder die Enttäuschung, jedenfalls tränten seine Augen. »Es tut mir leid.«

»Den Versuch war es allemal wert«, tröstete Marl.

Dott suchte Fehris' Blick, doch er konnte diesen nicht finden. Mit vollends entrückter Miene stand die Söldnerin da, die Augen so weiß wie alles um sie herum. Ein Sirren ertönte, wurde lauter, dann schnellte der rechte Arm von Fehris in die Luft, und sie hielt einen silbernen Stern in der Hand. Den silbernen Stern, denn allzu viele von diesen Dingern flogen hier nicht herum.

Leben kehrte in ihre Augen zurück. »Dott, du hast es geschafft, der Stern ist über den Nebel hinaus geflogen. Aus der Vogelperspektive konnte ich es gut erkennen – wir stehen mitten in einem Dunstkreis. Es gibt einen Ausgang, genau dort.« Sie deutete mit dem Zeigefinger in eine Richtung, die aussah wie jede andere. »Gehen wir! Ihr werdet sehen, bald stoßen wir auf einen abgestorbenen Baum. Ein Stück dahinter müssen wir uns rechts halten und immer geradeaus. Danach endet der Nebel wie abgeschnitten, und wir haben es geschafft«, sagte sie und verstaute seelenruhig ihren Wurfstern.

Die Gefährten schöpften neuen Mut, die Hoffnung vertrieb die Erschöpfung.

Tatsächlich schaffen sie es mit letzten Kräften auf dem von Fehris beschriebenen Weg aus dem vermaledeiten Nebel hinaus. Gleichzeitig wurde auch der Boden wieder fester, sodass nicht mehr jeder Schritt Todesgefahr barg. Inzwischen machte die Dunkelheit eine Weiterreise unmöglich, daher schlugen sie ihr Nachtlager auf dem klammen Grund auf. An geruhsamen Schlaf war nicht zu denken, denn es würde nicht lange dauern, bis die Schlafrollen sich voll Wasser gesogen hatten. Neidisch sah Dott auf Grauer, Hott und Haserl – die machten es sich im Stehen gemütlich.

»Wir haben es bis hierhin geschafft, bald werden wir auch den *Turm der Zeit* erreichen«, war sich Fehris sicher. »Ich habe ihn in der Ferne bereits sehen können.«

Mit beiden Händen knetete Marl die Zehen seines nackten Fußes. »So ist es. Selbst wenn ich auf einem Bein hüpfen muss – jetzt erst recht.« Seine Zähne knirschten.

Mit ernster Miene betrachtete Fehris ihre drei Wurfsterne. »Ich habe das Bild sehen können, obwohl du geworfen hast.«

»Dein Dreigestirn für das Dreigestirn«, sinnierte Marl. »Vielleicht denken die Artefakte mit. Und wer weiß, was sie noch alles können.« Er warf seinem knorrigen Stab einen verschmitzten Blick zu.

Dott zog seinen grauen Umhang enger. Warmhalten wäre schon mal ein guter Anfang. Was auch immer die magischen Gegenstände vermochten, er verspürte Stolz auf ihre Träger. Tapfere Gefährten, die aufeinander achteten. Die erste Etappe des Sumpfes hatte ihnen einiges abverlangt, doch gemeinsam vermochten sie der Gefahr zu trotzen.

Am frühen Vormittag des nächsten Tages erblickten sie ihn – den *Turm der Zeit*. Mit der flachen Hand beschattete Dott seine Augen, um mehr Details zu erkennen. Aus der Ferne betrachtet, wirkte er wie ein gewöhnlicher Wachturm in runder Bauweise mit einem Wehrgang unter dem Spitzdach.

»Ich habe eine Frage zum Turm.«

»Wie gesagt, ich weiß nicht, warum der so heißt«, sagte Marl.

»Das habe ich mir gemerkt. Ich frage mich etwas anderes.«

»Und das wäre?«

»Was bewacht dieser Turm hier mitten im Sumpf? Wer hat ihn gebaut? Wieso gerade hier? Woher kommen die ganzen

Steine und Baumaterialien? Wem gehört er? Ist er bewohnt? Wenn ja, von wem?«

»*Eine* Frage nennst du das also«, sagte Marl. »Wir suchen Kinder, keine Antworten.«

»Ich habe doch nur Fragen zum Turm gestellt. Und längst noch nicht alle.«

»Ich halte es so, Kleiner: Wir inspizieren den Turm und sehen, was dann noch unklar ist.«

Alle schwiegen, während sie wie gebannt ihr Ziel fixierten, doch nur langsam rückte der *Turm der Zeit* näher. Verbissen kämpften sie sich weiter voran. Am frühen Abend parierten sie schließlich die Pferde direkt vor der Eingangstür und ließen das Gebäude auf sich wirken.

Dott legte den Kopf in den Nacken und rief: »Schaut mal nach oben. Wie du gesagt hast, Fehris.« Ein Sumpffalke umkreiste die Turmspitze, sein blaues Schwanzgefieder leuchtete in der Sonne.

»Wenn das kein Zeichen ist!« Die Gefährtin war die Erste, die aus dem Sattel sprang, ihre Glieder streckte und dabei augenzwinkernd rief: »Hallo! Ich bin auf der Suche nach einem heißen Bad.«

»Und ich nach einem kühlen Bier«, erklärte Marl, wobei er vorsorglich seinen Stab in den Händen hielt.

Nun sah auch Dott, dass Fehris ihre Hände in den Beutel mit den Wurfsternen steckte. »Mal sehen, ob wir willkommen sind.«

Die Grolldrummel sprang vom Pferd, beschnüffelte die Eingangstür und sah Marl fragend an.

»Fang nicht an wie Dott, Grolli. Ich habe keine Ahnung, was es mit diesem Turm auf sich hat.« Auch Marl rutschte ächzend vom Pferd, ihn hatte die Reise durch den Sumpf offensichtlich am meisten mitgenommen.

»Finden wir es heraus!«, meinte Fehris und schritt auf den Eingang zu. In Ermangelung eines Türklopfers hämmerte sie mit der Faust gegen das Holz.

Nichts rührte sich.

Nun stieg auch Dott aus dem Sattel. Kaum hatten seine Füße den Boden erreicht, spürte er es: Dieser Ort hatte etwas Besonderes. Zum einen strahlte er Beständigkeit und Frieden aus, zum anderen umgab ihn etwas Mystisches und Geheimnisvolles.

»Gehen wir einfach rein«, schlug Marl vor.

»Keine Klinke, kein Knauf, kein Griff. Nicht einmal ein Schloss. Vermutlich geht die Tür nur von innen auf.«

»Und hier soll Arn wohnen? Oder sonst wer? Seltsam.« Der Alte zog seine buschigen Augenbrauen zusammen.

Im gleichen Augenblick klackte es, und die Tür öffnete sich. Mit einem Satz sprang Fehris zurück, die Hand im Beutel mit den Wurfsternen. Doch auf der Pforte stand keiner. Entschlossen trat Fehris über die Schwelle und verschwand im *Turm der Zeit.*

Tote Seelen

Im Inneren des Turms herrschte völlige Finsternis. Nicht das kleinste Fenster durchbrach das Mauerwerk.

»Wir könnten jetzt gut ein kleines Flämmchen aus deinem Rubbelstab gebrauchen, alter Mann«, bemerkte Fehris.

Sie erhielt keine Antwort. Verwirrt drehte sie sich um, konnte aber niemanden hinter sich erkennen.

»Marl? Dott?«

Sie machte einen Schritt zurück, tastete erfolglos mit Händen und Füßen nach ihren Begleitern, hielt inne und lauschte – keine Schritte, kein Atmen. Wieso waren die beiden ihr nicht gefolgt? Und noch seltsamer: Hatte sich etwa die Tür hinter ihr wieder geschlossen? Sie suchte die ganze Wand nach dem Eingang ab, doch ihre Hände fanden nur feuchtes Mauerwerk.

»Hört ihr mich? Wo seid ihr?«, rief sie.

Bei den dreimal verfluchten Magiern, das muss ein Zauber sein! Die einzige Tür des Turms war verschwunden. Sie selbst befand sich innerhalb des Gebäudes, ihre Gefährten standen immer noch draußen. Und es gab keinerlei Möglichkeit, miteinander in Kontakt zu treten! Wieso war sie nur so dumm gewesen, ihre Füße als Erste über die Schwelle zu setzen? Furcht kroch in ihr hoch.

Ganz ruhig, Fehris, denk nach!

Zunächst einmal brauchte sie Licht. In der Dunkelheit durchwühlte sie ihren Beutel nach dem goldenen Stern. Alle drei Wurfgeschosse hatten exakt die gleiche Form, doch eines schien wärmer zu sein als die anderen beiden. War das Einbildung oder wollten die magischen Gegenstände ihr helfen? Fehris blieb keine andere Wahl, als es zu versuchen. Sie zog das etwas wärmere Artefakt hervor und warf es in die Luft. Auf der Stelle ging ihr ein Licht auf.

Langsam schwebte der goldene Stern zum Ende des Raumes und leuchtete ihn komplett aus. Wie erwartet stand sie im Eingangsbereich eines runden Turmes, der an einen Bergfried erinnerte. Vor ihr wand sich eine Treppe nach oben, hinter ihr befand sich nichts außer einer verwitterten Wand. Keine Tür, keine Gefährten.

Nun gut … es gibt ohnehin nur eine Richtung, die ich nehmen kann, also nützt alles Zaudern nichts.

Sie rief den Lichtstern zu sich zurück und schleuderte ihn erneut – diesmal durch das Auge der Wendeltreppe nach oben. Dann folgte sie ihm mit gezogenem Schwert. Falls ein Feind innerhalb dieser Mauern lauerte, so war er durch die plötzliche Helligkeit und ihre Rufe nach Marl und Dott längst auf sie aufmerksam geworden. Angespannt, den Griff ihrer Waffe fest umklammert, spähte sie nach oben, während sie Stufe um Stufe erklomm. Sie stieg stetig höher, ohne dabei ein Stockwerk mit einem Schlafzimmer, einer Halle oder einer Küche zu erreichen. In diesem seltsamen Turm schien es keinerlei Wohnmöglichkeiten zu geben, bloß diese Treppe zum Wehrgang hinauf. Wo, um alles in der Welt, sollte hier ein Kind leben?

Auf einmal drangen Stimmen an ihr Ohr, erst leise, dann immer lauter. Es waren zahlreiche Stimmen, von Männern, Frauen und Kindern, und sie alle schrien vor Angst. Was war hier los? Fehris beschleunigte ihre Schritte. Nahmen diese vermaledeiten Stufen denn gar kein Ende?

Einzelne Sätze aus dem Stimmengewirr drangen an ihr Ohr.

»Er ist hier!«

»Rennt um euer Leben!«

»Mein Kind! Wo ist mein Kind?«

Und dann, immer wieder, das schlimmste aller Worte. Jenes, das selbst die furchtlosesten Krieger lähmte: »Schattenstaub!«

Fehris verkrampfte sich. Ein Windstoß von oben peitschte ihr Schneeflocken ins Gesicht. Kaltes Winterlicht fiel auf die Stufen vor ihr. Sie streckte die Hand aus und fing das zurückkehrende Artefakt auf. Hastig steckte sie es wieder in ihren Beutel.

Nun konnte sie den Wehrgang sehen. Dort lag der Schnee handbreit auf den Zinnen. Wie konnte das sein? Gerade eben, als sie mit Dott und Marl vor dem Turm gestanden hatte, war nichts von einem plötzlichen Wintereinbruch zu bemerken gewesen.

Ihr Schwert in Verteidigungshaltung vor sich, betrat sie die Plattform. Doch die Vorsichtsmaßnahme erwies sich als unbegründet: Niemand lief hier oben Patrouille, nicht einmal Fußspuren zeichneten sich auf der Schneedecke ab. Dafür drang das Geschrei der Menschen umso lauter an Fehris' Ohren. Sie ging zur Balustrade und blickte hinab. Bei dem Anblick, der sich ihr nun bot, setzte ihr Herz einen Schlag aus.

Sie befand sich nicht mehr im Fladenmoor, sondern auf dem höchsten Punkt von Kandoria – dem Wehrturm der Lichtbogenfeste. Dieser Umstand allein wäre schon verwirrend genug gewesen, doch das, was sie dort unten in den verschneiten Straßen mitansehen musste, ließ sie innerlich und äußerlich erstarren: Der Schattenstaub war da! Nach Monaten des Wartens hatte er im Süden der Stadt einen Weg über den vereisten Fluss gefunden. Still wie eine Nebelbank wallte der tödliche Nebel über die Dächer hinweg, quoll durch Fenster und Ritzen in die Häuser, verschlang alles Leben! Wer gerade noch den Mund zum Schrei geöffnet hatte, zerfiel einen Wimpernschlag später zu grauer Asche. Selbst vor Pferden, Hunden und Hühnern machte die schwärende Masse nicht Halt. Und jedes Mal, wenn sie ein weiteres Opfer verschluckt hatte, schien sie in einer pulsierenden Woge neuen Staub zu gebären. Der Tod klopfte an die Türen Kandorias. Und er holte sie alle – Bettler und Edelleute, Gesindel und Gerechte, Mensch und Tier.

Wo waren die verfluchten Magier? Warum stellte Meister Belam sich dem Feind nicht in den Weg? Er musste doch zumindest versuchen, den Menschen von Kandoria einen Vorsprung zu verschaffen!

»Flieht! Raus aus der Stadt!« Das Geschrei der Flüchtenden löste Fehris aus ihrer Starre. Wie auch immer sie hierhergekommen war – sie musste unbedingt wieder weg! Zurück in den Sumpf, in den Nebelhain oder wohin auch immer. Vorhin war die Tür des Turms zwar versperrt gewesen, aber wenn sie durch ein Portal nach Kandoria geschickt worden war, dann gab es vielleicht irgendwo in diesem Gebäude eine weitere magische Pforte, die sie zurückbrachte.

Sie schickte den silbernen Stern aus, um sich einen Überblick zu verschaffen. Er drehte eine Runde um den Turm, wobei er ihr ausschließlich grauenvolle Bilder sandte: Eine Katze auf einem Dach, die einen Buckel machte und den Schattenstaub anfauchte, bevor sie verschluckt wurde. Ein Vogelnest, das in grauem Rauch aufging. Und schließlich den Truchsess des Reiches, Ferok zu Berlichhausen, der auf der Rückseite der Feste in eine von zwei Kutschen stieg. Flankiert von mehreren Reitern flohen die Adeligen in nördlicher Richtung. Die Menschenmenge stob panisch auseinander, als die Pferde mit donnernden Hufen durch sie hindurchpreschten. Einige gingen kreischend zu Boden, andere reckten ihre Fäuste zum Fluch.

Unerbittlich dehnte sich der Schattenstaub in Fehris' Richtung aus. Nicht mehr lange und er würde den Wehrturm emporkriechen. Sie fing ihr Artefakt wieder ein und rannte die Wendeltreppe hinab. Kein Portal weit und breit, kein Flimmern in der Luft, das auf einen magischen Ausgang hindeutete! Sie rannte schneller, strauchelte in der Dunkelheit, Panik erfasste sie. Mit zitternden Fingern sorgte sie wieder für Licht und suchte die Wände ab. Der Schattenstaub kam immer näher, jeder ihrer Atemzüge konnte der letzte sein.

Unzählige Stufen später erreichte sie das unterste Stockwerk, das nun ganz anders aussah als beim Hinweg. Zum einen gab es plötzlich Fenster, die Licht hereinließen, zum anderen eine Tür – mit einer Klinke! Sie öffnete sie und sah eine Brücke, die direkt zum Palas der Lichtbogenfeste führte.

Verflucht! Sie hatte gehofft, durch die Tür ins Moor entkommen zu können, aber allem Anschein nach blieb ihr nichts anderes übrig, als sich hier durchzuschlagen – im sterbenden Kandoria.

So schnell sie konnte, rannte sie über die Brücke in den Palas. Wachen, die sie aufgehalten hätten, gab es keine mehr. Sie alle hatten längst die Flucht ergriffen. Ein Blick zurück machte Fehris klar, dass es auch für sie allerhöchste Zeit war, denn gerade kroch der Schattenstaub am Wehrturm hinauf. Flüsternde Klagelaute drangen daraus hervor.

Fehris hatte die unzähligen Gänge und Stockwerke während ihres unfreiwilligen Aufenthalts in der Lichtbogenfeste nicht gut genug kennengelernt, um zu wissen, wie sie auf direktem Wege hinauskam, doch sie schlug die ungefähre Richtung ein, in der sie die Kutsche des Truchsesses gesehen hatte. Im Palas lief ihr nicht einmal mehr eine Küchenmaus über den Weg. Sie fand eine Tür, die sie ins Freie führte, geradewegs auf den Platz, den sie anvisiert hatte. Hier zeugte lediglich eine Armada aus Pferdeäpfeln vom überhasteten Aufbruch der Adeligen.

Auf der Straße überholte sie schon bald die ersten Todgeweihten: Alte und Krüppel, die nicht schnell genug rennen konnten, sowie Familien, die einen der ihren auf einer Trage mit sich schleppten. Dann erreichte sie die Menschenmasse, die sich vor dem Stadttor staute. Schwer atmend verlangsamte Fehris ihre Schritte. Irgendetwas musste am Tor passiert sein. Entweder hatte jemand absichtlich oder aus Versehen das Eisengitter herabgelassen oder ein Wagen war dort steckengeblieben und verstopfte nun den Durchgang. Vor ihr wogte eine Phalanx aus verzweifelten Menschen, die allesamt in dieselbe Richtung strömten. Sie drängelten und stießen einander aus dem Weg. Fäuste flogen und Messer wurden gezückt. Sie schrien und schimpften. Einige wurden niedergetrampelt, und ganz gleich ob sie noch atmeten oder nicht – die anderen stampften einfach über sie hinweg. Diese Straße würde bald mit Leichen gepflastert sein. Vorne ging es nicht weiter, von hinten waberte der Schattenstaub heran.

Panisch suchte Fehris nach einer Gasse oder einem offenen Innenhof, über den man die Hauptstraße umgehen konnte. Sie entdeckte eine vielversprechende Lücke zwischen zwei Häusern, deren Zugang von einer umgefallenen Kutsche verdeckt war. Es konnte die des Truchsesses sein oder auch nicht – das war ihre Chance! Geschwind erklomm sie das Gefährt, als sie ein leises Schluchzen aus dessen Innerem vernahm. Es hörte sich nach einem Mädchen oder einer jungen Frau an.

Du kannst nicht jeden retten. Rette dich selbst!

Sie zwang sich zum Weiterklettern. Während sie die Beine über den Rand schwang, vernahm sie aus der Kutsche Worte, die sie innehalten ließen. Es klang wie ein Flehen, ein Gebet, doch es endete auf äußerst unkonventionelle Weise: »Oh, mein Dott, warum hast du mich verlassen?«

Hatte das Mädchen gerade wirklich Dott gesagt?

Nein, du hast dich verhört. Weiter! Renn, Hasenfuß!

Sie schüttelte sich, wollte von der Kutsche springen und in der Gasse verschwinden, da vernahm sie die Stimme erneut.

»Ich werde dich nie wiedersehen, mein geliebter Dott, nie mehr deine warmen Lippen küssen!«

Es gibt Hunderte von Dotts auf dieser Welt … Fehris seufzte. Nein, vermutlich gab es nur den einen. Und sie erinnerte sich genau an die Schwärmerei des Ziegenhirten während ihrer Rast in der *Krummen Wurzel.* Man konnte nur schwer den entrückten Glanz seiner Augen vergessen, als er ihnen von seiner Liebsten berichtet hatte, die eine Nichte des Truchsesses war. Wie war noch mal ihr Name?

»Clarissa?« Fehris verfluchte sich selbst dafür, dass sie es laut aussprach.

Einen Moment lang war es ganz still in der Kutsche. Dann antwortete das Mädchen verwirrt: »Ja?«

»Geh ein Stück zur Seite, weg von der Tür!«

Der Rahmen der Kutsche hatte sich durch den Sturz verzogen, doch mit ein paar kräftigen Stiefeltritten sollte die Tür eigentlich aus den Angeln brechen. Fehris trat zu. Beim dritten Versuch gab das Metall zwar immer noch nicht nach, aber dafür das Holz der Verkleidung. Polternd krachte es ins Innere der Kutsche. Das bleiche Gesicht einer jungen Frau erschien unterhalb des Loches. Schwarze Locken umspielten ihr schönes, kindliches Antlitz. Neben ihr lag der leblose Körper eines älteren Mannes.

»Wer ist das?«, fragte Fehris schroffer als beabsichtigt.

»Mein Vater, Hamthor zu Berlichhausen. Ich glaube, er hat sich das Genick gebrochen, als …« Clarissa fing an zu schluchzen.

»Wir haben keine Zeit für Trauer. Gib mir deine Hand, ich ziehe dich heraus!«

Das Mädchen schluckte tapfer, dann raffte sie ihre hinderlichen Röcke, stieg auf einen umgefallenen Koffer und reckte ihre Hände nach oben. Fehris zog mit aller Kraft.

Glücklicherweise schien Clarissa nicht ganz so ein hilfloses Fräulein zu sein, wie ihre Kleidung suggerierte. Sie half kräftig mit, indem sie ihre Absatzschuhe in der Innenverkleidung der Kutsche verhakte und sich hochstemmte. Schwer atmend kam sie schließlich obenauf zu liegen.

»Wer bist du? Und woher kennst du meinen Namen?«, keuchte sie.

Fehris warf einen Blick auf die anschwellende Menschenmasse hinter ihnen, und entschied, dass jetzt keine Zeit für eine ausführliche Vorstellung war. »Ich kenne deinen Liebsten. Dott. Ihm zuliebe nehme ich dich mit. Folge mir!«

»Dott? Er lebt?«, kreischte Clarissa. Wieder stürzten Tränen aus ihren Augen, und sie schlug die Hände vors Gesicht.

»Ja, aber *du* nicht mehr lange, wenn du nicht augenblicklich mitkommst!«, sagte Fehris grob. Sie packte die junge Frau am überlangen Tellerärmel ihres Kleides und zerrte sie von der Kutsche.

Clarissa ließ es geschehen. Wie betrunken taumelte sie hinter Fehris her, hinein in die Gasse. Hinter ihnen hatten nun auch einige andere diesen Fluchtweg entdeckt und schickten sich ebenfalls an, die Kutsche zu erklimmen. Wenn sich diese schmale Lücke zwischen den Häusern als Sackgasse erwies, so würden sie gleich gefangen sein und von der nachfolgenden Menschenmenge erdrückt werden.

Fehris warf ihren silbernen Stern, um sich einen Überblick zu verschaffen. Sie hatten Glück: Ein gutes Stück vor ihnen zweigten weitere Wege ab. Einer davon war besonders eng und dunkel, doch an seinem Ende klaffte ein Loch in der hölzernen Stadtmauer, das andere Flüchtende dort hineingehauen hatten, vermutlich, um das überfüllte Tor zu umgehen. Dahinter wartete die Freiheit auf sie – ein paar verlassene Bauernhöfe, eine Windmühle und schließlich ein kleiner Bachlauf, der den Schattenstaub zumindest vorübergehend beschäftigen würde.

Als sie den zurückkehrenden Stern wieder auffing, blieb ihr Blick auf dem dunkler werdenden Himmel hängen. Eine tiefschwarze Wolke voller toter Seelen schob sich dort vor die Sonne. Es war, als lösche sie gleichsam jedes Licht in den Herzen der Menschen.

»Wir kommen hier nicht weg! Wir werden sterben!«, jammerte Clarissa.

»Nein, das werden wir nicht!«, rief Fehris entschlossen und rannte los. »Bleib dicht hinter mir!«

Sie bogen nach rechts ab und die finstere Gasse verschluckte sie augenblicklich. Erst schien sie kein Ende zu nehmen, doch dann erspähte Fehris das Loch in der Stadtmauer. Es lag genau am Ende ihres Weges, hell wie die Hoffnung auf ein Weiterleben.

»Voran, voran!«, schrie sie und griff erneut nach Clarissas Ärmel, um sie rascher mit sich zu ziehen. Doch die junge Frau geriet aus dem Gleichgewicht und knickte auf ihren Absatzschuhen um. Schreiend stürzte sie der Länge nach in den Schneematsch. Mit schmerzverzerrtem Gesicht hielt sie sich den Knöchel. »Ich glaube, er ist gebrochen!« Erneut stiegen ihr Tränen in die Augen.

Da kamen sie! All die Menschen, die hinter ihnen über die Kutsche geklettert waren, hatten denselben Weg genommen wie sie. Fehris' Blick raste von ihnen zu Clarissa und nach vorne zu dem Loch. Nun sah sie auch, dass sich bereits andere Flüchtende dort eingefunden haben. Sie drängten sich hindurch, schlugen um sich, blieben zu mehreren gleichzeitig in der schmalen Öffnung stecken – gleich würde an diesem Ausgang dasselbe Chaos ausbrechen wie am Haupttor. Fehris konnte es schaffen, aber nur, wenn sie Clarissa sich selbst überließ und sich mit ihrem Schwert einen Weg nach draußen erkämpfte!

»Geh!«, flüsterte Clarissa, die wohl ebenfalls begriffen hatte, dass dies ihr Ende war. »Sag Dott, dass ich ihn liebe! Inniglich und ewiglich.«

Fehris zauderte. Die Macht der Selbsterhaltung wollte ihre Füße von der Stelle reißen, doch sie kämpfte dagegen an. Jedes Mal, wenn sie in ihrem Leben bisher davongerannt war, hatte ihr das nur Leid und Kummer beschert. Nein, sie hatte sich geschworen, kein Hasenfuß mehr zu sein!

Entschlossen ging sie neben Clarissa in die Knie. »Leg die Arme um meinen Hals. Ich trage dich auf meinem Rücken!«

In den Augen des Mädchens spiegelte sich Fehris' eigenes von Furcht erfülltes Gesicht. Es waren nur etwa hundert Schritt, die sie von dem Loch in der Mauer trennten. Doch die heranstürmenden Menschen hatten sie fast erreicht. Ihre Füße stampften auf dem Boden wie die Klauen wilder Stiere.

Fehris wuchtete sich Clarissa auf den Rücken und drückte die Knie durch. Schwankend kam sie zum Stehen, machte einen Schritt nach vorn. Dort war der Ausgang, ihre einzige Rettung. Sie musste es schaffen! In dem Moment traf sie ein wuchtiger Schlag von hinten. Sie verlor das Gleichgewicht und stürzte in die Dunkelheit.

Licht und Schatten

Warte auf uns. Wir sollten gemeinsam hineingehen, vielleicht ist es gefährlich«, rief Dott Fehris durch die halbgeöffnete Turmpforte hinterher.

»Merke dir: Damen warten nicht. Diese Aufgabe bleibt den Männern überlassen«, erklärte Marl mit Frauenkennermiene. »Wenn Gefahr droht, wird sie schon rufen.« Der Blick des Alten fiel auf die Grolldrummel, die nach einer Erkundungsrunde auf der anderen Seite des Turms auftauchte. »Nichts Auffälliges, Grolli?«

Das Fellwesen brummte unaufgeregt. Könnte als ein *Ja* durchgehen.

Der Alte sagte: »Ich habe mir den Turm anders vorgestellt, irgendwie besonders. Der hier sieht so alltäglich aus. Von der Sorte stehen unzählige an irgendwelchen Burgmauern.«

Der Ziegenhirte gab Haserl einen freundschaftlichen Klaps und ging zur Tür. »Mal sehen, was uns drinnen erwartet.« Durch den Türspalt fiel nur wenig Licht. »Fehris?«, rief er und trat über die Schwelle.

Schwärze umgab ihn. Dott wartete einen Augenblick, bis sich seine Augen an die Dunkelheit gewöhnt hatten. Die Umrisse einer Wendeltreppe zeichneten sich ab, die sowohl nach oben als auch abwärts führte. Demzufolge gab es einen Keller, was mitten in einem Sumpf keine Selbstverständlichkeit darstellte. »Fehris?«, rief er erneut. Obgleich seine Stimme von den Wänden widerhallte, klang sie dünn wie Wassersuppe. Die Antwort fiel noch dünner aus – Schweigen. Dott wandte sich zur Tür um, doch hinter ihm war kein Lichtstrahl mehr zu sehen. Vermutlich war sie wieder zugefallen.

Soll ich auf Marl warten?, überlegte er und blieb nach ein paar steilen Stufen hoch auf einem kleinen Treppenabsatz stehen.

Nur die Glut einer fast verloschenen Fackel spendete etwas Licht. Bildete er sich das ein? Ein Geräusch ertönte, seltsam gleichmäßig und harmonisch. Er hielt an. Auch den Atem. Nein, nichts zu hören. Einige Stufen weiter erklang es erneut.

Deegraziaaa luuuminiii. Ein vielstimmiger Gesang mit den immer gleichen Worten, einem Mantra gleich.

Die Sache wurde ihm unheimlich, zumal er nicht ausmachen konnte, aus welcher Richtung die merkwürdigen Laute kamen. Er beschloss, zunächst Marl und Fehris davon zu berichten. Als er die Stufen wieder hinunterschlich, hörte er Schritte. Ah, da kam Marl ihm wohl schon entgegen.

Doch es war nicht Marls Stimme, mit der er jetzt angesprochen wurde. »Wo willst du hin, Novize? Die Prozedur hat bereits begonnen. Dem obersten Gesetz der Lichtgöttin wird in Kürze Genüge getan. Alle Scholaren sind verpflichtet, dem Verfahren beizuwohnen. Nach oben mit dir!«

Sehen konnte Dott nur einen in ein Gewand gehüllten Schatten. Fragen über Fragen jagten ihm durch den Kopf. Wer war das? Was machte er hier? Wen glaubte der Fremde, vor sich zu haben?

Um Zeit zu gewinnen, antwortete er: »Ja, Herr«. Aus manigfacher Erfahrung wusste er, dass man mit dieser Formulierung kaum etwas falsch machen konnte.

»Das heißt: Ja, Meister Ahbrem«, korrigierte der Mann und schob Dott vor sich die Treppe hinauf. »Du musst einer der neuen Scholaren sein, die letzte Woche eingetroffen sind. Hast du dich verlaufen?«

»Ja, Meister Ahbrem«, bewies der Ziegenhirte seine Lernfähigkeit.

»Wie lautet dein Name?«

»Dothariel, Meister Ahbrem.« Sein Instinkt legte ihm seinen vollen Namen in den Mund.

Der Fremde begnügte sich mit dieser Antwort.

Der Gesang nahm an Intensität zu. *Deegraziaaa luuminiii.*

Die düstere Treppe endete in einem schmalen Gang. Wenige Schritte später passierten sie einen Steinbogen mit kunstvoll gemeißelten Gargoyles und befanden sich plötzlich auf einem lichtdurchfluteten Vorsprung. Dott musste sich zuerst an die Helligkeit gewöhnen und betrachtete seinen Führer durch die Lider blinzelnd. Er trug ein aufwändig besticktes Gewand mit einem hellen Umhang, den eine Brosche in Höhe des Brustbeins verschloss. Seine Augen wirkten freundlich, seine Gesichtszüge strahlten Macht und Selbstbewusstsein aus.

Er streckte die Arme nach Dotts Schultern aus und drehte ihn sanft in die andere Richtung. »Was findest du so interessant an mir? Nicht ich, sondern meine Gemahlin ist die Oberste Priesterin. Und die Prozession findet dort unten statt.«

Verwundert riss Dott die Augen so weit auf, dass es schmerzte. Er stand auf einem Balkon, krallte, ohne es zu wollen, die Hände in das Geländer der Balustrade vor ihm und blickte in einen riesigen Saal hinunter. Sonnenstrahlen fielen durch die zahlreichen bunten Glasquadrate der turmhohen Fenster. Farben tanzten durch die Luft und tauchten alles, was sie beleuchteten, in ein warmes Licht. Polierter Marmor und geschickt platzierte Spiegel verstärkten diesen Effekt durch Reflexionen. Dott fühlte sich, als hätte er einen Regenbogen verschluckt.

Noch damit beschäftigt, die überwältigenden Eindrücke zu verarbeiten, hörte er Meister Ahbrem sagen: »Siehst du die anderen Scholaren?« Sein Zeigefinger deutete auf eine Gruppe von etwa dreißig jungen Frauen und Männern in einfachen Gewändern, auf deren Rücken drei ineinander verschlungene Flammen abgebildet waren. Alle hatten die Kapuzen tief ins Gesicht gezogen, wodurch sie sich glichen wie ein Ei dem anderen.

Würdevoll und mit strahlendem Ernst intonierten sie: *Deegraziaaa luuuminiii.*

Mit Strenge in der Stimme fuhr der Meister fort: »Jetzt wird es aber Zeit. Dort unten ist dein Platz, Dothariel. Nimm diesen Abgang und schließe dich ihnen an. Beeile dich, noch ist meine Gemahlin nicht da. Sie hasst Disziplinlosigkeit.«

Es gab Momente im Leben, in denen es sich nicht geziemte nachzufragen oder zu widersprechen. Dies war so einer, also tat Dott wie ihm geheißen. Wie benommen ging er auf die Treppe zu, griff nach dem goldenen Geländer und stieg die

Stufen hinab. *Nur nicht auffallen!* Nach dieser Devise passte er sich den Gegebenheiten an, wobei er nicht verstand, warum ihn der Fremde für einen der Scholaren hielt. Wo war Fehris nur abgeblieben? Und wann tauchte Marl endlich auf? Auf halber Höhe schielte er noch einmal zu Ahbrem hinauf. Ihre Blicke trafen sich, erneut zeigte der Meister auf die Gruppe. Schicksalsergeben schloss sich Dott ihnen an, indem er sich in die hinterste Reihe neben eine Frau stellte. Das schien wichtig zu sein, denn die jungen Damen und Männer standen immer abwechselnd nebeneinander. Seine Nachbarin würdigte ihn keines Blickes, nur ihre hochnäsige Nase lugte unter der Kapuze hervor. Der Ziegenhirte bemühte sich um die gleiche aufrechte Haltung und bewegte die Lippen, als das nächste Mal *Deegraziaaa luuuminiii* erscholl. Was immer das auch sollte und heißen mochte. Verstohlen schaute er sich um. Schräg hinter ihm an der Wand prangte ein Kristallspiegel in einem Rahmen aus Blattgold. Das Kunstwerk eines begnadeten Glasmachers, lupenrein und vollkommen plan, in einer Größe, die Dott niemals für möglich gehalten hätte. Doch noch erstaunlicher fand er das, was der Spiegel zeigte: den Scholaren Dothariel in dem gleichen Kapuzengewand mit den drei ineinander verschlungenen Flammen auf dem Rücken. Wenn er nicht so unglaublich ungläubig schielen würde, wäre er kaum von den anderen zu unterscheiden.

Mit einem Mal verstand Dott: Der Geistzauber seines Mantels passte sein Aussehen der Umgebung an, indem er ihn als Scholar tarnte. Doch was war das für eine Umgebung und was war ein Scholar? Wo befand er sich? Sicherlich nicht mehr im Turm. Ein Saal dieses Ausmaßes würde nicht einmal in den großen Tempel Kandorias passen, geschweige denn in einen Wehrturm.

Dort wo in einem üblichen Gotteshaus der Altar stand, erhob sich hier ein leeres Podest aus schneeweißem Marmor.

Deegraziaaa luuuminiii.

Schräg vor ihm sang ein Kerl inbrünstig falsch – weder vermochte er, den Ton zu treffen noch zu halten. Dotts Nachbarin pikste ihrem Vordermann den Zeigefinger in den Rücken. »Sing leiser, oder noch besser: Halt ganz die Klappe, Lantbert«, zischte sie.

Hatte er richtig gehört? Vielleicht nur ein Zufall. Dott lehnte den Oberkörper vor, um einen Blick auf das Gesicht des Scholaren zu werfen, doch dessen Kapuze verhinderte dies. In dem Moment erstrahlte das Licht im Saal noch heller, die Anwesenden schienen den Atem anzuhalten. Alle Blicke richteten sich auf die Gestalt, die aus einem Seitengang in Richtung Podest schritt. So hatte sich Dott immer die Königinnen aus den Märchen vorgestellt. Ihr Antlitz war wunderschön, das schwarze Haar fiel ihr bis zur Hüfte, sie schien über den Boden zu schweben, genau wie die Schleppe ihres weißen Seidengewandes. Selbst die augenblickliche Stille und die Farben huldigten dieser Frau. Auf dem Podest angekommen, breitete sie die Arme aus und sagte mit klangvoller Stimme: »Göttin des Lichts, hilf uns, in dieser Stunde das Richtige zu tun. Aus diesem Grund versammeln wir uns heute hier.«

Bereits Meister Ahbrem hatte Würde und Autorität ausgestrahlt, doch die Erscheinung dieser Frau stellte ihn vollends in den Schatten. Sie hob ihr Kinn, zog eine der geschwungenen Augenbrauen hoch, legte eine Hand auf ihr

Herz. Jede ihrer Gesten verkörperte Macht und Eleganz, Kraft und Erhabenheit. Ihre Stimme gewann an Schärfe. »Wir haben einen Verräter unter uns.« Sie ließ ihren prüfenden Blick über die Anwesenden schweifen. Links von ihr standen ältere Männer und Frauen in ähnlichen Gewändern, wie Meister Ahbrem eines trug, rechts eine Gruppe von Soldaten mit Hellebarden.

Bedächtig drehte sie den Kopf und taxierte die jungen Frauen und Männer. Ihr Blick blieb an einem Scholaren hängen, der in Wahrheit ein Ziegenhirte war und Dott hieß und in dessen Ohren es in diesem Moment zu rauschen begann. Sie blickte ihm mitten ins Herz und schien sein Innerstes nach außen zu kehren. Schweiß rann über Dotts Rücken. Was nun? Was hatte ihn verraten? Starr wie eine Säule stand er da und überlegte, wohin er flüchten konnte.

»Einer, der das ehernste Gesetz der Lichtgöttin brach.« Ihre Augen wanderten nach oben zu Meister Ahbrem, der noch immer auf dem Balkon stand.

Dott stockte der Atem.

»Das Strafmaß ist Gesetz, hier und jetzt wird es vollzogen. Bringt ihn zu mir.« Ihre Stimme klang weich und melodisch, deren Widerhall jedoch hart und gnadenlos.

Dotts Knie schlotterten.

Sechs livrierte Soldaten führten einen großen Mann mit dunklen, halblangen Haaren vor. Die Ketten an seinen Füßen klirrten auf dem Marmor.

Vor Erleichterung atmete Dott hörbar aus, um im nächsten Moment wieder nach vorne zu starren, da der hagere Gefangene ihm seltsam vertraut vorkam.

Scheues Geflüster huschte durch den Saal.

Die Frau wandte sich dem Delinquenten zu. »Durch deine Taten hast du nicht nur Gesetze gebrochen, sondern auch unser Heiligtum entehrt, die Quelle unserer Macht, den Schrein des Lichtes. Dieser unverzeihliche Frevel an unserer Göttin hätte uns alle beinahe der Magie beraubt.«

Der Gefangene antwortete mit fester Stimme: »Ehrenwerte Lumina, auch Eure hochgestochenen Worte können nicht darüber hinwegtäuschen, dass dies nichts als Weibergewäsch ist. Das Einzige, was ich getan habe, war, einen Blick auf die drei Säulen des Lichts zu werfen, welches wir alle verehren. Was soll daran falsch gewesen sein?«

Aufgebrachtes Gemurmel ob dieser Unverschämtheit rollte durch den Saal.

Gefasst entgegnete sie: »Alle hier Anwesenden haben sein Geständnis gehört – zwar freimütig, doch keineswegs reumütig. Seine Arroganz verbietet es ihm.« Sie erhob die Stimme. »Einst warst du einer der vielversprechendsten Magier Meribors. Ein wahrer Meister der Licht- und Geistmagie, wie ich zuvor noch keinem begegnet bin. Dein brillanter Kopf kennt unsere Gesetze und weiß von dem Verbot. Doch schon immer hast du Traditionen und Regeln ignoriert. Und was hat dich zu diesem Frevel getrieben?« Anklagend richtete sie ihren Zeigefinger auf ihn. »Die Antwort lautet: Dein überbordender Ehrgeiz konnte es nicht ertragen, bisher lediglich zwei Säulen der Magie zu beherrschen. So musstest du mit aller Vehemenz auch nach der dritten greifen. Getrieben von unersättlicher Machtgier.«

»Nennen wir es Neugier«, schlug der Mann mit süffisantem Lächeln vor.

»Genug. Bringt die Klinge!« Ihr Befehl drang bis in jeden noch so kleinen Winkel des Saales.

»Oh, sie tun es tatsächlich. Das wahre Licht bringt nun ewige Dunkelheit«, flüsterte die junge Scholarin neben ihm.

Erst jetzt sah Dott ihr in das schneebleiche Gesicht. Dreifache Ziegenkacke! Ihre Wangenknochen waren etwas runder, die Haut rosiger, doch ohne jeden Zweifel, war sie es: Novicia Helikon. Er stand direkt neben Belams Lehrling, doch sie schien ihn nicht zu erkennen. Sie sah deutlich jünger aus als bei der *Prüfung* in der Burg Kandoria.

Unfassbar – endlich wurde ein Schuh draus. In einem guten Jahrzehnt wird ein junger, unbedarfter Ziegenhirte seinen beiden Gefährten Marl und Fehris folgende Frage stellen: *Warum heißt der Turm eigentlich Turm der Zeit?* Die Antwort darauf erlebte Dott jetzt. Und Helikon war *noch* keine Novicia, sie kannte ihn noch nicht – es gab *noch* keinen Schattenstaub. Ob Fehris und Marl auch in der Zeit herumgeworfen wurden?

»Nur dein Geständnis rettet dich vor dem Tod, Razuhl. Doch des Lichtes bist du nicht mehr würdig, die Lichtgöttin wird es dir nehmen. Als Oberste ihrer Dienerinnen obliegt es mir, dich deiner Strafe zuzuführen.«

Das Flüstern rundherum schwoll an.

Eben hatte er noch geschwitzt, jetzt fröstelte der falsche Scholar. Razuhl. Dort stand der zukünftige Magier des Bösen, Herr des Schattenstaubs, höchstpersönlich! Dott ballte die Fäuste. Sie sollten ihn besser hinrichten, dann bliebe Meribor viel Leid erspart. Tief in seinem Bewusstsein sperrte sich etwas gegen seinen letzten Gedanken. Dott brauchte einen Moment, um zu begreifen. Er wusste nichts von den Gesetzen der Lichtmagier, doch das Strafmaß bei einem Verstoß der vorgetragenen Art erschien ihm durchaus drakonisch. Er presste die Lippen zusammen. Sie könnten ihn auch mit einer leichteren Strafe davonkommen lassen.

Vier Soldaten packten den Gefangenen und hielten ihn an den Armen fest, was gar nicht nötig war, da Razuhl keinerlei Anstalten machte, sich zu wehren. Von seinem Platz aus konnte Dott es nicht genau erkennen, doch ein Fünfter stülpte ihm eine Art Maske über den Kopf, die nur die beiden Augen freiließ. Er nestelte einen Augenblick daran herum. Mit weit aufgerissenen Augen stierte Razuhl vom Podium herab, zwei Klemmen an der Maske sorgten dafür, dass er seine Lider nicht mehr schließen konnte. Jeder andere Mensch hätte vor Angst geschrien, um Gnade gewimmert, nicht so Razuhl. Sein blinzelloser, hasserfüllter Blick tat jedem der Anwesenden weh. Der Lichtpriesterin wurde eine orangeglimmende Klinge gereicht, und vier Soldaten packten den Delinquenten mit eisernem Griff. Entschlossen trat Unah vor ihn und führte das glühende Metall quer vor beide Augen. So verharrte sie, es dauerte nur wenige Herzschläge. Nur ihr schmaler Mund verriet ihre Abscheu vor dem, was sie gerade tat. Dott schloss seinerseits die Lider – er wollte nicht mitansehen, wie die Hitze die Augäpfel auffraß. Doch seine Ohren konnte er nicht schließen, so musste er mit anhören, wie Razuhl seinen Schmerz und sein Leid herausbrüllte. Die Akustik des Tempels verstärkte seine Schreie ins Unerträgliche. Von den Scholaren konnte keiner mehr ruhig stehen bleiben, nervös tippelten sie hin und her. Sein Vordermann drehte sich zu Helikon um, das Entsetzen stand ihm ins Gesicht geschrieben. Diesmal war Dott nicht überrascht – es war tatsächlich Meister Belams junger Novize, den er auf der Lichtbogenfeste kennengelernt hatte, äh, kennenlernen würde.

Wie schaffte es ein Mensch, sich nach einer solchen Tortur noch auf den Beinen zu halten? Razuhl gelang es. Einer der Soldaten nahm ihm die Maske ab. Wo vorher Pupillen geleuchtet hatten, waren jetzt nur noch dunkle Höhlen übrig. Hellrote Flüssigkeit rann ihm über Mund und Kinn. Ein letztes gequältes Stöhnen, bevor er einen unsicheren Schritt vom Podium hinunter machte. Einen weiteren, dann wurden seine Bewegungen fester.

»Schafft ihn fort! Und versorgt seine Verbrennungen«, befahl die Lumina.

Links und rechts von Soldaten eskortiert, schritt der Gezeichnete erhobenen Hauptes durch den Mittelgang in Richtung einer riesigen Doppeltür. Geblendet, aber unbeugsam. Ob sich Razuhl eines Geistzaubers bediente, um körperlich und seelisch derart standhaft zu bleiben?

Die Flügel öffneten sich wie von allein, und die Soldaten und der verbrannte Verbannte schritten hinaus.

Als Dott wieder nach vorne zum Marmorpodest blickte, war die Lichtpriesterin Unah verschwunden.

Besser so, dachte der Ziegenhirte. *Dem gibt es nichts hinzuzufügen.*

Dott schüttelte die Erschütterung ab. Für Beklommenheit blieb keine Zeit, schließlich musste er sich überlegen, wie er hier wieder rauskam. Kneifen und Aufwachen funktionierte nicht. War er tatsächlich in der Vergangenheit gefangen?

»Wer bist du eigentlich? Dein Gesicht habe ich noch nie

gesehen«, sprach ihn Lantbert an, der seinen Blick offenbar bemerkt hatte.

»Ganz neu«, murmelte Dott. Um einem weiteren Gespräch aus dem Weg zu gehen, wandte er sich ebenfalls in Richtung Ausgang.

Die meisten der Anwesenden waren mit sich allein beschäftigt, das jüngst Erlebte musste verarbeitet werden. Er gab keinen Hohn, keine Genugtuung, nicht einmal Ärger, die meisten Scholaren ließen lediglich eine stille Betroffenheit erkennen. Sie harrten auf ihren Plätzen aus, offenbar war das Programm noch nicht zu Ende. Dott reichte es für heute. Oder besser für gestern. Er nutzte die Gunst des Moments und schritt mit verkniffener Miene durch die Tür, so als müsse er dringend zum Aborterker. Kaum hatte er die Schwelle passiert, schlossen zwei Diener beide Flügel hinter ihm. Glücklicherweise beachteten sie ihn nicht weiter. Es stand in einem überdachten Gang, der einen Innenhof umsäumte. Inzwischen wusste er, wo er sich befand und wann. Ganz im Süden Meribors im Lichttempel, zu einer Zeit vor der Zerstörung durch den Schattenstaub.

Wie komme ich bloß von hier weg?, grübelte der Ziegenhirte. Er erinnerte sich an die Jagdhütte im *Roten Forst.* Vielleicht gab es auch hier irgendwo ein Portal in die Gegenwart. Aber bitte nicht an denselben Ort, denn dann würde er mitten im tödlichen Schattenstaub landen. Und schnell musste es gehen, wer weiß, was die mit ihm anstellten, wenn sie merken, dass er nicht zu ihnen gehörte. Unwillkürlich kniff er für einen Moment die Augen zu.

Aus dem Albtraum aufwachen, geht nicht, vielleicht muss ich einschlafen?

Doch im Moment war daran nicht zu denken, die Aufregung steckte ihm noch immer in den Knochen. Ein Versteck musste her. Mit der Selbstverständlichkeit von jemandem, der seit Jahrhunderten im Lichttempel zu Hause war, schritt er durch die Gänge. Zumindest versuchte er, sich so zu bewegen. Zwei entgegenkommende Soldaten beachteten ihn nicht. Gut, sein wunderbarer Mantel tarnte ihn nach wie vor als Scholar.

Eine breite Treppe führte in ein Gewölbe hinab. Es war nicht leicht, Ausschau zu halten, wenn man nicht wusste, wonach.

Aus einer Kammer zu seiner Rechten ertönte ein Flüstern. »Willkommen, Hanswürstchen. Hat dir das Schauspiel gefallen?«

Stocksteif blieb Dott stehen und starrte in den Raum, wo eine Wache reglos auf dem Boden lag. Mit fahlem Gesicht saß Razuhl auf einem Schemel, lehnte sich an die Wand und richtete seine leeren Augenhöhlen auf ihn. Auch die Wimpern, ein Großteil der Lider und die Brauen waren verbrannt, die umliegenden Hautpartien stark gerötet.

Ausgerechnet der erkennt mich, fluchte Dott innerlich.

Mutig unterdrückte er den Reflex, die Beine in die Hand zu nehmen und wegzulaufen. Razuhl kannte ihn aus der Zukunft und wusste demnach, dass sie sich in diesem Augenblick in der Vergangenheit getroffen hatten. Vielleicht war er der Schlüssel, um zurück in die Gegenwart zu gelangen. »Es war kein Vergnügen«, presste Dott hervor. »Offenbar habt Ihr ein schweres Verbrechen begangen.«

»Sie haben den Mann verunstaltet, der in wenigen Jahren diesen verfluchten Tempel vollends zerstören wird. Von daher ist es nur recht und billig.«

»Und den Mann, der den Schattenstaub erschaffen und Tausende von Menschen töten wird.«

»Alles eine Folge der Folgen.« Razuhl zuckte mit den Achseln.

Dott verstand, worauf er hinauswollte. Wie bei den Zicklein gab es auch hier nicht nur schwarze und weiße, sondern auch welche in allen erdenklichen Grautönen. Und dazwischen auch noch gescheckte, gesprenkelte und gestreifte. Auf die Oberste Priesterin Unah gemünzt, bedeutete dies: Wo Licht war, gab es auch Schatten. Und umgekehrt.

In diesem Moment spürte es Dott: Dieser gefährliche Mistkerl Razuhl war in seinen Geist eingedrungen und las seine Gedanken, wie es Belam ein Jahrzehnt später tun würde.

»Gratuliere Ziegenhirte! Wenigstens einer, der sich nicht von dieser Lichtnärrin blenden lässt.« Einen Wimpernschlag lang, einen von Dotts wohlgemerkt, formte Razuhls zerstörtes Gesicht ein süffisantes Grinsen. »Und wieder einmal habe ich dich unterschätzt. Du erweist dich meiner Hilfe würdig, somit kann ich dir einen Wunsch erfüllen.«

Das klang nach einer Falle. Doch auch nach Hoffnung. Dott wartete ab.

»Sieh es so: Wir beide treffen uns in der Vergangenheit und kennen die zukünftige Gegenwart. Ich kann sogar noch weiter vorausblicken. Du wirst Clarissa heiraten. Du wirst sie glücklich machen. Fünf kleine Dotts werden wie Zicklein um dich herumspringen.«

Eine siebenköpfige Familie – das klang nach einem grandiosen Plan. Gerne wollte Dott genau dies glauben. Jetzt kam sicherlich der Teil, der mit aber beginnt.

»Aber bedenke, Ziegenhirte, wenn du untätig bleibst, wird es Graf Meinhard sein, der deine Clarissa heiratet.

Niemals wird ihr Vater, Hamthor zu Berlichhausen, dir seine Tochter zur Frau geben.«

»Was schlagt Ihr vor?«, fragte Dott.

»Nicht viele Menschen erhalten die Gelegenheit, das Glück selbst in genehme Bahnen lenken zu dürfen. Alles, was wir hier und jetzt tun, hat Auswirkungen auf die Zukunft. Es können unauffällige oder gravierende Veränderungen sein.« Er beugte sich vor. »Wir könnten uns eines vermögenden Grafen entledigen. Wir könnten dafür sorgen, dass ein gewisser Dothariel-Samuel ein reicher Mann wird, noch bevor er Clarissa zum ersten Mal begegnet und sich nimmer über eine Mitgift sorgen muss. Die Zukunft bietet viele Möglichkeiten.«

»Und was muss ich genau tun?«

»Nichts. Du tust gar nichts und verbürgst dich dafür. Das heißt, du nimmst nicht an der *Prüfung* teil, du suchst nicht nach den Kindern, und du gerätst nicht in Gefahr. Es wird nur noch Clarissa und Dott geben – glücklich vereint auf einer der sicheren Inseln.«

»Ein guter Plan.« Der Ziegenhirte dachte an Marl und Fehris, an Haserl und Grolli. »Doch, bevor ich mir der Kopf darüber zerbreche, könnt Ihr mir sagen, wie ich wieder in den *Turm der Zeit* gelange?«

Razuhl verzog den Mund. »Meine Worte scheinen dich nicht zu überzeugen. Schade. Dann muss ich die Zukunft eben alleine verändern. Ein Morgen ohne Dott. Bis zum Tag der *Prüfung* warst du ein Nichts. Keinem wird auffallen, wenn auf einmal ein kleiner Ziegenhirte fehlt. So oder so, meine Reise hierher war teuer erkauft«, er zeigte auf seine verbrannten Augen, »doch sie hat sich gelohnt. Dein

Schicksal ist besiegelt. Du willst nicht Dothariel-Samuel, der Edelmann, sein, sondern Dott, der Ziegenhirte.«

»Genau, weil Letzterer Euch im Weg steht.«

»Bist du unfassbar naiv oder unglaublich mutig?« Razuhl hob die rechte Hand.

Ein stechender Schmerz breitete sich in Dotts Brust aus, eine stählerne Faust umklammerte sein Herz, drückte es wie einen Schwamm. Er spuckte Blut, röchelte gequält. Dott spürte es, er würde sterben. Weit weg von zu Hause. In der Vergangenheit. Ermordet von seinem Todfeind. Seine Beine knickten ein, er brach zusammen und krümmte sich. Nicht einmal der Mantel konnte ihm jetzt noch helfen.

Die Macht der Elemente

Jetzt hab dich doch nicht so, Grolli. Schau, selbst der junge Ziegenbengel ist mutiger als du.« Mit dem Finger zeigte Marl auf die Tür, durch die Dott gerade ins Innere des Turms verschwunden war.

Die Grolldrummel gab nur ein beleidigtes Brummen von sich und wand sich aus Marls nicht allzu festem Griff. Sie schien wild entschlossen, das im Moor merkwürdig deplatzierte Gebäude nicht zu betreten.

»Mhh«, schnaubte der ehemalige Mönch und versuchte es auf einem anderen Weg. »Ich finde, dass du ganz schön feige bist. Wäre es jetzt nicht mal an der Zeit, voranzugehen? Immerhin bekämpfen wir einen gemeinsamen Feind. Denk nur daran, was mit deinem Dorf passiert ist.«

Ein böses Grollen entwich dem zahnbewehrten Maul der Kreatur.

Beschwichtigend hob Marl die Hände. »Du weißt, dass es mir leidtut, was mit deinen Leuten geschehen ist. Und gerade deswegen sollten wir in den Turm gehen, um schnellstmöglich herauszufinden, ob Arn dort ist. Der Junge ist einer von drei Schlüsseln, die wir zum Sieg über Razuhl und den Schattenstaub benötigen. Ich bin doch bei dir und die anderen auch. Natürlich weiß ich, dass Fehris und Dott nicht besonders beeindruckend sind, aber ich habe immerhin das hier.« Er strich über den Stab und ließ eine kleine Flamme an dessen Spitze erscheinen.

Die dunklen Augen des wilden Wesens weiteten sich. Wie hypnotisiert blickte es auf das Feuer. Grolldrummeln liebten und fürchteten das Feuer – das war einer der Gründe, warum Marl sich mit Grolli verbunden fühlte. Und umgekehrt.

Mit einer raschen Handbewegung ließ Marl das Flämmchen verschwinden. Inzwischen verstand er sich immer besser auf die Handhabung des magischen Artefakts. Der Stab glich den Verlust seines Kriegsflegels mehr als aus. »Den werde ich benutzten, sollte uns Gefahr im Turm drohen. Keine Fieberspinne oder Narbenkrähe, nicht mal sprechende Schweine hätten dem etwas entgegenzusetzen. Vertrau mir!« Aufmunternd hielt er der Grolldrummel seine Hand hin.

Die Wahrheit war, dass Marl sich eher Sorgen darüber machte, welche Gefahren *außerhalb* des Turms lauerten. Er wollte Grolli nicht allein zurücklassen, während er mit den anderen das Gebäude nach Arn durchsuchte. Das Wesen konnte sich zwar verteidigen, aber das Massaker an seinem Dorf und der merkwürdige Nebel waren eindeutige Hinweise, dass der Feind ihnen auf der Spur war – ein Gegner, den selbst die stärkste Grolldrummel nicht besiegen konnte.

Zaghaft legte Grolli seine Fellhand in Marls. Dann zog er ihn zu den Pferden.

»Was soll das? Das ist die falsche Richtung. Die anderen warten doch auf uns.« Über die Schulter rief er in Richtung des Turms: »Fehris, Dott, schaut euch schon mal um, wir brauchen hier noch einen Moment.« Er versuchte Grolli aufzuhalten, aber das Wesen schleifte ihn mit den beeindruckenden Kräften, die seinem untersetzten Leib innewohnten, problemlos zu den Provianttaschen. Schmatzend zeigte er auf die von Dott.

Haserl gab ein unleidliches Schnauben von sich und legte ihre großen Ohren an, weil die Grolldrummel ihr so nahekam. Aber mehr Flucht gab es nicht – das Pferd bewegte sich in seiner unnachahmlichen Ruhe keine Handbreit vom Fleck.

Verwundert zog Marl die Augenbrauen hoch und wedelte belehrend mit dem Zeigefinger. »Das ist nicht unser Essen! Böser Grolli!«

Etwas im Gesicht der Grolldrummel veränderte sich. Sie zeigte deutlich mehr Zähne, und Geifer lief ihr aus dem Maul.

Es dauerte einen Moment, bis Marl begriff, dass sie offensichtlich versuchte, ein menschliches Grinsen zu imitieren. Ein gerissenes noch dazu.

»Augenblick mal, willst du etwa die Kümmelwurst haben, die Dott mir beim Steinehüpfen abgenommen hat?« Die Niederlage wurmte ihn immer noch, aber es hatte sich bisher keine Gelegenheit ergeben, mit dem Ziegenhirten in einen Wettkampf zu treten, den Marl auf jeden Fall gewinnen würde, um diese Schmach zu tilgen.

Freudig klatschte Grolli in die Hände und schlug aufgeregt mit seinem hässlichen Rattenschwanz.

»Also, ich weiß nicht. Wir können doch dem armen Dott nichts wegnehmen. Wettschulden sind Ehrenschulden und außerdem …«

Grolli zeigte auf den Turm, verschränkte die Arme und drehte sich weg.

»Du gehst da also nicht rein, bevor ich die Wurst für dich geklaut habe?«

Die Antwort bestand in einem übertriebenen Schmatzen.

Mit einem glücklich kauenden und leicht nach Kümmel riechenden Grolli stapfte Marl wenig später in Richtung des Turms. Nur zwei Bissen hatte die Kreatur gebraucht, um die gestohlene Wurst zu verschlingen. Allerdings schien mit dem letzten Happen auch ihre Courage verschwunden zu sein. Kurz vor der Türschwelle blieb sie wie angewurzelt stehen.

»Nichts da!«, befand Marl und gab ihr von hinten einen Stoß.

Mit den kurzen Armen rudernd stolperte die Grolldrummel in das dunkle Innere des Turmes.

»Na also«, murmelte Marl und trat mit einem laut ausgerufenen »Keine Angst! Was hier nach Kümmel riecht, ist nur Grolli« über die Schwelle. »Dott, ich schulde dir was!«, ergänzte er in die schweigende Dunkelheit hinein.

Das Innere des hoch aufragenden Gebäudes war wenig spektakulär, genauso wie Marl es erwartet hatte: Ein muffig riechender, runder Raum mit Wänden aus grob bearbeiteten Steinen sowie einer Treppe. Es gab weder Fenster noch Möbel oder gar Ziergegenstände. Auch Waffen, um sich zu verteidigen, waren nicht zu entdecken. Um etwas Licht ins Dunkel zu bringen, entzündete Marl seinen Stab. Der Turm wirkte verlassen. Eine Sache jedoch fiel ihm sofort auf: Die

Wendeltreppe führte nach oben und *unten*. »Unglaublich! Der Baumeister war entweder ein Genie oder ein Irrer«, murmelte Marl und schaute sich nach Grolli um, damit er ihm diese Wunderlichkeit zeigen konnte. Doch die Grolldrummel war nirgendwo zu sehen. »Grolli, wo steckst du? Du hast doch nicht etwa in diesem Gemäuer etwas Essbares entdeckt?« Trotz des lahmen Scherzes beschlich ihn ein ungutes Gefühl. Auch von seinen beiden anderen Reisegefährten war nichts zu sehen oder hören. »Dott? Fehris?«, rief er in die Stille des schummrigen Gemäuers.

Er erhielt keine Antwort.

»Was soll der Blödsinn? Macht ihr euch etwa einen dummen Witz auf meine Kosten? Sagt schon was!«

Es blieb vollkommen still.

»Na schön, dann macht doch euren Mist allein. Ich warte draußen, bis ihr die Arbeit erledigt habt. Ist mir sowieso lieber, als mir in dem Drecksturm einen rostigen Nagel einzutreten.« In Ermangelung von Alternativen hatte Marl seinen im Moor verlorengegangenen Stiefel durch ein flaches Stück Holz und einige Streifen Stoff ersetzt, die er um seinen Fuß gewickelt hatte. Weder war die hölzerne Sohle besonders bequem, noch hielten sie die Kleiderreste verlässlich an Ort und Stelle. Damit ihm das abenteuerliche Konstrukt nicht vom Fuß rutschte, war er nicht in der Lage, schneller als ein Greis laufen. Verkniffen dreinblickend drehte er sich zur Tür um und erschrak. Sie war verschwunden. Dort, wo eben noch die Eingangspforte gewesen war, zeigte sich jetzt nur ein Stück unversehrte Mauer. »Was zum …«

Eine Art Kichern oder ein sehr hoher Schrei unterbrach ihn. Das Geräusch kam die Kellertreppe heraufgewabert.

Marl umgriff seinen Stab fester. Etwas ging hier ganz und gar nicht mit rechten Dingen zu. Und er hatte das sichere Gefühl, es gegen seinen Willen mal wieder mit Zauberei zu tun zu haben. Langsam ging er auf den Treppenabsatz zu und blickte nach unten. Die schmale Wendeltreppe offenbarte nichts außer einem dunklen Schacht und wenigen ausgetretenen Stufen, die nach der ersten Windung aus seinem Blick verschwanden. Ein durchdringender Geruch nach Feuchtigkeit, Schimmel und Salpeter wehte herauf. »Dott? Fehris? Grolli? Seid ihr da unten?«

Ein spitzes Kreischen – eindeutig panisch – erfolgte als Antwort.

Jemand war in Gefahr. »Kann man denn wirklich keinen von euch auch nur einen Moment allein lassen?«, schimpfte Marl sorgenvoll und begann zügig, die Treppe hinabzusteigen. Sein improvisierter Schuh gab dabei ein Klacken von sich, als hätte er ein Holzbein. Es dauerte nur wenige Stufen, bis er abfiel. Diese Tatsche ignorierend humpelte er ohne innezuhalten weiter nach unten. Die Treppe schien sich ewig hinzuziehen. Marl wurde ein wenig schummerig, weil er beständig im Kreis lief. Er musste sich schließlich mit einer Hand an den Wänden abstützen, um nicht zu fallen. Der letzte Schritt hätte ihn dennoch fast aus dem Gleichgewicht gebracht, weil die Stufen so jäh endeten. Keuchend blieb er einen Moment lang schwankend stehen. Dunkelheit umgab ihn. Es brauchte nur einen Gedanken von ihm – schon entzündete sich an der Spitze seines Stabes eine helle Flamme und vertrieb wenigstens einen Teil der Schwärze. Ungläubig blickte Marl sich um. Er stand in einem langen Gang, dessen Ende er in keiner Richtung erkennen konnte. In Dreierreihen übereinander gab es entlang der aus hellen Steinplatten gemauerten Wand fassgroße Einlassungen. Vorsichtig näherte Marl sich einer von ihnen, hielt den Stab hinein, um sehen zu können, was sich darin verbarg.

»Verdammter Mist!« Abrupt zog er sein Licht zurück, als er erkannte, dass sich menschliche Gebeine in diesen befanden. »Gräber«, brummte er schockiert. Er schwang den Stab ausladend in die Dunkelheit. Es mussten hunderte an beiden Seiten des endlos wirkenden Gangs sein.

Aus dem Augenwinkel sah er plötzlich einen sich bewegenden Schatten, genau am Rand des Lichtkegels, den er erschaffen hatte. Den Konturen nach lauerte dort ein recht kleines Wesen.

»Grolli, bist du das? He, warte!«

Die Gestalt verschwand mit einem gehässigen Kichern.

Gleichzeitig erklang wieder jenes schmerzgepeinigte Schreien, das Marl dazu gebracht hatte, hier herunterzukommen.

Fehris. Seinen Stab kampfbereit vor sich haltend, folgte er der unbekannten Gestalt tiefer hinein in das gigantische Grab. Sein nackter Fuß verursachte bei jedem Schritt auf dem kalten Fliesenboden ein patschendes Geräusch.

Schließlich erreichte er eine Gabelung. Er leuchtete mit dem Stab in beide möglichen Wege hinein, horchte intensiv und schnupperte sogar, um einen Unterschied zwischen ihnen zu erkennen. Nichts. Sie schienen vollkommen identisch zu sein. Gräber an den Wänden, kalte Fliesen am Boden. Einer Laune folgend bog er nach links ab.

Das Rennen durch die ewig gleiche Eintönigkeit zermürbte Marl regelrecht. Gerade als er seine Geschwindigkeit ein wenig reduzieren wollte, weil seine Lungen zu brennen begannen, bebte der Boden und ein schauerliches Knirschen erklang, das rasch lauter wurde. Ungläubig drehte sich Marl in Richtung des Geräuschs um und traute seinen Augen kaum. Der Boden begann, ausgehend von der Kreuzung, hinter ihm wegzusacken. Die hellen Fliesen verschwanden in einer Wolke aus Staub und zersplitternden Gebeinen in der darunterliegenden Dunkelheit. »War wohl doch die falsche Abzweigung.«

Er versuchte etwas schneller voranzukommen, doch dafür fehlte ihm schlicht die Kraft. Es war ohnehin sinnlos, selbst wenn er zwanzig Jahre jünger gewesen wäre, wäre er dieser tückischen Falle nicht entkommen. Er spürte plötzlich, dass sein Fuß – der bestiefelte – ins Leere trat. Mit einem gebrüllten »VERFLUCHTER MIST« stürzte er in die Tiefe.

Krampfhaft hielt sich Marl im Fallen an seinem Stab fest, fast so als könnte dieser ihm Halt geben. Vor seinen panisch aufgerissenen Augen schoss dunkelste Schwärze an ihm vorbei. *So endet es also? An einem schwarzen Tag stürzt der Schwarze Marl in einen schwarzen Schlund*, dachte er und bereitete sich auf den unvermeidlichen Aufprall vor. Doch dieser ließ auf sich warten. Kein Aufschlag, kein Zerschellen seiner Knochen, kein Schmerz. Stattdessen fiel er immer weiter. *Was soll dieser Blödsinn?* Vorsichtig bewegte er die Zehen seines nackten Fußes. Kaum dass er das getan hatte, spürte er plötzlich einen Untergrund. Weich und lehmig, wie auf einem Acker nach frischem Sommerregen. Dieses Gefühl war ein merkwürdiger Widerspruch zu dem, was ihm sein Kopf vorgaukelte. Der beharrte nämlich weiter darauf, dass er rasend schnell fiel. Marl bewegte seine Zehen eifriger und grub sich damit tiefer in die weiche Erde. Je mehr er eindrang, desto stärker ließ das Gefühl des Fallens nach. Schließlich verschwand es ganz und Marl spürte, dass er wieder fest auf dem Boden stand.

Flink entzündete er den Stab und blickte sich um. Der gemauerte Gang war einem anderen aus ockerfarbenem Lehm gewichen, der wie in einer Silbermine mit groben Holzbalken abgestützt wurde. Direkt vor ihm kringelte sich ein dicker Regenwurm aus der Wand. »Ich hasse Zauberer«, grummelte Marl, beugte sich hinunter und tätschelte seinen blanken Fuß. »Danke, mein Lieber. Ohne dich wäre ich wahrscheinlich bis zum Ende aller Tage gefallen.« Gerade als er noch überlegte, ob es nicht sinnvoll wäre, den zweiten Stiefel auch noch auszuziehen – die Erde war angenehm warm – erklang ein feines Zischen. Unbewusst rieb sich Marl mit der Hand über den Nacken, weil sich gleichzeitig ein sanfter Hauch darüber schlich. Aus dem Zischen wurde ein Brausen, und der Luftzug verwandelte sich in eine frische Herbstbrise, die seine Haare durcheinanderwirbelte.

Wo Wind ist, muss es einen Ausgang geben. Er wandte sich um und ging in die Richtung, aus der er den Luftstrom spürte. Doch mit jedem Schritt wurde der Wind stärker. Bald musste er sich gegen einen unterirdischen Sturm stemmen. Seine Kleider knatterten. Er stützte sich auf den Stab, doch erkannte schnell, dass es sinnlos war. Er brauchte so viel Kraft, um nicht umgerissen zu werden, dass er keine mehr zum Laufen übrighatte. Resigniert drehte er sich um, wandte dem Sturm den Rücken zu. Abrupt verstummte das Brüllen des Windes. Kein Lüftchen rührte sich mehr. »So ist das also«, schimpfte Marl. »Ihr wollt nicht, dass ich in diese Richtung gehe. Gut, dann gehe ich eben in die andere!« Kampfbereit erhob er den Feuerstab. »Sagt nachher nicht, ich hätte euch nicht gewarnt.«

Schnell durchschritt er den minenartigen Gang, der ebenso gleichförmig war wie der, der vorhin unter seinen Füßen weggebrochen war. Jeder kurze Blick über die Schulter beschwor augenblicklich wieder jenen unnatürlichen Wind herauf. Es blieb ihm also keine Wahl, denn stehenzubleiben würde ihm seine Begleiter auch nicht zurückbringen.

Als hätten ihn die lehmigen Wände geboren, tauchte plötzlich ein Junge vor ihm im Gang auf. Er mochte vielleicht zehn Jahre alt sein. Marl kannte sich mit Kindern nicht gut genug aus, um das genauer einzuschätzen. Das Kerlchen winkte ihm fröhlich zu, grinste frech und rannte lachend davon.

»Arn?«, rief Marl erstaunt. »Arn, bist du das?«

Er reagierte nicht darauf, sondern lief einfach weiter.

Ich wette, irgendein verfluchter Zauber hält den armen Jungen hier gefangen, und vor lauter Angst ist er verrückt geworden. Der mögliche Anblick des Kindes, mit dem er auf so sonderbare Weise verbunden war, motivierte Marl, nicht aufzugeben. Er schleuderte seinen verbliebenen Stiefel davon und rannte ihm barfüßig über den weichen Boden hinterher. Mit jedem Schritt verbreiterte sich der Gang, bis er schließlich zu einer ausgewachsenen Erdhöhle wurde. Marl ließ den Stab strahlend hell brennen, um zumindest Teile von ihr auszuleuchten.

In der Kavernenmitte stand der Junge auf einer Art steinerner Stele und blickte grinsend zu Marl herunter.

»Hab keine Angst«, rief er ihm zu. »Ich wurde von Belam geschickt, um dich zu retten.«

Der Bursche legte den Kopf schräg und sah ihn mit verständnislosem Blick an.

»Belam, den kennst du doch bestimmt. So ein verkniffener Spitzbart, der zum Lachen in den Schattenstaub-Keller geht.«

Verlegen kratzte sich der Junge am Hinterkopf.

»Na, ist auch egal. Ich und meine Begleiter sind gekommen, um dir zu helfen, Arn. Du bist doch Arn, oder?«

Er begann zu lachen. Doch dann verzog er seine kindlichen Gesichtszüge zu einer hässlichen Fratze. Dabei lief etwas Glühendes aus seinem Mund.

Ein verstörender Anblick! Für einen Moment hielt Marl die Flüssigkeit für geschmolzenes Gold, doch als es auf den Höhlenboden heruntertropfte, roch er unverkennbaren Brandgeruch. Immer mehr flüssige Flammen sprudelten aus dem aufgerissenen Rachen des Jungen. Sein Gesicht begann darunter zu vergehen und zerfloss wie Kerzenwachs. Schließlich löste sich sein gesamter Körper auf, und wahre Fluten kochender Lava strömten direkt auf Marl zu.

»Was soll das, ihr dämlichen Magier? Ich hasse euch und eure dummen Spiele.« Eilig zog er sich vor dem tödlichen Schmelzfluss zurück, aber der sprudelte jetzt in so gigantischen Mengen von der Stele wie der Auswurf eines Vulkans. Das Phänomen verbreitete so extrem starke Hitze, dass Marl davon übel wurde. Er drückte sich nah an die Wand der Höhle, um dem flüssigen Feuer zu entkommen, das längst den Fluchtweg zurück in den Gang versiegelt hatte. Es war aussichtslos. Die rotglühende Masse schob sich unerbittlich immer näher an ihn heran. »So ein Mist. Ich mag

Feuer ja wirklich gern, aber das ist doch zu viel des Guten.« Wütend und in Ermangelung anderer Möglichkeiten hieb er mit seinem Stab auf die blasenschlagende, träge Flüssigkeit. Dort wo das Artefakt auf die Lava traf, zog sie sich zischend zurück. Es war fast so, als fliehe sie vor seinem geliebten Rubbelstab.

Nimm das! Und das! Immer wieder hieb Marl abwechselnd nach rechts und links auf den Feuerfluss ein, bis er sich zur Stele vorgearbeitet hatte. Leider vergeblich: Von dem Jungen war nichts mehr zu sehen, allerdings entdeckte er an dem dunklen Stein des Zylinders eine kreisrunde Öffnung, um die die Lava seltsamerweise einen Bogen machte. Einem Impuls folgend steckte Marl seine Hand hinein.

Das Nächste, was er spürte, waren seine eiskalten Füße. Er stand wieder in der Eingangshalle des Turms. Nur, dass es diesmal keine Treppe in den Keller gab und die Eingangstür weit offenstand – und neben ihm ein Junge, der ihn schüchtern anlächelte.

Der Junge!

Er unterdrückte den Impuls, dem Knaben wegen all der Spielchen eine gehörige Ohrfeige zu verpassen und fragte durch zusammengebissene Zähne hindurch: »Arn, wenn ich nicht irre?«

»Ja. Und wer bist du, Feuergläubiger?«

»Ich dachte, du bist ein magisch begabter Oberschlauer. Weißt du das etwa nicht?« Noch hatte Marl seine Wut nicht abstreifen können.

Arn lachte. Diesmal war es ein schönes Lachen. Jung und unschuldig. Herzlich. »Ich kann vieles, aber das nicht. Ich könnte mir einen Namen für dich ausdenken, wenn du magst. Nacktfuss oder Brummel würde mir da vorschweben.« Er zwinkerte ihm zu.

Ich habe es tatsächlich geschafft und den Jungen gefunden! »Untersteh dich! Ich bin Marl«, sagte er. Ein glückliches Grinsen machte sich auf seinem verschwitzten Gesicht breit.

»Freut mich, dich kennenzulernen, Marl.« Einladend hielt Arn ihm die Hand hin.

Ohne zu zögern, ergriff Marl sie. In raschen Worten setzte er Arn ins Bild und erklärte, warum er gekommen war. »… und so hat mich mein Weg zum *Turm der Zeit* geführt. Auch wenn ich nahezu unbesiegbar erscheine, hatte ich dennoch zwei Gehilfen dabei, die mir bei den niederen Arbeiten auf dieser gefährlichen Reise zur Hand gehen. Kochen, Latrinen ausheben, die Pferde striegeln und derlei mehr. Du weißt nicht rein zufällig, wo sie vielleicht sein könnten?«

»Zufällig weiß ich das. Komm!« Merkwürdig bedächtig für sein jugendliches Alter erhob er sich von der Treppenstufe, auf der er gesessen hatte, und führte Marl in die zweite Ebene des Turms, die ein Spiegelbild der ersten zu sein schien und ebenfalls leer war. Fast leer. Dort lag Dott bewegungslos auf dem Boden.

Erschrocken stürzte Marl zu seinem Gefährten. »Was ist mit ihm passiert?«

»Er hat sich in der Zeit verloren«, flüsterte der Junge und ging auf die Knie. »Welchen deiner Gehilfen willst du zurück? Den oder die Frau?«

»Ähm«, machte Marl. Er bereute seine Großspurigkeit schon. »Also am liebsten beide. Sie sind mir unentbehrlich.«

Mit einem matten Lächeln nickte Arn und strich mit geschlossenen Augen über Dotts Mantel. Ein kurzer Luftzug wehte durchs Zimmer.

»RAZUHL! NEIN! Ich …« Verwirrt und schwer atmend schlug der Ziegenhirte die Augen auf. »Was ist passiert?«, fragte er.

Marl zuckte mit den Schultern und versuchte eine ausdruckslose Miene aufzusetzen. »Na, das, was immer passiert: Ich habe dir den Hintern gerettet. Das echte Leben besteht eben nicht daraus, Steine besonders weit hüpfen zu lassen. Das da ist übrigens Arn.« Marl hob stolz die Brust. *Es gibt eine ganze Menge Dinge, in denen ich viel besser bin als dieser Ziegendödel.*

Einen Moment lang schien sich Dott die Worte durch den Kopf gehen lassen, dann blickte er sich mit schreckgeweiteten Augen in dem Raum um. »Wo ist Fehris?«

Das nötigte Marl Respekt ab. Dott begann nicht gleich von sich selbst zu faseln oder zu jammern, wie schlecht es ihm ergangen wäre, sondern machte sich augenblicklich Sorgen um andere.

»Kommt mit!« Ein inzwischen erschöpft aussehender Arn erklomm langsam die Treppe zur nächsten Ebene. Er bedeutete Dott und Marl, ihm zu folgen.

Verwirrt blickte der Ziegenhirte Marl an.

»Wir sollten tun, was er sagt.« Ohne weitere Erklärungen und ohne auf die Reaktion seines Reisegefährten zu warten, ging Marl hinter dem Jungen die Treppe hinauf. In der nächsten Ebene schien jemand zu leben und wenn man die Menge der schlecht gemachten Betten, unordentlichen Kleiderhaufen und zerbrochenen Spielsachen auf dem

Boden richtig deutete, nicht nur Arn allein. Marl entdeckte Fehris. Im Gegensatz zum armen Dott lag sie nicht auf dem blanken Boden, sondern in einem der ziemlich kurzen Betten, aus dem ihre Beine hinten heraushingen. Irgendjemand schien ihr auch die blonden Haare gekämmt zu haben. Wie flüssiges Gold ergossen sie sich auf das speckig aussehende Kopfkissen.

Sie ist wunderschön, schoss es Marl gegen seinen Willen durch den Kopf.

Arn hatte sich zu Fehris auf die Bettkante gesetzt und begann ihre Kleidung zu betasten. Er schwitzte und seine Hände zitterten ein wenig.

»Was macht er da?«, fragte Dott erstaunt.

Der Ziegenhirte war so lautlos neben ihm aufgetaucht, dass Marl regelrecht zusammenzuckte. »Mhh … ich denke, dass er etwas sucht«, brummte er, ließ Arns Hände dabei aber keinen Augenblick aus den Augen. Auf seinem Handrücken entdeckte er eine Art Tätowierung, ohne dass er genau hätte benennen können, um was es sich dabei handeln könnte.

»Ah, da sind sie.« Arn hielt den Beutel in die Höhe, in dem Fehris ihre Sterne aufbewahrte. Geschickt öffnete er das Behältnis und rieb mit dem Daumen über jedes der Wurfgeschosse.

Augenblicklich öffnete Fehris die Augen und schrie schrill: »DER SCHATTENSTAUB. KANDORIA IST GEFALLEN! Ich konnte sie nicht retten. Ich konnte sie nicht retten …«

Im selben Moment kroch Marl merkwürdigerweise ein erdiger Geruch in die Nase. »Ganz ruhig!« Er nahm ihre Hand. »Du bist in Sicherheit!«

»Wie? Ich … Was? «, stammelte die Söldnerin überrascht.

»Ist 'ne lange Geschichte. Nur so viel: Ich habe mein Kind bereits gerettet, während ihr geschlafen habt.« Marl warf ihr einen besonders überheblichen Blick zu.

Ein vollkommen zerschlagen aussehender Arn fragte mit matter Stimme: »Ich hoffe, das waren all deine Gefährten.«

Das erinnerte Marl daran, dass sie zu viert in den Turm gegangen waren. »Ähm … du weißt nicht auch zufällig, wo unsere Grolldrummel ist?«

Trotz seiner offensichtlichen Ermüdung lachte Arn leise und dennoch auf eine so wunderbare Weise, dass es ansteckend war. »Ach, die gehört zu euch? Wir dachten, dass sie sich verlaufen hat. Gibt nicht mehr viel Wild in der Gegend.«

»Wir?«, flüsterte Fehris fragend.

»Wild?«, fragte Marl fast zeitgleich.

»Na klar, wir sitzen hier nicht gerade in den Speisekammern des Königs. Die Grolldrummel bekomme ich aber vermutlich nicht so widerspruchslos zurück wie deinen Goldstern und den Ziegenflüsterer.«

Fehris und Dott blickten einander erstaunt an.

Arn lehnte sich aus dem Fenster und pfiff. »Es gibt leider doch wieder nur Grütze zum Abendbrot und kein Fleisch, Leute. Der kleine Kerl ist ein Freund.«

Enttäuschtes Gemurmel brandete auf.

Marl beugte sich neben Arn über den Sims und erblickte Erstaunliches. Im Schatten des Turms war eine Bande von etwa zwanzig Kindern versammelt, die den grimmig grollenden Grolli gefesselt hatten und gerade dabei waren, einen großen Topf mit Wasser über dem Feuer zu erhitzen. *Auweia. Grolldrummelsuppe*, ging Marl bei dem Anblick durch den Kopf.

»So, dann will ich euch mal den anderen vorstellen, bevor ich einschlafe.« Arn schenkte ihnen ein mattes Lächeln.

Bevor er wieder zur Treppe schlurfen konnte, hielt ihn Marl an der Schulter fest und stellte die Frage, die ihm schon die ganze Zeit auf der Zunge brannte: »Was ist in deinem ersten Zuhause passiert, Arn?«

Suppenküche

Das ist eine lange und sehr traurige Geschichte …« Arn gähnte, dann fasste er sich mit einer Hand an den Kopf, als wäre ihm schwindelig. »Meine Zieheltern, Yara und Leofric, sie waren …« Er taumelte.

»Was ist denn mit dir los?«, fragte Marl besorgt. »Bist du etwa krank?«

Fehris tat sich schwer, zu begreifen, was hier vorging. Ein Teil ihres Geistes verweilte noch bei Clarissa und dem sterbenden Kandoria. Doch auch sie konnte sehen, dass irgendetwas mit Arn nicht stimmte. »Er kippt gleich um!«, rief sie erschrocken – und im gleichen Moment passierte es auch schon. Der Junge verdrehte die Augen, seine Beine gaben nach und er sackte in sich zusammen. Geistesgegenwärtig fing Dott ihn auf.

»Er wird doch jetzt nicht … STERBEN?« Sorge und Entrüstung stand in Marls Gesicht.

»Keine Sorge, er schläft nur«, beruhigte Dott ihn. »Schau, sein Atem geht ganz normal. Wir sollten ihn hinlegen.«

Die beiden hoben den schlaffen Körper des Jungen hoch und trugen ihn hinüber zu dem Bett, auf dem Fehris vorhin aufgewacht war. Mit weichen Knien stolperte sie hinterher. Vorsichtshalber setzte sie sich zu ihm auf die Bettkante, denn sie war unsicher, ob ihre Beine sie zuverlässig trugen. Kandoria war dem Untergang geweiht, Clarissa tot, genau wie Belam vermutlich. Was hier gerade geschah, verwirrte sie ebenfalls. Marl, Dott, Arn und die Grolldrummelsuppe kochenden Kinder draußen im Hof – es pochte in ihrem Schädel.

Dott bedachte sie mit einem besorgten Blick. »Geht es dir gut, Frau Fehris?«

Auch Marl sah sie prüfend an. »Der Brustpanzer schnürt dir ganz offenbar die Luft ab. Wir sollten ihn öffnen!«, beschloss er. Er machte einen Schritt auf sie zu, verharrte aber in der Bewegung, als er ihre zusammengekniffenen Augen sah. Kapitulierend hob er beide Arme in die Höhe. »Dann eben nicht.«

Immerhin – mit Blick auf den ach so hilfsbereiten Stinker wusste sie: Dies hier war kein Trugbild, sondern die Wirklichkeit. Dennoch schaffte sie es nicht, das Grauen ihres Erlebnisses in Worte zu fassen. Die schrecklichen Bilder in ihrem Kopf schienen ihre Lippen zu lähmen, allem voran eines: das der todgeweihten Clarissa. Wie würde Dott reagieren, wenn sie ihm die ganze Wahrheit erzählte?

Der Ziegenhirte schien ihr anzusehen, dass ihr noch nicht zum Reden zumute war und berichtete deshalb als Erster: »Ich glaube, der *Turm der Zeit* hat mich in die Vergangenheit geschickt. Dort habe ich zugesehen, wie die Lichtmagier Razuhl geblendet haben.«

»Waaas?« Ob solcher Neuigkeiten verlor Marl sogar sein Interesse an Fehris und Arn. »Wie war er? Wie hat er ausgesehen? Was hat er gesagt?«

Dott überlegte. »Unbeugsam, gefasst, arrogant. Er hat weder um Gnade gefleht, noch seine Taten geleugnet. Und irgendwie hatte ich den Eindruck …« Der Ziegenhirte suchte nach den richtigen Worten.

»Was?«, hakte Fehris nach.

»Es kam mir vor, als ob … als ob die Magier unnötig grausam gehandelt hätten. Razuhls Verbrechen bestand darin, sich zu einer geheimen Zeremonie zu schleichen und bei etwas zuzusehen, das nicht für seine Augen bestimmt war. Aber muss man sie ihm deshalb gleich ausbrennen?«

Marl zog scharf die Luft ein. Er war selbst oft genug mit dem Gesetz in Konflikt geraten, wie Fehris wusste. Vermutlich hatte er von Natur aus Mitgefühl mit Verbrechern, an denen das geltende Recht besonders nachdrücklich demonstriert wurde. »Hast du eine Ahnung, weshalb die Magier derart brutal vorgegangen sind?«

»Es war keine alltägliche Bestrafung«, antwortete Dott prompt. »Ich habe mich unter den Scholaren aufgehalten und selbst die waren überrascht und entsetzt über diese Zeremonie. Und die Lichtpriesterin Unah schien Razuhl nicht nur zu hassen, sondern auch zu fürchten. Sie sagte, er sei ein vielversprechender Magier gewesen, ein wahrer Meister und brillanter Kopf.« Dott machte eine kurze Pause und betrachtete Arn, der mit bleichem Gesicht und leicht offenstehendem Mund schlief. »Vielleicht ist all das Unglück, das nun über Meribor hereinbricht, nur deshalb geschehen, weil die Mutter dieses Jungen ihren größten Konkurrenten beseitigen wollte.«

»Das weißt du doch gar nicht«, warf Fehris ein. »Wir kennen die Gesetze der Magier nicht und haben keine Ahnung, was in den Monaten und Jahren vor der Blendung passiert ist.«

»Du hast recht«, seufzte Dott und schüttelte den Kopf, als wolle er mit dieser Bewegung auch seine letzten Zweifel loswerden. »Meine Oma sagte immer: Urteile nie über einen Menschen, ehe du nicht hundert Meilen in seinen Schuhen gelaufen bist.«

Dennoch blieb ein nagendes Gefühl in Fehris zurück. Der Gedanke, dass die Magier selbst es gewesen sein könnten, die dem Schattenstaub aus Neid oder Machtgier den Weg bereitet hatten, drückte auf ihr Gemüt. Fast so schwer wie das andere Joch, das sie nun endlich loswerden musste. Es war an der Zeit, ihre Geschichte zu erzählen.

»Ich war in Kandoria«, begann sie leise. »Der Schattenstaub hat den Fluss überwunden und war dabei, jeden Mann, jede Frau und jedes Kind zu verschlingen – selbst die Vögel auf den Dächern!«

Beide Gefährten starrten sie an.

»Die Hauptstadt wurde ausradiert?«, fragte Marl.

Fehris nickte. »Denkt ihr, ich habe die echte Zukunft gesehen, so wie Dott die echte Vergangenheit?«

»Davon gehe ich aus«, brummte Marl.

»Also ist Kandoria auf jeden Fall verloren?«

Dott sah Fehris betroffen an. »Womöglich.«

»Naja, um die adeligen Schnösel und dummdreisten Befehlsempfänger ist es nicht schade«, beschloss Marl. »Ich hoffe, das gemeine Volk konnte fliehen.«

»Niemand ist mehr hinausgekommen – das Stadttor war blockiert«, berichtete Fehris. »Keiner der Magier hat auch nur versucht, sich dem Schattenstaub entgegenzustellen oder den Menschen am Tor zu helfen. Der Truchsess und andere Adelige flohen mit Kutschen durch die vollgestopften Straßen. Eine davon lag umgefallen im Graben. Ich wollte darüber klettern, aber dann merkte ich, dass jemand darinsaß.«

»Wer? Belam?« Marl verschränkte die Arme vor der Brust.

Sie schüttelte den Kopf. Gerne hätte sie Dott jetzt in die Augen gesehen, aber sie vermochte es nicht. »Es war Clarissa.«

Einen Moment lang brachte keiner von ihnen etwas hervor. Dann fragte Marl: »Wer ist Clarissa?«

Fehris zwang sich zu einem Blickkontakt mit Dott. Hoffnung und Verzweiflung standen in seinen Augen. Und jetzt musste sie eines davon zerschlagen.

»Ich habe versucht, sie zu retten«, flüsterte sie, doch ihre Worte schienen hundertfach von den Wänden widerzuhallen. »Ich habe es nicht geschafft.«

»Nein, du musst dich täuschen.«

Mit einem heiseren Flüstern brachte Fehris hervor: »Sie sagte, sie liebe dich. Inniglich und ewiglich.«

Ein Schluchzen entwich Dotts Kehle und seine Schultern sackten nach vorn. Auf einmal sah er aus wie ein alter Mann, dem das Schicksal alles genommen hatte, wofür es sich noch zu leben lohnte. Bebend ließ er sich ebenfalls auf das Bett niedersinken.

Nun endlich schaffte es auch Marl, eine Verbindung zwischen dem Namen Clarissa und dem desolaten Zustand seines Weggefährten herzustellen. Er hieb sich mit der freien Hand vor die Stirn. »Mitgift-Clarissa!«

Fehris nickte.

Sie stand auf und ging vor Dott in die Hocke. »Hat deine Großmutter auch etwas Kluges über die Zukunft gesagt?«

Erst reagierte der Ziegenhirte nicht. Doch dann glomm ein winziges Funkeln in seinen Augen auf, das sich langsam durch seinen ganzen Körper fortzupflanzen schien. Seine Hände hörten auf zu zittern, er straffte die Schultern und atmete tief durch. »Jede Gans hat genug Federn, um damit die Zukunft täglich neu zu schreiben!« Hoffnungsvoll sah er Fehris an.

Sie lächelte ihm zu. »Das glaube ich auch. Und genau das werden wir tun!«

»Ich kann aber nicht schreiben«, warf Dott ein.

Fehris legte eine Hand auf seinen Unterarm. »Ich bin sicher: Was die Kunst des Zukunft-Schreibens angeht, bist du ein großer Poet.«

Arns Schlaf glich einer Ohnmacht. Wie ein verzauberter Prinz aus einem Märchen lag er vollkommen still auf dem Rücken, ohne sich zu bewegen oder irgendein anderes Geräusch als gleichmäßige Atemzüge von sich zu geben. Derweil ging draußen vor dem Turm das Geschrei wieder los. Fehris beugte sich aus dem Fenster und versuchte, die Lage zu überblicken: Gut ein Dutzend Kinder und Jugendlicher hatten sich dort vor einem riesigen Lagerfeuer zusammengerottet. Über den Flammen hing ein Kessel kochenden Wassers und daneben standen die zwei Streithähne. Der eine hatte seinen Zeigefinger auf Grolli gerichtet, der ein Stück weiter weg an Armen, Beinen und Schwanz gefesselt auf dem Boden lag. »Aber wir brauchen Fleisch!«, brüllte er.

Der andere deutete zum Turmzimmer hinauf und schrie: »Arn hat gesagt, er ist ein Freund, und Freunde isst man nicht!«

»Eine Grolldrummel ist aber kein Freund!«, mischte sich nun ein dritter ein, während er Wurzelgemüse und Kräuter in den Topf warf. »Wenn überhaupt, dann bin ich ein Freund von Grolldrummeln. Aber nur gepökelt oder gesotten.«

Einige der Kinder lachten. Es handelte sich vorwiegend um Jungen, wie Fehris auffiel, aber auch ein paar kernige Mädchen waren dabei. Alle sahen schmutzig und ungekämmt aus. Derjenige, der ihre Kleidung flickte und wusch, hatte eindeutig keine Ahnung von seinem Handwerk.

»Arn schläft tief und fest. Wir sollten runtergehen«, schlug Fehris vor. »Sonst landet Grolli doch noch im Topf – oder sie nehmen stattdessen unsere Pferde.«

Marl rannte voraus, Fehris hinterher und Dott bildete das Schlusslicht. Sie fanden einen Übergang vom untersten Stockwerk durch eine verdreckte Küche nach draußen. Genau wie auf der Vorderseite des Turms empfing sie auch hier fester Untergrund unter den Füßen. Erst ein gutes Stück weiter hinten deutete ein Schilfmeer darauf hin, dass der Sumpf längst noch nicht zu Ende war. Die gesamte Turmanlage befand sich also auf einer trockengelegten Insel. Fehris bezweifelte, dass es sich hierbei um ein natürliches Phänomen handelte. Es musste Magie im Spiel sein.

Mit großen Schritten stapfte Marl auf die Gruppe Halbwüchsiger zu. »He, ihr Rotzlöffel, lasst gefälligst meine Grolldrummel frei!«, raunzte er sie an.

Augenblicklich hörten die Jungen auf zu streiten und stellten sich stattdessen nebeneinander auf wie Soldaten in

Gefechtsposition. Einige von ihnen trugen angespitzte Stöcke bei sich, andere hatten selbstgebaute Bögen und Köcher voller Knochenpfeile auf dem Rücken, kaum jemand nannte ein Messer aus echtem Stahl sein Eigen. Nur der Junge ganz vorne, der unbedingt Grolldrummelsuppe kochen wollte, hielt einen glänzenden Dolch in der Hand. Sein schulterlanges, blondes Haar war im Nacken zu einem Zopf zusammengefasst. Er war vielleicht sechzehn oder siebzehn Jahre alt und so dünn, als sei er mit dem Schilfrohr im Hintergrund verwandt. Dennoch blitzte Angriffslust und wache Intelligenz in seinen Augen.

Der Anführer, erkannte Fehris. Sie war mit verlassenen Kindern und ihrer Lebensweise vertraut – immerhin war sie früher selbst eines gewesen.

»Keinen Schritt weiter!«, warnte sie der Anführer. »Wir wissen genau, dass ihr magische Artefakte bei euch tragt. Wo ist Arn?«

»Oben im Turm. Er ist eingeschlafen«, sagte Fehris ruhig. »Aus welchem Grund, haben wir nicht herausgefunden, aber er sah sehr erschöpft aus.«

»Ah«, machte einer aus der Gruppe, ein schmales Bürschchen mit einer Filzmatte auf dem Kopf, die entweder aus seiner eigenen Haarpracht bestand oder einmal eine Mütze gewesen war – so genau war das nicht mehr zu erkennen. »Dann hat er zu viel gezaubert!«

»Sei still!«, herrschte der Anführer ihn an. »Solange Arn uns nicht über diese Leute aufgeklärt hat, erfahren sie auch keine Geheimnisse von uns!« Er gab einem anderen Jungen einen Wink, woraufhin dieser in den Turm rannte, vermutlich, um sich von Arns Gesundheit zu überzeugen.

Marl machte schon den Mund auf, um einen erneuten Freilassungsbefehl in Bezug auf Grolli herauszubrüllen, da knuffte Dott ihn unauffällig in die Seite. »Lass Frau Fehris reden. Ich glaube, diese Kinder haben weibliche Zuwendung nötig.« Der alte Griesgram schwieg, doch dabei gab er ähnliche Geräusche von sich wie seine Grolldrummel nach zwei Stunden ohne Griff in den Proviantsack.

»Ist dein Name auch ein Geheimnis?«, wandte Fehris sich wieder an den Anführer. »Falls nicht, würde ich ihn gern wissen. Das hier sind Marl und Dott. Und ich heiße Fehris.«

»Darcio«, brummte der Junge.

»Freut mich, dich kennenzulernen, Darcio.«

Das Eis schmolz. Wenn auch nicht beim Anführer, aber dafür bei einem jüngeren Mädchen, das anstelle einer Puppe einen speckigen Stofffetzen an die Wange gedrückt hielt. »Und ich bin Elea!«, piepste sie zwischen den Stelzenbeinen der größeren Kinder hervor.

»Nabur!«, rief eine dürre Vogelscheuche von weiter hinten.

»Kalon!«

»Bryonie!«

Ein Name nach dem anderen erscholl. Man konnte sich unmöglich alle merken, aber Fehris lächelte zumindest jedem Kind zu.

Kaum dass die Vorstellungsrunde vorbei war, kam wieder das Thema Essen auf.

»Grolldrummeln schmecken gar nicht so schlecht, ich hab schon mal eine probiert«, behauptete Filzmatte.

»Aber bestimmt nicht meine Grolldrummel!«, platzte Marl heraus. »Denn die hat auch einen Namen, und der lautet Grolli!«

»Oh, sehr einfallsreich«, bemerkte Darcio. Sein Blick schweifte zwischen den fremden Erwachsenen und der potenziellen Mahlzeit hin und her. Er sah unentschlossen aus.

»Wir besorgen euch etwas anderes für euren Suppentopf«, versprach Fehris. »Etwas Besseres! Gibt es Enten in der Nähe?«

Die Kinder rissen Augen und Münder auf.

»Ja, aber sie sind schwer zu fangen.« Herausfordernd zog Darcio eine Augenbraue hoch. Es sah ganz so aus, als hielte er sich selbst für den einzig fähigen Jäger im Sumpf.

»Wer zuerst eine fängt, gewinnt.« Fehris zwinkerte ihm zu, woraufhin das überlegene Grinsen aller jungen, unerfahrenen Männer in seinem Gesicht auftauchte.

»Abgemacht!«

Er zückte seinen Dolch und sie machten sich gemeinsam auf den Weg in den Sumpf. Das Dickicht aus Schilfhalmen unweit des Turms war ein ideales Versteck für allerhand Getier. Mit etwas Glück würden sie dort sogar Schildkröten finden, aus denen man eine viel bessere Suppe kochen konnte.

»Bleib immer auf den ausgetretenen Pfaden. Abseits der Wege reicht ein falscher Schritt, und du stirbst den schlimmsten aller Tode«, warnte Darcio sie. »Das Moor schluckt dich umso schneller, je mehr du kämpfst. Erst wenn du bereits tief in seinem finsterfeuchten Bauch gefangen bist, tust du deinen letzten Atemzug. Dann dringt schwarzer Dreck in deine Lungen und reißt sie innerlich auseinander. Das letzte, was man von dir sieht, ist eine große, schwappende Luftblase.« Es klang ganz danach, als hätte er einen solchen schrecklichen Tod bereits miterlebt.

»Wieso habt ihr euch diesen gefährlichen Ort zum Leben ausgesucht?«, fragte Fehris, während sie ihren bronzenen Wurfstern hervorholte und fest umklammerte.

»Wir sind alle Waisen. Wo auf dieser Welt gibt es sonst einen Platz für uns?«

»In einem Räuberlager? Einem Waisenhaus oder einer Diebesbande in Kandoria?«

Ihre Vorschläge entlockten Darcio nur ein abfälliges Grunzen. »Die Räuber haben genug zu tun, um ihre eigenen Mäuler zu stopfen und dabei den Häschern des Königs aus dem Weg zu gehen«, sagte er, während er mit sicheren Schritten auf dem Trampelpfad voranging. »Und in Kandoria läuft man immer Gefahr, in die Fänge eines Menschenhändlers zu geraten. Ich will nicht als Sklave irgendeines fiesen Grafen enden.«

»Nein, das willst du wirklich nicht«, murmelte Fehris.

Abrupt blieb der Junge stehen und gab ihr mit einem Handzeichen zu verstehen, dass sie still sein sollte. Nur kurz verharrte er in dieser Pose, dann sprang er – schnell und lautlos wie eine Katze – nach vorn und bohrte seinen Dolch in irgendetwas auf dem Boden vor sich. Als er sich wieder aufrichtete, krümmte sich eine Sumpfnatter auf der Klingenspitze. Mit geübtem Griff schnitt er ihr den Kopf ab. »Schmecken gar nicht so schlecht!«, kommentierte er, während er den sich noch immer windenden Schlangenkörper an seinen Gürtel knotete. »Es gibt auch einige essbare Frösche hier, aber von den meisten bekommt man Blähungen. Nabur glaubt, es liegt daran, dass ihre Seelen in unseren Bäuchen weiterquaken.« Zum allerersten Mal schlich sich dabei ein kleines Grinsen auf sein Gesicht.

Fehris lächelte ebenfalls. »Du machst das gut«, bemerkte sie.

»Was mache ich gut?«

»Für deine Familie sorgen. Du hältst sie zusammen und passt auf, dass keiner verhungert oder gar in den Sumpf fällt. Viele ältere Männer würden an dieser Aufgabe verzweifeln.«

Ein dunkler Schatten huschte über sein Gesicht. Obgleich er es nicht aussprach, verstand Fehris, dass die Verzweiflung an manchen Tagen seine engste Freundin war.

»Es ist einfacher geworden, seit Arn bei uns ist«, bemerkte er, nun mit einem Anflug von Offenheit in der Stimme. »Er macht den Boden fester und bringt die Wasserlöcher dazu, ein paar Aale auszuspucken. Wenn wir nichts mehr zu trinken haben, lässt er es regnen. Aber auch er kann kein Fieber senken oder gebrochene Knochen heilen.«

»Wann kam er zu euch?«, fragte Fehris und hoffte inständig, dass sie mit ihrer Frage nicht zu weit gegangen war, denn gerade eben hatte Darcio sich noch geweigert, den Fremden irgendetwas über Arn zu verraten. Doch ihre Befürchtung war unbegründet. Offenbar hatte er so etwas wie ein zartes Vertrauen zu ihr entwickelt. Oder Dott hatte recht damit, dass die Kinder dringend auf der Suche nach weiblicher Zuwendung waren.

»Vor etwa einem halben Jahr«, antwortete er. »Eines regnerischen Abends stand er einfach vor unserer Tür, ganz plötzlich, als hätte das Moor ihn ausgespuckt. Am ersten Tag hat er nur geweint. Als er dann seine Sprache wiederfand, behauptete er, er sei ein Zauberer und seine Zieheltern hätten ihn hergeschickt, um uns zu helfen. Erst haben wir ihm nicht geglaubt, aber dann …«

Erneut hielt er inne und holte mit seinem Dolch aus, doch der Otter, den er anvisiert hatte, verschwand schneller im Tümpel, als er werfen konnte. Er stieß ein enttäuschtes Seufzen aus. »Willst du nicht auch mal nach Beute suchen? Denk an die Abmachung – wenn du keine Ente fängst, sehe ich schwarz für eure Grolldrummel!«

Fehris nahm sich vor, etwas aufmerksamer nach Beute Ausschau zu halten, doch die Dinge, die der Anführer der Sumpfkinder ihr gerade erzählte, waren einfach zu fesselnd. »Aber dann?«, hakte sie nach.

»Dann hat er unsere feuchte Halle in den Saal einer Ritterburg verwandelt. Obwohl wir kein Holz hatten, brannte Feuer im Kamin. Die Wände waren trocken und die Erde auf dem Boden warm. An den Wänden hingen Webteppiche, Waffen und Gemälde, und auf den Tischen standen die köstlichsten Speisen. Es gab sogar Barden, die Lieder für uns gesungen haben.«

Fehris blieb der Mund offenstehen. »Ich habe noch keinen Magier erlebt, der solche Zauber vollbringen kann!«

Darcio zuckte mit den Schultern. »Leider war es nur eine optische Illusion. Geistzauber nannte er es. Wir haben die Speisen gesehen, konnten sie aber nicht essen. Ich wollte eine Saite auf der Harfe eines Barden zupfen, doch meine Finger griffen ins Leere. Diese ganze Ritterhalle haben wir uns nur eingebildet, trotzdem hat sie uns für eine Weile glücklich gemacht.« Er teilte das Schilf vor ihnen und durchsuchte es nach Essbarem, fand aber nichts. Der Trampelpfad schien hier zu Ende zu sein. »Eigentlich kann Arn nur die Elemente beherrschen. Die Geistmagie liefert der Turm, so hat er es mir jedenfalls erklärt. Ist ein Zauberer oder magischer Gegenstand anwesend, so verbindet sich dessen Magie mit der des Turms. Das war wohl der Grund, weshalb seine Zieheltern Arn gerade hierher geschickt haben, als sie angegriffen wurden – zum Glück für uns.«

»Deshalb sind wir durch die Zeit gereist! Weil wir magische Artefakte bei uns tragen«, schlussfolgerte Fehris.

Der Junge nickte. »Arn hat uns das erklärt. Bereits beim ersten Schritt über die Schwelle hat der Zauber des Turms euch erfasst. Die Grolldrummel hingegen ist ganz normal reinspaziert ... ein Stück weit zumindest.«

Er zog einen Stein aus seinem Beutel und schleuderte ihn in den Sumpf hinaus. Ein Platschen war zu hören, gefolgt von hektischen Flügelschlägen. »Deine Chance!«, sagte Darcio. »Meinen Dolch werfe ich nicht.«

Ein Schwarm aufgeregt quakender Enten stieg in die Lüfte. Geistesgegenwärtig schleuderte Fehris ihren Wurfstern, der gleich fünfen von ihnen im Flug die Hälse durchtrennte. In kurzem Abstand plumpste das Federvieh zu Boden – vor ihnen auf den sicheren Trampelpfad. Der junge Jäger stieß einen überraschten Laut aus.

»Ist das genug, um Grolli zurückzubekommen?«, fragte Fehris grinsend.

Er jubelte. »Wen interessiert eure zähe Grolldrummel, wenn er dafür ein solches Festmahl haben kann?«

Am späten Nachmittag kamen sie mit ihrer Jagdbeute zum Turm zurück: Zehn Enten und unzählige Schlangen baumelten von einem Stock herab, den Darcio und Fehris zwischen sich trugen. Die anderen Kinder begrüßten sie so stürmisch, als seien sie wochenlang weggewesen. Sie kreischten wild durcheinander und hüpften dabei herum wie Vogelküken, die es nicht erwarten konnten, von ihren Eltern gefüttert zu werden. Wärme breitete sich in Fehris' Brust aus. Nie zuvor hatte sie so viele Menschen mit derart einfachen Mitteln glücklich gemacht. Ein Lächeln und ein paar Enten – mehr brauchte es dafür nicht. Darcio übergab ihre Beute an vier Jungen, die sich großspurig »Küchenmeister« nannten und auf der Stelle anfingen, das Federvieh zu rupfen.

In der Nähe des brodelnden Kochtopfes entdeckte Fehris ihre Gefährten. Marl und Dott waren in ein angeregtes Gespräch mit Arn vertieft, der sich offensichtlich von seinem magischen Einsatz erholt hatte. Hellwach saß er im Schneidersitz auf dem Boden und erzählte von den Wundern, die er mithilfe seiner Elementarzauber und der Magie des Turmes erschaffen konnte. Neben ihm saß Grolli, von seinen Fesseln befreit. Fehris musste zweimal hinschauen, weil sie kaum glauben konnte, was sie sah: Im Schoß der Grolldrummel hatte sich das kleine Mädchen mit dem Schnufeltuch zusammengerollt und schlief. Was das haarige Vieh von dieser Sache hielt, schien es selbst nicht zu wissen, denn es hockte steif wie ein Brett da und gab abwechselnd knurrende und seufzende Laute von sich, als wüsste es nicht, ob es die Kleine fressen oder küssen sollte.

Fehris setzte sich neben Dott, dessen natürliche Gesichtsfarbe zurückgekehrt war. Sein nie versiegender Optimismus ließ ihn offenbar die Zukunft wieder in helleren Farben sehen.

»Arn hat gerade erzählt, wie er den Turm gegen Angriffe jeder Art abschirmt«, brachte Dott sie auf den neuesten Stand. »Grolli ist in eine seiner Elementarfallen getappt. Ein

Sturm hat ihn durch die Flure nach draußen gefegt. Ist das nicht unglaublich?«

Fehris nickte.

»Wir drei hingegen wurden sofort durch die Zeit katapultiert. Und weißt du was? Du hattest recht mit deiner Vermutung in Bezug auf die Zukunft – das, was du gesehen hast, muss nicht zwangsläufig so passieren. Wir können es ändern.«

Das beruhigte Fehris, denn in diesem Punkt war sie unsicher gewesen.

»In welcher Zeit bist du eigentlich gelandet?«, fragte sie Marl.

Der legte demonstrativ einen Arm um sein magisches Kind und verkündete: »In der Gegenwart. Allerdings in einer magischen Sphäre, die Arn mit allerlei Elementarmagie gespickt hat: heiße Lava, wegbrechende Gänge, machtvolle Stürme! Ich musste all meine Erfahrung, meine Fähigkeiten und meinen Grips in die Waagschale werfen, um diesem Inferno zu trotzen und siegreich daraus hervorzugehen.«

Arn kicherte. Er schien ein recht lebensfrohes Bürschchen zu sein, wenn er nicht gerade vor Schwäche zusammenbrach, weil er zu viel Magie gewirkt hatte. Ganz nebenbei strich er sich eine seiner schwarzen Strähnen aus dem Gesicht, wobei Fehris das Zeichen auf seinem linken Handrücken bemerkte. Es war keine Tätowierung, wie Piraten und Räuber sie zuweilen trugen, sondern eher eine Art Mal. Von der Form her erinnerte es an eine Flamme. Sie schien vor langer Zeit erloschen zu sein, denn sie war schwarz.

»Ihr alle konntet dem Geistzauber des Turms nur entfliehen, weil ihr seine Prüfung bestanden habt«, erklärte Arn, nun wieder ganz ernst. »Andernfalls hätte ich euch nicht zurückholen können.«

»Prüfung?«, fragte Dott mit einem für ihn untypischen Stirnrunzeln.

»Ich musste mein Talent mit dem Feuerstab unter Beweis stellen«, sagte Marl. »War das die Prüfung?«

Arn nickte.

»Bei mir war es wohl … der Rettungsversuch Clarissas«, ging Fehris auf. Mit einem Mal war sie sehr froh, das Mädchen aus der Kutsche gezogen zu haben. Nicht auszudenken, was passiert wäre, wenn sie nicht alles versucht hätte, die junge Frau zu mitzunehmen!

Alle sahen Dott an.

»In meinem Fall muss es meine Antwort an Razuhl gewesen sein. Er hat versucht, mich zu ködern und auf seine Seite zu ziehen.«

»Razuhl? Dich?« Marl lachte. »Was will er denn mit einem dumpfbackigen Ziegenhirten?«

Dott sparte sich eine deftige Erwiderung. »Er hat vor, das Dreigestirn zu zerschlagen. Dabei ist es einerlei, wen von uns er sich greift. Ich verstehe nur eines nicht …« Er sah Arn an. »Wieso hat Razuhl mich in der Vergangenheit erkannt? Wieso wusste er damals schon, was geschehen würde?«

Das war eine berechtigte Frage, fand Fehris.

Arn zeigte keinerlei Unsicherheit. »Der Turm nutzt für seine Visionen die Erinnerungen jedes Menschen, der je einen Fuß über seine Schwelle gesetzt hat. Du hast ein Szenario gesehen, das irgendein Magier damals selbst erlebt und dann hierher getragen hat. Je mehr Erinnerungen von verschiedenen Menschen, desto wahrheitsgetreuer wird einem die Vergangenheit vor Augen geführt. Aber dein Gespräch mit Razuhl – das war etwas anderes, nämlich die Prüfung, die du bestehen musstest, um dem Zauber zu entfliehen. Hättest du dich auf sein Angebot eingelassen, so wäre dein Geist in Razuhls vorgegaukelter Welt hängengeblieben und dein Körper nach einigen Tagen an Hunger und Durst gestorben. Geistfalle nennen die Magier diesen dunklen Zauber, der geächtet und verboten ist.«

Dott schwieg. Irgendwie schien diese Erklärung ihn nicht zu befriedigen. Er wirkte wie ein trotziges Kind, das die Aussagen seines Lehrers anzweifelte. Das erneute Zusammentreffen mit dem Meister des Schattenstaubs schien ihn wahrhaftig in seinen Grundfesten erschüttert zu haben. Aber wie sollte ein einfacher Ziegenhirte, der nicht einmal lesen und schreiben konnte, die tieferen Zusammenhänge von magischen Visionen verstehen? Fehris begriff sie ja auch nicht wirklich. Und Marl? Der schien einfach nur froh zu sein, endlich sein Kind gefunden zu haben, ganz gleich, unter welchen Umständen das nun geschehen war.

»Razuhl ist ein Meister der Geistmagie«, murmelte Dott. »Was, wenn er bei unserer ersten Begegnung mein Gehirn angezapft hat?«

»Wie ein Fass Bier?« Marl kicherte, doch Fehris war nicht zum Lachen zumute.

»Geht so etwas denn?«, fragte sie Arn.

Der Junge schüttelte den Kopf. Aber dann sagte er etwas Beunruhigendes, das ihnen allen klarmachte, wie übermächtig der Gegner war, mit dem sie es hier zu tun hatten: »Jedenfalls nicht mit Lichtmagie. Aber ich habe keinerlei Kenntnis über Schattenzauber.«

Piratenehre

Das erste Mal seit langer Zeit legte sich Marl zufrieden zur Nachtruhe. Anders als Fehris und Dott weigerte er sich, den *Turm der Zeit* erneut zu betreten. Zu verstörend waren seine Erfahrungen in dessen Mauern gewesen und egal, wie oft Arn ihm versicherte, dass jetzt nichts mehr passieren konnte, zog er doch Grollis Gesellschaft und die der Sterne über seinem Lagerfeuer vor.

Auch Grolli wagte sich nicht mehr in die Nähe des Gebäudes, dafür hatten die Kinder des Turms sämtliche Scheu vor ihm verloren. Den ganzen Tag waren sie auf der Grolldrummel herumgeklettert, hatten versucht sie zu fangen und sich sogar von ihr herumtragen lassen. Einige von ihnen taten es Marl nach und nächtigten ebenfalls unter freiem Himmel, damit sie eng an Grolli gekuschelt schlafen konnten.

Lächelnd schüttelte Marl den Kopf. Ein menschenfressendes Ungeheuer, gebändigt von verwahrlosten Waisen.

Die Welt war wirklich ein wunderlicher Ort – und ein wunderbarer. Wieder einmal verspürte er das dringende Verlangen, alles in seiner Macht Stehende zu tun, um Meribor vor dem Untergang zu bewahren. Sein Leben hatte wieder einen Sinn. Fehris' Schilderung von der Zukunft Kandorias brannte ihm schwer auf der Seele. Mit einem sorgenvollen Seufzen rüttelte er die zusammengerollte Decke unter seinem Kopf zurecht, damit er bequemer lag. Es war an der Zeit zu schlafen. Über das Schicksal der Welt konnte er morgen weitergrübeln. Begleitet von einem ausgiebigen Gähnen schloss er die Augen.

»Schläfst du schon, Marl?«, hörte er Arns Stimme über sich.

»Wonach sieht es denn aus?«, knurrte er, ohne die Augen zu öffnen.

»Ich denke, wir sollten besprechen, wie es weitergeht.«

Bedächtig setzte sich Marl auf: »Ich fürchte, da hast du recht, Arn.« Er selbst war den ganzen Tag über zu bequem oder zu feige gewesen, um mit dem Jungen über dieses schwierige Thema zu reden und hatte gehofft, dass Fehris oder Dott das für ihn erledigen würde. Natürlich hatten sie nichts dergleichen getan. Vermutlich gar nicht tun können. *Er ist mein Kind.*

Der Junge lächelte ihn schüchtern an.

Sicherheitshalber blickte Marl zu Grolli und den schlafenden Kindern.

»Keine Sorge, sie schlafen und können uns nicht hören. Ihr seid gekommen, um mich mitzunehmen, nicht wahr?« Entrückt blickte er zum Himmel hinauf.

Nach einem langen Moment des Schweigens antwortete Marl schlicht: »Ja.«

Traurig nickte Arn, als hätte er nichts anderes erwartet.

»Wir wollen auch deine beiden Geschwister finden. Ich verspreche dir, dass wir dich zu ihnen bringen.«

»Beryll und Gordyn«, flüsterte er ihre Namen. Begleitet wurde das von einem sanften Windzug und dem grellen Aufflackern des Feuers. »Ich kann mich kaum an sie erinnern, obwohl ich der Älteste bin. Die beiden werden mich *vermutlich inzwischen vergessen haben. Falls sie noch leben.« Bei diesen Worten brach seine hohe Stimme.*

Er hat Angst, wurde Marl klar.

Natürlich hat er das, Dummkopf. Er ist ein Kind und hat Schreckliches durchgemacht, giftete eine Stimme in seinem Kopf. Zu Marls Erleichterung hatte sie keinerlei Ähnlichkeit mit dem bösen Bariton des Schwarzen Marls. Dafür klang sie frappierend nach Fehris' spitzzüngigem Spott. »Geschwister sind ihr ganzes Leben lang auf eine besondere Weise miteinander verbunden. Außerdem bin ich fest davon überzeugt, dass sie noch leben. Horche in dich hinein, dann spürst du es«, sagt er.

Eine Weile schwiegen sie, dann lächelte Arn ihn zuversichtlich an. »Du sprichst wahr. Sie leben ganz bestimmt noch.«

»Ursprünglich war geplant, dich und die beiden anderen zum alten Zauberer Belam nach Kandoria zu bringen. Doch das ist zu riskant. Es gibt dort einen Verräter. Ihr wäret in der Lichtbogenfeste nicht sicher. Daher darfst du dich unserer illustren Truppe anschließen. Zusammen finden wir deine Geschwister.« Marl versuchte sich an einem vertrauenserweckenden Grinsen.

»Danke!«

»Danke mir nicht zu früh, Bursche. Das alles machen wir nicht nur aus Freundlichkeit. Belam hat uns erklärt, dass nur ihr drei Kinder gemeinsam den Schattenstaub besiegen könnt.«

Die Augen des Jungen weiteten sich ungläubig.

»W…w…wie meinst du das?«, stotterte er.

»Genauso wie ich es sage. Ich nehme an, du weißt von deinen verblichenen Zieheltern alles über das Schicksal deiner Mutter und die Geißel des Schattenstaubs?«

Traurig nickte Arn. »Yara und Leofric haben mir erzählt, was damals passiert ist.« Seine Augen füllten sich mit Tränen. »Zwar wollten sie mich schonen und haben keine Details verraten, trotzdem habe ich begriffen, dass es furchtbar gewesen sein muss. Dass der Schattenstaub furchtbar ist.«

»Es ist gut, dass du um den Schrecken des grauen Todes weißt, denn du, Beryll und Gordyn, ihr seid die letzte Hoffnung Meribors, den alles Leben verzehrenden Nebel zu besiegen.«

Als müsste er sich augenblicklich übergeben, überkam den Jungen eine so käsige Blässe, dass Marl sich bemüßigt sah, ihm etwas unbeholfen auf die Schulter zu klopfen.

»Keine Sorge, ich bin ja bei dir und Grolli auch. Und Dott und Fehris dürfen uns ebenfalls begleiten, die sind zwar mehr Last als Hilfe, doch dann wird uns unterwegs nicht langweilig. Ein spannendes Abenteuer erwartet uns. Was hältst du davon?«

Arn drehte sich um und würgte einen Teil seines Abendessens wieder nach oben.

War wohl alles ein bisschen viel.

Gut gemacht, Marl, ächzte die Fehris-Stimme in seinem Kopf.

Hilfsbereit hielt Marl ihm seinen Wasserschlauch hin. »Hör zu, Junge. Ich weiß selbst, dass das viel verlangt ist, aber denke an deine Geschwister, die wir retten werden und am Ende«, er zuckte mit den Schultern, »na ja, da zaubert ihr ein bisschen, und schwupps ist alles wieder in bester Ordnung.« Er probierte es mit einem aufmunternden Zwinkern.

»Ihr wisst also, wo Beryll und Gordyn sind?«

»Jawohl! Details erzähle ich dir morgen, für heute Nacht lassen wir es mit den Neuigkeiten gut sein.«

»Wir sind Kinder«, begann Arn und schüttelte den Kopf. »Wie sollen wir etwas vernichten, das die besten Zauberer Meribors nicht aufhalten konnten?« Er schluckte schwer. »Nicht einmal meine Mutter.«

»Tja ... nun ...«, stammelte Marl, »das ... ähm ... das hat der alte Zauberer ...«, *der vermutlich tot ist,* flüsterte die Fehris-Stimme, »... nicht so ganz konkret gesagt, aber da wird uns dann schon was einfallen, wenn es so weit ist.«

»Dafür soll ich das alles aufgeben?« Arn zeigte auf den Turm und die schlafenden Kinder. »Sie brauchen meinen Schutz.«

Mit einem ironischen Grunzen sagte Marl: »Also derjenige, der die Grolldrummel zu Suppe verarbeiten wollte, bestimmt nicht.«

Als hätte er ebenfalls gerade daran zurückgedacht, kam im selben Moment vom schlafenden Grolli ein tiefes Brummen.

Ein kleines blondes Mädchen, das auf ihm lag, strich der Grolldrummel daraufhin beruhigend übers Gesicht und gab ihr einen Kuss auf die Nase.

Grolli schlief weiter und legte den Arm um die Kleine.

»Sie sind auch ohne dich klargekommen. Fast niemand reist mehr durch das Moor, vielmehr versucht jede lebende Seele auf die Inseln zu fliehen. Ohne deine und die Hilfe deiner Geschwister ist ihr Leben ohnehin verwirkt. Unser aller Leben.« Es fiel Marl schwer, so mit einem Kind reden zu müssen. »Ich fürchte, du hast keine Wahl.«

Wortlos stand Arn auf und lief in Richtung des Turms.

»Was tust du?«, rief ihm Marl hinterher.

»Mich verabschieden. Von dem Ort, der mir viele Monate ein Zuhause war.«

Der nächste Morgen begann mit Nieselregen und einem bleigrauen Himmel. Es schien fast, als wäre selbst das Wetter traurig über Arns Abreise. Seine Freunde waren es in jedem Fall. Mit betrübten Mienen und unter vielen Tränen ließen sie ihren Beschützer nur widerwillig ziehen.

Fast genauso nah schien ihnen der Abschied von Grolli zu gehen. Die Grolldrummel wurde von jedem einzelnen Kind noch einmal gedrückt und überschwänglich geherzt.

»Wir haben noch ein Abschiedsgeschenk für dich, Grolldrummelmann, und für den lieben Grolli auch«, piepste plötzlich das kleinste der Mädchen, Elea, aufgeregt.

»Für mich?« Marl konnte nicht verhindern, dass er skeptisch die Stirn krauszog.

Grolli schleckte aufgeregt. Er hatte wohl schon eine Vorstellung, worum es ging.

Sie trat mutig aus der Gruppe vor und kam auf ihn zugelaufen. In den Händen hielt sie ein ramponiertes Paar Stiefel und drei blutige Entenköpfe.

»Oh!«, entwich es Marl freudig.

Grolli lief vor Freude ein Faden Sabber aus dem Maul.

Elea machte sich einen Spaß daraus, Grolli die Köpfe einzeln zuzuwerfen. Sie johlte jedes Mal, wenn er einen davon fing und verschlang.

Währenddessen probierte Marl die Stiefel an. Er war offensichtlich nicht ihr erster Besitzer, aber sie passten dennoch ausgezeichnet. Es war eine Wohltat, nicht mehr beständig nach unten schauen zu müssen, um nicht versehentlich barfuß auf eine Moorschlange zu treten. »Vielen Dank, Elea!« Lauter und an alle anderen Kinder gewandt, rief er: »Wir werden euch und eure Gastfreundschaft niemals vergessen!«

Schließlich kam ein schniefender Arn zu ihnen.

»Bist du so weit?« Marl fühlte mit dem Jungen, doch die Zeit drängte. Der Winter rückte immer näher.

Nachdem Arn lautstark Rotz hochgezogen hatte, nickte er und wischte sich mit dem Handrücken die Tränen ab.

»Dann spring auf! Haserl und ich, wir freuen uns über Gesellschaft«, lud ihn Dott ein.

Nachdem Marl Grolli in den Sattel von Grauer hochgeschoben hatte, begaben sie sich wieder ins Moor und reisten – geführt von Arn – weiter in Richtung Osten. Immer dem Meer entgegen.

Dank Arns guter Ortskenntnisse, schafften sie es problemlos durch den Sumpf. Zumindest, wenn man darüber hinwegsah, dass Grolli einen blauen Frosch gefressen hatte und seitdem so fest schlief wie ein Bär im Winterschlaf. Und wenn man dazu die Tatsache ignorierte, dass Marl sich den Hintern mit den öligen Blättern irgendeines Strauchs abgewischt und davon dicke rote Pusteln bekommen hatte, die furchtbar brannten.

»Du tauchst deinen Allerwertesten doch nicht schon wieder ins Wasser?«, fragte Fehris, als sie gerade begannen, ein kleines Nachtlager in den Ruinen einer verlassenen Torfstecherhütte aufzuschlagen.

Breitbeinig staksend und ohne ihre höhnischen Worte zu kommentieren, suchte sich Marl eine verborgene Stelle, griff sich eine Hand voll Schlamm und rieb ihn sich zwischen seine schmerzenden Backen. Augenblicklich trat kühlende Linderung ein. »Ahh«, stöhnte er gequält. Er verharrte eine ganze Weile mit heruntergelassenen Hosen, bis alles angetrocknet war und ging dann langsam zu den anderen zurück.

Dott begrüßte ihn mit einem frechen Grinsen.

Fehris rümpfte angewidert die Nase.

Grolli popelte in seiner.

Nur Arn fragte: »Morgen kommen wir zur Küste, wie geht es dann weiter?«

»Zeig sie ihm!«, forderte Marl Dott auf und unterdrückte den Drang, sich zu kratzen.

Der Ziegenhirte nestelte unter seine Kleidung herum und holte andächtig die Muschel hervor. »Die habe ich gefunden, als ich versucht habe, deine Schwester Beryll zu retten. Genau wie du hat sie bei ihrer Flucht einen Hinweis auf ihren Aufenthaltsort hinterlassen.« Ehrfürchtig reichte der Ziegenhirte Arn das Gehäuse des Meerestieres.

Nachdenklich betrachtete der es. »Was ist mit Gordyn?«

»Auch seine Zieheltern hatten eine Spur gelegt, die uns hoffentlich zu ihm führt. Ich habe eine Eisträne gefunden.« Fehris zeigte sie Arn.

Vorsichtig wog er beides in seinen Händen. »Ich hätte nie gedacht, dass es so weit kommen würde«, sagte er mit trauriger Stimme. »Von Anfang an haben Yara und Leofric alles so vorbereitet, dass ich bei Gefahr fliehen konnte. Die anderen müssen es bei meinen Geschwistern genauso gehandhabt haben. Ich wusste nichts von der Feder. Sie haben mir nur immer wieder erklärt, dass ich, sollte jemand unser Versteck aufspüren, sofort durch das Portal laufen sollte.« Er drehte die Muschel in seiner Hand. »Die beiden haben mir nicht einmal verraten, wohin ich reisen würde. Vielleicht haben sie geglaubt, dass dieses Wissen nicht nötig sei, weil er uns nicht finden würde.« Er begann stumm zu weinen. Tränen liefen sein kindliches Gesicht hinab. »Und jetzt sind sie tot. Sie haben sich für mich geopfert, als Razuhl auftauchte. Es waren gute Menschen. Bessere Eltern hätte man sich nicht wünschen können.«

Vor seinem inneren Auge sah Marl die verwesten Untoten vor sich, zu denen die beiden mutigen Zauberer geworden waren und die er von ihrem Leid erlöst hatte. Niemals würde er das Arn gegenüber erwähnen.

»Habt ihr rausgefunden, was diese Hinweise zu bedeuten haben?« Tapfer wischte sich Arn die Tränen weg.

»Ich habe gleich gewusst, dass es diese Muschelart nur auf der Pirateninsel im Südwesten gibt, daher denke ich, dass wir Beryll dort antreffen werden«, platzte es angeberisch aus Marl heraus.

»Und ich habe schlicht meiner Oma immer gut zugehört und deswegen erkannt, dass Fehris' Träne aus den Eislanden stammen muss.« Mit seiner Oma-Geschichte minderte Dott Marls strahlenden Moment ein wenig.

»Deine Rettung hast du übrigens mir zu verdanken. Mir allein war bekannt, dass die Falkenfeder nur vom *Turm der Zeit* stammen konnte.« Fehris warf Marl ein triumphierendes Grinsen zu.

»Ihr wollt also zur Küste, um von dort zur Pirateninsel zu gelangen«, schlussfolgerte Arn. »Das bedeutet, wir retten Beryll als Nächstes. Wo bekommen wir ein Schiff dafür her? Ich kenne die Insel aus einem Buch über berühmte Piraten und ihre Abenteuer. Die Reise dorthin ist weit …«

»… und birgt Gefahren«, ergänzte Dott.

»… weil wir nämlich ein ganzes Stück an der vom Schattenstaub eingenommenen Küste entlangfahren müssen«, beendete Fehris die Aufzählung ihrer zahlreichen Probleme.

»Pah! Solche Lappalien scheren uns nicht. Vergesst nicht, dass einer der bedeutendsten Piraten aller Zeiten unter euch weilt. Mein Name stand sicher auch in deinem Buch, Arn.«

»Nein, an einen Marl kann ich mich beim besten Willen nicht erinnern.«

Fehris und Dott kicherten.

»Bücher!« Marl machte eine wegwerfende Bewegung, »Weiß doch jeder, dass da nie was Gescheites drinsteht. Vermutlich hatte der Schreiberling zu viel Angst, meinen Namen zu erwähnen. Ich war immerhin der Schrecken aller vier Meere.«

»Wie sollen wir auf die Pirateninsel kommen, wenn du kein Pirat mehr bist?«

Arn hatte eine Art, die Dinge mit kindlicher Naivität so unverblümt auszusprechen, dass es manchmal fast ein bisschen wehtat.

»Ganz einfach: Ich bringe uns an die Küste und ordere ein Schiff herbei.«

»Wie willst du denn ein Schiff besorgen?«, fragte Fehris. »Weit und breit gibt es dort keinen Hafen.«

»Das werdet ihr früh genug erleben«, brummte Marl und fuhr fort. »Die Mannschaft wird sich auf jeden Fall vor Freude überschlagen, mir und meinen Gehilfen zur Hand gehen zu dürfen.«

»Nenn uns nicht so!« Fehris warf ein leeres Schneckenhaus nach ihm. »Hör nicht auf diesen Schwätzer, Arn.«

»Wir sind nämlich ein Dreigestirn«, unterstützte Dott sie.

»Eigentlich sind wir jetzt zu fünft.« Arn zeigte mit dem Finger auf jeden einzelnen von ihnen.

»Wie dem auch sei. Meine alten Kumpane werden uns auf ihr bestes Schiff verfrachten und schnurstracks zur Pirateninsel übersetzen. Piratenehre, die zählt noch was!«

Mit den ersten Sonnenstrahlen machten sie sich wieder auf den Weg. Es wurde ein klarer, sonniger Tag, der einen fast vergessen ließ, dass es bereits Spätherbst war. Sie ritten auf sandigem Boden durch helle Birkenwälder, und bald stieg Marl der unverkennbare Geruch von Salzwasser in die Nase.

»Da wären wir«, rief er schon aus, als das Meer am Horizont erst als schmaler, grauer Streifen zu erkennen war.

»Hör mal, Pirat Großspur: Sollen deine ›Gehilfen‹ dir jetzt etwa noch dafür danken, dass das Meer an dem Platz ist, wo es hingehört?«, zischte Fehris und ließ ihr Pferd schneller laufen.

Zum Glück erwies sich Dott als dankbarerer Reisegefährte. »Das ist ja riesig. Wenn das meine Zicklein und Clarissa sehen könnten, würden sie alle vor Freude Luftsprünge machen.«

»Na Grolli, und was sagst du? Ich nehme an, dass du ebenfalls noch nie am Meer warst?«

Die Grolldrummel gab nur einen nach faulen Eiern riechenden Rülpser von sich, schien ansonsten aber wenig beeindruckt.

Bald war das Land überall von hartem Gras bewachsen, das in einem immerwährenden Kampf versuchte, den feinen Sandboden vor den Urgewalten des Meeres und des Windes zu schützen. In Marl kamen Heimatgefühle hoch. *Es ist möglich, eine Landratte zum Seemann auszubilden, aber unmöglich, einen Seemann zur Landratte zu machen,* kam ihm eine alte Piratenweisheit in den Sinn.

»Bist du sicher, dass es hier irgendetwas anderes außer Sand und Salzwasser gibt?«, fragte Fehris skeptisch, nachdem sie die unbewohnte Küstenlinie erreicht hatten. Weit und breit war keinerlei Siedlung, ja noch nicht mal eine Hütte zu entdecken. Von einem Schiff ganz zu schweigen.

Marl versuchte zu ignorieren, wie schön ihr goldblondes Haar aussah, wenn es von einer kräftigen Brise unablässig durcheinandergewirbelt wurde. Sie erinnerte ihn an eine lebendig gewordene Gallionsfigur – wenn man die überflüssige Kleidung ignorierte. »Warte es ab.« Er sprang aus Grauers Sattel und begann, angespültes Totholz vom Strand einzusammeln. »Würdet ihr mal helfen?«

Schnell hatten sie einen erstaunlich großen Haufen aufeinandergestapelt.

»Jetzt werdet ihr Zeuge der unvergänglichen Brüderlichkeit unter Piraten. Nur wenige Außenstehende durften bisher an dieser Zeremonie teilhaben.« Feierlich hielt er seinen Stab ins Holz und entzündete es.

»Und jetzt?«, fragte Dott, der seine Schuhe ausgezogen hatte und es sichtlich genoss, mit den Zehen im Sand zu wackeln.

»Es fehlt noch das Wichtigste. Gib mir die Muschel!«

Zögerlich holte der Ziegenhirte sie unter seinem Wams hervor. »Was hast du damit vor?«

»Vertrau mir!«

Er legte sie ihm vorsichtig in die Hand.

»Danke«, sagte Marl mit einem schiefen Grinsen und zerdrückte sie mit einem laut hörbaren Knirschen.

»He, was soll das? Du weißt, unter welchen Mühen ich sie gefunden habe.«

»Ja, und das war gut so. Sie wird uns dorthin bringen, woher sie ursprünglich stammt.« Er ließ die feinen Splitter in das Feuer rieseln. Die Flammen gaben ein böses Zischen von sich, und eine rötliche Rauchfahne stieg in den blauen Himmel hinauf.

»Die muss vom Meer aus über hunderte Meilen zu sehen sein«, staunte Dott.

»Wenn denn einer nach ihr sucht«, unkte Fehris, ließ sich schwerfällig in den Sand fallen und blickte mit zusammengekniffenen Augen in die gischtgekrönten Wellen.

»Ein bisschen Geduld. Kandoria wurde auch nicht an einem Tag erbaut.«

Das bisschen Geduld strapazierte ihrer aller Nerven und zog sich bis zum späten Nachmittag hin. Marls Feuer war inzwischen zu einem Feuerchen zusammengeschrumpft. Doch schließlich rief Arn mit kindlicher Aufregung in der Stimme: »Seht nur!«

Die Blicke aller folgten seinem ausgestreckten Finger.

Ausgerechnet die Schankmaid, dachte Marl beim Anblick des prächtigen Dreimasters, auf dem er einen Großteil seines Lebens verbracht hatte, frustriert. Alle Piratenschiffe pendelten regelmäßig zwischen der Pirateninsel und den Inseln des Morgens und des Abends hin und her. Welch ein perfides Spiel des Schicksals, dass gerade die *Schankmaid* heute in diesen Gewässern kreuzte.

»Das ist ein beeindruckendes Schiff! Wie viele Ziegen wohl in seinen Frachtraum passen?«, sprudelte es aus Dott heraus.

»Man nennt den Schiffstyp Holke«, ließ Marl die Gefährten zur Ablenkung daher an einem kleinen Teil seines umfangreichen nautischen Wissens teilhaben. »Und da passen genau hundertsiebzehn Ziegen rein.« Er lachte, als er Dotts verblüfftes Gesicht sah. »Glaub mir ruhig. Ich habe es persönlich ausprobiert.« Von dem schrecklichen Gestank der Viecher und dem anschließenden Festmahl auf der Pirateninsel, erzählte er lieber nichts.

Langsam wurde die dunkle Schiffssilhouette immer größer. Als die *Schankmaid* schließlich Anker geworfen und ein Landungsboot zu Wasser gelassen hatte, wurde Marl immer nervöser.

Die sechs schwarzgekleideten Matrosen, die aus dem Boot sprangen, kamen mit gezogenen Krummsäbeln auf sie zu. Einer von ihnen trug sogar eine Augenklappe, wie zum Beweis, dass es sich tatsächlich um echte Piraten handelte. Nur die Holzbeine fehlten. Und die Papageien auf den Schultern.

Sofort gingen auch Fehris und Grolli in Habachtstellung. Beide stellten sich schützend vor Dott und Arn.

Leider kannte Marl keinen dieser Kerle persönlich. Die meisten Piraten schafften nicht mehr als zwei oder drei

Sturmsaisons, bevor sie einem der üblichen Leiden ihrer Zunft zum Opfer fielen: Ertrinken. Erstechen. Erkältung.

»Wer wagt es, die Piraten der südlichen See zu rufen?«, fragte der Größte von ihnen und zeigte mit seiner Waffe auf das Feuer.

Marls Mund wurde trocken. Vielleicht war das doch keine so gute Idee gewesen. Da er aber die Blicke der anderen auf sich spürte, kam er nicht umhin zu antworten: »Ich.« Das hörte sich so quakig an, als hätte er anstelle von Grolli den Frosch verschluckt. Er räusperte sich und versuchte, seine Stimme tief und dramatisch klingen zu lassen: »Ich, der Schwarze Marl.« Er hasste es, diesen Namen auszusprechen, aber Piraten akzeptierten nur eines: Stärke und Furcht. Und Furcht hatte der Schwarze Marl reichlich verbreitet.

Für einen Moment herrschte Stille. Der rauschende Meereswind schien den Namen zu wispern und hinaus auf die See zu tragen.

Schließlich antwortete der hochgewachsene Pirat: »Ich habe mir dich irgendwie schlanker vorgestellt.«

Ein befreiendes Lachen, in das sogar Grolli mit einbrummte, entspannte die Stimmung zwischen ihnen allen sichtlich. Waffen wurden weggesteckt. Krallen eingezogen.

»Was willst du, Schwarzer Marl?«

Er holte tief Luft: »Eurem Kapitän ein Geschäft vorschlagen!«

»Was soll das, Marl?«, zischte Fehris. »Wir …«

»Sei still, Dienerin, sonst peitsche ich dich aus!«, fuhr er ihr über den Mund. »Das ist mein Gefolge. Nicht mehr so groß wie zu meinen besten Zeiten, aber man nimmt heutzutage, was man kriegen kann.« Mit diesen großspurigen

Worten stellte er die Gefährten den Piraten vor. »Ich verlange, wie es mir nach altem Recht zusteht, zum Kapitän vorgelassen zu werden!« Er hoffte, dass sein funkelnder Blick Fehris und die anderen dazu brachte, die Klappe zu halten und mitzumachen. Marl wusste ganz genau, dass sie, hätten sie davon gewusst, seinem verwegenen Plan niemals zugestimmt hätten, deswegen musste er es auf diese Art und Weise probieren.

Der Pirat spuckte einen ansehnlichen Brocken Kath aus und grinste mit roten Zähnen. Ein ziemlich eindeutiger Hinweis, dass er das berauschende Kraut mehr als nur gelegentlich kaute. »Bist du dir sicher, dass du ihr wieder unter die Augen treten willst?«

Verfluchter Mist, ich hatte gehofft, dass die alte Eule längst das Zeitliche gesegnet hat. Findet sich denn unter diesen Schlappschwänzen in der Mannschaft wirklich keiner, der sie endlich über die Planke gehen lässt? »Natürlich.«

»Ihr wartet hier am Strand, ich muss das allein tun«, murmelte Marl seinen Gefährten zu.

Der Anführer der Piraten befahl seinen Männern: »Und ihr vier bleibt hier und bewacht sie. Wir setzen zum Schiff über.«

Somit fand sich Marl im Landungsboot wieder, kräftige Ruderschläge brachten ihn schnell längsseits des Dreimasters. Mit zittrigen Händen ergriff er die Strickleiter und zog sich an Bord.

Eine Stimme, kalt und schneidig wie ein Herbststurm, wehte ihm entgegen: »Da hol mich doch der zehnarmige Krake! Der Schwarze Marl traut sich noch einmal an Bord meiner Schankmaid.« Da stand sie – breitbeinig, die Hände in die Hüften gestemmt, die grauen Haare zu einem Dutt gebunden und zwei lange Dolche im Gürtel. Kapitänin Beronga – die schlimmste Freibeuterin unter der Sonne der Lichtgöttin.

»Beronga, du bist um keinen Tag gealtert. Noch immer betörend schön wie die Morgensonne.«

Ein kurzes Zucken umspielte ihren faltigen Mund, dann verhärtete sich das wettergegerbte Gesicht wieder. »Wo ist die Kiste?«

Ein Großteil der Besatzung – alle bis über die Zähne bewaffnet – baute sich bedrohlich vor Marl auf.

Kommt natürlich gleich zur Sache. »Deswegen bin ich gekommen, Kapitän. Ich will diese Schuld tilgen und dir zeigen, wo auf der Pirateninsel ich sie vergraben habe.«

»Beschreibe mir den Ort. Ich werde mein Eigentum schon finden.«

Mit einem erzwungenen Lachen sagte Marl: »Oh nein, ich weiß, was du mit Idioten machst, die zu schnell reden. Bring mich und meine Leute zur Insel, und ich zeige es dir persönlich.«

Sie kam bis auf einen halben Schritt an ihn heran. Er roch das Kokosfett, mit dem sie ihre krausen Haare einrieb. »Wieso sollte ich dir nach allem, was du angerichtet hast, vertrauen?«

»Weil wir beide wissen, dass der Inhalt der Kiste dir ermöglicht, dich mit deiner Tochter auszusöhnen.«

Berongas Tochter Delaria war schon vor langer Zeit mit einem entführten Adligen, den sie aus den Kerkern ihrer Mutter befreit hatte, auf die Inseln des Morgens geflohen. Sie hatte geschworen, erst wieder mit Beronga zu reden, wenn diese keine Piratin mehr war. Wie kam ein Pirat zu einem bürgerlichen Leben? Er musste nur genug Geld auftreiben, um sich ein großes Haus und einen pompösen Titel zu kaufen, damit die anderen Adligen ihn freudig in ihrer Mitte aufnahmen – beides würde sich die Kapitänin mit einem Schlag leisten können, wenn sie die Schatztruhe wiederbekam.

Dumm nur, dass ich sie vor Zorn im Meer versenkt habe, dachte Marl und verschob dieses Problem auf später.

Der Hass in Berongas Blick steigerte sich.

»Und weil du mich anschließend ja immer noch umbringen kannst.«

Sie gab ein meckerndes Lachen von sich, das Dotts Ziegen sicher zu Ehre gereicht hätte. »Noch ganz der alte Schleimbolzen. So gefällt mir das. Schafft das Strandgut an Bord. Der Schwarze Marl ist zurück! AYE!«, schrie sie laut und die Mannschaft donnerte den Schlachtruf zurück.

Anschließend flüsterte sie Marl ins Ohr: »Lügst du oder betrügst du mich, bringe ich nicht nur dich um, sondern auch alle deine Begleiter. Niemand betritt die Schankmaid, ohne einen Preis dafür zu bezahlen. Das schwöre ich, bei meiner Piratenehre.«

Auf See

Dott lauschte. Ihm gefiel das Knarzen der Maste, das Flattern und Knattern der Segel, das Rauschen des Wassers unter dem Kiel des Schiffes. Er beobachtete die Matrosen, wie sie in die Wanten kletterten und mit geschickten Handgriffen die Segel bedienten. Dazu riefen sie ständig Befehle hin und her: heißen, fallen und brassen. Wieder ein neues Abenteuer, diese Reise auf dem Meer, denn bisher war er lediglich zwei-, dreimal auf einem selbstgebauten Floß gestakt, zusammen mit Micha – quer über den Ententeich. Damals war es vorrangig darum gegangen, sich gegenseitig lachend ins Wasser zu schubsen.

Das Dahingleiten der *Schankmaid* über die Wogen des Meeres konnte er beim besten Willen nicht damit vergleichen. Mit beiden Händen umklammerte der Ziegenhirte den Handlauf der Reling, seine Finger passten nicht ganz herum. Zwei Tage segelten sie nun bereits. Die frische Brise, die salzige Gischt, der Geruch nach Fisch und Holz – alle neuen Sinneseindrücke sog er in sich auf. Das Leben eines

Seemanns hatte absolut gar nichts mit seiner bisherigen Profession als Ziegenhirte gemein. Das mächtige Schiff kam ihm vor wie ein kleines Dorf, nur hieß die wichtigste Person nicht Bürgermeister, sondern Kapitän. Kapitänin Beronga, um genau zu sein. Eine furchteinflößende Frau mit harten Zügen und noch härteren Worten. Als sie aus dem Landungsboot an Bord geklettert waren, hatte ihre Begrüßung gelautet: »Ihr alle seid Gefangene, bis dieser Speichelwurm seine Schuld beglichen hat.« Mit Speichelwurm meinte sie den Die-Piraten-werden-sich-vor-Freude-überschlagen-Marl. Mit Blick auf Grolli hatte die Kapitänin dem hinzugesetzt: »Dieses Vieh kommt in den Laderaum. Wenn ich es an Deck erwische, knüpfe ich es an der Fockrah auf. Nur der Schwarze Marl ist so verrückt, mit einer Grolldrummel herumzulaufen. Vermutlich, weil sie noch hässlicher ist und noch grässlicher stinkt als er.«

Marl hatte so getan, als wäre dies ein Kompliment gewesen. Nichtsdestotrotz wurde Grolli zu den drei Pferden in den Bauch des Schiffes verfrachtet. Dott war ein Stein vom Herzen gefallen, hatte er sich doch Sorgen gemacht, Haserl an der Ostküste zurücklassen zu müssen.

Seit sie losgesegelt waren, hatte der Ziegenhirte schon einiges über die Seefahrt gelernt. Die Männer teilten das Schiff in drei Teile ein, von hinten nach vorn hießen diese: Achterdeck, Hauptdeck und Back. Rechts und links hießen steuerbord und backbord. Warum, wusste Dott nicht, vielleicht, weil sich die Piraten nicht merken konnten, wo rechts und links war. Es gab auch zahlreiche Handwerker an Bord, wie etwa Segelmacher, Zimmermänner, Seiler, Tischler und jede Menge Matrosen. Nicht zu vergessen, den Koch mit seinem

Schiffsjungen – die wurden Smutje und Moses genannt, obwohl sie ganz anders hießen.

Prompt trat genau dieser Smutje neben ihn und schüttete schwungvoll einen Eimer mit Küchenabfällen über Bord. Also, nur die Abfälle, den Eimer behielt er. »Na, Kleiner. Zum ersten Mal auf'm Meer?« Er nuschelte ein wenig, da die meisten Zähne im Oberkiefer fehlten. Ein betagter Freibeuter mit wenigen Haaren, dafür mit umso mehr wettergegerbten Falten auf der hohen Stirn.

»Ja, zum ersten Mal. Woran erkennst du das?«, fragte Dott.

»Wenn so Landeier wie du zum ersten Mal an Bord kommen, gibt's für die nur zwei Möglichkeiten: kotzen oder glotzen, so einfach ist das, Jüngelchen.«

»Hm!«, machte Dott. Das hatte er sich von Fehris abgeschaut. So ein unverbindliches Was-du-nicht-sagst-Hm.

Der Smutje hielt es für ein Erklär-mir-unbedingt-mehr-Hm. »Entweder sie kotzen sich die Seele aus dem Leib mit Gesichtern grün wie Algengrütze, oder sie glotzen so verzückt aufs Meer wie auf eine nackte Geliebte.« Er gackerte.

Kurz überlegte Dott, ob er dies mit einem vielsagendem Aha kommentieren sollte, verwarf diesen Gedanken jedoch. »Mir gefällt es auf See. Gern würde ich mal die Strickleiter hochklettern und mich eine Weile in den Korb da oben setzen.«

Der Smutje verdrehte sie Augen, doch dann folgte er Dotts Blick den Hauptmast hinauf.

»Das heißt, du willst die Unter- und Oberwanten hoch bis ins Krähennest kraxeln, Jüngelchen.« Er kratzte sich am Hintern. »Doch glaube mir, das ist schwieriger, als es aussieht und erfordert einiges an Übung.«

»Ich war der beste Auf-den-Baum-Kletterer von allen Ziegenhirten.«

Der Mann schnaubte. »Das kannst du nicht vergleichen. Ein Baum steht fest verwurzelt in der Erde, während hier alles in Bewegung ist: die Wanten, die Maste, das Schiff, die See. Und deine Gedärme. Also schlag es dir aus dem Kopf.«

»Warst *du* schon mal da oben?«

»Nein, mein Platz ist hinter dem Herd, und den gibt's im Ausguck nicht.«

Eine lahme Ausrede, befand Dott, behielt das jedoch für sich, denn er mochte den alten Smutje.

»Wie lange segelst du schon mit Frau Beronga?«

»Mit wem?« Der Koch sah ihn verwirrt an.

»Mit der Kapitänin!«

»Ach so. Hab ganz vergessen, dass der Alte eine Frau ist.« Er kratzte sich am Hinterkopf. »Ein halbes Menschenleben – über vierundzwanzig Jahre müssten es inzwischen sein.«

»Dann kennst du Marl von früher?«

»So ist es!« Er senkte Kopf und Stimme. »Ein merkwürdiger Kerl, durch und durch zwiespältig – mit einer dunklen und einer hellen Seite. Wenn sein schwarzes Ich den Ton angab, was meistens der Fall war, dann führte er sich auf wie der Schattenfürst höchstpersönlich. Ohne Gewissen, ohne Skrupel, ohne Gnade.«

»Dann haben ihn seine Feinde sicherlich gefürchtet.«

»Wieso Feinde? So benahm er sich seinen Freunden gegenüber.«

»Oh.«

»Die Mannschaft hätte ihn am liebsten jeden Tag kielgeholt, nur seine Feinde hassten ihn noch mehr. Ihn und seinen Dreschflegel. Ich kann nicht sagen, wie viele er auf dem Gewissen hat.«

»Und die helle Seite?«, fragte Dott hoffnungsschwanger. Er sehnte sich danach, etwas Nettes über seinen Gefährten zu erfahren.

»Helle Seite? Hm, da fällt mir auf Anhieb nichts ein, doch ich sollte ohnehin aufhören zu erzählen. Es heißt, wenn man über den Schwarzen Marl redet, bringt das Unglück.«

»Ich kenne mich besser mit Glück aus, und zum Glück begleitet Marl uns.«

Die raueste Frauenstimme, die Dott jemals gehört hatte, keifte plötzlich direkt hinter ihm: »Was lungerst du hier rum, Smut? Nichts zu tun in der Kombüse?« Beronga stand hinter ihnen.

»Aye, aye, Kapitän.« Der Smutje zog den Kopf ein und verschwand nach unten.

Die Piratendame stemmte die Arme in die Hüften und funkelte Dott an. »Und du, halte gefälligst meine Leute nicht von der Arbeit ab. Tu so, als gäbe es dich nicht.«

Mit dieser Frau war nicht gut Kirschenessen. Die meinte, was sie sagte. Marl hatte ihm erklärt, dass der Kapitän eines Schiffes wie ein König regierte. Folglich besaß sie die absolute Befehlsgewalt, ihr Wort war Gesetz.

»Verstanden?«, fragte sie knurrend, während ihr Fuß ungeduldig auf die Planken tappte.

Dott konnte sich nicht das leiseste Nicken abringen, sondern hielt ihrem Blick regungslos stand.

»Das heißt: Aye, aye, Kapitän. Egal, ob du es gut findest oder nicht. Das interessiert mich einen Rattenfurz. Ihr seid nichts weiter als nichtsnutzige Passagiere, und dich kann ich überhaupt nicht leiden. Sieh zu, dass du nicht über die Planke gehst.« Sie spuckte über die Reling und stolzierte mit grimmiger Miene zum Vorderdeck.

Zwar wusste der Ziegenhirte nicht genau, was *über die Planke gehen* bedeutet, doch sein Instinkt riet ihm, es besser nicht herauszufinden.

Weiter vorn blaffte Beronga den Steuermann an: »Warum ist das Bramsegel nicht geheißt?«

»Heißt das Bramsegel!«, befahl der Steuermann.

Wie große Käfer krabbelten die Matrosen die Wanten hinauf und lösten die Tuchstreifen, mit denen das Segel an der Rah festgebunden war.

Gegen Mittag aßen Passagiere und Mannschaft auf dem Vorderdeck Suppe mit Erbsen und Bohnen. Murrend zählten die Seemänner die Fleischstückchen in ihren Tellern an einer Hand ab. Einige gingen komplett leer aus. Dott kam auf sieben, was er vorsorglich für sich behielt, denn selbst wenn er Fehris und Marl etwas davon abgab, würde dies nur für Neid bei den Nichtbedachten sorgen. Zum Nachtisch teilte der Smutje für jeden einen quadratischen Schiffszwieback aus, der auch prima zum Schwertschleifen taugen würde. Da der Ziegenhirte keine Klinge sein Eigen nannte, weichte er mit viel Geduld und noch mehr Spucke das Hartbrot Bissen für Bissen auf, sodass es halbwegs genießbar wurde.

Marl tat so, als hätte er noch nie etwas Delikateres gegessen. »Erst jetzt merke ich, wie ich die Schiffskost vermisst habe«, brummelte er mit verzücktem Mienenspiel.

Frau Fehris war kurz davor, an ihrem Zwieback eines Schneidezahns verlustig zu gehen und zischte ihn an:

»Vergiss es, eher schaffst du es, den Schwanz der Grolldrummel schönzureden.«

Dott lachte hell auf. Verstohlen blickte er sich um. Ob Lachen an Bord erlaubt war?

Immerhin bemühte sich Marl, gute Laune zu verbreiten. »Schaut, da hinten ist der Küstenstreifen zu sehen. Die *Schankmaid* ist ungewöhnlich flachbodig gebaut und der Kiel nicht besonders tief, was den Vorteil hat, dass wir hervorragend in Küstennähe segeln können. Damals haben wir selbst hartnäckige Verfolger abgehängt, indem wir kurze Routen durch flache Gewässer gesegelt sind. Beronga ist ein begnadeter Navigator, nicht ein einziges Mal sind wir auf ein Riff gelaufen. Nachteilig an der Bauweise der *Schankmaid i*st jedoch ihre mangelnde Hochseetauglichkeit.«

»Ach gar«, machte Fehris und gähnte. »Wie großzügig, dass du deine Diener an diesem grandiosen Wissen teilhaben lässt.«

Marl ignorierte die Bemerkung. Mit gekräuselter Nase sog er lautstark Luft ein und pustete sie wieder aus, erhob sich von der Bank, legte den Kopf in den Nacken und betrachtete den Himmel. »Ein Sturm zieht auf. Ein übler Sturm.« Seine Stirn schaffte es, noch einige Runzeln zwischen die Runzeln zu schieben.

Wie kommt er denn darauf? Dott betrachtete den makellos blauen Himmel. Bis auf einen Streif am Horizont konnte er weit und breit keine Wolke entdecken. Und kurz vor dem Essen hatte sogar ein Matrose noch über das laue Lüftlein geschimpft.

»Wir haben bestes Wetter, alter Mann«, erinnerte ihn nun auch Fehris.

»Auf See ändert sich die Wetterlage noch schneller als deine Launen«, erwiderte Marl und kratzte sich am Hintern und dann im Schritt. »Als wenn es noch eines Beweises bedürfte: Jetzt jucken auch noch meine Nüsse – ein Orkan ist im Anmarsch.«

»Geh dich waschen, damit es schön bleibt«, riet Fehris.

Arn vergaß zu essen. Erstaunt blickte er von einem zum anderen. »Manchmal weiß ich gar nicht, ob ihr einander leiden könnt.«

»Mich mag jeder«, war Frau Fehris überzeugt. »Nur der alte Stinker eckt immerfort an und verbreitet schlechte Laune und schlechtes Wetter.«

»Pah! Ihr habt keine Ahnung, ihr werdet schon sehen.« Zumindest über Marls Gesicht lag eine dunkle Wolke – seine Piraten- und Männerehre hatte offenkundig einen Stich abbekommen.

Auch im Laufe des Nachmittags war von einem drohenden Sturm weit und breit nichts zu sehen, obgleich auch Kapitänin Beronga mit zerfurchter Stirn immer wieder den Himmel prüfte. Sie ließ einige Segel einholen, vornehmlich die oberen.

Abermals schielte Dott den Hauptmast hinauf zum Krähennest. *Das Gefühl, die Welt von dort oben zu erleben, wird unglaublich sein*, dachte er. *Ich muss es einfach ausprobieren.*

Im Grunde bestand der Weg hinauf nur aus zwei sich verjüngenden Strickleitern, eingeflochten in die Unter- und Oberwanten, die den Mast querschiffs hielten. Das sollte doch zu schaffen sein. Glücklicherweise hielt sich die

Kapitänin im Moment in ihrer Kajüte im Heck der *Schankmaid* auf, sie hätte sicherlich etwas zu meckern, sobald er in die Wanten stieg. Eine leichte Brise wehte stabil aus Nordwesten, daher machten auch die Seemänner eine Verschnaufpause auf der Schattenseite. Eine günstige Gelegenheit für den besten Auf-den-Baum-Kletterer Kandorias.

»Ich schau mal oben nach dem Rechten«, teilte er Fehris mit, die gelangweilt mit dem Rücken an einem Wasserfass lehnte und mit der Spitze eines ihrer Sterne den Schmutz unter ihren Fingernägeln entfernte. Einen unsinnigeren Zeitvertreib konnte sich Dott kaum vorstellen.

»Mach nichts, was ich nicht auch tun würde«, meinte sie, ohne aufzuschauen.

»Kann ich nicht versprechen«, grinste der Ziegenhirte und schlenderte zur Schiffswand, wo die Wanten des Hauptmastes befestigt und gespannt wurden. Niemand achtete auf ihn, also griff er beherzt ins Tauwerk. Im nächsten Augenblick schwang er sich hoch und stieg auf die zwischen den Wanten angebrachten Leinen, die als Sprossen zum Besteigen der Masten dienten. Jetzt aber schnell, bevor es ihm irgendeiner verbieten konnte. Er sah nach oben und konzentrierte sich ausschließlich auf den nächsten Griff und den nächsten Tritt. Immer weiter ging es. Ui, nun spürte er, wie seine Leiter schaukelte, bald nach oben und unten, bald nach links und rechts. Zudem senkte und hob sich die ganze Welt darum herum. Mit jeder weiteren Sprosse verstärkte sich das Gefühl, zum Spielball der Elemente geworden zu sein. Sein Kopf spielte verrückt, die Ohren rauschten. Einmal glaubte er, sich wie ein Glücksrad zu drehen. Hatte er sich übernommen? Ach was – für Zaudereien, Angst und Bedenken war das Leben zu kurz. Nur noch eine Ziegenlänge bis zum Podest in der Mitte des Mastes, dort konnte er verschnaufen. Er biss die Zähne und kniff die Pobacken zusammen und erklomm die Himmelsleiter, als gäbe es nur eine Richtung. Am Ende der Unterwanten auf einer kleinen, offenen Plattform rund um den Mast angekommen, wagte er zum ersten Mal einen Blick nach unten.

Ziegenkacke, das hätte er besser bleiben lassen! Fehris war nur noch puppengroß, das Schiff wirkte wie ein Ruderboot. Ein gutes Drittel des Weges zum Krähennest fehlte noch. Wollte er wirklich noch weiter hinauf? Eigentlich spielte es keine Rolle, denn schon ein Sturz aus dieser Höhe bedeutete den sicheren Tod. Daher konnte es ein Stück weiter oben auch nicht schlimmer werden, beruhigte er sich.

Mit dieser bestechenden Logik kämpfte er sich weiter durch die Oberwanten, höher und höher und höher. Mit schweißnassen Händen erreichte er das Krähennest, einen gemütlich wirkenden Korb aus dicken, gebogenen Baststangen mit einem Boden aus Eichenholz. Kopfüber ließ er sich über den Rand plumpsen und streckte die Beine gen Himmel. Erst einmal durchatmen. Nur langsam rappelte sich Dott auf, schloss dabei die Lider und bemühte sich, seinen Magen zu ignorieren. Auf keinen Fall wollte er die sieben Fleischstückchen einbüßen. Mit einem Auge lugte er vorsichtig über den Korbrand – nichts als Meer und noch mehr Meer. Der Streif im Norden war etwas breiter und dunkler geworden. Der Horizont sah keineswegs gerade aus, seltsamerweise bog er sich sanft. Ihm war, als würden die Menschen und Tiere auf einer gigantischen Kugel leben, was natürlich Blödsinn war, da alle auf der anderen Seite dann herunterfallen würden. Er schluckte und beschloss, das Wort herunterfallen zunächst aus seinem Gedankengut zu streichen.

Als Nächstes öffnete er auch das andere Auge und richtete den Blick aufs Deck.

Von hier oben wirkte die *Schankmaid* wie eines der kleinen Schiffe aus Borkenrinde, die er früher gebastelt hatte. Erstaunlich – niemand schien seinen Ausflug bemerkt zu haben. Er beschloss, auch das Wort Flug bis auf Weiteres aus seinem Gehirn zu streichen. Seufzend ließ er sich in das Krähennest zurücksinken. Er hatte es tatsächlich hineingeschafft, trotz der Unkenrufe des Smutjes. Ein wahrer Seedott! Gedanken an den Rückweg schob er auf, jetzt musste er sich erst einmal ausruhen. Der Schwindel in seinem Kopf wurde weniger, wenn er die Augen schloss. Also tat er dies.

Über und neben ihm rauschte es, als stünde er unter einem Wasserfall. Dott riss die Augen auf. Der Himmel drohte ihn zu ersticken wie eine graue Decke. Er fand sich in einem Korb wieder, der an einem langen, hin- und herschaukelnden Seil hing. Die Erinnerung traf ihn wie der Schlag. *Wie konnte ich hier oben nur einschlafen?*

O weh, er musste schleunigst hier raus. *Ein Ziegenhirte sollte ruhig mal über den Korbrand hinausblicken.* Langsam richtete er sich auf und sah nach unten. Über das Deck wuselten eine Menge Ameisen. Plötzlich zeigte eine davon auf ihn, schnell bildete sich ein ganzes Rudel. Sie winkten mit sämtlichen Armen und Beinen, wobei einige sich an die Stirn schlugen. Anscheinend riefen sie ihm etwas zu, doch verstehen konnte Dott nichts, der Wind pfiff ihm naturgewaltig um die Ohren.

Ihm blieb keine Zeit mehr, schon zog der Sturm auf, und dann würde es hier oben noch ungemütlicher werden. Er schwang gerade ein Bein aus dem Krähennest, als er den Matrosen unter ihm auf der Plattform entdeckte.

»Bist du völlig von Sinnen? SOFORT RUNTER!«, brüllte der aus Leibeskräften.

Auf die Idee bin ich auch schon gekommen, dachte Dott und krallte sich in die Leinen. Wie konnte ein baumdicker Mast nur derart schwanken und wanken? Seine Füße unter ihm tasteten nach einem sicheren Tritt, sodass er mit den Händen umgreifen konnte. Auf diese Weise kletterte er Sprosse um Sprosse die oberen Wanten hinunter. Nassgeschwitzt schaffte er es bis zum Podest, wo der Matrose wartete.

»Was hast du dir nur dabei gedacht, du dummes Landei? Die Alte hängt dich an den Eiern auf«, rief der.

»Dann bleibe ich besser hier, bis sie sich beruhigt hat.«

»Ich versichere dir, die beruhigt sich erst, wenn sie tot ist. Los, ich klettere voraus, du achtest nur auf mich, mach mir alle Bewegungen nach.«

Sprosse für Sprosse stiegen die beiden hinunter. Endlich erreichten sie die Mitte der Unterwanten. Der Wind wurde immer stärker, die Wanten wankten, der Mast wankte, das Schiff wankte, sein Mut wankte – nur Dott selbst erstarrte und krallte sich in die Seile, unfähig auch nur einen Schritt weiter zu tun. Er schloss die Augen, der aufkommende Sturm schüttelte ihn hin und her wie ein lästiges Insekt.

Der Matrose unter ihm rief: »Nicht anhalten, nicht überlegen, einfach weiter. Jetzt das rechte Bein!«

Doch der Ziegenhirte hing einfach nur in den Wanten.

Rufe von unten ertönten, widerwillig schaute er aufs Deck. Der Weg nach unten war noch so weit. Eine besonders kleine Ameise stand neben dem Hauptmast und streckte beide Arme gen Himmel, so als wolle sie Dott notfalls auffangen. Dott spürte es, der kräftige Wind ließ urplötzlich kräftig nach. Die unsägliche Schaukelei der Welt um ihn herum ebenfalls.

»Der Sturm flaut für einen Moment ab. Komm schnell!«, rief der Matrose.

Für einen Moment kam es Dott so vor, als stünde die *Schankmaid* an einem windstillen Tag auf dem Trockendock. War das die berühmte Ruhe vor dem Sturm? Er kletterte weiter. Eine Ewigkeit später spürte Dott wieder schwankende Planken unter den Füßen.

»Bist du von allen guten Geistern verlassen?«, meckerte Marl ihn an, doch der Ziegenhirte hatte nur Augen für den kreidebleichen Arn, der sich gestützt von Fehris am Mast festhielt. Langsam sackte der Junge zu Boden.

»Das Kerlchen hat einen Elementarzauber gewirkt, um den Wind zu beruhigen, damit du deinen Arsch in Sicherheit bringen kannst«, schimpfte Marl.

»Der Sturm wird stärker und stärker«, japste Arn. »Ich … kann ihn nicht länger aufhalten.«

Die Kapitänin hatte keine Zeit, ihn aufzuhängen, wo und woran auch immer, denn plötzlich ging alles rasend schnell. Beronga brüllte Steuermann und Matrosen an. »Focksegel und Großsegel einholen! Alles festlaschen!«

Die Seeleute wuselten umher, zogen in beeindruckender Geschwindigkeit an allen möglichen Leinen und schnallten alles fest, was verrutschen konnte. Einige hantierten sogar mit Hämmern und Nägeln, andere spannten dicke Seile quer über das Deck.

»Ihr setzt euch dahin, haltet euch am Tau fest! Oder noch besser, seilt euch an«, rief Beronga ihren Passagieren zu.

Geboren aus dem harmlos aussehenden Streifen, brausten nun Wolken aus Pech heran. Dazu pfiff der Sturm ein düsteres Lied, immer lauter, immer heftiger, aus allen Richtungen gleichzeitig. Die windige Wut erfasste auch das Meer, die Wogen wurden höher, das bisherige gemütliche Schaukeln des Schiffes wandelte sich in ein Steigen und Stürzen, das Dott nie für möglich gehalten hätte. Und es kam noch ärger. Erneut stellte sich die *Schankmaid* steil, als klettere sie eine Wand hinauf, um im nächsten Augenblick bugüber in ein tiefes Wellental hinabzustürzen. Dotts Magen krampfte sich zusammen – dieser Moment kam ihm noch schlimmer vor als die Schaukelei im Krähennest. Keine Magie konnte sich mit der Kraft der Elemente messen, sobald diese ihre volle Wucht entfalteten.

Auf einmal kippte das Schiff nicht nur steil nach vorn, um in ein Loch zwischen den Wogen zu stürzen, sondern zusätzlich noch zur Seite – so schräg, dass Dott sich kaum noch festhalten konnte. Spätestens jetzt sehnte er sich nach seiner Ziegenwiese. Er wollte sich gar nicht vorstellen, wie es wohl den Pferden und Grolli in den Verschlägen im Laderaum erging.

Ein markerschütternder Schrei ertönte, als der Sturm einen Matrosen aus den Wanten riss – die tosenden Wogen verschluckten ihn. Im gleichen Augenblick schleuderte schon die nächste Welle das Schiff in die Luft, sodass an eine Rettung des Mannes nicht zu denken war. Verbissen kämpfte die Mannschaft um ihrer aller Leben. Kapitänin Beronga hatte sich mit einem ihrer Männer an das Steuerrad gegurtet, zusammen lenkten sie mit aller Kraft die *Schankmaid* gegen Wind und Wogen.

Marl grinste diabolisch, vermutlich erinnerte ihn das Lüftchen an die guten alten Zeiten. Arn umklammerte das Halteseil mit beiden Händen und zusammengepressten Lippen. Und Fehris? Anstatt sich festzukrallen, quetschte sie mit angewiderter Miene das Wasser aus ihren Haaren. Mit rotem Kopf brüllte Marl etwas gegen den Sturm an, doch der Ziegenhirte schnappte nur einige Satzfragmente auf. Etwas von *dummen Kühen, festhalten* und *ertrinken.*

Direkt neben Dott geschah es – ein knallendes Bersten fuhr ihm in die Glieder. Der Besanmast knickte weg wie ein Roggenhalm unter der Sense. Mit einem Mal drehte sich das Schiff im Kreis, so als wäre es in einen Strudel geraten. Die dadurch entstandenen Kräfte ließen die Menschen an Bord umherpurzeln. Fehris wurde weggeschleudert – ihr blieb nicht einmal Zeit zu schreien. Auf den nassen Planken rutschte sie auf den Schiffsrand zu. Fieberhaft überlegte Dott, wie er ihr helfen konnte und sah sich nach einem Seil um.

Wo kam auf einmal Kapitänin Beronga her? Eben war sie doch noch am Steuerrad beschäftigt. Mit beiden Händen umklammerte die Piratin eines der über das Deck gespannten Seile und arbeitete sich vor. Schritt für Schritt näherte sie sich Fehris, die sich mit den Füßen gegen einen Relingpfosten stemmte – der letzte Halt zwischen ihr und dem tödlichen Meer. Nur noch eine Armlänge, dann würde Beronga sie erreichen. Längst hatte auch Marl den Ernst der Lage erfasst. Mit einer Hand hielt er sich fest, mit der anderen streckte er seinen Feuerstab in Fehris' Richtung. »NIMM! NIMM!«, brüllte er. Die Kameradin zögerte keinen Augenblick und umklammerte mit der linken das Ende des Stabes, mit der rechten ergriff sie die Hand der Kapitänin.

Zuversicht erfüllte Dott. Mit vereinten Kräften würden Beronga und Marl die Gefährtin retten. Kaum hatte er diesen Gedanken zu Ende gedacht, kippte das Segelschiff mit einem Ruck auf die andere Seite. Fehris' Hände und der Stab waren nass, sodass sie gegen diesen Stoß keine Chance hatte. Der rettende Halt flutschte ihr aus den Fingern, sie wurde zur anderen Seite geschleudert. Aus dem Augenwinkel beobachtete Dott, wie der Beutel mit den Artefakt-Sternen von ihrem Gürtel gerissen wurde und über das Deck rutschte, doch seine Aufmerksamkeit galt der Gefährtin, die sich nun der Reling auf der anderen Seite gefährlich näherte. Dort war kein Halteseil gespannt, niemand konnte ihr helfen. Marls Gefluche übertönte den Sturm, doch was tat der alte Pirat? Er drückte Arn den Stab in die Hand und krabbelte auf allen vieren in ihre Richtung. Langsam richtete sich die *Schankmaid* wieder auf. Diesen kurzen Moment der Ruhe nutzte Marl und warf sich auf Fehris; mit beiden Armen umklammerte er sie. »ICH HAB DICH!«, rief er.

Bleich wie Ziegenmilch umschlang auch sie ihn. Das Salzwasser brannte Dott in den Augen, er versuchte es wegzuzwinkern. Stolz erfüllte ihn, wie todesmutig Marl sein Leben für die Freundin aufs Spiel setzte. Das Schiff lag für den Moment halbwegs gerade, der Alte zog Fehris auf die Beine und sah sich nach einem Halt um, als eine Welle, hoch wie ein Bergfried, heranrauschte. Das Wasser, kürzlich noch ein sanfter, blauer Freund, hatte sich in eine gnadenlose schwarze Bestie mit kalter Wut gewandelt. Die Woge baute sich über dem Schiff auf wie eine gigantische Hand, die nach allem griff, um es zu zerquetschen. Wie aus tausend Kübeln kippte das Wasser über ihre Köpfe. Die Welle riss Marl und Fehris mit sich wie Laubblätter im Herbststurm. Aneinandergeklammert flogen sie in die tosenden schwarzen Fluten.

Nein, das durfte nicht sein! Doch, es gab kein Vertun. Von einem Augenblick auf den anderen war das Dreigestirn Vergangenheit. Unbegreiflich. Nun waren sie so weit gekommen, hatten die *Prüfung*, Fieberspinnen, Narbenkrähen, Räuber, den Sumpf und sogar das Reisen in der Zeit überstanden – und dann spülte eine Welle die beiden Freunde einfach über Bord. Nur zu gerne hätte er einen Gutteil seines Glücks an die beiden weitergegeben. Oder direkt alles.

Wie paralysiert saß er da, krallte sich fest, während das Schiff hin- und hergeworfen wurde, so wie die Menschen auf ihrem Schicksalspfad. Trotz seines Optimismus, war Dott nie ein Träumer gewesen. Marl und Fehris waren nicht mehr, auch wenn ihm diese neue Situation alles und mehr abverlangte. Er presste die salzigen Lippen zusammen. Jetzt musste er für Arn da sein. Und für Grolli und Haserl – und den ganzen Rest von Meribor.

Ein Grab für einen Gefährten

Sterben war ein einmaliges Erlebnis. Man sah dabei wundersame Dinge – manche, die wirklich geschehen waren, andere, die niemals mehr sein würden. Gordyn hatte blondes Haar, genau wie Fehris. Widerspenstige Locken umrahmten sein feines Kindergesicht mit der winzigen Stupsnase und den strahlend blauen Augen. Er lächelte, streckte beide Hände nach ihr aus. Doch als sie danach griff, rauschte eine Welle heran und verwischte seine Gestalt wie ein noch nicht getrocknetes Gemälde.

Da war eine Hand, die ihre umklammert hielt. Fingernägel, die sich in ihre Haut bohrten. Sie hätte gern aufgegeben und losgelassen, um in die ewige Stille hinabzusinken, doch diese Hand gab sie nicht frei.

Philipp, lass mich gehen! Ich muss zu Gordyn. Er ist ganz allein dort unten in der Dunkelheit.

Er hörte nicht auf sie, packte sie nur noch fester, zog aus Leibeskräften. Ein Strudel riss ihren Körper in die eine Richtung, Philipp zog in die andere. Räuber gaben niemals auf, selbst dann nicht, wenn ihr Gegner der Tod war. Wärme durchflutete Fehris, ob dieses aussichtslosen und doch so tapferen Kampfes. Dann, ganz plötzlich, ließ die Strömung nach und die Finsternis wich zurück. Das Meer gab sie frei, als hätte es beschlossen, diejenigen zu belohnen, die bis zum bitteren Ende kämpften für das, was sie liebten.

Salzige Lippen schlossen sich um ihre. Es war der Kuss des Lebens, der ihre Lunge mit Luft füllte und ihr Herz mit Zuversicht. Sie erwiderte ihn, legte beide Hände an Philipps bärtige Wangen und öffnete die Augen.

Für einen Herzschlag stand die Welt um sie herum still. Regen fiel vom Himmel und Blitze zuckten darüber hinweg. Inmitten einer grauen Wand aus Sturmwolken erkannte sie das Gesicht des Mannes, der da tropfnass über ihr kniete. Es war kein Räuber – sondern ein Pirat!

»Marl, du Scheusal! Sofort runter von mir!«, brüllte sie. Gleichzeitig trat sie zu. Im Gleichklang folgte ein Donnerschlag am Firmament.

Stöhnend rollte der Alte sich zur Seite, beide Hände auf seine Körpermitte gepresst. »Das war aber gar nicht nett!«, stieß er zwischen zusammengebissenen Zähnen hervor.

»Wie kannst du es wagen, mich …« Sie verstummte. Denn in diesem Augenblick sah sie ein abgebrochenes Stück Mast ein Stück weiter vorn im Sand liegen und verstand. Marl hatte sich in der Sturmflut an das Treibgut geklammert und sie ebenfalls festgehalten. Es war seine Hand gewesen, die sie im Angesicht des Todes nicht losgelassen hatte. Kein Traum und keine Vision, einfach nur Marl. Und zuvor auf dem Schiff, da hatte er sich schützend über sie geworfen. »Du … hast mich gerettet!«

»Ja, aber das mache ich nie wieder!«, keuchte er.

Sie hievte sich hoch und kroch auf allen vieren durch den Sandmatsch zu ihm hinüber. »Tut mir leid, wirklich! Ich war nicht ganz bei mir.«

»Dafür hast du aber ganz ordentlich die richtige Stelle getroffen!«

»Alte Söldnerinnen-Gewohnheit.« Sie lächelte entschuldigend.

Da lag er, ihr Held, zusammengekrümmt im Schlamm und umweht von weißen Gischtflocken. Fehris fühlte einen Anflug von Zuneigung für diesen kaputten alten Mann in sich aufkommen, der sich so todesmutig für sie eingesetzt hatte. Wann hatte das zum letzten Mal jemand getan?

Sie blickte sich nach allen Seiten um. Das Piratenschiff war nirgendwo mehr zu sehen, vermutlich hatte die schwarzschwere Nebelbank am Horizont es verschluckt. Über ihnen brach die Wolkendecke bereits auf, doch weiter draußen auf dem Ozean wütete der Sturm wie eine wild gewordene Bestie. Sie befanden sich auf einer riesigen Sandbank unweit des Festlandes, die von zahlreichen Fischgräten und Gerippen überzogen war. Fehris erspähte einen menschlichen Schädel, aus dessen leerer Augenhöhle ihr eine Krabbe entgegenwinkte. Vermutlich trieb die Meeresströmung hier nicht nur Schiffbrüchige an Land, sondern spuckte alles aus, was die Tiefsee nicht mehr in ihrem Bauch behalten wollte. Als Fehris' Blick weiterwanderte, erschauderte sie: Die gesamte Küste entlang ballte sich eine turmhohe schwarze Wand. Der Schattenstaub! Weiter hinten bauschte sich die Mauer noch höher, als wollte sie den Himmel verschlingen.

»Schweinekacke«, flüsterte sie.

Mit verkniffenem Gesichtsausdruck richtete Marl sich auf und folgte ihrem Blick. »Das kannst du laut sagen! Es gibt in diesen Tagen keine beschissenere Küste als die hier im Süden, um Schiffbruch zu erleiden.«

»Zum Glück sind wir auf dieser Sandbank gelandet und haben jede Menge Wasser zwischen uns und dem Schattenstaub.«

Das Seufzen, das Marl daraufhin ausstieß, klang gar nicht gut.

»Was?«, hakte Fehris nach.

Er richtete sich ebenfalls auf und kratzte ausgiebig seinen Allerwertesten. »Wir haben gerade Flut, daher schützt uns ein Priel. Sobald das Wasser sich zurückzieht, nimmt der Schattenstaub auch unsere kleine Todesinsel ein.« Er deutete auf die tierischen und menschlichen Überreste ringsum.

Fehris schluckte. Deshalb war die Sandbank von Gerippen überzogen! Sie kamen nicht aus dem Meer, sondern vom Festland. Ihr Todfeind brachte sie mit sich, jedes Mal, wenn er bei Ebbe das Land eroberte. Das also waren die kläglichen Überreste seiner Opfer: ein paar Knochen und tausende verdammte Seelen, die auf immer und ewig in der Dunkelheit umherirren würden.

»Wie lange wird es bis zur Ebbe dauern?«, fragte sie.

»Das Wasser läuft bereits ab, sieh!« Marl deutete auf die Küste, wo jedes Fleckchen Sand, das die Wellen freigaben, sofort vom Schattenstaub besetzt wurde. Manchmal wallte er gar zu gierig nach vorn und wurde von der nächsten Woge getroffen, woraufhin er sich mit einem schauderhaft zischenden Laut wieder zurückzog. Es war, als schrien die Toten in seinem Inneren vor Qual.

Sie mussten sich einen Überblick verschaffen. Vielleicht gab es unweit von hier eine höhergelegene Insel, auf die sie sich retten konnten. Sie tastete nach ihrem Beutel, um den silbernen Stern hervorzuholen, doch sie griff ins Leere. »Meine Artefakte!«, kreischte sie. »Sie sind weg!«

»Wie passend, meinen Stab habe ich nämlich auch nicht mehr.« Marl rollte mit den Augen.

Das war eine Katastrophe! Ohne ihre magischen Sterne fühlte sie sich völlig hilflos. In dem Beutel war außerdem die Eisträne gewesen, die sie vermutlich zur Rettung von Gordyn brauchten. Und nun lag beides auf dem Grund des Ozeans. Ihr blieb nur ihr einfaches Kurzschwert. Und mit dem konnte sie gerade herzlich wenig anfangen, außer sich selbst zu töten, bevor der Schattenstaub sie auffraß.

Zu allem Überfluss schwappte in diesem Augenblick auch noch eine besonders große Welle an den Strand, leckte den abgebrochenen Mast an und brachte ihn ins Rollen. Das rettende Stück Treibholz verabschiedete sich ins Meer.

»Oh nein!«, rief Marl und rannte ihm hinterher, doch es hatte keinen Zweck. Die See holte sich unbarmherzig zurück, was sie ihr gestohlen hatten. Marl schwamm ein Stück weit hinaus, doch den Mast konnte er nicht mehr erreichen. Mit hängenden Schultern kehrte er zu Fehris zurück.

»Was machen wir denn jetzt?«, fragte sie frustriert.

»Schwimmen. Was anderes bleibt uns wohl nicht übrig.«

»Wohin? Aufs offene Meer hinaus?«

»Nach Westen. Irgendwann müssten wir auf die äußere Pirateninsel stoßen.«

»Ich kann nirgendwo da draußen Land sehen. Wie weit ist das?«

»Na ja …« Marl wand sich. »Schon ein paar Meilen …«

Fehris konnte es nicht fassen. »Ich soll meilenweit schwimmen? Mit einem eisernen Brustpanzer und einem Schwert?«

»Damit hättest du zugegebenermaßen ein paar Nachteile. Es wäre besser, beides abzulegen.« Er gab sich sichtlich Mühe, unschuldig dreinzuschauen, um sich keinen erneuten Tritt in die Weichteile einzufangen.

Fehris schwieg. Hätte sie doch nur die Tunika mit der Grolldrummelkotze behalten, die sie in der *Krummen Wurzel* zurückgelassen hatte! Oder den Wollmantel vorhin im Wasser nicht abgestreift – aber dann wäre sie vermutlich wirklich ertrunken.

Zumindest der Sturm schien langsam nachzulassen und die Wellen flachten ab. Das war das erste gute Zeichen. Ob wenigstens Dott und Arn in Sicherheit waren? Wie es ihnen wohl erging, allein mit den Piraten? Und Grolli und ihre Pferde! Irgendwie mussten sie es schaffen, einander wiederzufinden.

»Wir sollten nicht allzu lange warten«, drängte Marl. »Der Schattenstaub ist schnell, wenn er freie Bahn hat. Ich fliehe nicht zum ersten Mal vor ihm.« Um ihre Entscheidungsfähigkeit anzukurbeln, zog er sich kurzerhand das Räuberhemd über den Kopf und entblößte seine vernarbte Brust sowie einen kalkweißen Bauch. Die Pfeilwunde in seiner Schulter hatte das Schiffsunglück überstanden, ohne wieder zu bluten. Aber wie weit würde er schwimmen können, verletzt wie er war? »Hier«, sagte er und hielt ihr das Hemd entgegen. »Ich drehe mich sogar um.«

Mit verkniffener Miene nahm Fehris das klatschnasse Kleidungsstück. Es war besser als gar nichts. Marl kehrte ihr den Rücken zu, während sie die Schnallen ihres geliebten Brustpanzers löste und ihn zu Boden sinken ließ. Dann schlüpfte sie in das Hemd. Es roch nach Algen und klebte wie ein unförmiger Sack an ihrem Leib. Wie ihre Haare aussahen, wollte sie gar nicht wissen! Vermutlich würde sie heute irgendwo da draußen auf dem Ozean sterben – und dabei aussehen wie eine verkommene Bettlerin. Es war zum Heulen.

»Fertig«, murmelte sie.

Marl drehte sich um und betrachtete sie von oben bis unten. »Hat dir schon mal jemand gesagt, dass du das ganze aufreizende Zeug überhaupt nicht brauchst? Ich habe selten jemanden gesehen, der in einem abgetragenen Räuberhemd so hinreißend aussah, meine Schöne!«

Jetzt machte er sich auch noch über sie lustig!

Wortlos löste sie das Kurzschwert von ihrem Gürtel und stach es neben dem Brustpanzer in den Sand, um sein Grab für die Nachwelt zu kennzeichnen. Die Tränen, die ihr dabei in die Augen stiegen, blinzelte sie erfolgreich weg. Sie streiften ihre Schuhe ab und wateten ins Wasser. Nicht nur die See, auch die Luft hatte sich merklich abgekühlt, denn der Schattenstaub war nun bis auf fünfzig Schritt an die Sandbank herangekommen und seine tödliche Kälte wehte bereits zu ihnen herüber. Das Flüstern der Stimmen in seinem Inneren klang gierig, beinahe so, als freue sich die Gemeinschaft der toten Seelen auf zwei neue Gefährten.

Das Wasser war kalt, aber nicht eisig.

»Lass uns nah an der Küste bleiben«, bibberte Fehris.

Marl schüttelte den Kopf. »Ich ziehe Ertrinken vor. Mach gleichmäßige Züge und verschwende deine Kraft nicht.«

Dann schwammen sie. Marl vorneweg, Fehris hinterher. Die Strömung des abfließenden Wassers zog sie von ganz allein aufs Meer hinaus. Nach einer Weile blickte Fehris sich um und stellte fest, dass ihre Insel nun keine Insel mehr war, sondern Teil des Festlands. Eine dicke Zunge aus Schattenstaub schob sich soeben darüber hinweg und verleibte sich auch das Grabmal ihres Brustpanzers ein. Nun gab es kein Zurück mehr.

Auf einmal streifte sie etwas am Bein. Fehris zog es instinktiv zurück, dabei wand sich etwas Langes, Glitschiges um ihren rechten Unterschenkel. Panisch fing sie an zu strampeln, schrie auf und schluckte Wasser.

»Du sollst deine Kräfte sparen!«, herrschte Marl sie an.

Fehris hörte nicht hin. Sie strampelte weiter, doch das Meeresding zog sich dabei nur noch fester um ihr Bein. »WAS IST DAAAAS?«, kreischte sie.

»Kummerquallen. Sie nähren sich von schlechten Gefühlen. Je verzagter du bist und je mehr Angst du bekommst, desto tiefer graben sie sich ins Fleisch.« Er hob einen Arm aus dem Wasser. Daran hing ein Geflecht aus lilafarbenen Tentakeln mit einem winzigen, pulsierenden Kopf.

»Das ist das Widerwärtigste, was ich je gesehen habe! Ich schwimme an Land und stürze mich in den Schattenstaub!«, prustete sie. Im gleichen Moment hefteten sich weitere Quallen an ihr Bein. Fehris schrie auf, trat Wasser, versuchte die Glitschfesseln abzustreifen, doch sie schienen bereits mit ihrer Haut verwachsen zu sein.

»Hör auf, dich reinzusteigern! Diese Dinger sind ungefährlich, solange sie sich nicht fester zuziehen. Aber ich habe mal einen Piraten gesehen, dessen gesamter Körper davon befallen war. Er hatte nur noch einen Arm und ein halbes Bein, sein Bauch sah aus wie ein verschnürter Brühkäse – und darüber hinaus war er erstickt.«

Noch vor wenigen Schwimmzügen hatte Fehris geglaubt, sie hätte vielleicht doch genug Kraft, um es bis zur Pirateninsel zu schaffen. Jetzt war alle Stärke dahin. Sie fühlte nur noch den unbändigen Drang zur Flucht – wohin auch immer.

Marl ließ sich zu ihr zurückfallen. Trotz der zahlreichen Quallen ringsum wirkte er nahezu entspannt. »Denk an etwas Schönes!«, forderte er sie auf.

»An was denn?« Ein Tentakel streifte sie am Schlüsselbein. *Nein! Nicht an meinen Hals! NICHT AN MEINEN HALS!*

»Keine Ahnung. An irgendwas, das dich einmal glücklich gemacht hat.«

Es funktionierte nicht. Fehris sah nur Schweinepferche, Blut und strangulierende Quallenarme.

»Philipp. Denk ans Knutschen mit Philipp dem Tollen!«

Das sagte ausgerechnet Marl der Stinker. Sie fühlte einen Stich im Herzen und tatsächlich wanderten ihre Gedanken zu Philipp. Wenn sie jetzt hier in diesem verfluchten Wasser starb, würde sie ihn nie wiedersehen, nie mehr seine Lippen auf ihren spüren. Weiche Lippen, die selbst beim Küssen noch Geschichten erzählten. Sie stellte sich vor, es gäbe kein Wasser um sie herum, keine Quallen und lilafarbenen Würgeschlingen, die nach ihr griffen. Nur die Arme ihres Geliebten.

Die Fessel an ihrem Bein gab ein Stück nach. Erleichtert atmete sie auf.

»Gut. Und jetzt weiter, ohne auf die Viecher zu achten. Manche werden loslassen, andere nicht. Ignoriere sie!«

Marl nickte ihr zu, dann schwamm er wieder voran.

Fehris folgte ihm, doch die panische Reaktion auf die Quallen hatte sie viel Kraft gekostet. Sie hatte Mühe, mit dem alten Mann vor ihr mitzuhalten. Irgendwann fiel sie so weit zurück, dass er sich auf den Rücken legte und treiben ließ, bis sie ihn eingeholt hatte. Auch er hatte mittlerweile eine Menge Kummerquallen gesammelt. Sie hingen an seinen Armen, Beinen und am Oberkörper. Manche davon schnitten ihm tief ins Fleisch.

»Denk an etwas Schönes!«, erinnerte sie ihn.

Das Meer war jetzt wieder ruhig und die Wolkendecke über ihnen riss an mehreren Stellen auf. Immer noch war die Schattenstaub-Küste in Sichtweite, doch von einer Insel keine Spur. Fehris tat es Marl gleich, drehte sich auf den Rücken und ließ sich treiben. Den Blick wandte sie zum Himmel, um die schlüpfrigen Biester an ihrem Körper nicht sehen zu müssen. »Woran denkst du?«

»Sag ich nicht«, antwortete Marl.

Sie beschloss, nicht weiter in ihn zu dringen. Doch als sie den Kopf schließlich in seine Richtung wandte, bemerkte sie, dass die meisten Quallen losgelassen hatten. Also gab es selbst in Marls Leben Dinge, die nicht von Kummer und Leid geprägt waren. Auf einmal vollführte er eine ruckartige Bewegung und richtete sich wieder auf. Angestrengt starrte er auf den Horizont. »Ein Schiff!«

Fehris blickte in die Richtung, die sein ausgestreckter Zeigefinger ihr wies. Hoffnung flutete ihr Herz. Sie begann zu rufen und mit den Armen zu rudern wie eine Besessene.

»Hm, ich würde gern wissen, unter welcher Flagge dieser Kahn segelt.«

»Ist mir völlig egal. Hauptsache, er holt uns hier raus, und ich werde die schleimigen Mistviecher los!«

Marl hielt sie nicht auf, doch in seiner Miene stand weiterhin Skepsis. Das Schiff kam näher und schließlich schien jemand die winkende, platschende und schreiende Person im Wasser zu bemerken. Ein Signalhorn wurde geblasen und der Bug schwenkte herum. Fehris verspürte unendliche Erleichterung. Vielleicht war die Lichtgöttin ja doch auf ihrer Seite!

»Wir sind gerettet!«, jubelte sie.

Seltsamerweise schüttelte Marl den Kopf. Sämtliche Tentakel an seinem Körper zogen sich freudig zusammen. »Das sind Sklavenhändler, meine Schöne. Gegen die sind Kummerquallen ein Vergnügen.«

Rückkehr als Sklave

»Aua«, maulte der Matrose, der Fehris mithilfe einer langen Stange aus dem Wasser gefischt und an Bord gezogen hatte. »Das Miststück hat mich gebissen, dabei wollte ich nur gucken, ob sie Waffen unter ihrem Hemd versteckt hat.«

»Sei froh, dass sie dir nicht die Eier abgerissen hat«, beruhigte Marl ihn und ignorierte die Schwertspitze in seinem Rücken. »Hört zu, Jungs«, versuchte er einen auf gut Wetter mit den Sklavenhändlern zu machen, »wir sind an Bord der *Schankmaid* gewesen. Persönliche Gäste von Kapitänin Beronga.« Marl machte eine Pause, um den Namen wirken zu lassen. »Sie wird euch sicher reichlich entlohnen, wenn ihr uns die letzten Meilen zur Pirateninsel mitnehmt.« Das verkrampfte Lächeln, das er dem Dutzend knallharter Kerle, die sich auf dem Deck des Schoners versammelt hatten, schenkte, schmerzte in den Mundwinkeln.

Ein kleinwüchsiger Mann mit Armen dick wie Baumstämme kam auf ihn zu. Er trug teure und auffällig bunte

Kleidung aus kandorianischer Seide, die so gut saß, dass sie nur maßgeschneidert sein konnte. Doch das war es nicht, was Marl an ihm nervös machte, sondern die Tatsache, dass er keinerlei Waffen zu tragen schien. Niemand, der in der südlichen See unterwegs war, war unbewaffnet. Niemand!

Der Sklavenhändler verschränkte die Baumstämme vor der beeindruckenden Brust und sagte mit überraschend sonorer Stimme: »Beronga? Ist mir scheißegal, was die verdorrte alte Schlampe …«

Marl warf Fehris einen entschuldigenden Blick zu. Er hingegen empfand es als regelrecht erfrischend, die Sprache der Seeleute zu hören – ehrlich, geradeaus, unverblümt. Das feine Getue, das er sich in Kandoria angewöhnt hatte, war mit seiner Rückkehr zur See nicht mehr vonnöten. Ein schwacher Trost für die unselige Situation, in der sie steckten.

»… will. Sie kennt das Gesetz der See. Alles was man an Treibgut aus offenen Gewässern herausfischt, gehört dem Finder. So handhaben es die verfluchten …«

Ihrem Gesichtsausdruck nach zu urteilen, schien sich Fehris an der unflätigen Ausdrucksweise nicht zu stören. Nun gut, die Räuber im Wald redeten vermutlich auch anders als die Hofdamen beim königlichen Bankett.

»… Piraten seit Generationen. Ich bezweifele, dass Beronga euretwegen gegen diese Regel verstoßen wird. Zumal sie ja offensichtlich keine Anstalten macht, eure dreckigen Hälse zu retten.« Er zeigte auf das ruhiger werdende Meer hinaus, welches bis zum Horizont nicht das kleinste Segel offenbarte. Damit schien der Mann das Interesse an Marl verloren zu haben und betrachtete nun Fehris. Vielmehr prüfte er sie wie ein Viehhändler eine neue Kuh oder Ziege.

»Na, sieh mal an!« Er ließ einen langen Pfiff erklingen. »Was haben wir denn da aus dem Wasser gezogen? Eine Meerjungfrau ohne Fischschwanz. Der Traum eines jeden Seemannes.«

Gegen seinen Willen musste Marl an die ständigen Diskussionen der Piraten darüber denken, ob es, sollte man je auf eine treffen, bei einer Meerjungfrau besser wäre, wenn sie oben Fisch wäre und unten Mensch, oder doch besser umgekehrt. Marl für seinen Teil hatte sich längst entschieden. Er wollte Frauen, die am besten gar nicht nach Fisch rochen.

»Um dich zu besitzen, werden uns die Halunken auf der Pirateninsel in Gold ertrinken lassen.«

Fehris schien sich einen Moment nicht entscheiden zu können, ob sie sich geschmeichelt fühlen sollte oder angewidert war. Das Angewidertsein überwog: »Jeder, der es wagt, Hand an mich zu legen, wird sie verlieren.«

Der Kleinwüchsige lachte. »Womit willst du sie uns denn abschneiden? Schafft sie unter Deck. Macht sie Sperenzien, dann stecht ihrem betagten Oheim ein Auge aus. Oder beide, ist mir egal!«

Bevor Marl sich über das *betagt* ärgern konnte, packte schon jemand von hinten seine Arme und legte ihm schwere Eisenringe um die Handgelenke.

Selbst mit gefesselten Händen stieg er die Leiter mit sicherem Schritt hinab. Die Luft unter Deck war zum Schneiden dick. Überall auf den mit Exkrementen und noch weniger appetitlichen Dingen überzogenen Holzplanken lagen Menschen in Ketten. Ihren Kleidungsresten und dem Aussehen nach zu urteilen, handelte es sich um Festlandsflüchtlinge aus Kandoria, denen man wohl eine Passage zu den Inseln des Morgens versprochen hatte. Nur dass sie stattdessen in die Sklaverei verkauft wurden. Sie nahmen die Neuankömmlinge gar nicht zur Kenntnis, sondern starrten mit apathischen, leeren Mienen vor sich hin.

Über die Schulter blickte Marl zu Fehris. Sie hatte die Warnung des kleinen Mannes ernst genommen und sich widerstandslos abführen lassen.

Mit weit aufgerissenen Augen blieb sie nun mitten auf der Leiter stehen und blickte ungläubig auf das Elend, das sich im Bauch des Schiffes offenbarte.

»Geh weiter, du dumme Schlampe!«, zischte einer der Sklavenhändler und drückte sie grob nach unten.

Aus dem stinkenden Dunkel schälte sich ein fetter Kerl mit Glatze, der nichts weiter als einen schmuddeligen Lendenschurz trug. »Was soll das? Ich habe euch doch schon gesagt, dass hier alles voll ist. Wenn wir nicht ein paar über Deck werfen, die schon angefault sind, habe ich hier für niemanden mehr Platz.«

»Die beiden Neuen können doch stehen, bis wir auf der Pirateninsel ankommen. Ist ja nicht mehr weit. Was hältst du davon, Specki?«, fragte ihn der Kerl, der hinter Marl stand.

»Na gut«, gab der Dicke sich großzügig, »kettet sie an den Mast und dann verschwindet! Ihr bringt mir hier nur Unordnung in die Ware.« Er gab ein schweineähnliches Grunzen von sich, das wohl ein höhnisches Lachen darstellen sollte.

Aus dem Augenwinkel sah Marl, dass Fehris gerade ausholen wollte, um ihre Meinung zu dem hier gezeigten menschenverachtenden Verhalten kundzutun. Sofort schnitt er ihr mit »Für Dott und Arn werden wir das hier schaffen!« das Wort ab.

Ihre Augen füllten sich mit Tränen. Sie ließ Schultern und Kopf hängen und sich widerstandslos anketten.

Mit hochgereckten Armen – die Sklavenhändler hatten die Ketten um den Mast geschlungen – standen sie die Gesichter an den Mast gepresst einander gegenüber und beobachteten aus den Augenwinkeln, wie ihre Aufpasser wieder an Deck stiegen.

Kaum dass der letzte Stiefelabsatz verschwunden war, begann Fehris zu schluchzen: »Ich wusste nicht, dass es so etwas Furchtbares auf Meribor gibt. Wie kann dich das alles nur so kalt lassen?«

Wie kann das nur sein, Schwarzer Marl? Erzähle ihr, wie du solche Menschen früher behandelt hast!, erklang ganz tief aus seiner Seele wieder die Stimme jenes schwarzen Gegenparts seiner selbst, den er längst besiegt zu haben glaubte.

Marl spürte, dass er nur eine Chance hatte, ihn endgültig loszuwerden, nämlich, wenn er jemandem seine Sünden gestand. *Nein, nicht irgendjemandem.* Es musste Fehris sein. Die schöne Fehris, für die er sein Leben riskierte und die ihn Gefühle entdecken ließ, von denen er geglaubt hatte, sie nie besessen zu haben. Gerade sie musste von den Abgründen seiner Niedertracht erfahren. »Weil ich selbst Sklaven verkauft habe.«

Etwas in Fehris‘ Gesicht veränderte sich. Sie blickte ihn mit einer Intensität an, die er nie zuvor bei ihr gesehen hatte. »Ich wusste, dass du ein schäbiger Scheißkerl bist, aber das ist selbst für deine Verhältnisse elendig.«

»Du hast vollkommen recht«, gab er zu. »Aber so ist es gewesen. Früher.«

Einen langen Moment schaute Fehris wortlos zu Boden, um seinem flehenden Blick auszuweichen.

Das war es. Sie hasst dich endgültig. Kein Mensch kann den Schwarzen Marl lieben. Die Stimme in seinem Kopf triumphierte.

»Warum?«, hauchte Fehris plötzlich kaum hörbar.

Ja, warum eigentlich, Schwarzer Marl? Warum hast du Menschen verschleppt, gequält und ermordet? Erzähl doch mal …

»Hör auf!«, zischte Marl.

Fehris machte ein betroffenes Gesicht.

»'Tschuldige, nicht du, sondern …« Er schlug hart mit der Stirn gegen den Mast.

Oh nein, gib nicht mir die Schuld. Verrückt warst du nie. Du hast es genossen, dass alles und jeder vor dem Schwarzen Marl zitterte und …

Um die beständig an Kraft gewinnende innere Stimme zu übertönen, begann Marl zu reden. Zum ersten Mal erzählte er jemanden seine ganze Geschichte: »Als ich zwölf war, habe ich meine gesamte Familie getötet, indem ich unser Haus beim Zündeln versehentlich niedergebrannt habe.« Er zwang sich, die Bilder jener tragischen Nacht, die in ihm hochstiegen, anzusehen, und nicht wie in all den Jahren zuvor einfach wegzuwischen.

»Marl …«, sagte Fehris und versuchte seine Hand zu greifen, was ihre rasselnden Ketten verhinderten.

Er bekam es kaum mit. Zu sehr war er in seinen Erinnerungen gefangen. »In den Tagen danach überschlugen sich Nachbarn und Verwandte mit bedauernden Worten und

Gesten. Nur leider war ich durch das Feuer mittellos geworden. Eben noch der Sohn eines gut situierten Pferdezüchters und nun ein zu groß geratenes Kind, das wie ein einsamer Wolf herumstreifte und ständig Hunger hatte. Nachdem ich zu der dritten Tante, oder vielleicht war es auch eine Nachbarin, weitergeschoben worden war, verstand ich diese Tatsache endlich selbst: Niemand wollte einen weiteren Kostgänger mit durchbringen. Die Zeiten waren schlecht.« Er schluckte schwer. Die nach dem Ende des Sturms wiederaufgetauchte Sonne erhitzte das Unterdeck schnell und seine Zunge klebte ihm am Gaumen. »Keiner hat genug Zuneigung für einen Jungen übriggehabt, der, ob Absicht oder nicht, seine Familie weggezündelt hatte. Im Grunde hängt mir dies bis heute nach.«

Es entstand eine lange Pause, in der nur das Knarzen der Planken und das Stöhnen der gemarterten Menschen rings um sie herum zu vernehmen war. Irgendwo plätscherte es –jemand entledigte sich seiner Notdurft – und ein schwaches Husten erklang. In der schummerigen Dunkelheit des Frachtraums verschmolzen die Silhouetten der Menschen zu einem großen, dunklen Wesen. Niemand sprach. Keine Worte des Trosts für die Kinder, noch Flüche über die Ungerechtigkeit des Lebens. Die Menschen hatten sich in ihr Schicksal ergeben. Von über Deck schwappte das Knattern der Segel und der ein oder andere Fluch zu ihnen herunter und dennoch fühlte es sich an, als wäre die Welt oberhalb der von der Sonne gleißend ausgeleuchteten Frachtluke eine andere.

Marl spürte, wie seine Knie in den Rhythmus des schwankenden Schiffes einstimmten und das beständige Auf und

Ab ausglichen. *So habe ich mir die Rückkehr auf See nicht vorgestellt.*

»Ich mag dich«, flüsterte Fehris schließlich. »Manchmal jedenfalls«, setzte sie mit einem schiefen Grinsen hinterher.

»Du brauchst das nicht zu sagen«, wiegelte Marl ab.

»Dott hat auch was für dich übrig. Und Grolli ist ja geradezu verrückt nach dir. Selbst Arn, unser Wunderkind, folgt dem großen Marl wie ein Schoßhündchen.« Sanft drückte sie ihre Stirn an seine. Die einzige Möglichkeit, wie sie sich in ihrem gefesselten Zustand berühren konnten. »Du bist nicht allein, Marl!«

Er genoss diese körperliche Zuneigung und den frischen Salzwassergeruch, der von ihr ausging. Ein feiner Schweißfilm bedeckte Fehris' Haut. Obwohl sie sich kaum berührten, war dieser Moment intensiv. Trotzdem konnte Marl ihn fast nicht genießen, wartete er doch beständig darauf, dass die Stimme des Schwarzen Marls ihn höhnisch kommentierte und lächerlich machte – doch sie blieb stumm.

Als sie sich trennten, lächelte Fehris schmallippig. »Aber nicht, dass du glaubst, wir wären jetzt so etwas wie Mann und Frau, Stinker.«

»Freundschaft würde mir vollends genügen.«

Sie versuchte, mit den Schultern zu zucken – die Ketten protestierten klirrend. »Muss ich wirklich aussprechen, dass wir das längst sind? Was hält das Dreigestirn, das keine geringere Aufgabe hat, als mal eben die Welt zu retten, zusammen? Freundschaft und Vertrauen.«

Wärme durchflutete Marl, und sogleich fühlte er, wie sich seine Augen mit Tränen füllten. Verlegen drehte er sich zur Seite.

»Puste von unten in sie hinein, dann bleiben die verfluchten Tränen meistens da, wo sie hingehören«, gab ihm Fehris einen Rat.

Als Marl aufblickte, sah er, dass sie selbst versuchte, gegen das Weinen anzukämpfen. Unwillkürlich musste er lachen.

Fehris stimmte mit ein.

Ich liebe ihr Lachen. Er hörte seine Stimme. Die Stimme des Marls, der Freunde hatte.

»Daran habe ich übrigens gedacht, um die Kummerquallen loszuwerden.«

Fehris runzelte die Stirn und betrachtete angeekelt die Reste des Meeresgetieres an ihren Armen. »Woran?«

»An dein wundervolles Lachen.«

Die Söldnerin lächelte. »Erzähl mir den Rest«, bat sie. »Wie es mit dir weiterging.«

Ein letztes Mal begab er sich auf die Reise zu seinem ehemaligen dunklen Selbst und sprach weiter. Es fühlte sich an, als würde er die Geschichte eines Fremden erzählen. »Irgendwann hat mich ein Onkel zur Seite genommen und mir eröffnet, dass ich nun für meine Zukunft selbst zu sorgen hätte. Erst als er mich vor dem Kloster absetzte und vom Verwalter ein kleines Beutelchen voller Münzen kassierte, verstand ich, was er damit meinte: Er hatte für seine eigene Zukunft gesorgt, indem er mich verkauft hat.« Marl schüttelte den Kopf. Zu Beginn fand ich durchaus Gefallen an dem, was mich die Mönche lehrten. Ich bin ein ziemlich schlauer Kopf, auch wenn man das unter den vielen grauen Haaren nicht sofort sieht.«

»Wirklich?« Fehris lachte hell. »Ist mir noch nicht aufgefallen.«

»Sie haben mir Schreiben und Rechnen beigebracht. Ich habe die Sprache der Altvorderen erlernt, alles über das Wirken der Lichtgöttin und sogar die Abstammungen sämtlicher Adelshäuser Meribors. Noch heute könnte ich sie im Schlaf aufsagen. Die McDelikans, Forstings, Hefalyks … Was ich aber nicht konnte, war, mich unterzuordnen.« Nach einer kurzen Pause gestand er: »… und mit dem Feuerlegen aufzuhören. Schnell hatte mich der Abt auf dem Kieker. Regelmäßig setzte es Schläge.« Noch heute glaubte er zuweilen, die harte Hand des Alten auf seinem blanken Hintern zu spüren. »Also bin ich weggelaufen, doch nicht, bevor ich den ganzen Laden noch ein wenig besser ausgeleuchtet habe.«

»Du hast ein Kloster der Lichtgöttin niedergebrannt?«, fragte Fehris fassungslos.

»Und ein paar Tempel, aber wer zählt da schon mit?« Er zwinkerte ihr zu. Es tat gut, endlich einmal all diese Dinge zu erzählen. »Tja und so landete ich als Vierzehnjähriger auf den Straßen Kandorias. Unter den Kindern herrschte ein Kampf ums Überleben, der jedes Tier abgeschreckt hätte.« Er blickte ihr lange in die Augen. »Auch dort habe ich wieder getötet.«

Sie hielt seinem Blick stand. »Wer hat das nicht? Na ja, Dott vielleicht, aber der ist auch irgendwie nicht von dieser Welt.«

»Eines Nachts, ich war mit meiner Bande auf Diebestour, versuchten wir einen vermeintlich betrunkenen Seemann auszurauben. Der Kerl war aber weder betrunken noch ein leichtes Opfer. Im Gegenteil. Er war ein Pirat. Zwei meiner Kameraden hat er im Kampf abgestochen, die anderen konnten fliehen, aber mir briet er eins über, sodass mir die

Lichter ausgingen. Als ich wieder aufwachte, war die Aussicht ähnlich erbauend wie unsere jetzige gerade.« Er zeigte mit dem Kinn in die trübe Dunkelheit des Frachtraums. »Ich lag im Bauch eines Schiffs und mir war speiübel. Aber ich verspürte keine Angst, sondern nur Wut. So stolperte ich an Deck und kotzte erst einmal über die Reling. Höhnisches Gelächter erklang, und da sah ich den Kerl wieder. Groß wie ein Baum und breit wie ein Ochse, aber befehligt hat ihn ein menschgewordener Dämon, der kaum größer war als ein Kind.« Er schnaubte. »Eine Dämonin.«

»Kapitänin Beronga?«

Marl nickte. »Sie stellte mich vor die Wahl, meiner Kotze hinunter ins Meer zu folgen, oder ihr zu dienen. Nach kurzer Überlegung habe ich mich für Letzteres entschieden.« Er neigte seinen Kopf von rechts nach links, um die Schmerzen in seinem Nacken zu vertreiben. Das angekettete Stehen war unangenehm, weil man kaum seine Position ändern konnte. »Von dem Tag an habe ich die Drecksarbeit für die alte Hexe erledigt. Die *Schankmaid* war ein Kaperfahrer und bald stellte sich heraus, dass ich hervorragend dafür geeignet war, mich mit einem Seil auf das Deck unserer Gegner zu schwingen und ihre Segel in Brand zu setzen. Was denkst du, wie schnell die ihre Beute rausrückten?« Kurz vermeinte er, den Geruch brennenden Segeltuchs zu riechen.

»Machen Piraten Gefangene?«

Traurig schüttelte Marl den Kopf. »Nein, niemals.« Er seufzte.

»Wie viele Schiffe?«, fragte sie leise.

»Zu viele, um sie zählen zu können. Doch irgendwann wurde es der alten Vettel zu mühselig, ständig gegen andere zu kämpfen, und so schloss sie einen lukrativen Vertrag mit den Sklavenhändlern des Südmeers ab. Nicht mit solch armseligen Gestalten wie denen hier«, er spuckte angewidert auf den dreckigen Holzboden, »nein, Kapitänin Beronga arbeitete nur für die größten und gemeinsten von ihnen. Die, die sogar den Hof belieferten und alle anderen Adelshäuser. Wir garantierten ihnen eine bestimmte Menge an hochwertiger Ware …«, nach Fehris' strengem Blick korrigierte er sich rasch, »… Menschen. Und sie uns reichlich Gold. Ich war es, der auf die Idee gekommen ist, die Anwohner der Küste davon zu überzeugen, uns jedes Frühjahr und im Herbst eine feste Anzahl an Sklaven auszuhändigen. Das ersparte das Kämpfen und das Drama bei der Auswahl.« Er schüttelte den Kopf. »Außerdem hat dieses Vorgehen das Handelsgut nicht beschädigt.«

»Was ist passiert, wenn sich ein Dorf geweigert hat zu liefern?«

Augenblicklich hörte Marl die Schreie der Einwohner von Moorbach in seinen Ohren. Das schlimmste Verbrechen, das der Schwarze Marl auf sich geladen hatte. So furchtbar, dass er nicht auf Vergebung hoffen durfte. Niemals und von niemandem. Flüsternd gestand er Fehris dennoch: »Wir haben den ganzen Ort niedergebrannt.« Noch leiser ergänzte er: »Samt aller Einwohner.«

Die Söldnerin wurde bleich.

»Wir«, Marl räusperte sich, »also ich habe es getan. Anschließend beschloss ich, dass ich dieses Leben nicht länger leben wollte. Zuvor wischte ich der verfluchten Beronga aber noch eins aus und habe einen Haufen von dem Gold, das sie durch mich verdient hat, aus ihrer Kajüte gestohlen und über Bord geworfen.« Er lachte freudlos auf. »Mitten in der Nacht habe ich mich anschließend davongeschlichen. Ließ ein Beiboot auf dem offenen Meer zu Wasser und ruderte, als wäre der Schattenfürst persönlich hinter mir her gewesen. Ich erreichte irgendwie die Küste und begann, mich mit Gelegenheitsarbeiten durchzuschlagen. Das gelang mir nicht besonders gut, weil ich es kaum schaffte, das Böse in mir zu zügeln.« Er versuchte vergeblich, ein trockenes Husten zu unterdrücken. »Als die Sache mit dem Schattenstaub immer schlimmer wurde, kam ich auf die glorreiche Idee, nach Kandoria zurückzukehren.« Er lauschte den heiseren Befehlen, die über Deck geschrien wurden. Der Sturm schien endgültig Geschichte zu sein. »Den Rest kennst du bereits. Ich bin dem Scharfrichter vom Block gesprungen, habe die Prüfung spielend bestanden, mein Kind gerettet – und euch laufend den Arsch.«

Fehris schien es die Sprache verschlagen zu haben. Sie starrte ihn mit offenem Mund an.

»Beeilt euch!«, brüllte jemand plötzlich. Dann rutschte Specki die Leiter zu ihnen herunter.

Ihm folgten zwei Matrosen.

»Da hinten, die Alte, die die ganze Zeit gejammert hat, weil ihr Kind ins Wasser gefallen ist«, er zeigte mit einem dreckigen Finger in die Dunkelheit, »und die beiden grauhaarigen Brüder, die von Anfang an aus dem letzten Loch pfiffen. Wusste gleich, dass die die Mühe nicht wert waren.«

Die beiden Seeleute gingen in die entsprechende Richtung.

»Wovon spricht er?«, fragte Fehris flüsternd.

Marl schüttelte nur den Kopf.

Kurze Zeit später schälten sich die Männer aus der Finsternis des hinteren Frachtraums. Sie trugen eine Frau an Armen und Beinen. Achtlos warfen sie ihren Körper an den Fuß der Leiter.

»He, was macht ihr?«, ereiferte sich Fehris.

»Nicht!«, warnte Marl. »Sie ist tot.«

Bald kamen die Matrosen mit zwei Männerleichen zurück, denen sie auch keine respektvollere Behandlung angedeihen ließen.

»Nun macht schon, die stinken bereits! Über Deck mit denen. Die Haie warten.«

»Dieses verfluchte Schwein«, presste Fehris zwischen zusammengepressten Zähnen hervor.

»Ja, das ist er«, versuchte Marl sie zu beschwichtigen, »aber im Moment entscheidet er darüber, ob wir leben oder sterben. Versuche, dich zusammenzureißen!«

Sie holte mehrmals tief Luft, sagte aber nichts.

Ein Aufklatschen auf Wasser war zu vernehmen. Gefolgt von zwei weiteren.

Specki rieb sich die Hände: »So, das wäre erledigt. Ich will ja hier keine faulen Äpfel haben.« Er trat neben Marl und Fehris. »Was schaust du so traurig, meine Schöne? Sei lieber froh: Das bedeutet, dass ich jetzt ein schönes Plätzchen für euch habe und ihr nicht im Stehen schlafen müsst. Wir brauchen noch ein kleines Weilchen zur Pirateninsel, und bis dahin sollst du doch nichts von deinem Glanz einbüßen. Schon bald werdet ihr eure neuen Besitzer und Aufgaben kennenlernen.« Er leckte sich die Lippen und griff Fehris unters Hemd. Marl hätte ihm dafür am liebsten die Hand abgehackt! »Was du zu tun haben wirst, liegt ja auf der Hand. Oder auf dem Bett.« Er lachte sich scheckig über seinen eigenen Witz.

Fehris versuchte sich ihm zu entziehen, aber ihre Ketten ließen ihr nicht genug Bewegungsfreiheit.

»Lass sie in Ruhe!«, zischte Marl.

»Ha, was glaubst du, wer du bist, dass du mir etwas zu sagen hättest?«

»Der Schwarze Marl!«, knurrte er.

Augenblicklich riss der Mann die Augen auf und taumelte rückwärts. Dann rannte er zu der Leiter, die an Deck führte – so schnell ihn seine fetten Beine trugen.

Trübsal

Es folgte die Ruhe nach dem Sturm. Zwar schaukelte die *Schankmaid* immer noch eifrig hoch und runter sowie emsig hin und her, doch verglichen mit dem vorherigen Wasserinferno konnte dies niemanden mehr erschrecken. Fünf Menschen hatte sich das Meer einverleibt, bevor es sich langsam beruhigte – drei Seeleute sowie Fehris und Marl.

Der Wind wehte Kapitänin Berongas bellende Stimme über das Deck – Befehle an die Besatzung, die Schäden zu untersuchen und aufzuräumen.

Durchnässt bis auf die Knochen kauerten Arn und Dott nach wie vor auf dem Hauptdeck neben einer der festgenagelten Kisten; nur zögerlich löste Dott seine kalten Hände vom Halteseil, die Beklemmung in der Brust blieb. Ein Blick über die Reling auf die grauen Fluten ließ ihn erschaudern – mit einem Mal erschien ihm das viele Wasser bösartig, dabei hatte die Natur dem Menschen nur aufgezeigt, was wahre Macht ist. Alles war so schnell gegangen.

Die Kapitänin gesellte sich zu ihnen. »Was für ein Schweinesturm! Seid froh, dass ihr noch am Leben seid. Ich habe drei meiner Männer verloren.«

»Wir zwei Freunde«, entgegnete Dott leise.

»Nie hätte ich gedacht, dass ausgerechnet der Schwarze Marl sein Leben riskiert, um jemand anderem zu Hilfe zu eilen. Das kratzt gehörig an dem Bild, das ich von diesem Dreckskerl hatte. Was muss der in die Blonde verliebt gewesen sein! Na ja, jetzt ruhen sie vereint auf dem Meeresgrund.«

Dott behagte es nicht, wie sie von den Gefährten sprach, und schon gar nicht, dass es in der Vergangenheitsform geschah. »Was sagt Eure Erfahrung nach einem solchen Unglück, Kapitänin? Wie stehen die Überlebenschancen für die fünf?«

Sie schüttelte den Kopf. »Vergiss es, Kleiner. Ein Meer mit solch mieser Laune spuckt seine Beute nicht mehr aus.«

»Aber so weit ist die Küste doch gar nicht entfernt.« Ein Einwurf, geboren aus Hoffnung und Optimismus.

»Träum weiter. Zugegeben, der verfluchte Brand-Marl hat bis zum heutigen Tag mehr Leben als zwei Katzen verbraucht, doch nun hat es ihn endgültig erwischt. Und was glaubst du, wie lange sich seine Begleiterin mit ihrem Brustpanzer in der peitschenden See über Wasser halten konnte? Auch über meine drei Männer gibt es nicht mehr viel zu sagen.« Sie hob die Achseln. »Zwei von denen konnten nicht einmal schwimmen, so wie sich das für richtige Piraten gehört. Jetzt dienen sie dem Schattenfürsten.«

Was hatte Dott von Beronga erwartet? Nicht ohne Grund huldigten die Piraten auf ihren Flaggen dem Totenschädel auf schwarzem Grund. Die lachende Sonne auf Himmelblau gehörte eher den glückreichen Ziegenhirten.

Die Kapitänin fluchte. »Mit Marl ist auch meine letzte Chance auf den geklauten Schatz über Bord gegangen – der Preis für eure Passage zur Pirateninsel.«

»Ich habe noch ein paar Silberlinge«, sagte Dott.

»Alles, was du besitzt, gehört mir ohnehin schon. Was glaubst du, wo du hier bist? Im Kloster der Barmherzigkeit?« Sie funkelte Arn an. »Und du, Kerlchen, bist ein verfluchter Zauberer. Ein junger zwar, doch zweifelsohne ein Magier, der sich tatsächlich einbildet, den Wind herumkommandieren zu können. Ohne das räudige Zaubererpack wäre diese Welt deutlich besser dran.« Ihre Wut steigerte sich, die Tonlage auch. »Ich frage dich, wer hat uns denn den ganzen Mist mit dem Schattenstaub beschert?«

Der Junge sah sie mit seinen runden Kinderaugen an, unfähig etwas zu antworten.

»Als die verhängnisvollen Ereignisse ihren Lauf genommen haben, war Arn noch nicht einmal geboren«, sagte Dott. »Er kann am wenigsten dafür.«

»Unschuldige gibt es nicht. Und was spielt es für eine Rolle? Wenn sich dieses kleine Monster auf meinem Schiff noch einmal der Magie bedient, lass ich euch beide aufknüpfen.«

Dott spürte, dass jede weitere Diskussion zu noch mehr Aggressionen führen würde. »Ich muss nach Grolli und den Pferden sehen.«

Mit einem abfälligen Schnauben wandte sich die Kapitänin ab und ging zu ihrem Bootsmann, der in der Nähe die traurigen Überreste des Besanmastes betrachtete.

»In der Mitte durchgebrochen. Der Rest ist höchstens noch für das untere Stagsegel zu gebrauchen«, hörte Dott ihn sagen.

Arn flüsterte. »Ich wollte dir doch nur helfen, wieder vom Krähennest runterzuklettern.«

»Und ich hatte noch keine Zeit, dir dafür zu danken.« Der Ziegenhirte erhob sich, streckte Arn die Hand entgegen und zog ihn von den Planken zu sich hoch. Dann umarmte er den kleinen Körper. »Du hast nichts falsch gemacht, ganz im Gegenteil. Komm mit mir in den Laderaum. Hoffentlich haben die Tiere den Sturm gut überstanden.«

Der Niedergang in den Schiffsbauch befand sich im Heck. Auf dem Weg dorthin entdeckte Dott einen kleinen Lederbeutel, der zwischen zwei festgelaschten Kisten hängen geblieben war. Fehris' Wurfsterne – wie durch ein Wunder waren sie nicht über Bord gegangen. »Nimm du den besser an dich, Arn. Für Nicht-Magier kann es sehr gefährlich sein, unterschiedliche Artefakte am Körper zu tragen.« Auf keinen Fall wollte er durch eine Unbedachtsamkeit Sigismunds Schicksal erleiden.

Flink hob der Junge den Beutel auf und schnürte ihn an seinen Gürtel. In der rechten Hand hielt er immer noch den knochigen Holzstab, den ihm der alte Mönch kurz bevor er über Bord gegangen war, anvertraut hatte. Dott biss sich auf die Unterlippe. Von Fehris und Marl blieben ihnen nur noch Erinnerungen und die beiden Artefakte.

Unter Deck dagegen gab es gute Nachrichten, sie fanden die Pferde unversehrt vor. Grauer schien ein wahrer Piratengaul zu sein. Schiffstauglich und unerschütterlich tat er so, als wäre nichts geschehen. Hott und Haserl jedoch zitterten am ganzen Körper um die Wette. Arn und Dott sprachen den Tieren gut zu und streichelten sie dabei ausgiebig. Hott beruhigte sich zusehends, während Haserl immer noch aufgeregt schnaufte. Der Ziegenhirte kraulte seine Stute zwischen den Ohren. »Deshalb bin ich ohne dich ins Krähennest geklettert. Ein Seepferdchen wirst du vermutlich nie«, erklärte er ihr.

In einer anderen Ecke des Laderaumes befand sich der Käfig, in dem die Piraten Grolli eingesperrt hatten.

Als Arn und Dott auf ihn zu traten, röhrte er wütend, rüttelte dazu mit beiden Armen an den Stangen, während sein Schwanz auf den Boden peitschte.

»Lass deinen Groll ruhig raus, ich kann das gut verstehen«, sagte Dott. »So leid es mir auch tut, wir können dich nicht rausholen. Arn und ich dürfen uns zwar frei bewegen, doch auch wir sind Gefangene auf diesem Schiff.«

Die Grolldrummel hielt inne, ihre kleinen dunklen Augen ließen nicht von Dott ab. Ob sie etwas davon verstanden hatte, vermochte er nicht zu sagen. »Wir bleiben für heute bei dir und besuchen dich ansonsten, wann immer wir können«, versprach der Ziegenhirte. Dann machte er mit Hand und Mund Essbewegungen. »Hast du Hunger?« Grolli drehte sich im Käfig und hob etwas Quadratisches auf. Aha, die Seeleute fütterten ihn mit Schiffszwieback. Mit der Kralle stopfte er sich diesen, ohne abzubeißen, ins Maul. Die kräftigen Kiefer klappten zu, es krachte so laut, dass Dott für einen Moment dachte, das Schiff sei in der Mitte durchgebrochen.

»Immerhin scheint dir das Zeug zu schmecken. Bist du durstig?« Dott legte den Kopf in den Nacken, hob den Arm und tat, als würde er aus einem Wasserschlauch trinken. Dann zeigte er auf die Grolldrummel. Diese schluckte den Rest Zwieback hinunter und hob den Kopf. Und senkte ihn.

Entgeistert starrte Dott das Fellwesen an. »Hast du eben genickt?« Eine bessere Frage fiel ihm auf die Schnelle nicht ein.

Grolli verharrte, offenbar verstand er nicht, was Dott von ihm wollte. Doch dann ging das massige Kinn erneut nach oben und wieder runter.

»Wie auch immer – ich finde, er sieht durstig aus. Ich hole einen Eimer mit Wasser«, meinte Arn und flitzte davon.

Dott setzte sich neben den Käfig. »Ich bringe leider nur schlechte Neuigkeiten. Marl und Fehris sind im Sturm über Bord gegangen, die Piraten denken, dass sie sind tot. Das macht uns sehr traurig.«

Das Fellwesen glotzte ihn an.

»Ich weiß, Marl und du – ihr mochtet einander.« Hilflos breitete Dott die Arme aus. Er schluckte, es kam ihm so unsagbar schwierig vor, über etwas zu sprechen, das er selbst nicht glauben wollte.

Grolli schien zu begreifen, zumindest, dass etwas Schreckliches geschehen war, denn es wurde plötzlich zu einer Jauldrummel. Ihr Heulen erfüllte den Schiffsbauch, der Schwanz lag regungslos auf dem Boden.

Einer der Piraten tauchte auf. »Das Vieh soll das Maul halten, sonst steche ich es ab.« Er winkte mit einer pikenlangen Eisenstange, deren Ende bedrohlich spitz gefeilt war.

»Er vermisst doch nur sein Herrchen«, entgegnete Dott und versuchte, die Grolldrummel zu beruhigen. Vergeblich. Das Fellwesen ließ alle Wut und Trauer raus, dabei klang es wie ein ganzes Wolfsrudel.

Der Pirat zeterte: »Wir hätten dieses Ding niemals mitnehmen sollen. Es bringt Unglück. Bestimmt ist es an dem Sturm schuld.« Der Mann stürzte vor und schlug mit der

Eisenstange gegen den Käfig, sodass es laut schepperte. Das machte Grolli nur noch trauriger – und wütender. Er unterfütterte sein Jaulen sogleich mit tiefen Knurrgeräuschen.

»Ich steche dieses Mistvieh ab!«, rief der Pirat und stocherte zwischen den Gitterstäben hindurch nach Grollis Brust.

Sofort sprang Dott auf, um den Kerl davon abzuhalten, die Grolldrummel aufzuspießen, doch es bedurfte nur einer schnellen Armbewegung des Piraten, und schon flog der Ziegenhirte durch die Luft und landete auf ein paar Rübensäcken. Obgleich er gegen diesen kampferprobten Kerl wenig Chancen hatte, rappelte er sich hoch, um sich erneut auf ihn zu stürzen. In diesem Moment kehrte Arn mit dem Wasser zurück. Der Junge begriff sofort. Er stellte den Eimer ab und starrte den Piraten mit bleichem Gesicht an. Dazu verdrehte Arn Augen und Hände auf seltsame Art, woraufhin der Pirat glatt als Jauldrummel durchging, wie er heulend und jammernd seine Eisenstange fallenließ, die so rot glühte, als hätte ein Schmied sie gerade frisch aus der Esse gezogen. Funken sprühten, als sie auf dem Boden aufschlug, dazu erscholl Berongas Stimme: »Was geht hier vor?«

Der Pirat steckte seine geschundenen Hände tief in den Wassereimer. Dott glaubte sogar ein Zischen zu hören. »Diese Mistkröte hat mich verbrannt.«

Die Kapitänin starrte auf die glühende Stange, die gemächlich den Schiffsboden unter ihr verkohlte. Wild fluchend schubste Beronga ihren Matrosen zur Seite, schnappte sich den Wassereimer und schüttete ihn über dem Eisen aus. Dott erwartete einen wilden Tobsuchtsanfall, doch es kam schlimmer. Mit einer Stimme kalt wie der Meeresgrund sagte die Kapitänin: »Die Welt der Seeleute besteht aus Holz, daher fürchten wir nichts mehr als einen Brand an Bord. Ich habe euch gewarnt und das Zaubern untersagt, und was macht ihr?« Sie zeigte auf die Brandspur der Eisenstange. »Damit habt ihr endgültig euer Leben verwirkt.« Inzwischen hatte sich eine Handvoll weiterer Piraten eingefunden, denen sie befahl: »Kettet die beiden am Großmast aneinander. Zudem knebelt ihr den Jungen und verbindet ihm die Augen. Sobald er Anstalten macht, einen Zauber zu wirken, erschlagt ihr ihn. Und am besten den Ziegenknirps gleich mit. Das erspart es mir zu überlegen, ob wir sie an der Rah aufhängen oder als Sklaven verkaufen.«

»Aber er hat unsere Grolldrummel mit seinem Eisenstab angegriffen«, protestierte Dott.

»Meine Grolldrommel«, korrigierte Beronga. »Genau wie eure Ärsche gehört das Mistvieh jetzt mir. Der Gräuelmarkt bezahlt gut für exotisches Getier, das kämpfen kann. Ihr beide hingegen bringt selbst als Sklaven kaum etwas, daher tendiere ich zum Aufknüpfen. Oder ich werfe euch Marl und seiner Geliebten hinterher. Dann kann sich der Kleine mit seinen Feuerzaubern so richtig austoben im Meer.«

Sie wandte sich an den Piraten, der schmerzerfüllt seine Hände betrachtete. »Und du Idiot, lass das Vieh in Frieden! Tot bringt es kein Gold.«

Wenig später standen Arn und Dott am Hauptmast, Körper und Arme eingewickelt in dicke Ketten, sodass sie nur noch den Kopf bewegen konnten. Arns Augen waren mit einem Tuch verbunden, darunter quollen Tränen hervor.

»Auch hierfür kannst du nichts. Du hast lediglich Grolli beschützen wollen«, tröstete ihn Dott.

Der Knebel im Mund ermöglichte dem Jungen nur ein trauriges Schluchzen. Die Situation sah ganz und gar nicht rosig aus, das musste sich sogar Dott eingestehen. Die Piraten hatten ihnen alles abgenommen, auch die Artefakte von Fehris und Marl sowie Dotts Silber. Nur seinen alten Mantel hatte er anbehalten dürfen, doch der half im Augenblick wenig.

In Dotts Erinnerung blieben die nächsten Stunden als einzige Tortur hängen, doch tapfer standen die beiden es durch. Die Piraten lösten die Ketten nur einmal, damit sie ihre Notdurft verrichten und etwas essen konnten. Der Smutje sorgte immerhin dafür, dass sie eine halbwegs vernünftige Ration bekamen, die Mannschaft hätte sie am liebsten nur mit Pferdeäpfeln gefüttert. Arn saß oder stand die ganze Zeit über nur da – ein neunjähriger Junge, gegen den sich die Welt verschworen hatte. Und seine Geschwister waren noch jünger als er. Dott fragte sich, welchen Sinn ihre ganze Mission eigentlich hatte. Drei Kinder, von denen nur eines anwesend war, konnten noch weniger ausrichten als das Dreigestirn, von dem nur noch ein Ziegenhirte übrig war.

Meer und Wind zeigten sich von ihrer besten Seite, so als könnten sie kein Wässerchen trüben. Die Fahrt der Schankmaid verlief ohne weitere Störung.

In der Ferne tauchte Land auf. Die Piraten huschten über das Deck, holten die Segel ein und bereiteten alles für die Einfahrt in den Hafen vor.

Beronga befahl: »Macht sie vom Mast los und nehmt dem Jungen die Augenbinde ab. Die Fesseln an den Füßen und der Knebel bleiben.«

Arn und Dott trugen dicke Eisenringe an den Fußgelenken, die mit Kettengliedern in einer Armlänge Abstand aneinandergekettet waren. Einem Matrosen standen sie offenbar im Weg, denn er stieß sie achtlos zur Seite, sodass die beiden klirrend aufs Deck fielen. Als Dott sich wieder aufgerichtet hatte, entdeckte er die Silhouette einer Stadt. Lehmfarbene Häuser zogen sich treppenartig die Hänge von zwei Bergen hoch. Das Klingeln der Hafenglocke hallte zu ihnen herüber, dazu kamen die spitzen Schreie der Möwen, die aufgeregt um das Schiff herum sowie durch die Takelage segelten.

»Wir verkaufen die beiden auf dem Sklavenmarkt«, erklärte Kapitänin Beronga ihrem Bootsmann. »Die Grolldrummel ist was für den Arenameister, die drei Pferde gehen zum Abdecker.«

»Hmmm, Hrmrmpf, Hmm!« Hinter seinem Knebel machte Arn laute Geräusche.

»Was will er?«, fragte der Bootsmann.

»Woher soll ich das wissen?« Beronga bückte sich zu dem Kleinen hinunter und knurrte: »Wenn du auch nur die leisesten Anstalten einer magischen Schweinerei machst, stechen wir dich und deinen Freund sofort ab.«

Sie winkte einige Männer heran und erteilte ihnen Anweisungen. Danach hielten sie die beiden Gefangenen mit einem stattlichen Waffenarsenal in Schach. Auch der Mistkerl mit seiner angespitzten Eisenstange war dabei. Erst jetzt zog die Kapitänin den Knebel aus dem Mund des Jungen.

Arn flehte: »Ihr dürft das nicht tun. Die armen Pferde. Es sind treue Tiere, sie haben etwas Besseres verdient, als geschlachtet zu werden. Wenn Ihr sie verschont, verrate ich

Euch ein großes Geheimnis. Ein Geheimnis, das Euch viel pures Gold bringt.«

Berongas Augen wurden schmal. Das Wort Gold weckte in jedem Piraten reflexartig die Gier. Und pures Gold – pure Gier. »Was kannst du uns schon bieten?«

»Die Gegenstände, die ihr uns abgenommen habt, der Stab und die Sterne, das sind magische Artefakte von unermesslichem Wert«, beteuerte Arn.

Dott traute seinen Ohren kaum. Warum verriet der Kleine aus freien Stücken dieses Geheimnis? Dachte er tatsächlich, auf diese Weise die Pferde zu retten? Daran glaubte nicht einmal ein naiver Ziegenhirte.

»Natürlich habe ich schon von den wundersamen Artefakten der Lichtmagier gehört. Man sagt, unser nutzloser König habe eine ganze Schatzkammer voll davon«, überlegte die Kapitänin laut. »Was haben wir zu verlieren? Holt den Stab und den Beutel mit den komischen Wurfsternen.« Mit funkelnden Augen stierte sie Arn an. »Denk an meine Warnung. Beim kleinsten Zauber sterbt ihr auf dem Meeresgrund. An die Reling mit ihnen! Sollte er versuchen uns zu betrügen …« Sie machte eine schubsende Bewegung mit ihren Armen.

Unschuldig wie ein neunjähriger Junge fragte Arn: »Frau Kapitänin, habe ich Euer Wort, dass Ihr die Pferde verschont, wenn ich es Euch zeige?«

Beronga nickte. »Aber natürlich. Ich verspreche es.«

Auweia – das Wort einer Piratin, nicht ganz so viel wert wie ein Eimer Meerwasser.

Doch Arn schien sich damit zufrieden zu geben. »Die beiden Artefakte bilden eine magische Einheit. Im

Zusammenspiel können sie Eisen in Gold verwandeln.«

Die Männer lachten.

Einer meinte: »So ein Blödsinn. Vor lauter Angst ist der Junge verrückt geworden.«

Beronga fragte: »In Gold? Was für Eisen brauchst du dafür?«

»Zum Beispiel die Stange, mit der arme Grolli beinahe aufgespießt wurde.« Er deutete auf die Waffe, die sich momentan auf seinen Kopf richtete.

»Her damit!«, befahl die Kapitänin.

Irritiert trat der Mann vor.

»Leg sie aufs Deck vor meine Füße«, sagte der Kleine.

Beronga nickte und der Pirat tat, wie ihm geheißen.

»Jetzt brauche ich nur noch den Beutel und den Stab.« Arn wandte sich an die Kapitänin. »Und Eure Erlaubnis, diesen Zauber durchführen zu dürfen, denn natürlich wird Magie im Spiel sein, wenn ich die ganze Stange in Gold verwandele.«

Atemlos verfolgte Dott das Geschehen. So hatte er Arn bisher noch nicht erlebt. Seine Entschlossenheit verlieh ihm Glaubwürdigkeit. Und was bei den Piraten an Misstrauen übrigblieb, kompensierte deren Gier nach Reichtum. Eine Stange aus Gold in dieser Größe war sicherlich mehr wert als zwei Sklaven, drei Pferde und eine Grolldrummel zusammen.

»Gebt ihm die Artefakte«, befahl Beronga.

Ein Pirat drückte Arn den Holzstab in die Hand. Mit unwilligem Grunzen rückte ein anderer den Beutel mit den Sternen raus.

»Wie soll das gehen? Das schafft er nie!«, meinte der Bootsmann.

Arn wandte sich an Dott mit einer Miene, die ihn fünf Jahre älter aussehen ließ. »Glaubst du wenigstens, dass ich weiß, was ich tue?«

Der Ziegenhirte wusste, welches Wunder der Junge mit seiner Elementarmagie beim *Turm der Zeit* zustande gebracht hatte. Er nickte stumm.

Arn flüsterte es ganz leise, was es nicht weniger Ungeheuerlich machte. »Dann lass uns springen. Jetzt!« Er stellte sich auf die Zehenspitzen und ließ sich nach vorn über die Reling kippen. Nach wie vor waren sie aneinander gekettet. Mit einem kräftigen Ruck zog es Dott zum Bootsrand, instinktiv stemmte er sich dem Wahnsinn entgegen – zum einen wollte er Arn retten, zum anderen nicht auch über Bord gehen.

Der Junge rief eindringlich. »Komm schon!«

»Haltet sie auf!«, schrie Beronga und stürzte selbst vor, um nach Dott zu greifen.

Und wenn ich es nie wieder tue, dachte der Ziegenhirte und ließ sich ebenfalls über die Reling fallen. Unter den lauten Rufen und Schreien der Piraten plumpsten sie gemeinsam über Bord. Mit den schweren Ketten an den Füßen zur Küste zu schwimmen, war unmöglich. Ein letzter tiefer Atemzug, dann platschte es. Kalt und salzig umfing sie das Meer. Wie ein Anker zogen die Ketten Arn und Dott nach unten in Richtung Meeresgrund.

Sein bestes Stück

Der Sklavenmarkt von Drabnar – der einzig nennenswerten Ortschaft auf der Pirateninsel – rühmte sich, der größte auf dem ganzen Kontinent zu sein, wie Marl Fehris erzählt hatte. Willige Käufer fanden hier jedwede Ware, die ihr Herz begehrte – vom Gladiator über den Küchensklaven bis hin zum Lustknaben. Die unansehnliche Schar stinkender und zitternder Menschen, welche Specki mithilfe einiger Matrosen von Bord ihres Schiffes trieb, würde vermutlich für ein paar Kupferlinge zum Schweinehüten verschachert werden oder ihr Leben in den Salzbergwerken des Nordens aushauchen. Fehris erkannte nur einen einzigen Mann unter den anderen unglücklichen Gestalten ihrer Gruppe, der vielleicht einmal ein Krieger gewesen war, doch mittlerweile seine besten Tage hinter sich hatte. Dann gab es noch ein paar verzweifelte, aber hübsche Frauen und zwei hochgewachsene Jungen, die nach einer anständigen Reinigung womöglich einem Bordellbetreiber auffallen könnten.

Der Sklavenhändler verschwendete keine Zeit dafür, seine Ware vor dem Verkauf penibel zu waschen, sondern ließ sie lediglich der Reihe nach von seinen Seeleuten im Hafenbecken untertauchen. Zwei von ihnen kamen dabei ums Leben, weil die Matrosen sich einen Spaß daraus machten, *Welcher Kopf schafft es länger unter Wasser zu spielen.*

»Macht das noch einmal und ich lasse euch das Fleisch von den Rippen peitschen!«, brüllte der Kleinwüchsige und für einen winzigen Moment glaubte Fehris, es wohne so etwas wie ein Rest von Menschlichkeit in seiner Brust. Dann jedoch offenbarte er, wem dieser moralische Anflug galt: »Torvis, Bern! Ich ziehe euch den Wert der zerstörten Ware von der Heuer ab: zwei Silberstücke für jeden!«

Die gemaßregelten Männer brummten etwas Unverständliches, gingen fortan aber wesentlich zurückhaltender ans Werk, was zur Folge hatte, dass die restlichen Sklaven zwar allesamt immer noch recht schmutzig, jedoch halbwegs lebendig aus dem Wasser stiegen. Fehris hätte sich gern in Ruhe selbst gewaschen, zumal immer noch die vertrockneten Reste zahlreicher Kummerquallen an ihren Armen und Beinen klebten, doch stattdessen hatte sie genug damit zu tun, sich die Hände der beiden Kerle vom Leib halten, die offensichtlich der Meinung waren, unter ihrem Hemd befände sich besonders viel Schmutz. Oh, wie einfach war das Leben doch gewesen, als sie noch einen schützenden Metallpanzer über ihrem Herzen getragen hatte!

Vermutlich hatte sie es nur den prüfenden Blicken des Zwergs zu verdanken, dass die Matrosen schließlich von ihr abließen und sie ihrer Wäsche früher als gedacht entkam. Mit einem dicken Kloß im Hals blickte sie an sich hinunter: rostige Ketten an ihren Knöcheln, keine Schuhe, zerrissene Hosenbeine, ein triefend nasses Hemd und immer noch zahlreiche vertrocknete Quallententakel überall an ihrem Körper! Einige der violetten Stränge konnte sie trotz ihrer gefesselten Hände abreißen, doch darunter blieben hässliche Striemen zurück. Sie wollte schreien vor Wut und Beschämung!

Marl hingegen entstieg dem Sklavenbad überraschend sauber.

»Wieso haben sie sich gerade bei dir so viel Mühe gegeben?«, wunderte Fehris sich. »Dabei bist du vermutlich der Einzige, dem der Dreck nichts ausmacht!«

Er zuckte mit den Achseln. »Sind wohl einfach fiese Säcke, die jedem die Behandlung angedeihen lassen, die er *nicht* haben will.«

Es dauerte eine halbe Ewigkeit, bis alle Sklaven für den Verkauf vorbereitet waren. In ihren nassen Lumpen warteten sie so lange, in Zweierreihen aneinander gekettet.

»Nun ab mit euch auf den Markt!«, rief der Sklavenhändler schließlich. »Brust raus, Bauch rein! Wer's verwechselt, bekommt fünf Hiebe extra!«

Schwerfällig setzte sich die Raupe aus gedemütigten Menschen in Bewegung. Ketten klirrten und Lungen rasselten. Der Marktplatz befand sich in direkter Nähe zum Hafen, wie sich das für eine florierende Stadt gehörte. Am Straßenrand standen Wegweiser mit verschiedenen Richtungsangaben: »Sklavenmarkt«, »Goldmarkt«, »Gräuelmarkt«. Darunter prangte ein Hinweis in roter Farbe: »Die Anwendung von Magie innerhalb der Stadtmauern ist strengstens verboten. Zuwiderhandlungen werden mindestens mit Vierteilen bestraft.«

Sie nahmen die erste Abzweigung. Begleitet von einer immer größer werdenden Schar Schaulustiger ging es bergan durch eine Ansammlung lehmfarbener Häuser, bis sie schließlich einen runden Platz mit zahlreichen kleinen Buden im Inneren und bühnenartigen Aufbauten entlang der Außenseite erreichten. Prächtige Palmen umrahmten das Gelände, Drehleiern dudelten und alle paar Schritte wuchs ein anderer Verkaufsstand aus dem Boden, der Austern, Würzwein oder getrocknete Datteln feilbot. Die herrlichen Düfte von frischem Brot und Rosenwasser stiegen in Fehris' Nase und Tränen in ihre Augen. Was zum Henker hatte sie nur verbrochen, um an diesem schrecklichen Ort *und* auf der falschen Seite des Verkaufstresens zu landen?

Die meisten der erhöhten Holzpodeste waren bereits von anderen Händlern und ihrer Ware besetzt. Fehris sah, wie auf einem davon ein pockennarbiger Mann einem jungen Mädchen ein Seil um den Hals band und es davonführte wie einen Hund. Daneben riss ein Sklaventreiber gerade einem Jungen den Mund auf, um den Interessenten dessen gut erhaltene Zähne zu präsentieren. Ein grauenvoller Anblick jagte den nächsten.

Specki trieb sie allesamt auf eine freie Plattform, vor der sich schnell Käufer und Zuschauer einfanden. Es waren überwiegend Piraten, wie man an der schillernden und durchwegs extravaganten Kleidung sehen konnte. Viele trugen exotische Frisuren: Es gab Glatzköpfe mit einem einzelnen Zopf auf dem Scheitel, Männer mit langer Filzmähne und geschminkte Kerle, deren Haar an einen Hahnenkamm erinnerte. Die meisten waren in bunte Seide gewandet, genau wie der Zwergenkapitän, und alle trugen blitzende Säbel um die

Hüften. Frauen entdeckte Fehris nur wenige, was sie zu dem Schluss kommen ließ, dass die meisten Piraten unverheiratete Männer waren, die sich in ihren Häusern jede Menge Sklavinnen hielten. Kein gutes Zeichen! Die Wahrscheinlichkeit, von einer freundlichen Dame der Inseln des Abends als Zofe gekauft zu werden, war vermutlich gleich Null.

»Geschätzte Piraten, werte Korsaren, liebe Freibeuter!«, ließ der kleinwüchsige Sklavenhändler seine durchdringende Stimme erklingen. »Heute habe ich euch eine ganz besondere Lieferung mitgebracht – frisch eingetroffen aus der Hauptstadt Kandoria: fesche Burschen und Mädchen, geeignet für Kampf und Liebesdienst. Sie werden eure Beutel zum Klingeln bringen und eure Betten zum Quietschen!«

Die Menge johlte.

»Ich bringe gleich seine Ohren zum Klingeln!«, knurrte Marl neben Fehris, doch sie hatte nur ein Augenrollen dafür übrig.

»Wenn du das schaffst, kaufe ich dich als meinen persönlichen Lustsklaven!«

Marl stieß ein abgehacktes Kichern aus und wurde dafür sofort mit einem Schlag auf den Rücken bestraft. Zischend fuhr er herum, hatte sich aber beim Anblick der drohend erhobenen Peitsche des Matrosen schnell wieder im Griff.

»Diese Bastarde verschachern uns wie Hühner!«

»Ist nicht das erste Mal, dass ich das erlebe.« Fehris dachte an den Tag, an dem ihr Vater sie als Ausgleich für eine verstorbene Kuh dem Grafen Götz von Heinsberg verkauft hatte. Niemals würde sie vergessen, wie er sie dem Verwalter übergeben, sich umgedreht und sie einfach zurückgelassen hatte. In ihrer momentanen Situation, an Händen und Füßen gefesselt, mit stumpfem Haar und zerschlissener Kleidung, fühlte sie sich beinahe so ausgeliefert wie damals.

Der Zwerg holte Sklave um Sklave nach vorn, pries deren angebliche Fähigkeiten an und verscherbelte manche für eine Handvoll Kupferlinge, andere für zehn oder mehr Silberstücke. Den höchsten Preis erzielte der ausgediente Kämpfer, der von einem Gladiatorenhalter für achtzehn Silberstücke gekauft wurde, um publikumswirksam in der Arena zu sterben. Als das Podest sich zunehmend leerte und ein anderer Händler nebenan frische Ware anschleppte, machten einige Käufer Anstalten weiterzuziehen. Das war für den raffgierigen Zwerg der Moment, um einen besonderen Trumpf aus dem Ärmel zu schütteln.

»Freunde! Geht nicht, bevor ihr nicht mein bestes Stück gesehen habt!«, rief er den Davonziehenden nach.

»Ohhhh, ich glaube nicht, dass ich das sehen will!«, rief eine der wenigen anwesenden Frauen, ein altes Weib mit unzähligen Goldzähnen im Mund.

Mehrere Männer lachten. Aber ihr Interesse war geweckt – sie blieben stehen.

»Na dann, verrate uns mal, wer von diesen armseligen Treibholzklammerern dein bestes Stück sein soll – und warum!«, rief einer.

Fehris verkrampfte sich. Garantiert würde man sie nun nach vorne führen, der Menge ihre Zähne präsentieren – hoffentlich nur die Zähne – und sie einem schmierigen Fettwanst als Lustgefährtin verkaufen. Ein solcher Kandidat stand zumindest schon bereit, gierig glotzend, die Arme in die ausladenden Seiten gepresst. Es war der Kerl mit dem einzelnen Zopf auf dem Kopf. Die ganze Zeit starrte er sie schon an.

Der Sklavenhändler gab dem Matrosen hinter ihr ein Zeichen, woraufhin dieser zu Fehris' Verwunderung nicht sie, sondern Marl loskettete und nach vorn schubste.

Wie jetzt? Der alte Stinker ist sein bestes Stück? Hat der Zwerg keine Augen im Kopf? Oder hat das viele Salz in der Luft ihm den Geruchssinn geraubt?

»Was soll das denn sein?«, riefen die Zuschauer enttäuscht. »Der taugt doch nicht mal mehr für die Arena!«

Der Sklavenhändler vollführte eine abwiegelnde Geste. »Die korrekte Frage lautet: Wer ist das?« Er machte eine Kunstpause, dann fügte er theatralisch hinzu: »Das, liebe Piraten von Drabnar, ist der berüchtigte Schwarze Marl, auch bekannt als der Schlächter von Moorbach oder die Feuerbestie der südlichen See!«

Ein Raunen ging durch die Gruppe. Sämtliche Zuschauer drängten sich näher heran. Specki packte Marl an den Haaren und riss seinen Kopf nach oben, damit jedermann sein Gesicht sehen konnte. Die Piraten fingen an zu tuscheln, dann endlich schien einer von ihnen Marl zu erkennen. »Das stimmt! Er ist es!«, schrie er aufgeregt. »Ich war mal Koch auf der *Schankmaid*. Beronga hat ihn eingesetzt, um feindliche Schiffe anzuzünden!«

»Ja, und eines davon war meines!«, knurrte ein muskulöser Kerl mit breiten Schultern und halbseitig rasiertem Schädel. Entlang seiner linken Schläfe verlief eine Tätowierung in Form einer Schlange. Er sah gefährlich aus, fand Fehris – und wütend! »Ich biete zwanzig Silberstücke für den Schwarzen Marl!«

Die Nachricht über das Auftauchen des einst so gefürchteten Feuerteufels machte auf dem Marktplatz schneller die Runde als eine Möwe krächzen konnte. Immer mehr Leute strömten herbei, einige interessiert, andere aufgeregt. Mindestens ein Dutzend von ihnen legte bei Marls Anblick die Hände an ihre Säbel, einer spuckte vor dem Podest auf den Boden.

»Zwanzig Silberstücke!«, wiederholte der Zwerg. »Höre ich mehr?«

»Einundzwanzig!«, rief eine weibliche Stimme von weiter hinten. »Dann sorge ich dafür, dass dieser Wüstling nie mehr eine Frau verführt und am nächsten Morgen mitsamt ihren Ersparnissen verschwindet.«

»Das war … ein Notfall.« Entschuldigend wandte Marl sich zu Fehris um. Die schüttelte nur fassungslos den Kopf.

»Zweiundzwanzig!«, meldete sich eine weitere Stimme. »Es wird mir eine Freude sein, mit einem Dreschflegel Löcher in ihn hineinzuprügeln, so wie er es mit meinem Fischerboot getan hat. Ich war monatelang dem Hungertod nahe wegen dieses Drecksacks!«

Ein Gebot schlug das nächste und immer mehr Bieter stiegen in den Kampf um den Schwarzen Marl mit ein. Der eine beschuldigte ihn der Brandstiftung, der andere hatte ihm eine Narbe im Gesicht zu verdanken, wieder andere gaben keinen Grund an, sondern zischten nur hasserfüll die Summe heraus, die sie zu zahlen bereit waren, um ihm höchstpersönlich den Kopf von den Schultern zu trennen. Fehris konnte kaum fassen, welch enorme Feindseligkeit ihrem Begleiter an diesem Ort entgegenschlug. Sie dachte daran, wie er sich während des Sturms schützend über sie geworfen hatte, wie freundlich er mit Arn umging und wie heldenhaft er sich in den Kampf mit den Fahnenflüchtigen gestürzt hatte. Wenn er es ihr nicht selbst auf dem Sklavenschiff offenbart hätte, würde sie es nicht für möglich halten, dass derselbe Mensch so viel Angst und Leid verbreitet hatte.

Marl ertrug die zahlreichen Schmähungen und Hinrichtungspläne, die von allen Seiten auf ihn einprasselten, aufrecht und wortlos. Doch er drehte sich nicht mehr zu Fehris um.

Der erste Bieter hatte gerade auf sechsunddreißig Silberstücke erhöht, da schob sich ein junger Mann durch die Menge, der nicht in bunte Seide, sondern in die einfache Leinentracht der Händler gekleidet war. An seinem Gürtel baumelten ein dicker Beutel sowie eine Handwaage zum Abwiegen von Silberstücken. Sein Gesicht sah grau aus, als hätte er gerade dem Tod ins Auge geblickt. Schweigend starrte er Marl an.

»Der gute Herr mit der Schlange im Gesicht bietet sechsunddreißig Silberstücke. Ist das das letzte Gebot?«, rief der Kleinwüchsige in die Menge.

Niemand antwortete. Offenbar hatte die Summe nun eine Höhe erreicht, die selbst den brennendsten Hass abkühlte.

»Nun gut, dann geht der Schwarze Marl also für den Preis von …«

»Hundert!«

Sämtliche Piraten, Austernverkäufer und sogar die anderen Sklaven starrten den jungen Mann in der Händlertracht an.

»Hu… hundert Silberstücke?«, stotterte der Zwerg.

Der Käufer nahm seinen Beutel vom Gürtel und erklomm die fünf Stufen nach oben. Schweigend zählte er dem Sklavenhändler die Silbermünzen in die ausgestreckte Hand, dann trat er vor Marl und ließ sich von Specki dessen Kette übergeben.

»Weißt du, wer ich bin?«, fragte er leise, doch in der Stille ringsum vernahm Fehris jedes Wort.

»Nein«, sagte Marl.

»Wie solltest du auch? Ich war noch ein Kind, als du mein Dorf niedergebrannt hast. Ich hatte mich in einem Abwasserkanal verkrochen, deshalb hast du mich ebenso wenig gesehen wie ich dich. Aber deine Stimme werde ich nie vergessen, diese rauchige, mitleidlose Stimme. Und auch nicht die Worte, die sie sprach: ›Wir haben die Aufsässigen von Moorbach ordentlich verkohlt – jeden einzelnen von ihnen!‹ Nun, *Schlächter* …«, die Augen des jungen Mannes verengten sich zu bedrohlichen Schlitzen. »… einen von uns hast du vergessen!«

Marls Schultern fielen nach vorn. Gern hätte Fehris ihn jetzt in den Arm genommen, dem Ankläger erzählt, dass der Feuerteufel von damals sich geändert hatte, dass eine warme, gutherzige Seite in ihm wohnte. Doch all das blieb ihr verwehrt. Marls Käufer riss ihn am Strick hinter sich her, die Stufen nach unten. Die Menge bildete eine Gasse, um den beiden Platz zu machen, einige schlossen sich ihnen sogar an, um zu sehen, welcher grausame Tod dem Delinquenten nun zuteilwerden würde.

»Ich werde den Schwarzen Marl in einem Bottich voller Pech kochen, auf dass sein Leib in der Farbe seiner Seele brenne!«, verkündete das ehemalige Waisenkind. Frenetischer Jubel ertönte.

Kurz bevor die vielen breiten Rücken der Zuschauer Marl verdeckten, drehte er sich noch einmal um und sah Fehris in die Augen. Es war ein Abschiedsblick. Gefüllt mit Dankbarkeit und Wehmut. Er schmerzte mehr, als sie es je für möglich gehalten hatte.

Feilgeboten wie ein Stück Vieh, verblieb schließlich nur noch Fehris auf dem Podest. Der Zwerg, der seinen fehlenden Hals offenkundig nicht voll genug bekommen konnte, schmetterte heraus: »Ein letzter Leckerbissen. Seht Euch diese liebreizende Jungfer an. Als lachhaftes Einstiegsangebot schlage ich fünfzehn Silberlinge vor. Allein die erste Nacht mit ihr ist dieses Almosen wert.« Er fasste Fehris an die Schulter und versuchte sie zur besseren Beschau einmal um ihre Achse zu drehen, doch sie stemmte sich dagegen. Stattdessen nahm sie sich vor, diesen Mistkerl bei der erstbesten Gelegenheit zu töten, was ihr half, die Erniedrigung durchzustehen.

»Viel zu teuer! Aber egal, die ist mir ohnehin zu dick«, rief einer aus dem Publikum.

»Ach was, an der ist doch kaum was dran«, befand ein anderer und ging seiner Wege.

Lustlos glotzten die restlichen Piraten auf das Podest. Nach dem Spektakel mit Marl schien ihnen jegliches Interesse an weiteren Sklaven verloren gegangen zu sein.

Der Sklavenhändler wartete noch einen Augenblick. »Sagen wir zwölf Silberstücke.«

»Nee, die guckt mir zu böse«, krittelte ein Jüngling.

»Und ihr Haar ist stumpf. Frauen müssen schöne Haare haben«, fachsimpelte ein alter Sack und gähnte.

Weiterhin blieben die Gebote aus. Fehris konnte es nicht fassen. Auf der einen Seite freute sie sich, dass der geldgierige

Fettsack nicht noch mehr am Leid anderer verdiente, andererseits konnte sie nicht verhindern – und dies nahm sie sich selbst übel –, dass diese Ablehnung ihren Stolz verletzte. Jedenfalls das, was davon noch übrig war.

»Zehn Silberlinge?«, fragte der Zwerg säuerlich.

Die Kaufwut der übriggebliebenen Piraten war erloschen, einer nach dem anderen zog von dannen. Hitzig geführte Gespräche über den Schwarzen Marl drangen an Fehris' Ohr.

»Ich biete neun Silberstücke«, rief plötzlich einer.

»O nein!« Fehris schloss die Augen. Ausgerechnet Glatzzopf – die Krönung ihrer Demütigung.

»Noch jemand? Bietet einer zehn?«, fragte der Dicke lahm, so als würde er selbst nicht daran glauben. Schnell, bevor es sich Glatzzopf anders überlegen konnte, rief er: »Für neun Münzen verkauft.« Er hielt die Hand auf.

Gierig, als könne er es kaum erwarten, ihr in aller Ruhe Gewalt anzutun, zerrte der Kerl sie quer über den Markt hinter sich her. Zum Duft von Bratkastanien und Ingwertee sang er auch noch ein fröhliches Piratenlied, dessen Text keine Zweifel mehr offenließ, womit er sich den Rest des Tages vergnügen wollte:

'Ne Meerjungfrau, die mag ich nicht,
ist untenrum so völlig dicht.
Ich nehm die Sklavin aus der Stadt,
die dooort 'nen Eingang haaaat.

Ein Schleier aus Taubheit legte sich über Fehris' Geist, wie immer, wenn sie in einer aussichtslosen Situation gefangen war.

War dieser Schleier erst einmal gefallen, so fühlte sich jeder Schlag dumpfer an und jede Schmähung verlor an Schärfe. Das hatte sie im Schweinepferch des Grafen Götz gelernt.

Sie verließen den Sklavenmarkt und gingen auf der Straße weiter, die am Gräuelmarkt entlangführte. Durch Gebüsch und Palmwedel hindurch erspähte Fehris jede Menge Käfige voller wild kreischender Narbenkrähen, doch derart riesige Exemplare, wie jene, die sie in der *Krummen Wurzel* überfallen hatten, waren nicht dabei. Zahlreiche Gaffer scharten sich um einen Händler, der eine Eisbestie aus dem Norden angeschleppt hatte. Sie sah aus wie ein riesiger Schneeleopard, jedoch mit vier mächtigen Hörnern, deren Substanz so durchsichtig wie Eis war. Selbst ihre gebleckten Zähne erinnerten an spitze Eiszapfen.

Glatzzopf zerrte an dem Strick um ihre Handgelenke, mit dem er die Ketten ersetzt hatte.

Ein durchdringendes Jaulen erschallte. Erst glaubte Fehris, es käme von der Eisbestie, doch dann ebbte es ab und ging in ein ihr wohlbekanntes Brummen über. In einem Käfig, nicht weit entfernt, saß eine Grolldrummel und rüttelte an den Gitterstangen. Für andere Menschen sah sie genauso aus wie alle ihre Artgenossen, doch Fehris erkannte sofort, dass es sich um ihren Reisegefährten Grolli handelte. Kein anderes Wesen auf der Welt war zu diesem Blick imstande, der immerzu hungrig und dabei so unendlich erfreut war, sie wiederzusehen.

»Halt, wartet, Herr!«, rief sie und stemmte beide Fersen in den Boden.

Unwillig drehte ihr neuer Besitzer sich zu ihr um. »Was willst du, Sklavenweib? Ich hab's eilig, dich zu beglücken!«

»Kauft diese Grolldrummel! Sie wird Euch in der Arena zu großem Reichtum verhelfen!«

Glatzzopf verschwendete nur einen kurzen Blick in Grollis Richtung. »Nein, kein Interesse. Ich hatte mal so ein Biest. Das hat meinen Schuppen demoliert und meinen einzigen Sklaven angeknabbert, bevor es dann in seinem allerersten Kampf gefallen ist.«

Ein Ruck an ihren Fesseln machte Fehris klar, dass alles Betteln umsonst sein würde. Ihr neuer Herr zwang sie zum Weiterlaufen und schon bald ging Grollis hilfloses Jammern im Geschrei der zahlreichen Händler unter. Wie war das Fellwesen nur hierhergekommen? Seine Anwesenheit bedeutete, dass die *Schankmaid* ihr Ziel sicher erreicht hatte, doch dabei war Kapitänin Beronga anscheinend nicht ganz so zuvorkommend mit ihren Gästen verfahren, wie sie Marl gegenüber vorgegeben hatte. Grolli war auf dem Gräuelmarkt gelandet und ihre leider ziemlich abgehalfterten Pferde vermutlich beim Abdecker. Aber was war mit Dott und Arn passiert?

»Da sind wir, Schätzchen!«, riss Glatzzopf sie aus ihren Überlegungen. Er fingerte einen Schlüsselbund vom Gürtel und sperrte die Tür eines heruntergekommenen Hauses mit verrammelten Fenstern auf. Aus dem Inneren schlug ihr der muffige Geruch ranziger Speisen und menschlicher Ausdünstungen entgegen. Jeder einzelne Furz, den der Widerling hier drinnen gelassen hatte, schien in der dicken Luft hängen geblieben zu sein.

Er zog sie herein, warf die Tür zu und drückte sie gegen die Wand. Schwielige Finger glitten unter ihr Hemd, eine schmierige Zunge leckte über ihre Lippen. Fehris würgte.

»Wir werden viel Spaß miteinander haben!«, freute sich Glatzzopf.

Er ließ den Strick los, um an seiner Hose zu nesteln. Darauf hatte Fehris gewartet.

Sie trat mit einem Fuß auf das Ende des Seils und führte blitzschnell ihre gefesselten Hände dreimal um den Hals ihres Peinigers. Der beging den Anfängerfehler, in die Schlingen zu greifen, die ihn würgten, anstatt zu seinem Säbel.

»Unterschätze niemals eine Frau, die noch etwas zu erledigen hat!«, zischte sie und rammte dem völlig überrumpelten Piraten ihr Knie zwischen die Beine. Augenblicke später lag dieser jammernd am Boden, während Fehris in aller Ruhe mit seinem Säbel ihre Fesseln durchschnitt und die Seilreste dazu benutzte, um seine Hände zu fesseln.

Als sie damit fertig war, stellte sie sich breitbeinig über ihr Opfer und zielte mit der Spitze der Waffe auf eines seiner Augen. »Wir drehen den Spieß jetzt um, du elender Buckelwal! Ich will all dein Geld und irgendwas zum Anziehen, das einer Freibeuterin von Welt gebührt. Leistest du mir gute Dienste, darfst du dein wertloses Dasein weiterführen!«

»Ich habe nichts zum Anziehen für dich!«, jammerte er.

»Gar nichts? Wie schade, dann ist dein Leben leider verwirkt.« Sie griff den Säbel mit beiden Händen und erhob ihn in Stechposition.

»Da … da … da drüben! In der Kiste verwahre ich ein paar Erbstücke von den Kaperfahrten meines seligen Vaters!«

Fehris grinste. Sie ließ die Waffe sinken und trat dem Piraten einmal kräftig in die Seite, um ihn hochzuscheuchen. Stöhnend rappelte er sich auf und ließ sich von ihr in das angrenzende Zimmer stoßen.

Das Innenleben der Kiste verströmte einen Geruch nach Lavendel und Feuchtigkeit, doch neben einem angelaufenen Silberbesteck und einer Anstecknadel in Form eines verschnörkelten Degens fand sie auch gute erhaltene Männerkleidung, die sichtbar altbacken, aber dafür reichlich mit Goldfäden durchwirkt war.

»Was ist das für eine Schmucknadel?«, fragte sie.

»Sie ist ein Erbstück. Mein Vater hat sie vom berühmtesten Freibeuter aller Zeiten erhalten, weil er ihm einmal das Leben gerettet hat: Haudegen-Jim!«

»Haudegen-Jim …«, sinnierte Fehris. »Ist irgendwas über dessen Nachkommen bekannt?«

Glatzzopf schüttelte verwirrt den Kopf.

Fehris griff in die Kiste und zog einen Piratenhut hervor, der wie angegossen auf ihren Kopf passte. »Nun, ich denke, der berühmteste Freibeuter aller Zeiten hatte eine Enkelin. Und du wirst mir jetzt helfen, sie standesgemäß auszustatten.«

Pechvögel

Aua! Ich kann nicht so schnell«, quengelte Marl, als der junge Bengel heftig an dem Seil zog, das er so geschickt um Marls Füße, Arme und Hals verknotet hatte, dass der nur noch gebeugt gehen konnte – und in Trippelschritten. Jede voreilige oder ausladende Bewegung führte dazu, dass sich die Schlinge um seinen Hals zuzog. Ob der grausamen und zugleich genialen Fesseltechnik war an Flucht nicht zu denken. »Nimm mir das Seil ab, dann kann ich auch wieder mit dir Schritt halten.«

»Würdest du das an meiner Stelle machen?«, fragte er, ohne sich umzudrehen.

Natürlich nicht. »Klar, immerhin bin ich ja jetzt dein Besitz und mit dem sollte man pfleglich umgehen. Und teuer war ich auch. Gut und schön, ich mag nicht mehr der Allerjüngste sein, aber was es mir an Muskelkraft mangelt, ersetze ich durch Geistesschärfe und …« Er versuchte mit dem Zeigefinger an die Schläfe zu klopfen, um zu zeigen, wo sich sein brillanter Kopf befand, doch diese Dummheit schnürte ihm Worte und Luft gleichzeitig ab. Hustend blieb er stehen.

»Hör auf mit diesem Mist!« Der junge Mann wandte sich um, ging in die Knie und blickte Marl das erste Mal in die Augen. Er mochte vielleicht zwanzig Jahre alt sein. »Nichts von dem, was du tust oder sagst, wird an deinem Schicksal etwas ändern.« Er verstummte für einen Augenblick und holte tief Luft. »Genauso wenig wie das Flehen und Schreien der Bewohner Moorbachs etwas an ihrem geändert hat.«

»Junge …«, krächzte Marl.

»Schweig, Sklave, oder ich schneide dir ein Ohr ab!« Er holte unter seinem Wams ein lächerlich kleines Messer hervor, das er vermutlich sonst nur benutzte, um Kokosnüsse auszuhöhlen oder Mangos zu schneiden. Ungeschickt fuchtelte er damit vor Marls Gesicht herum.

Dieser Kerl hat in seinem Leben noch keiner Fliege was zuleide getan. Hoffnung brandete in Marl auf – und Scham. Was war er nur für ein Mensch gewesen, dass er diesen Jungen dazu gebracht hatte, sich auf so grausame Weise an ihm rächen zu wollen. Er beschloss, ihm widerstandslos zu folgen. Irgendwann würde die Unerfahrenheit des Bengels schon eine Gelegenheit zur Flucht bieten. »Darf ich wenigstens noch erfahren, wie mein neuer Herr und Meister heißt?«

»Henry.« Wortlos führte er ihn nach dieser Antwort durch verwinkelte Gassen an den Rand Drabnars.

Marl staunte unterwegs, wie quirlig und bunt das einst verschlafene Piratennest geworden war. Natürlich kannte er die Erklärung dafür: der Schattenstaub. Nur noch auf den Inseln konnte man gefahrlos leben. Immer mehr Menschen bevölkerten mittlerweile die zahlreichen Eilande Meribors. Die meisten Exilanten waren entweder adelig oder wohlhabend – oder beides. Nur auf der Pirateninsel verhielt es sich anders. Jeder, der töricht genug war hierherzukommen, konnte bleiben, falls er über wenig Skrupel und genügend Kraft verfügte, um sich seinen Platz zu erkämpfen und diesen zu behaupten. Dazu gesellten sich die ohnehin schon immer beliebten Umschlagplätze für seltene oder verbotene Waren. Schwarzmarkt, Gräuelmarkt, Sklavenmarkt – dieser Ort zog den Abschaum des Reiches an wie Blut die Haie. Drabnar war im Begriff, eine der bedeutendsten Siedlungen Meribors zu werden. *Noch ein Grund mehr, den Schattenstaub zu vernichten.*

Gerodeter Dschungel grenzte an die letzten Ausläufer der Stadt. Dort lebten, wie überall, die Ärmsten der Armen. Versehrte Piraten und alte Dirnen, die keine Heuer oder Freier mehr fanden. Waisenkinder, die niemand haben wollte, und erfolglose Glücksritter, die sich im Spiel der Gaunereien und Skrupellosigkeiten nicht hatten durchsetzen können, nun aber kein Geld mehr hatten, um die Pirateninsel hinter sich zu lassen. Anders als im Stadtzentrum mit den großen, fein herausgeputzten Häusern voller kitschigem Schick lebten die Menschen hier in wackligen Holzverschlägen, die beim nächsten kräftigen Sturm Geschichte sein würden. Ein streunender Hund folgte Marl eine Weile durch dieses Viertel. Der Köter machte sich eine Freude daraus, ihm regelmäßig in die Wade zu zwicken. Beim Versuch, nach ihm zu treten, strangulierte Marl sich fast selbst.

Henry schien all das nicht zu bemerken. Zielsicher fand der junge Händler einen ausgetretenen Pfad, der sie über die Ödnis der gerodeten Flächen direkt in den grünen Urwald führte.

Schon als Pirat hatte Marl es vermieden, auch nur einen Fuß dort hineinzusetzen. Es gab Schlangen, giftige Käfer und sogar Krokodile in den im Unterholz versteckten Wasserpfützen. Und natürlich unzählige Braunmücken. Der Fluch der Pirateninsel. Kaum dass sie in den Schatten der großen Bäume eingetreten waren, summten sie auch schon um Marl herum. Er versuchte, die Insekten mit krampfhaften Bewegungen vom Blutsaugen abzuhalten – was ihm natürlich nicht gelang. Ihr Stich war zwar harmlos im Vergleich zum Biss einer Fieberspinne, aber das Gift, das ihre widerlich langen Rüssel enthielten, führte dazu, dass man erst schlimme Magenkrämpfe bekam und sich anschließend die Seele aus dem Leib schiss. Der Name der Quälgeister kam nicht von ungefähr.

Seinen neuen Herrn schien das Getier nicht zu stören. Ohne innezuhalten führte er Marl immer tiefer hinein in das grüne Herz des Eilands.

Schweiß lief Marl in die Augen. Er brannte elendig, aber er erreichte mit seiner Hand immer nur das Kinn, bevor ihm die Luft ausging. Die Frage »Wann sind wir endlich da?« entschlüpfte ihm – entgegen Henrys ausdrücklichen Befehl zu schweigen.

Der schien zum Glück auf die Einhaltung seiner Befehle keinen gesteigerten Wert zu legen. Vermutlich hatte er nicht viel Erfahrung mit Sklaven. »Da kann es jemand wohl kaum erwarten, in Pech gekocht zu werden. Nur Geduld, Schwarzer Marl. Dein Schicksal harrt deiner schon so lange, dass es auch noch ein paar Momente länger warten kann.«

Schließlich schälten sich die Umrisse mit Farnen überwucherter Ruinen aus dem Dickicht des Waldes.

»Was ist das?«, fragte Marl verblüfft und verrenkte sich fast den Hals bei dem Versuch, sich umzusehen. Obwohl er glaubte, die Insel einigermaßen zu kennen, hatte er von diesem Platz noch nicht einmal gehört.

»Die Reste einer alten Kultstätte. Die Insel war nicht immer von Verbrechern bevölkert.«

Sie traten auf eine Lichtung. Staunend blickte Marl sich um, immer bemüht, sich dabei nicht selbst zu würgen. Vor ihnen erhob sich eine halb verfallene Stufenpyramide. Daneben befand sich ein riesiges künstliches Wasserbecken, dessen Oberfläche sich durch irgendetwas Großes darunter unheilvoll kräuselte. Grinsende Statuen, die so gigantisch waren, dass Marl sich unmöglich vorstellen konnte, dass sie von Menschenhand gefertigt worden waren, verteilten sich, stummen Wächtern gleich, auf dem Areal. Als Marl eine genauer betrachtete, zuckte er zurück. Aus ihren Augen quollen Dutzende ineinander verschlungener Schlangenleiber.

Henry lachte, als er Marls entsetzten Blick bemerkte. »Vorsicht. Die ehemaligen Bewohner dieses Ortes müssen Schlangenbeschwörer oder Ähnliches gewesen sein. Zumindest locken ihre Statuen die Reptilien in Massen an. Die meisten sind übrigens giftig und wir wollen doch nicht, dass dein Tod einfach und schnell vonstattengeht. Das wäre des Schwarzen Marls nicht würdig.«

Übelkeit stieg in Marl auf. Nach seinem Erlebnis mit der Viper in Belams Gemächern hatte er die Schnauze gestrichen voll von kriechendem Giftgetier.

Obwohl es in der Ruinensiedlung genügend verstörende Sinneseindrücke gab, stellte eine Sache alles andere in den

Schatten: das halbe Dutzend rauchender Kohlenmeiler. Sie verströmten einen so durchdringenden Geruch nach Pech, dass er sich fragte, wie man in ihrer unmittelbaren Umgebung überhaupt leben konnte.

»Ah«, machte der Junge grinsend. »Ich sehe, du hast die Quelle meines Wohlstandes schon entdeckt.« Mit einem Nicken forderte er Marl auf, sich auf eine umgestürzte Steinsäule zu setzen. »Aus den Bäumen des Waldes lässt sich hervorragend Pech herstellen. Kein Vergleich zu dem mickrigen Ertrag, den mein Vater aus den Kiefern Moorbachs erwirtschaftet hat. Die Piraten und Sklavenhändler reißen es mir geradezu aus den Händen, um damit ihre Schiffe abzudichten.«

Marl sah keinen Grund, an seinen Worten zu zweifeln. Um seetauglich zu bleiben, mussten die Schiffe regelmäßig mit Teer kalfatert werden. Das Festland war durch den Schattenstaub kaum zugänglich und daher verfügte der Junge vermutlich über eine der wenigen Quellen dieses schwarzen Goldes.

»Die Piraten wollten mir mit Sklavenarbeitern mein Geschäft abspenstig machen, aber die sind in Scharen an den Gefahren des Urwaldes gestorben.«

Es fiel Marl schwer, den Worten des Jungen Aufmerksamkeit zu schenken, weil gerade eine armdicke, dunkelbraune Schlange über seine Füße glitt.

»Irgendwann haben sie sich wohl ausgerechnet, dass die Mühe nicht lohnt. Seitdem bezahlen sich mich gut und wir leben friedlich Seite an Seite.«

Das gepeinigte Kreischen eines Vogels unterbrach ihr Gespräch.

Mit einem breiten Grinsen stand der Junge auf. »Ach, noch ein Pechvogel. Wie schön.«

Irritiert beobachtete Marl, wie Henry zu einem Baum ging, dessen Stamm er rundum mit dem zähflüssigen Sekret eingestrichen hatte. Ein schöner, bunter Vogel war daran kleben geblieben und flatterte verzweifelt mit dem noch freien Flügel.

Vorsichtig befreite ihn Henry und flüsterte: »Keine Sorge. Ruhig. Bleib ganz ruhig.«

Tatsächlich besänftigen die Worte das Tier, es hörte auf zu flattern.

Mit einem Ruck und einem Knack brach er ihm das Genick. Jetzt war es ganz ruhig. »Abendessen. Und die bunten Federn bringen auf dem Markt auch ganz gut was ein«, grinste Henry.

Vielleicht ist er doch nicht so harmlos, wie ich gedacht habe. Marls Bauch begann laut zu gluckern. Ob das seine Nervosität oder die ersten Auswirkungen der Mückenstiche waren, konnte er allerdings nicht genau einschätzen.

»Dann will ich dir mal etwas von meiner Handwerkskunst zeigen.« Mit einem fröhlichen Summen begann Henry, ein großes Feuer zu schüren. Kurz darauf verschwand er in der Ruine der Stufenpyramide.

Bevor Marl überhaupt den Versuch unternehmen konnte, nach etwas zu suchen, womit er seine Fesseln lösen konnte, kam der junge Pechbrenner auch schon mit einem großen Kupferkessel zurück. Das Gefäß war so ausladend, dass er es rollen musste.

»Ganz schön schwer das Ding«, stöhnte er und zwinkerte Marl zu. »Aber du bist ja auch ein ordentlicher Brocken.«

»Hör mal, Junge, was soll das Ganze? Dir ist doch klar, dass du ebenso für diejenigen arbeitest, die damals dafür verantwortlich waren, dass dein Dorf ausgelöscht wurde. Die Piraten und Sklavenhändler nutzen dein Pech, um noch mehr Menschen in Unfreiheit zu bringen.«

Henrys aufgesetzt fröhliche Miene verschwand. »Glaubst du wirklich, dass ich mir von dir Vorhaltungen machen lasse? Geschäft ist Geschäft.« Er zuckte mit den Achseln. »Anfangs habe ich das alles nur wegen dir gemacht, Schwarzer Marl. Bin hierhergekommen, habe mich durchgekämpft und meinen Platz behauptet. Leider warst du da schon von der Insel verschwunden. Doch ich war jung und hatte Geduld. Ich wusste, dass du eines Tages hier wiederauftauchen würdest. Wie sagt man so schön: Einmal Pirat, immer Pirat. Im Laufe der Jahre habe ich mich an das gute Auskommen gewöhnt und meinen Frieden mit dem Eiland gemacht.« Er lachte freudlos. »Dich habe ich aber nie vergessen. Deswegen koche ich heute ein ganz besonderes Pech. Seit Jahren sehne ich diesen Tag herbei. Ich werde deine schwarze Seele mit meinem schwarzen Sud ausbrennen.« Summend machte er mit seiner Arbeit weiter.

Der meint es wirklich ernst! Hatte Marl bis eben noch geglaubt, sich irgendwie aus der Situation herausreden oder anderweitig retten zu können, schwammen ihm nun endgültig die Felle davon.

Aus schmutzigen Blecheimern ließ Henry Unmengen an Pech in den Kessel laufen. Bald schlug die zähflüssige Masse dicke, schwarze Blasen über dem flackernden Feuer.

»Es ist so weit, Schwarzer Marl. Stellst du dich deinem Schicksal freiwillig und steigst in den Bottich, oder muss ich nachhelfen, indem ich diese beiden Schätzchen in deine Hose stecke?«

Schockiert blickte Marl auf zwei grüne Schlangen mit blutroten Köpfen, die sich um die Unterarme des Jungen wanden.

»Ihr Biss ist nicht tödlich, aber extrem schmerzhaft und er benebelt den Geist, sodass du alles tun würdest, was ich dir sage. Die Lichtgöttin hat mich damit gesegnet, dass mir ihr Gift nichts ausmacht. Vielleicht bin ich ein Nachfahre jener heiligen Männer, die hier vor langer Zeit die Schlangen angebetet haben.« Verträumt küsste er den dreieckigen Schädel eines der hässlichen Reptilien. Dann näherte er sich seinem Gefangenen bedrohlich. »Steig in den Kessel!«

»Bleib mir weg mit dem Viehzeug!«, schrie Marl und taumelte rückwärts in Richtung des Feuers. »Es tut mir leid!«, rief er mit Tränen in den Augen. »Es tut mir wirklich leid, was ich dir und deiner Familie angetan habe! Das musst du mir glauben! Ich bin inzwischen ein anderer Mensch und bereue täglich all die Untaten, die ich begangen habe.«

Henry lachte gellend auf. »Der Schwarze Marl jammert um sein Leben? Erzähle mir nicht solch einen Mist. Deine Seele ist schwärzer als mein Pech. Rein da!«

Marl spürte die Hitze der Flammen in seinem Rücken. Der beißende Gestank des Teers brannte in seiner Nase. »Ich kann es nicht rückgängig machen, doch ich will Gutes tun. Ich … bekämpfe den Schattenstaub.«

»Lügner!«, keifte Henry und Geifer schoss ihm aus dem Mund. »Du hast meine Eltern, Geschwister, Onkel, Tanten und all meine Freunde auf dem Gewissen. Jemand wie du ändert sich niemals!«

»Doch das tut er. Marl sagt die Wahrheit!«

Erschrocken drehte sich Henry zu dem plötzlich aufgetauchten Piraten um, der breitbeinig auf der Lichtung stand. Er trug einen ausladenden Kapitänshut und feine, wenn auch etwas altmodische Kleidung, die ihm allerdings einige Nummern zu groß war, sowie einen eleganten Degen im Gürtel.

Selbst Marl brauchte einen Moment, bis er erkannte, dass es sich nicht um einen Piraten, sondern eine Piratin handelte. Nicht irgendeine Piratin. Kapitänin Fehris die Erste war persönlich gekommen. *Ich liebe sie!*

»Verschwinde! Der Mann ist mein Eigentum und ich kann mit ihm machen, was ich will.« Drohend hielt er Fehris die Schlangen entgegen.

Die schien sich davon nicht beeindrucken lassen und ging weiter auf ihn zu. »Nein, er gehört dir nicht und das weißt du auch.«

Irritiert blickte Henry sie an. »Natürlich. Ich habe einhundert Silberstücke für ihn bezahlt.«

Mit strenger Miene, die an einen Klostermagister erinnerte, schüttelte Fehris den Kopf. »Und wenn du eintausend Goldstücke bezahlt hättest, würde es nichts ändern. Auch wenn die Verbrecher auf dem Sklavenmarkt in der Stadt Gegenteiliges behaupten: Niemand kann einen anderen Menschen besitzen.« Sie nahm sich einen Moment Zeit, um ihre Worte wirken zu lassen. »Weil sie genau daran geglaubt haben, sind deine Eltern gestorben. Nicht wahr, Henry? Keiner der Bewohner Moorbachs hat länger akzeptieren wollen, dass Freunde und Verwandte in die Sklaverei geschickt wurden. Deswegen haben sie sich gegen dieses Unrecht aufgelehnt, auch wenn sie wussten, dass sie gegen die Übermacht der Piraten keine Chance hatten.«

Dem Gesicht des Jungen war deutlich anzusehen, dass die Erwähnung seiner Eltern ihn härter als ein Faustschlag traf. Mit weinerlicher Stimme sagte er: »Ja, sie sind als Helden und für ihre Freiheit gestorben. Und der da hat sie getötet.« Er zeigte mit seinen Schlangenarmen auf Marl. »Genau deswegen muss er sterben. Er ist ein Verbrecher, der gute Menschen aus dem Leben gerissen hat. Der Schwarze Marl verdient es nicht, weiter über Meribors Boden zu stolzieren, während meine Familie nur noch Asche im Wind ist.«

Zwar hatte Marl nicht das Gefühl, dass er stolzieren würde, aber er kam insgeheim nicht umhin, dem Jungen zuzustimmen. Er hatte den Tod verdient.

»Du hast recht, aber bringt dir der Mord an ihm deine Eltern zurück?«, fragte Fehris mit fester Stimme. »Würde dich diese Tat nicht vielmehr auf eine Stufe mit diesem Abschaum stellen?«

Abschaum?

Henry begann zu schluchzen.

»Er ist ein schlechter Mann, da stimme ich dir völlig zu. Und nicht nur seine Untaten stinken zum Himmel …«, begann Fehris.

Ähm …

»… aber er hat dem Bösen abgeschworen und sich dem Licht zugewandt.« Jetzt stand Fehris direkt vor Henry. »Der Schwarze Marl existiert nicht mehr. Seinen Platz hat eine deutlich freundlichere … und etwas sauberere … Version eingenommen, die jeden Tag versucht, ein besserer Mensch zu sein. Ich selbst und andere, die mir nahestehen, wir haben ihm unser Leben zu verdanken. Sein eigenes widmet er inzwischen gänzlich der Rettung Meribors.« Sie legte dem Jungen vorsichtig die Hände auf die Schultern. »Er ist noch nicht am Ende dieses Weges, aber hat den richtigen Pfad eingeschlagen.«

»Trotzdem!« Eigensinnig sah der Junge Fehris in die Augen. »Er muss bezahlen! Für all das Schlechte, was er getan hat.«

»Und das wird er. Das verspreche ich dir! Aber nicht, indem du dich an ihm versündigst. Das haben deine Eltern nicht verdient.«

Bevor Marl dieses über seinen Kopf hinweg geführte Geplänkel mit einem Fluch unterbrechen konnte, entgegnete Henry: »Versprich, dass du ihn töten wirst, wenn er wieder Böses tut!«

Gut gemacht, Fehris. Tisch ihm eine dicke Lüge auf und wenn er das nicht schluckt, dann eine Klinge zwischen die Rippen.

Dann tat Fehris etwas, das Marl fast um den Verstand brachte. Sie ignorierte die Schlangen und umarmte den Jungen und sagte feierlich: »Bei den Kindern des Lichts, das schwöre ich.«

»Trotzdem. Verstehe mich bitte: Ich kann ihn einfach nicht gehen lassen«, insistierte Henry, allerdings mit schon sehr jämmerlicher Stimme.

Jetzt reichte es Fehris. In einer flirrenden Bewegung zog sie ihren Degen und hielt dessen Spitze direkt unter das Kinn des Pechbrenners. »Doch, das wirst du!«

Henrys Augen weiteten sich. »Also bist du auch nicht besser als er.«

»Rühr dich nicht von der Stelle!«, forderte Fehris mit ausdrucksloser Miene. »Ich werde ihn befreien. Aber dir will ich dabei nicht wehtun müssen.« Sie machte eine kurze Pause. »Dennoch schwöre ich, dass alles, was ich gesagt habe, die reine Wahrheit ist.«

Marl grinste zufrieden.

Mit ernstem Gesichtsausdruck durchtrennte Fehris seine Fesseln. Dabei flüsterte sie ihm ins Ohr: »Es ist mir ernst damit. Du hast so viel Schuld auf dich geladen, dass ich es kaum ertragen kann. Sollte der Schwarze Marl jemals zurückkommen, töte ich euch beide!«

Naturgewaltig

Aneinandergekettet sanken sie dahin. Gen Meeresgrund und Tod. Verzweifelt ruderte Dott mit den Armen wie eine Windmühle, versuchte, wieder an die Wasseroberfläche zu gelangen. Zur Luft, zur rettenden Luft – er blickte durch das kristallklare Wasser nach oben, links der Bauch der *Schankmaid*, ansonsten blauer Himmel, der so unendlich nah schien. Tatsächlich verlangsamte sich das Absinken dank seiner Anstrengungen, doch ein Ruck an seinem Bein nahm ihm sogleich die Illusion von Freiheit. Die Kette, die Arns und sein Fußgelenk miteinander verband, bedeutete den Untergang. Obgleich ein guter Schwimmer, konnte der Ziegenhirte unmöglich sich selbst, den Jungen und die klobigen Eisenketten nach oben befördern, geschweige denn, über Wasser halten, egal wie sehr er gegen das Gewicht ankämpfte. Was hatte sich Arn nur dabei gedacht, über Bord zu springen? Dott hätte ihn aufhalten können – doch stattdessen war er hinterhergehüpft. Freitod statt Freibeuter. Der Atem wurde knapp, seine Lungen verlangten nach Luft.

Nein, gib dem Drang nicht nach. Du darfst nicht einatmen. Bloß nicht, denn dann ist alles vorbei.

Doch wie lange hielt er noch durch? Um wie viele elendig pochende Herzschläge vermochte er sein Leben noch zu verlängern? Das Wasser brauchte es gar nicht mehr – allein der Kloß im Hals drohte ihn zu ersticken. Vielleicht noch acht oder neun. Nein, eher sollte er rückwärts zählen. Er spürte seinen Puls im ganzen Körper.

Noch acht … sieben.

Und was unternahm Arn? Er sank. Ohne Gegenwehr, ohne eine einzige Schwimmbewegung, schien er sich mit dem sicheren Tod abgefunden zu haben. Sie würden jämmerlich ertrinken.

Noch sechs … fünf. Blasen blubberten an Dott vorbei nach oben. Sie mussten von dem Jungen stammen. Tatsächlich spitzte der die Lippen, sodass eine weitere Blase vor seinem Mund wuchs. War diese nette kindliche Spielerei das Letzte, was Dott in seinem Leben zu Gesicht bekommen würde?

Noch vier … drei.

Der Ziegenhirte würde es nicht mehr lange schaffen, den Atem anzuhalten. Jeder Muskel, jedes Organ, jede Pore seines Körpers schrie nach Luft. Seine Lungen brannten. Das Glück hatte ihn verlassen, es hatte sicherlich keine Kiemen und konnte nicht tauchen. Die Blase löste sich von Arns Mund und behielt ihre Position bei. Dott starrte auf die kleine Kugel, die neben dem Kopf des Jungen schwebte.

Was immer der Kleine da versuchte, es war zu spät.

Noch zwei … eins.

Dott traute seinen Augen nicht – er vergaß sogar zu atmen, was gar nicht mal schlecht war. Veränderte die Blase etwa ihre Form? Nein, nicht die Form. Die Größe. Zunächst nur langsam, dann immer schneller. Schon war sie so groß wie Dotts Kopf und wuchs beständig weiter. Leider konnte die Überraschung nicht länger die fehlende Luft ersetzen. Von Todespanik geschüttelt kniff Dott die Augen zusammen, sein Körper reagierte instinktiv, ein Überlebensreflex, der den Tod bringen würde – er atmete. Jetzt würde das salzige Wasser in seine Lungen strömen. *Hoffentlich geht es schnell vorbei.*

Zunächst verstand er nicht, was geschah. Mit dem nächsten Atemzug pumpte er mehr in seine Brust. Was auch immer das war, es ließ die schmerzende Beklemmung von seinem Oberkörper abfallen. Das tat gut, so unendlich gut. Vielleicht war er in Wahrheit ein Fisch und konnte unter Wasser atmen. Blödsinn. Hatte Arn ihm Kiemen gezaubert? Nein, dazu wäre nicht einmal Belam in der Lage. Sie sanken noch immer, wobei – das stimmte nicht ganz, eher schwebten sie im Meer wie ein Pusteblumensamen über eine Wiese, umhüllt von einer großen Blase, gefüllt mit Luft. Kostbarer Luft.

Im diffusen Licht unter Wasser sah der kleine Arn noch ziegenkäsiger aus, doch ein Lächeln umspielte seine Mundwinkel. »Den Blasenzauber habe ich schon als Vierjähriger im Waschzuber gelernt und oft angewendet.« Unfassbar – er konnte hier unten sogar sprechen!

Dott überlegte. Sollte er Arn wegen der genialen Rettung küssen oder ihm ob der So-gut-wie-tot-Erfahrung den Hosenboden versohlen? »Puh! Hättest du mich vorher nicht einweihen können?«

»Ging nicht. Ich hatte einen Knebel im Mund. Und danach blieb keine Zeit mehr.«

»Musste es denn so furchtbar knapp sein?«

»Es tut mir leid, ich konnte nicht ahnen, dass du durch deine wilde Strampelei so viel Luft verbrauchen würdest.«

Na toll. Das hatte er jetzt davon, dass er versucht hatte, sie beide an die Wasseroberfläche zu retten. Sein Atem normalisierte sich halbwegs, erst jetzt kam er dazu, sich umzublicken. Er traute seinen Augen kaum. Unter ihm der Meeresgrund – eine eigene Welt aus unendlich vielen Formen und Farben. Zwischen Korallen schwammen Schwärme von bunten Fischen umher. Wie Adler am Himmel schwebten sie darüber hinweg.

»Wie stabil ist diese Blase?«

»Stabil genug, es sei denn, uns rammt ein Schwertfisch.«

Just in diesem Moment schwamm ein grimmig aussehender Fisch dicht an ihnen vorbei, doch ein Schwert hielt er nicht in der Flosse.

Arn folgte seinen Blick. »Das ist nur ein Barrakuda.«

»Gut zu wissen. Wie viel Luft haben wir eigentlich hier drin?« Dott merkte beklommen, wie flach er einatmete.

»Genügend.«

In diesem Moment schwirrten tausende Makrelen neugierig um sie herum, ihr silbernes Schuppenkleid reflektierte das Sonnenlicht. Dicht an dicht glotzten die kleinen Lebewesen in die Luftblase.

Der Unterseedott glotzte staunend zurück. »So viele Fische. Unglaublich, diese Schwärme!«, schwärmte er. »Nie hätte ich gedacht, dass die Welt unter Wasser so schön ist.« Kraft seiner Magie lenkte Arn anscheinend den Zweimannkugelfisch durch die Meerestiefen.

Als könnte er seine Gedanken lesen, sagte Arn: »Auf Dauer

wird es zu anstrengend, zumal uns die Ketten weiterhin auf den Meeresgrund drücken. Wir müssen sie loswerden.«

Der Ziegenhirte sah an sich herunter. »Hm, diese vermaledeiten Eisenringe bekommen wir nur mithilfe eines Schmiedes samt Hammer ab.«

Der Kleine legte den Kopf schräg. »Es geht auch anders. Aufgrund eurer drei Artefakte verfüge ich über große Mengen magischer Energie. Im *Turm der Zeit* habe ich bemerkenswerte Zauber entdecken können. Wenn ich meine Magie der Elemente damit verknüpfe, eröffnen sich neue Möglichkeiten.«

»Ich verstehe nicht«, meinte Dott und überlegte, wer hier das Kind und wer der Erwachsene war.

Plötzlich drang Wasser von unten in die Luftblase.

»O nein, ein Leck!«, rief Dott.

»Nein, Absicht«, erklärte Arn.

Das Wasser stieg bis oberhalb der Knöchel, sodass die Eisenringe und Ketten vollständig bedeckt waren.

»Menschenwerk ist nie von Bestand, die Macht der Elemente ist viel gewaltiger«, sagte der Junge.

Gebannt starrte Dott auf seine Füße, doch es tat sich nichts. Dann veränderten die schweren Ketten ihre Farbe – das Eisen wurde dunkler, doch noch immer geschah nichts. Was sollte diese Pfütze also? Einige Augenblicke später verfärbten sich die Eisenringe ins Rotbraune, die Oberfläche begann zu verkrusten, sie schlug kleine Blasen, erste Flocken lösten sich. Nun verwehrte braunes, schlammiges Wasser die weitere Sicht auf das Geschehen.

Arn zwinkerte ihm zu: »Es gibt Momente, in denen vergeht die Zeit rasend.«

Endlich begriff Dott. Arn brauchte keinen Schmiedehammer, er bediente sich seiner Elementarmagie – das Wasser war Waffe und Werkzeug in einem. Wie auch immer der Junge es schaffte, er ließ die Ketten rosten. Das Salzwasser löste sie einfach auf – so als lägen sie seit vielen Jahrzehnten auf dem Meeresgrund.

»Genial, aber nicht, dass meine Füße jetzt hundert Jahre alt sind«, meinte Dott. Um ganz sicher zu gehen, wackelte er mit den Zehen und zog sein Bein hoch. Vom einst so stabilen Eisenring blieb nur noch ein brüchiger Rest übrig; es war ein Leichtes, diesen abzuschütteln.

»Keine Angst, das Wasser hat sich nur um das Metall gekümmert. Nun brauchen wir allerdings eine neue Blase«, erklärte Arn. »Die jetzige werden wir zerplatzen lassen und die Ketten auf den Meeresgrund schicken.«

Dott schluckte. Geheuer war ihm die Sache nicht.

»Tief einatmen«, meinte der Junge. »Ich beeile mich.«

Fort war die schützende Luftkugel, schon spürte Dott wieder das Wasser um sich herum, instinktiv ruderte er mit den Beinen. Die Reste der einstigen Fesseln sanken hinab, die rostfarbenen Schwaden zogen von dannen, während Arn eine neue Blase formte. Abermals nahm er nicht die erstbeste, sondern wählte eine besonders runde und vergrößerte diese zu einem neuen Unterwasserdomizil. Unglaublich! Wenig später atmete der Ziegenhirte wieder Luft ein.

»So ist es besser«, befand der Junge. »Die Flut kommt, wir treiben aufs Land zu. Vermutlich stranden wir an der Küste unweit vom Hafen.«

»Du bist unglaublich, Arn«, sagte Dott.

»Auf solche Gefahrenmomente haben mich meine

Zieheltern jahrelang vorbereitet. Ich bin froh, wenn ich helfen kann, meine Geschwister zu finden.«

Dott sah ihn an. Verschwunden war der hilflose kleine Junge, der neben ihm an den Mast gekettet war. In diesem Moment wurde dem Ziegenhirten erst richtig bewusst, welch ungeheure Kräfte in dem Kerlchen schlummerten. Kein Wunder, dass Belam so viel Hoffnung auf die drei Kinder Unahs setzte.

Das Wasser wurde flacher, dadurch rückte die Oberfläche näher. Sie steuerten auf die Küste zu.

Dott sagte: »Die *Schankmaid* wird inzwischen im Hafen angekommen sein. Wohl oder übel müssen wir dorthin, um Grolli und die Pferde zu retten.«

»Über diese Freibeuterstadt habe ich von Darcio Grauenvolles gehört«, meinte Arn. »Wie um alles in der Welt sollen wir sie befreien?«

»Es gibt nur einen Weg, Piratenbeute zurückzugewinnen«, überlegte Dott. »Gold, und nochmal Gold.«

»Nur besitzen wir nicht einmal Silber, und herbeizaubern kann ich beides nicht, auch wenn ich vorhin bei den Piraten etwas anderes behauptet habe.«

»Wir müssen uns was einfallen lassen.«

Die Luftblase drohte auf Grund zu laufen, hier konnten sie schon beinahe im Meer stehen. Arn ließ die Kugel zerplatzen, sie tauchten auf und schwammen das restliche Stück an Land. Mit Glück und Magie hatten sie die Pirateninsel erreicht, und die Hafenstadt Drabnar lag vor ihnen. Von Weitem sahen die lehmfarbenen Häuser einladend und freundlich aus, doch Dott wusste es spätestens seit seiner Begegnung mit den

Piraten auf der *Schankmaid* besser. Hier galt das Gesetz des Reicheren – und Skrupelloseren. Sie folgten einem gewundenen Küstenweg und erreichten den Stadtrand. Wie selbstverständlich spazierten sie durch die Gassen, die Sonne hatte ihre Kleidung getrocknet. Die Piraten waren fremde Menschen gewohnt, sodass die beiden in dem Gewühl, das dort herrschte, nicht auffielen. Wie vermutet, lag die *Schankmaid* mit ihren zweieinhalb Masten im Hafen.

»Allzu lange kann das Schiff noch nicht hier sein. Wahrscheinlich wird Beronga die Pferde nicht als Erstes zum Abdecker bringen«, sagte Dott und weigerte sich, an die Konsequenzen zu denken, falls er sich irrte.

Arn nickte. Für den Jungen war eine solche Ansammlung von Menschen neu. Er presste seine Lippen zusammen und seine Blicke huschten hin und her. Der Kleine sah müde aus, und Dott wurde wieder einmal klar, wie wenig er über Zauberei wusste. Bestand die Gefahr, dass die Magie Geist und Körper aufzehrte wie Salzwasser das Eisen der Ketten? Doch auch er selbst spürte die Strapazen der letzten Tage. Er sehnte sich zu seinen Ziegen auf die friedliche Wiese zurück. Wenigstens für ein paar Stunden.

Der frühe Abend löste den späten Nachmittag ab. In der Piratenstadt wimmelte es vor Piraten. Ein buntes Gewusel von Menschen verschiedener Hautfarben mit exotischer Kleidung. In dieser Vielfalt gingen Arn und Dott regelrecht unter. Aus sicherer Entfernung von einer Anhöhe aus beobachteten sie, wie die *Schankmaid* entladen wurde. Ganz am Schluss kamen die Tiere dran. Grauer, Hott und Haserl wurden über eine ausgeklappte Brücke an Land gebracht, Grolli hingegen konnten sie nicht entdecken. Am liebsten wäre Dott aufgesprungen und zu Haserl gelaufen, doch er hütete sich, Kapitänin Beronga unter die Augen zu kommen. Die drei Pferde wurden zusammen mit ein paar Schafen in einen nahegelegenen Pferch zwischen zwei Lagerhallen gebracht, was Dott beruhigte. Heute würde den Tieren nichts Schlimmes mehr passieren. Eine Gruppe grimmig aussehender Männer bewachte das Gelände.

»Unsere eigenen Pferde zurückzustehlen, wird schwierig. Wir treiben Geld auf und kaufen sie.«

»Klingt nach einem Plan. Nur, wie willst du an Geld kommen?«, fragte Arn.

»Piraten sind doch empfänglich für allerhand Glücksspiel. Bestimmt gibt es Spelunken, in denen gewürfelt oder Karten gespielt wird. Vielleicht ist das Glück einem guten Zweck hold, und ich gewinne genug Geld für die Pferde. Und auch für Grolli, aber den müssen wir erst einmal finden.« Dott warf einen Blick an den dunkler werdenden Abendhimmel. »Komm, wir sehen uns nach einem Platz für die Nacht um«, schlug er vor. »Heute können wir eh nichts mehr ausrichten, zumal wir beide erschöpft sind. Am Stadtrand finden wir bestimmt etwas.«

Sie irrten eine gute Weile in der Dämmerung herum.

»Drabnar ist größer, als ich dachte«, stöhnte Dott.

Als die Häuser endlich weniger und die Wege weitläufiger wurden, entdeckten sie eine zerfallene Scheune. Eine Wand und das Dach waren eingestürzt, der Rest reichte jedoch aus, um ihnen Schutz vor dem Wind zu bieten. Das sollte genügen, denn für den Herbst war es auf der Pirateninsel erstaunlich mild. Der Grund dafür sei der warme Meeresstrom, der von den Inseln des Abends bis zur Pirateninsel floss und das Klima mäßigte, hatte ihm Marl auf der Schankmaid erklärt.

In einer Ecke fanden sie Reste von trockenem Heu, auf dem sie sich erschöpft niederließen.

»Wache halten sparen wir uns«, sagte Dott. »Das Risiko müssen wir eingehen, wichtiger ist, dass wir uns ausruhen.«

Anstelle einer Antwort vernahm Dott tiefe, gleichmäßige Atemzüge, Arn schlief bereits. Dott betrachtete ihn. Jetzt war er wieder der kleine Junge, der mit seinen noch kleineren Geschwistern Meribor retten sollte.

Der nächste Morgen begrüßte die beiden mit Sonnenschein. Ein gutes Zeichen, befand Dott.

»Gewürfelt wird sicherlich in den Hafenkaschemmen. Auf dem Weg dorthin sollten wir versuchen herauszubekommen, wo Grolli abgeblieben ist.«

Arn nickte.

Hungrig, aber wenigstens ausgeruht, machten sie sich auf direktem Weg in die Stadt. Sie schlängelten sich durch enge Gassen und mussten aufpassen, nicht in die übelstinkenden Rinnsale zu treten, die sich links und rechts der Straßen ihren Weg in Richtung Meer suchten. Hier wohnten die Armen. Und wenn die Menschen sonst nichts besaßen, dieses Stadtviertel gehörte ihnen. Lehm bröckelte von den Wänden der Hütten, der Wind pfiff durch die Löcher in den Dächern, die Menschen trugen Lumpen.

Dott schritt auf einen Straßenhändler zu, der auf dem Boden saß und auf seiner schimmligen Bastmatte längliche gelbe Früchte verkaufte, die auch noch ziemlich verbogen aussahen. Der Kerl zählte sicherlich fünfzig Jahre und war einen Kopf kleiner als Dott. Er trug eine Augenklappe und einen weißen Backenbart; sein abgetragenes, vor Schmutz und Schweiß strotzendes Hemd klebte ihm am Körper. Dieses Teil hätte nicht einmal Marl angezogen. Bei dem Gedanken verspürte Dott einen Stich. Was gäbe er darum, den alten Gefährten noch einmal riechen zu dürfen. Und dabei Fehris zuzusehen, wie sie Nase und Augen verdrehte.

Der Ziegenhirte verscheuchte den Gedanken, jetzt musste er sich um die – noch – Lebenden kümmern. Mit freundlichem Lächeln blickte er auf den Händler hinunter. »Sagt bitte, werter Herr, wo gibt es in dieser wunderbaren Stadt einen Markt für den Handel mit exotischen Tieren?«

Der Alte hob den Kopf, Dreck bröckelte aus den Furchen seiner Stirn. »Willst du mich beleidigen, du Pomuchelskopp? *Werter Herr* hat mich seit einem halben Jahrhundert keiner mehr geschimpft. Was bist du von Beruf? Heuchler, Lügner oder Trottel?«

»Ziegenhirte«, entgegnete Dott trotz aller Irritation stolz.

Der Alte röchelte. Gerade als Dott anfing, sich Sorgen um dessen Gesundheitszustand zu machen, erkannte er, dass es sich um Gelächter handelte. Nachdem er sich halbwegs beruhigt hatte, wandte sich der Einäugige mit knarzender Stimme einem anderen Händler zu, der auf der gegenüberliegenden Straßenseite mit seinem Bauchladen eine Auswahl an rostigen Taschenmessern feilbot. »He, Gorki, der kleine Ziegenstreichler hier nennt Drabnar eine wundervolle Stadt.«

»Was? Dafür sollten wir ihn hängen!«, lautete die Antwort. »Genau! Hängt ihn auf!«, krakeelte Gorki. »Das ist üble, üble Nachrede – er beleidigt unsere Stadt.«

Dott spürte Arns fragenden Blick auf sich. Kein Wunder, der Junge war überfordert. Hier halfen weder Artefakte noch Magie.

»Knüpft ihn auf!«, rief nun auch der Einäugige.

Die ersten Menschen blieben bereits neugierig stehen. Solche Aufmerksamkeit konnten sie im Moment nicht gebrauchen.

Ziegenkacke. Ich habe mich wohl gehörig im Ton vergriffen.

Dott holte Luft: »He, du einäugiger Rattengnom. Wo finde ich in diesem ruchlosen Drecksloch eine lebendige Grolldrummel, die noch mehr stinkt als du?«

Ohne die Miene zu verziehen, antwortete der Händler: »Warum fragst du nicht gleich? Zufälligerweise habe ich gestern Abend gehört, dass tatsächlich eines dieser Mistviecher ins Blutviertel gebracht wurde.«

»Glaub nicht, dass ich dir für diese Auskunft was gebe, du Zwergenfurz«, bedankte sich Dott.

Der Händler freute sich. »Wenn du noch eine Frage hast, komm bloß nicht zu mir. Verschwinde!«

»Wenn du glaubst, dass ich einen schrumpfköpfigen Nabelküsser wie dich nach dem Weg zum Blutviertel frage, hast du dich mit dem verrotteten Messer deines hässlichen Kameraden von gegenüber geschnitten.«

»Ihr pimpfigen Hundsfötte seid ja immer noch da und verjagt meine Kunden. Verpisst euch endlich dorthin …«, er deutete mit dem Zeigefinger nach rechts auf eine enge Gasse, »… wo euch der Schattenfürst holt.«

Angewidert schüttelte Dott den Kopf, doch seine Mundwinkel zeigten nach oben.

»Komm wir gehen«, sagte er zu Arn und schlug die angegebene Richtung ein.

In seinem Rücken rief der Einäugige seinem Kollegen auf der anderen Straßenseite zu: »He Gorki, der Ziegenstreichler hat's doch drauf.«

Arn brauchte ein paar Schritte, bis er fragte: »Ob die hier alle so verrückt sind?«

»Ich weiß es nicht. Ich bin auch zum ersten Mal hier.«

Sie folgten der Gasse, die zunächst gar nicht enden wollte. Viele Schritte später erreichten sie einen Platz, dessen Mitte ein gigantisches ovales Bauwerk ausfüllte. Nie zuvor hatte Dott ein einzelnes Gebäude von solchen Ausmaßen gesehen.

Mehrere Eingänge, die durch breite Tore verschlossen waren, führten hinein. Ein bunt gekleideter Mann mit einem ausladenden Hut, an dem eine rote Feder steckte, pries mit lauter Stimme an: »Aufgepasst, ihr Leut. Das dürft ihr nicht verpassen. Die gefährlichsten Raubtiere der Welt kämpfen auf Leben und Tod. Lasst Euch das nicht entgehen, wenn das Blut um die Wette spritzt und strömt.«

Als er Arn und Dott gewahr wurde, schritt er geradewegs auf sie zu. »Die Spiele beginnen erst zur Mittagszeit. Kommt dann wieder. Es lohnt sich, solche Attraktionen hatten wir lange nicht mehr.«

»Ich sehe mir so etwas nicht so gerne an«, erklärte Dott.

»Und ich auch nicht«, sagte Arn.

Der Mann verzog das Gesicht. »Ihr wisst nicht, was euch entgeht.« Seine Augen leuchteten. »Heute ist ein ganz besonderer Arenakampftag. Als Hauptattraktion haben wir ein wahres menschenfressendes Ungeheuer im Programm. Es wird bis zum Tod kämpfen. Stellt euch vor: eine echte Grolldrummel!«

Furia Haudegen

Wie, beim pickeligen Arsch des Schattenfürsten, hast du mich gefunden?« Marl war die Erleichterung über seine Rettung in letzter Sekunde deutlich anzusehen, auch wenn er weiterhin versuchte, den lässigen Piraten raushängen zu lassen. Fehris nahm an, dass er bereits mit seinem Leben abgeschlossen hatte, als sie überraschend zu seiner Rettung erschienen war. Der Schwarze Marl gekocht in einem Kessel voller dampfendem, blubberndem Matsch – was für ein unrühmliches Ende für den berüchtigten Feuerteufel des Südmeers! Im besten Fall hatte ihn dieses Erlebnis nun endgültig auf den Pfad der Tugend geführt. Wenn nicht … nun, sie würde ihr Versprechen gegenüber Henry nicht brechen.

»Pech!«, antwortete sie knapp, während sie mit ihrem Piratensäbel die Schlingpflanzen auf dem Trampelpfad entzweischlug.

»Na ja, vom Pech verfolgt bin ich schon länger. Aber ich muss zugeben: Es war selten so nah, so viel – und so heiß!«

Sie blieb stehen und funkelte ihn an. »Du hättest es verdient, darin gekocht zu werden! Ich habe dich nur gerettet, weil du zu unserem Dreigestirn gehörst. Und deine lockeren Sprüche kannst du dir in deinen *eigenen* pickeligen Hintern schieben!«

Unerwarteterweise senkte Marl den Blick. Seine Schultern sackten nach unten und mit einmal Mal sah er wirklich wie ein reuiger Büßer aus. Er antwortete nichts mehr, also ging sie weiter und ließ ihre Wut an dem Grünzeug vor ihrer Nase aus.

Der Pfad, von dem Marl sicher war, dass er direkt zur Küste und von dort aus an den Hafen führte, schien schon länger nicht mehr benutzt worden zu sein. An manchen Stellen konnte man kaum erkennen, ob er nach rechts oder links abbog. Sie hätten besser den Weg genommen, auf dem sie hergekommen war – diese Abkürzung hier hatte das Potenzial zum Umweg.

»Wie hast du mich denn gefunden?«, versuchte Marl nach einer Weile, das Gespräch wieder in Gang zu bekommen.

»Es gibt auf dieser piratenverseuchten Insel nur einen einzigen Pechbrenner und ganz Drabnar kennt ihn – sogar der miese Fettsack, der mich gekauft hat. Er hat mir den Weg erklärt, bevor ich ihn angekettet und splitterfasernackt in einem Teich voller Aale zurückgelassen habe.«

Marl lachte. Es klang so befreiend, dass selbst Fehris kurz schmunzeln musste. Dennoch wurde sie das Gefühl der Zerrissenheit nicht los, das sie überkam, sobald sie ihren Begleiter ansah. Während ihrer Überfahrt auf dem Sklavenschiff – an den Mast gebunden, den Geruch von Angst und Urin in der Nase – hatte er ihr sein schwarzes Herz ausgeschüttet. Es war wie eine letzte Beichte vor der Hinrichtung gewesen und Fehris hatte ihm seine Reumütigkeit abgekauft. Aber dann, auf dem Sklavenmarkt, hatten Marls frühere Schandtaten mit einem Mal Gesichter bekommen: gekränkte Frauen, verletzte Männer und ein rachsüchtiger Waisenknabe, der den Verlust seiner Eltern nie verkraftet hatte. Erst nach und nach begriff Fehris, wie unsäglich ihr Reisegefährte in seinen jungen Jahren gewütet haben musste. Es würde eine Weile dauern, bis sie ihm wieder ohne Vorbehalte in die Augen sehen konnte – falls es jemals dazu kam.

»Wir haben eine Mission. Wir müssen Dott und Arn wiederfinden und anschließend die beiden anderen Kinder. Nur darum geht es jetzt«, sagte sie, mehr zu sich selbst.

»Ein guter Plan«, pflichtete Marl ihr bei. »Dann auf zum Hafen! Wir sollten unsere Suche bei der *Schankmaid* beginnen.«

»Meine Rede«, knurrte Fehris.

Sie hielt inne und starrte auf den sogenannten Pfad, der sich mittlerweile fast völlig mit dem schlammigen Urwaldboden vereinigt hatte. Das konnte einfach nicht der richtige Weg sein. Vermutlich waren sie irgendwo falsch abgebogen. Fehris drehte sich einmal um die eigene Achse, in dem Versuch, den Stand der Sonne zu erkennen, doch das Dickicht ringsum verdeckte jeden Blick auf den Himmel. Wie sehr wünschte sie sich jetzt ihre Wurfsterne herbei. Da fiel ihr ein, dass ihr auch die Karte von Meribor helfen konnte, die Belam auf magische Weise in ihre Köpfe gepflanzt hatte. Sie konzentrierte sich und rief sie sich ins Gedächtnis. Schnell hatte sie einen Überblick über den Urwald. Und tatsächlich: Sie waren in die falsche Richtung gelaufen. So falsch, dass es jetzt sinnvoller war, zum Kohlenmeiler zurückzukehren und von dort zur Stadt zu gehen. Verflucht! Und an allem war nur Marl schuld, wie immer!

»Wir müssen kehrtmachen«, knurrte sie.

Marl schlug nach einer dieser widerlichen braunen Mücken in seinem Nacken und gähnte. »Bist du auch so kaputt wie ich?«

»Natürlich. Ich habe seit dem Schiffsunglück kaum geschlafen, und der heutige Tag war ein Albtraum. Ist er immer noch!«

Sie drehten um und gingen zurück, was aufgrund der zahlreichen zerstückelten Schlingpflanzen am Boden etwas einfacher war als der Hinweg. Nach einer Ewigkeit, wie es schien, rochen sie den penetranten Gestank der Kohlenmeiler.

Marl, unablässig von braunen Mücken drangsaliert, schob sich neben sie. »Es wird bald dunkel werden. Der Wald ist tagsüber schon tückisch. Nachts wird er tödlich. Wir sollten bei unserem Freund Henry übernachten, auch wenn mir der Gedanke daran ganz und gar nicht behagt.«

Fehris behagte er ebenso wenig, denn es war durchaus möglich, dass der Pechbrenner sich dann doch an Marl vergriff. Außerdem versprach selbst der schmierige Mast eines Sklavenschiffes mehr Chancen auf einen erholsamen Schlaf als diese von Schlangen bevölkerte ehemalige Kultstätte.

Als sie die Pyramide erreichten, stellten sie schnell fest, dass Henry nicht mehr da war. Vermutlich besaß er ein schickes, reptilienfreies Häuschen in der Stadt, in das er nachts einzukehren pflegte. Einzig die zahlreichen Statuen auf dem Gelände grinsten ihnen entgegen. Um ihre Hälse und durch ihre Schädel wanden sich ganze Knäuel von Schlangen und in dem Wasserbecken nebenan regte sich etwas, das verdächtig nach einem Krokodil aussah. Nein, dies war ganz und gar kein Ort, an dem Fehris übernachten wollte. Dummerweise hatte sich der Himmel über der Lichtung mittlerweile so sehr verdunkelt, dass man schon das orangefarbene Leuchten der Kohlenmeiler erkennen konnte. Selbst wenn sie es im letzten Tageslicht aus dem Urwald hinaus schafften, hatten sie trotzdem noch keine Unterkunft für die Nacht. Die Pyramide hingegen bot zumindest Schutz vor größerem Getier und rachsüchtigen Piraten.

»Verfluchte Braunmücken!«, zischte Marl. Erneut ertönte das Klatschen seiner Hände auf seiner Haut. »Wieso stechen die nur mich und lassen dich in Ruhe?«

»Du riechst leckerer!«, klärte Fehris ihn auf. »Zumindest für Mückennasen.«

»Ich bin so sauber wie seit vielen Monaten nicht mehr!«, maulte Marl.

»Sei froh. Sonst würden sie dich vermutlich vor lauter Gier ganz auffressen!«

Die Antwort war ein langgezogener Furz, dessen Klang nichts Gutes versprach.

Im Inneren der Pyramide fanden sie neben unzähligen Schaufeln, Hackbeilen und Bottichen auch einen großen Strohsack mit einer halbwegs sauberen Decke. Es schien so etwas wie ein notdürftiges Lager zu sein. Die Staubschicht darauf machte jedoch klar, dass lange niemand mehr darauf geschlafen hatte. Fehris inspizierte den Raum bis in die letzte Ecke und stellte fest, dass er schlangenfrei war.

»Nun gut. Wir sollten die Tür verrammeln, um die Viecher draußen zu halten. Marl, hol etwas Holz fürs Feuer, ich erledige den Rest.«

Anstatt sich auf den Weg zu machen, ließ Marl sich stöhnend auf den Strohsack niedersinken. »Ohhhhh, es fängt an«, klagte er.

»Was fängt an?«

»Siehst du hier irgendwo einen Eimer für die Notdurft, meine Schöne? Die Stiche von Braunmücken regen übermäßig die Verdauung an, musst du wissen.« Er hatte kaum ausgesprochen, da entfleuchte ihm ein erneuter Darmwind, der eindeutig nicht nur aus Luft bestand.

Fehris hielt den Atem an, während sie nach draußen eilte.

»Wo willst du denn hin?«, rief Marl ihr nach.

»Die Schlangen beschwören, das Krokodil betören – ganz egal! Hauptsache, ich ersticke nicht in deinem Mief!«

Sie verbrachte die Nacht auf einem Baum, wo sie zumindest vor Großtieren geschützt sein würde. Auch die Schlangen schienen ihre herrschaftlichen Behausungen in den Skulpturen nicht verlassen zu wollen, was einigermaßen beruhigend war. Eingeklemmt in einer Astgabel döste Fehris vor sich hin, immer wieder aufgeschreckt von unbekannten Tierlauten und dem Knistern der Kohlenmeiler. Im Morgengrauen wurde sie von einem lauten Platschen direkt unter dem Stamm ihres Baumes geweckt. Verwirrt blickte sie nach unten und erkannte Marl, der gerade einen Eimer mit den Hinterlassenschaften seiner Nacht ausleerte.

»Guten Morgen, meine Schöne, hast du gut geschlafen?«, rief er zu ihr herauf.

Angewidert rümpfte sie die Nase. Dann angelte sie sich ihren Piratenhut vom Ast nebenan und kletterte mit steifen Bewegungen zu ihm hinunter.

»Ich will so schnell wie möglich hier weg!«, sagte sie.

»Da bin ich ganz deiner Meinung. Möglichst bevor die Mücken aufwachen. Ich habe in der Pyramide übrigens ein Säckchen mit Zwieback gefunden. Das wird ein Festmahl!«

Begleitet vom Morgengesang hunderter Vögel machten sie sich auf den Weg nach Drabnar. Unterwegs fanden sie einige rote Früchte in der Form von Äpfeln, die Marl als essbar identifizierte und die ihr karges Frühstück enorm bereicherten. Mit der Mahlzeit kehrten auch Fehris' Lebensgeister zurück. Sie sog die frische Luft in ihre Lungen und dachte darüber nach, dass die Insel rein äußerlich betrachtet ein kleines Paradies war. Das frische Grün des Urwalds, das türkisfarbene Meer in den Buchten, die sommerlich anmutenden Fassaden der Lehmhäuser in der Stadt. Doch all diese Schönheit wurde überlagert vom Treiben der Menschen, die nichts außer dem eigenen Wohl im Sinn hatten.

Marl schien ähnliche Gedanken zu hegen. »Hoffentlich sind Dott und Arn in der Zwischenzeit nicht ebenfalls als Sklaven verkauft worden … und Grolli.«

Da erst fiel Fehris ein, dass sie Marl noch gar nicht von ihrer gestrigen Entdeckung auf dem Gräuelmarkt erzählt hatte. Im ersten Moment hätte sie es beinahe ausgeplaudert, dann aber besann sie sich. Was seine Grolldrummel anging, war Marl ziemlich eigen. Wenn sie ihm jetzt sagte, dass das Vieh vermutlich längst verschachert worden war, so würde er alle Vorsicht über Bord werfen und losziehen, um es wiederzubekommen. Die Piraten in der Stadt würden ihn sofort erkennen und am nächsten Tavernenschild aufhängen. Besser, sie behielt ihre Entdeckung noch eine Weile für sich.

»Wir wissen ja nicht mal sicher, ob die *Schankmaid* überhaupt in Drabnar angelegt hat«, sinnierte Marl weiter. »Vielleicht ist sie im Sturm untergegangen … oder zu den Inseln des Abends weitergesegelt.«

»Sicher nicht mit einem gebrochenen Mast. Sie werden hier im Hafen liegen, um die Reparaturen auszuführen. Außerdem hat Beronga dir ihr Ehrenwort gegeben, Dott und Arn wohlbehalten hierherzubringen, oder nicht?«

»Hm, ja«, knurrte Marl. »Aber ein Piratenehrenwort ist nichts wert, wenn der Einsatz dafür flöten gegangen ist. Immerhin dachte sie, sie würde ihre Schatzkiste zurückbekommen.« Er kratzte sich seinen von Mückenstichen übersäten Nacken und furzte in der Lautstärke eines Nebelhorns. »Ich sollte mich noch mal in die Büsche schlagen, bevor wir den Urwald verlassen.«

Fehris stöhnte. »Du bist zu nichts zu gebrauchen.«

»Lass mich nur machen«, versuchte Marl, sie zu beruhigen. »Ich kenne Beronga. Man kann sie ganz leicht …«

»Du wirst keinen Fuß auf dieses Schiff setzen!«, unterbrach Fehris ihn. »Wir gehen zusammen bis zum Hafen, dann versteckst du dich irgendwo und ich erledige den Rest.«

Im ersten Moment sah es so aus, als wollte Marl protestieren. Doch dann schluckte er jeden Widerspruch hinunter und verschwand eilends zur Erledigung seiner Notdurft im Unterholz. Fehris beglückwünschte sich zu der Entscheidung, ihm nicht von Grolli erzählt zu haben.

Die *Schankmaid* lag im Hafen – das war schon mal ein gutes Zeichen. Denn selbst wenn Dott und Arn inzwischen als Sklaven verkauft worden waren, konnte man sicher herausfinden, wo sie sich befanden und sie befreien. Widerstrebend versteckte Marl sich zwischen zwei windschiefen Fischerhütten hinter einem Berg von kaputten Fässern, während Fehris in ihrem altbackenen Piratenmantel zum Kai stolzierte. Sie gab sich besondere Mühe, dabei überzeugend arrogant aufzutreten, denn sie hatte vor zu schwindeln – wie sie es in vielen Würfelspielen gelernt hatte. Falls Dott und Arn noch auf dem Schiff sein sollten, konnte sie vielleicht einen Tausch aushandeln: Ihre beiden Gefährten gegen den angeblichen Standort der Schatzkiste. Es verstand sich von selbst, dass diese Heuchelei nicht ganz einfach werden würde.

Auf dem Schiff ging es hoch her. Zahlreiche Handwerker waren damit beschäftigt, den gebrochenen Mast abzutransportieren und durch einen neuen zu ersetzen. Auf dem Pier standen zwei Matrosen Wache.

»Ihr da!«, sprach Fehris sie hochnäsig an. »Holt Beronga her! Ich will mit ihr reden.«

»Wer bist du, unverschämtes Weib, dass du glaubst, unseren Kapitän bei seinem Frühstück stören zu dürfen?«

Dieser erste Punkt ging an Fehris, denn offensichtlich stellten die beiden Wachen keinerlei Verbindung zwischen der kürzlich über Bord gegangenen Passagierin und der herausstaffierten Piratenbraut vor ihnen her.

»Mein Name ist Furia Haudegen! Ich bin die Enkelin des berühmtesten Piraten der Welt. Und nun holt mir euren Käpt'n, wenn euch euer Leben lieb ist, ihr räudigen Hafenratten!« Zur Untermauerung ihrer Aussage tippte sie sich auf die gestohlene Anstecknadel an ihrem Revers.

Der jüngere Matrose schaute nur verständnislos drein, der

ältere jedoch riss die Augen auf und seine Kinnlade klappte nach unten. »Haudegen-Jim!«, stammelte er.

»Genau der! Und nun flott, Bursche!«

Augenblicklich nahm der Matrose die Beine in die Hand und rannte über die Landungsplanke ins Schiff. Dieser Haudegen-Jim musste wahrlich ein gefährlicher Mann gewesen sein, wenn allein die Erwähnung seines Namens eine solche Wirkung erzielte.

Es dauerte nicht lange und Berongas Kopf erschien über der Reling. An ihrem Kinn klebte noch ein Rest vom Frühstücksei. Sie kniff die Augen zusammen und starrte auf Fehris herab. Offensichtlich hatte das fortschreitende Alter ihre Sehkraft getrübt. »*Wer* willst du sein?«, fragte sie.

Eigentlich hatte Fehris ihre Tarnung lediglich benutzen wollen, um ohne große Diskussion zu Beronga vorgelassen zu werden, aber da auch die Kapitänin sie offensichtlich nicht erkannte, spielte sie das Spiel weiter. So musste sie mit etwas Glück weder auf Marl noch auf die verlorene Schatzkiste zu sprechen kommen. »Furia Haudegen! Die Enkelin des großen Jim!«

»Soso«, machte Beroga und wischte sich das Ei vom Kinn. »Was verschafft mir die Ehre?«

»Ich hörte von zwei Passagieren, die mit dir hier angelegt haben: ein Ziegenhirte und ein junger Magier. Ich habe mit den beiden zu sprechen.«

Eine von Berongas Augenbrauen wanderte nach oben. Erneut kniff sie die Lider zusammen, um die mysteriöse Piratin besser erkennen zu können. »Was will die Enkelin des berühmtesten Freibeuters aller Zeiten von zwei einfachen Burschen?«

»Das behalte ich für mich.«

»So? …« Die Kapitänin schritt zur Planke und setzte einen Fuß darauf.

Fehris zog sich den Hut tiefer ins Gesicht.

»Es ist sehr interessant, dass Jim eine Enkelin hat«, sinnierte Beronga. »Als ich noch jung war, sind er und ich viele Jahre lang zusammen auf Kaperfahrt gegangen.« Ihre Schritte klangen dumpf auf dem Holzbrett, während sie langsam zu Fehris herunterkam. »Eine Zeitlang waren wir einander in tiefer Liebe verbunden. Leider trug unsere Beziehung keine Früchte, denn der gute Jim hatte leider einen Unfall, oben auf der Rah. Er rutschte beim Reffen der Segel aus und landete breitbeinig auf dem Querbalken. Danach war er zwar noch fähig, Liebe zu machen, aber Kinder hat er keine mehr gezeugt. Deine Großmutter müsste schon eine Hexe gewesen sein, wenn sie daran etwas geändert hätte.«

»Ähm …«, stammelte Fehris. »Genau genommen wurde meine Mutter adoptiert und …«

Sie verstummte und senkte den Kopf noch tiefer. Beronga blieb direkt vor ihr stehen. Sie griff nach ihrer Hutkrempe und entriss ihr ihre einzige Deckung. Verräterisch glitt Fehris' hellblondes Haar über ihre Schultern.

»Ich habe deine Stimme gleich erkannt, aber ich konnte es nicht glauben! Wie, beim Gischtrüssel des Wellenschweins, konntest du diesen Sturm überleben?«

»Ein Stück von deinem Mast hat mich an Land gebracht.« Fehris deutete nach oben auf das Deck, wo nun immer mehr Handwerker ihre Arbeit niederlegten und zu ihnen herunter starrten.

»Und der Schwarze Marl?«

»Hat es leider nicht geschafft.«

Beronga betrachtete sie lange und intensiv. Was dabei in ihrem Kopf vorging, hätte Fehris nicht sagen können, aber schließlich wurden ihre Züge etwas weicher.

»Ich mag Frauen, die in dieser Welt ihren Mann stehen«, sagte die Alte schließlich. »Deshalb gebe ich dir einen guten Rat: Sieh zu, dass du dir in Drabnar Freunde machst und ein Dach über dem Kopf findest, denn ab sofort bist du ganz allein. Auch der Ziegenhirte und der kleine Zauberer haben es nicht geschafft.«

Für einen Augenblick glaubte Fehris, ihr Herz wolle stehen bleiben. »Was?«, krächzte sie.

»Tut mir leid, meine Liebe. Sie stürzten kurz nach euch über Bord. Wir haben versucht, ihnen ein Seil zuzuwerfen, doch die See verschluckte sie schneller, als wir reagieren konnten.«

Beronga führte ihre Erzählung noch fort, doch Fehris hörte nicht mehr richtig hin. Trotz all der widrigen Umstände, mit denen sie auf dieser Reise zu kämpfen hatte, hatte sie nie aufgehört, an das Gelingen ihrer Aufgabe zu glauben. Aber das war das Ende. Dott, der gutherzige Ziegenhirte, hatte ebenso seinen Lebensatem ausgehaucht wie Arn, der gerade einmal neun Jahre alt geworden war. Der Schmerz über ihren persönlichen Verlust übertraf sogar die Erkenntnis, dass damit auch ihre Mission gescheitert war. Kein Dreigestirn aus Rettern, keine Vereinigung der magischen Geschwister, nie mehr! Meribor war endgültig dem Untergang geweiht!

Mach, was Beronga gesagt hat: Verkrieche dich in Drabnar, wo der Schattenstaub dich nicht erreichen wird!, riet die Stimme der Verzagtheit in Fehris' Kopf.

Sie nahm einen tiefen Atemzug. »Und die Grolldrummel?«, hörte sie sich fragen.

Sollte Beronga nun antworteten, dass Grolli ebenfalls über Bord gegangen war, bestand vielleicht noch die Hoffnung, dass die Alte einfach eine dreiste Lügnerin war.

Doch die zuckte nur entschuldigend mit den Schultern. »Haben wir auf dem Gräuelmarkt verkauft. Wir sind davon ausgegangen, dass niemand mehr Anspruch auf das Vieh erhebt. Außerdem mussten wir das Geld für eure Überfahrt ja irgendwie wieder reinholen. Die Pferde haben wir ebenfalls verschachert.«

Fehris brachte nur ein schwaches Nicken zustande. Das war der endgültige Beweis dafür, dass die Piratin die Wahrheit sagte. Wie in Trance nahm sie die Anstecknadel des alten Haudegen-Jim ab und drückte sie in Berongas faltige Hand. »Hier. Damit wenigstens eine von uns eine Erinnerung an ihre Toten hat.«

Marl war außer sich, nachdem Fehris ihm die niederschmetternden Neuigkeiten verkündet hatte. Er heulte, tobte, und fluchte abwechselnd, dann ließ er sich auf eine halbverrottete Kiste niedersinken und verfiel in Schweigen. Erst nach einer ganzen Weile fand er seine Sprache wieder. »Das war's dann wohl. Gehen wir uns besaufen.«

»Bist du jetzt völlig übergeschnappt? Deine Piratenfreunde machen dich einen Kopf kürzer, wenn sie deiner habhaft werden.«

Marl zuckte mit den Schultern. »Auch egal. Meribor wird vom Schattenstaub gefressen, da ende ich doch lieber in einem Pechkessel. Oder wahlweise an einem Galgen. Für dich findet sich sicher ein heiratswilliger Pirat, bei dem du unterkommen kannst.«

Fehris ärgerte sich über diese erbärmliche Schwarzseherei, auch wenn sie zugeben musste, dass sie selbst im ersten Moment ähnlich empfunden hatte. Mittlerweile jedoch hatte sie weitergedacht. »Wer sagt uns überhaupt, dass zwingend alle drei Kinder nötig sind, um den Schattenfürsten zu besiegen? Vielleicht schaffen es Gordyn und Beryll ohne ihren großen Bruder. So schwer es uns auch fällt: Wir müssen weitersuchen! Hast du eine Ahnung, wo Beryll sein könnte?«

»Ja«, brummte Marl. »Aber es ist nur eine Ahnung. Multipliziert man meine Ahnungen mit dem Faktor Pech, der neuerdings an meinem Arsch klebt, dann lautet das Ergebnis: Reinfall!«

»Verrate mir wenigstens, was deine Ahnung sagt!«

Marl stöhnte. »Diese Muschelart, die Dott als Hinweis auf Berylls Aufenthaltsort gefunden hat, gibt es nur an einem einzigen Strand. Also könnte es sein, dass die neue Bleibe des Mädchens in der Nähe liegt.«

»Und wo ist dieser Strand?«

»An unserer Küste hier, ein paar Meilen weiter nördlich.«

»Dann lass uns dort hingehen!« Voller Hoffnung packte Fehris ihren Begleiter an den Unterarmen. »Wir retten wenigstens Beryll. Und Gordyn!«

Marl entwand ihr seine Arme. »Sinnlos. Du willst nur nicht wahrhaben, dass wir am Ende sind.«

»Am Ende sind wir erst, wenn uns der Schattenstaub schluckt!«

Selbst dieses Argument prallte von Marl ab. Er erhob sich von der Kiste, schwerfällig wie ein alter Mann.

»Wo gehst du hin?«, rief Fehris.

»Ich glaube nicht, dass Beronga Grolli verkauft hat. Auf den Inseln des Abends gibt es Kampfarenen, deren Meister viel mehr Silber für eine lebende Grolldrummel bezahlen. Da du es versäumt hast, dich auf die *Schankmaid* zu schleichen und nachzusehen, werde ich das jetzt eben erledigen.«

»Nein!«, fuhr Fehris auf. »Wenn Beronga dich erwischt, wird sie dich foltern, um an ihren Schatz zu kommen!«

»Das Risiko gehe ich ein. Ich will Grolli zurückhaben.« Damit stieß er sie beiseite, drückte sich an den Fässern vorbei und ging auf das Schiff zu.

Fehris lief ihm hinterher. »Marl! Grolli ist nicht auf der *Schankmaid*, das weiß ich genau!«

»Woher?« Er blieb stehen.

»Ich habe ihn auf dem Gräuelmarkt gesehen. Gestern, nachdem ich verkauft worden bin.«

»Und das sagst du mir erst jetzt?« Vor Wut ballte Marl die Fäuste. Er konnte in der Tat recht bedrohlich aussehen, wenn ihn der Zorn überkam. Selbst die Fischer, die gerade ein Stück weiter unten ihr Boot an Land zogen, blickten von ihrer Arbeit auf und betrachteten ihn misstrauisch.

»Ich wollte nicht, dass du auf dumme Ideen kommst!«, versuchte Fehris, ihren Gefährten zu beruhigen, doch damit erzielte sie genau die gegenteilige Reaktion.

Marl stampfte mit dem Fuß auf. »Ob Grolli zu retten eine dumme Idee ist, das lass mal meine Sorge sein! Ich gehe zum Gräuelmarkt und hole ihn zurück!«

»Er wird längst einen neuen Besitzer haben! Vermutlich hockt er jetzt in einem Käfig auf dem nächsten Schiff und segelt den Inseln des Abends entgegen.«

Zu ihrer Überraschung drehte Marl sich um und kam auf sie zu gepoltert wie ein wütender Stier. Fehris machte einen Schritt rückwärts.

»Du wirst nicht über mich bestimmen wie über ein kleines Kind!«, schrie er. »Grolli ist ebenfalls unser Freund und wir dürfen ihn nicht aufgeben!«

»Wir sollen die Welt retten und nicht ein dahergelaufenes, menschenfressendes Vieh!«, brüllte Fehris zurück. »Glaubst du im Ernst, du kannst all deine Schandtaten wiedergutmachen, indem du dich jetzt wegen einer Grolldrummel abmurksen lässt?«

Einige Herzschläge lang standen sie einander gegenüber und ihrer beider Blicke sprühten Funken. Marl würde nicht einlenken, ganz egal, welche Register sie jetzt noch zog, das spürte Fehris. Also verschränkte sie die Arme vor der Brust und blaffte ihn an: »Geh doch, Schwarzer Marl! Aber glaub nicht, dass ich dich noch einmal aus dem Pech-Schlamassel rette, den du dir einbrockst!«

Marl stieß ein Zischen aus, machte auf dem Absatz kehrt und stampfte davon in Richtung Stadt. Bebend vor Zorn blieb Fehris zurück. Erst nach einer Weile merkte sie, dass die beiden Fischer in dem Boot sie mit offenen Mündern anstarrten.

»Und ihr stinkenden Schuppenlutscher guckt gefälligst woanders hin, wenn euch eure Augen lieb sind!«

Nicht einmal das funktionierte, die Fischer lachten nur. Aufgewühlt und voller Zweifel machte Fehris sich auf den Weg zum Muschelstrand. Nun war sie wirklich das, was Beronga gesagt hatte: ganz allein.

Das Biest

Immerhin lebt Grolli noch, doch wenn wir nichts tun, dann nicht mehr lange. Wir müssen ihn retten und dafür in die Arena rein und mit ihm wieder raus«, sagte Dott.

Arn saß neben ihm auf einer Steinbank und rollte Marls Holzstab zwischen den Handflächen. Von hier hatten sie einen guten Blick auf das riesige Oval, in dem am Nachmittag die blutigen Spiele beginnen würden. Der Junge fragte: »Nur, wie soll das gehen? Wir haben nicht einmal genug Geld, um den Eintritt zu bezahlen. Und selbst wenn ich in der Stadt Magie anwenden dürfte, hilft sie uns bei diesem Problem auch nicht weiter.«

Dott seufzte. »Und wie kommen wir dann an Geld für den Eintritt? Zwei Silberlinge wollen diese Wucherer. Viel Zeit bleibt nicht, bis die Kämpfe losgehen. Wenn erst einmal tausend Blicke auf ihn gerichtet sind, können wir nichts mehr für ihn tun.«

Arn nickte: »Also sollten wir ihn befreien, bevor es losgeht.«

»Ja, das wäre dringend zu empfehlen.« Somit standen Zeit und Ziel fest – nämlich jetzt und dort drüben. Warum klangen die meisten Pläne in der Theorie so furchtbar einfach? In der Praxis standen sie jedoch vor einer gut bewachten, verriegelten Kampfstätte, in die es nicht einmal ein Rein für sie beide gab – ganz zu schweigen von einem Raus in Begleitung einer Grolldrummel.

Mehrere Männer schleppten Holztafeln zu den Eingängen der Kampfarena und stellten sie auf Staffeleien wie Maler ihre Bilder.

»Zuallererst brauchen wir mehr Informationen«, sagte Dott. »Komm, wir sehen uns mal an, was die dort vorhaben.«

Sie näherten sich einem dürren Kerl, der gerade pausierte, um seine Zeichnung auf der oberen Hälfte der großen, glattgeschliffenen Holztafel zu begutachteten. Sie zeigte zwei Bestien, die gegeneinander kämpften. Dotts Augen wurden schmaler. Eine lange Schlange griff mit weit aufgerissenem Rachen eine dreiköpfige Ziege an.

»Der Lichtgöttin zum Gruß«, eröffnete er das Gespräch.

»Die wohnt hier nicht«, erwiderte der Anpreiser.

Dott ignorierte die Bemerkung und zeigte auf die Holztafel. »Das eine ist eine Schlange. Und das andere? Noch nie zuvor habe ich ein solches Tier gesehen.«

»Wundert mich nicht. Was weißt du schon«, knurrte der Mann.

»Ich bin ein Ziegenbändiger und kenne mich aus.«

»Ach was!«

»Na gut – eine meiner Ziegen hat drei Beine, weil sie eines in einer Wolfsfalle verloren hat.«

»Ach was!«

»Nun gibt es zwei Möglichkeiten: Entweder meine Ziegen hatten alle drei Köpfe und zwei davon sind ihnen abhandengekommen, oder dieses Wesen ist Eurer Fantasie entsprungen, um mehr Zuschauer anzulocken.«

»Was glaubst du denn? Am besten du verziehst dich, ich habe zu arbeiten, zumal die heutige Hauptattraktion noch drauf muss.« Verkniffen malte der Mann mit einem Stück Kohle auf der Holztafel herum. Seine Bemühungen brachten einen hässlichen, unförmigen Fellklumpen hervor. Er trat einen Schritt zurück und beäugte seine Arbeit.

»Ah, ich erkenne es! Solche Haarballen kotzt die Katze meiner Oma öfter mal aus«, meinte Dott. »Die sind allerdings nicht besonders gefährlich.«

»Du bist ein elender Klugscheißer!«, knurrte der Mann. »Das ist eine Grolldrummel.«

»Das soll eine Grolldrummel sein?«, mischte sich Arn ein. »Selbst jetzt, da ich es weiß, erkenne ich es immer noch nicht.«

Der Anpreiser stemmte die Arme in die Hüften, seine Miene verfinsterte sich. »Die haben mir den Zugang zu dem Biest verwehrt, und da wir seit Ewigkeiten keine Grolldrummel mehr in der Arena hatten, kann ich mich nicht an jedes Detail erinnern.«

Dott trat einen Schritt vor. »Hm. Soll ich Euch eine zeichnen? Eine besonders fiese und gefährliche?«

»Du hast nur eine große Klappe. Bist du überhaupt schon mal einem dieser Mistviecher begegnet?«

»Na klar. Neben Ziegen bändige ich auch Grolldrummeln. Und malen kann ich sie auch.«

»Du bist doch nichts anderes als ein Aufschneider, eine nervende Großklappe. Verschwinde!« Mit seinen Armen machte er Bewegungen, als verscheuche er lästige Mücken. Als Dott nicht reagierte, sondern einfach stehenblieb, stöhnte der Anpreiser und wischte die verunglückte Kohlezeichnung mit einem nassen Schwamm von der Holztafel.

»Lasst es mich doch beweisen. Was habt Ihr zu verlieren?«, fragte Dott.

Der Dürre legte den Kopf schräg, es sah aus, als sei sein Hals wie ein Grashalm abgeknickt. »Angenommen, nur mal angenommen, du hast was drauf und fertigst mir eine grandiose Zeichnung einer blutrünstigen Grolldrummel an … was willst du dafür? Wenn ich eines weiß, dann, dass es in diesem Loch niemals etwas umsonst gibt.«

»Ich verlange nichts, was Ihr mir nicht ohne großen Umstand geben könntet, versprochen.«

Misstrauisch starrte ihn der Mann einen Moment lang an. »Na gut, versuche dein Glück.« Er drückte Dott das Kohlestück in die Hand.

»Grolldrummeln zeichnen hat ausnahmsweise mal nichts mit Glück zu tun«, erklärte Dott.

»Verstehe, Großklappe – du weißt alles besser«, knurrte der Dürre. »Untersteh dich und drücke mit der Kohle zu fest auf. Mach erst mal eine Skizze, damit ich deinen Mist wieder abwischen kann.«

Dott stellte sich vor das Brett, schloss kurz die Augen und rief sich seinen Freund Grolli ins Gedächtnis – den dicken Kopf ohne Hals, die breite Brust, den gedrungenen Körper, die kurzen Beine und den langen, dornenbesetzten Schwanz. Dann legte er los. Dabei spürte er, wie seine Zungenspitze vor lauter Eifer zwischen den Zähnen hervorlugte. Vielleicht war sie einfach nur neugierig, was die Großklappe, in der sie wohnte, an der Tafel zustande brachte. Schwungvoll fuhr er mit der Kohle über die glatte Holzoberfläche. Und tatsächlich, Stück für Stück entstand das Abbild seines felligen Freundes.

Die ganze Zeit über stand der Dürre schweigend daneben, doch seine anfängliche Skepsis verflog mit jedem weiteren Kohlestrich. Als Dott ansetzte, um die rattige Schwanzspitze mit den Stacheln fertigzustellen, warf er beide Arme in die Luft. »Unglaublich! Es fällt mir schwer es einzugestehen, doch du … du bist wahrlich ein Künstler«, brachte er hervor. Er legte den Kopf schräg. »Nur eine Sache: Irgendwie sieht dieses Biest weder so richtig fies noch überaus blutrünstig aus … sondern eher freundlich.«

Nun trat Dott zurück und betrachtete sein Werk. »Stimmt!« Tatsächlich hatte er sich von seinen positiven Gefühlen Grolli gegenüber leiten lassen. »Wartet – nur ein paar kleine Korrekturen.« Mit Schwamm und Kohle machte sich der Ziegenhirte erneut an die Arbeit und dachte dabei an Grollis wutentbrannten Kampf gegen die Narbenkrähen und Fieberspinnen. Also verlängerte Dott die Eckzähne, zog die Lefzen tiefer, schärfte die Krallen und spitzte die Schwanzstacheln an.

Als er den letzten Strich vollbracht hatte, rief der Anpreiser heraus: »Fantastisch! Ein fürchterliches Kunstwerk.« Er verbeugte sich. »Du hast es verdient … äh … was eigentlich?«

»Ich habe kein Geld, und wir beide waren noch nie in der Arena. Wir möchten uns dieses beeindruckende Bauwerk ansehen und natürlich auch den heutigen Spielen beiwohnen.« Er deutete auf die Zeichnung. »Jetzt erst recht. Wenn ich dieses Bild des Grauens auf Eurer Holztafel sehe, kann ich gar nicht anders – ich muss es in Echt sehen.«

Der Dürre zögerte. Vielleicht hatte Dott zu viel verlangt.

Eine vorbeiziehende Gruppe Piraten blieb stehen und sah zu ihnen herüber. »Schaut euch das Monster an!«, rief einer. Neugierig traten sie näher. »Heute kämpft eine Grolldrummel? Das sind zähe Biester. Und diese ist verflucht gut getroffen.«

Offenbar gab dieser Zuspruch den Ausschlag, denn der Anpreiser zwinkerte Dott zu und zog einen Lederbeutel hervor, den er tief unter seinem breiten Gürtel verstaut hatte. Er öffnete die Schnur, entnahm zwei ovale Kupfermünzen und übergab sie Dott mit einem Flüstern: »Hier! An der Ostseite befindet sich ein Nebeneingang. Zeigt den Wärtern dort die Münzen. Wenn sie Ärger machen, sagt, Krumbel schickt euch. Wenn ihr einmal drin seid, sucht euch Plätze im Mittelrang – von da oben habt ihr eine gute Übersicht – und wartet dort, bis die Kämpfe losgehen.« Nach diesen Worten wandte er sich den Piraten zu, die allesamt Eintrittsmünzen von ihm kaufen wollten.

»Ich danke Euch«, sagte Dott, bevor er mit Arn weiterzog.

»Ich wusste gar nicht, dass du so tolle Grolldrummeln zeichnen kannst«, sagte der Knabe.

»Ich auch nicht«, antwortete Dott.

Die beiden strahlten sich gegenseitig an – ein schöner Moment, trotz aller Sorgen.

Sie drehten eine halbe Runde um die Arena. Jetzt am Mittag waren noch alle Eingangstore geschlossen. Arn entdeckte den Nebeneingang als Erster. Ein Abgang mit sieben Stufen führte zu einer Holztür, vor der zwei mit Säbeln bewaffnete Hünen Wache hielten. Dott und Arn gingen zu ihnen und präsentierten einem davon ihre Münzen.

»Zeig her, Kleiner«, grunzte der Wächter und hielt das Geldstück ins Licht. Einen Moment lang dachte Dott, er wolle hineinbeißen, doch dann gab er es zurück und knurrte: »Wo habt ihr die geklaut?« Bedrohlich umklammerten seine Finger den Griff des Säbels fester.

»Krumbel schickt uns.«

Des Wächters Augenbrauen flogen in die Höhe. »Die alte Vogelscheuche hat euch tatsächlich seinen Namen verraten? Das sieht ihm gar nicht ähnlich. Er muss euch mögen, oder fürchten. Oder beides. Nun gut.«

»Was ist denn an diesem Krumbel so besonders?«

»Der hat die Arena entworfen, samt Katakomben darunter. Der kennt jeden Stein in diesem verfluchten Bau.«

Der andere Wächter trat hinzu. »Was wollt ihr überhaupt jetzt schon hier?«

»Die wilden Tiere aus der Nähe ansehen. Ich habe es dem Kleinen hier versprochen, er hat heute Geburtstag.«

»Das wird ja immer besser. Na gut! Geht aber nicht zu nah an die Käfige heran, sonst hat er nie wieder Geburtstag.« Er öffnete ihnen die Tür und winkte sie durch. »Haltet euch links.«

Sie traten über die Schwelle. »Puh! Wir sind drin«, sagte Dott. »Glück gehabt.«

Arn sagte: »Langsam denke ich, dein Glück ist kein Zufall.«

»Was meinst du?«

Ungewöhnlich ernst antwortete der Junge: »Du behandelst das Glück wie einen langjährigen Gefährten. Du vertraust darauf und gibst ihm jede erdenkliche Chance, dich zu begleiten. Vielleicht bist du eine Art Glücksmagier.«

Dott sah den Jungen an. »Zum Glück begleitest du mich. Ansonsten wäre ich längst im Meer ertrunken.«

»Dann sind wir tatsächlich beide Zauberer«, stellte Arn zufrieden fest.

»Doch es gibt Momente, in denen ich Angst habe, das Glück überzustrapazieren. Daher wäge ich ständig ab, was ich ihm zumuten kann und was nicht.«

»Ich kann auch bei Weitem nicht alle Probleme mit Elementarzaubern lösen.«

Sie erreichten eine Kreuzung, an der sie links abbogen. Eine grobbehauene Treppe führte nach oben. An deren Ende angekommen, offenbarte sich ihnen der Blick in die gewaltige Arena. Eine gigantische ovale Schüssel mit steilen steinernen Zuschauerrängen rundherum. Sie ließen ihre Blicke schweifen und staunten eine komplette Runde.

»He, was steht ihr beide da oben rum?« Ein grobschlächtiger Mann fortgeschrittenen Alters mit nacktem, vernarbtem Oberkörper kam ihnen von unten entgegen. »Seid ihr das Futter für die Biester?« Sein Lachen hallte durch die Arena.

»Wo sind denn die wilden Tiere?«, fragte Arn so unschuldig, wie nur ein Kind es vermochte.

»In den Katakomben unter dem Kampfplatz, Jüngling. Wie seid ihr denn überhaupt hier reingekommen? Es wird nicht mehr lange dauern, und die Tore werden geöffnet.«

»Hiermit!« Dott präsentierte seine ovalen Münzen.

»Oho, die sind von Krumbel. Äußerst selten, dass der fade Knochen Ehrengäste schickt. Was habt ihr dafür Schreckliches tun müssen?«

»Was Schreckliches zeichnen.«

»Wie auch immer. Wie heißt ihr?«

»Das ist Arn und ich bin Dott.«

»Mein Name ist Jostus. Früher habe ich hier als Gladiator gekämpft. Einundzwanzig Mal war ich für meinen Herrn siegreich, dann hat er mir die Freiheit geschenkt. Doch nach wie vor lässt mich dieser verfluchte Ort nicht los. Es ist wie eine Sucht. Daher versorge ich jetzt die wilden Biester. Wobei, wenn man sie aus der Nähe erlebt, sind sie halb so wild.« Er lachte über sein Wortspiel. »Also, einfach mir nach.«

Während sie Jostus folgten, warf Dott Arn einen verschwörerischen Blick zu. Der Kleine lächelte, auch er schien sich darüber zu freuen, wie reibungslos sie in die Arena gelangt waren und nun sogar zu Grolli geführt wurden. Der alte Krieger gefiel Dott. Ein Mensch, der dem Tod schon so häufig tief in die Augen geblickt hatte und daher nun auch die alltäglichen Momente des Lebens zu schätzen schien – und sei es, zwei Grünschnäbeln sein Reich zeigen zu dürfen. Er führte sie eine schmale Treppe hinab, die in einen Tunnel mit niedriger Decke mündete, sodass sich der ehemalige Gladiator sogar bücken musste. Es roch muffig, Sand knirschte unter ihren Füßen. Sie erreichten eine weitere Kreuzung. Aufmerksam beäugte Dott die abgehenden Tunnel und Gänge. Zu seiner Linken erschollen Stimmen in der Ferne, kehlige, raue Laute, die eher nach Streit als nach Unterhaltung klangen.

»Dort drüben bereiten sich die Gladiatoren auf die Kämpfe vor, obgleich noch nicht klar ist, ob sie heute zum Einsatz kommen werden. Wegen der Grolldrummel im Programm ist der Ablauf schwer vorhersagbar. Jedenfalls geht es mit dem Bestiengemetzel los. Das gefällt dem verwöhnten Publikum in diesen Tagen besser als die Kämpfe Mann gegen Mann.« Er verzog den Mund. »Die Ungewissheit, antreten zu müssen oder nicht, peinigt die Todgeweihten besonders. Glaubt mir, es ist besser, wenn man weiß, woran man ist.« Er zeigte nach links in einen weiteren unterirdischen Gang. »Jetzt aber schnell, denn viel Zeit bleibt nicht mehr für einen Besuch. Kommt, hier geht es zur Fellbestie.«

Das war einer der Momente, in denen Dott sein Glück kaum fassen konnte. Alles lief glatt und gut. Zu glatt und gut.

Sie passierten eine Waffenkammer, wo ihnen aufgereiht in einem Regal an der Wand eine Klinge neben der anderen entgegenblitzte. Werkzeuge des Todes an einem Ort des Todes. Die Gänge unter der Arena kamen Dott vor wie ein Labyrinth. Sie bogen zweimal rechts ab, gingen nach oben, dann links wieder hinunter.

Grolli, wir kommen!

Als sie einen Rundbogen passierten, schlug Dott ein herber Geruch entgegen, und ein tiefes Brüllen ließ die Luft erzittern.

»Riecht ihr schon das Bestiarium?«, fragte Jostus.

Arn hielt sich die gekräuselte Nase zu und nickte dabei.

Etliche Transportkäfige standen in einem höhlenartigen Gewölbe herum. In Dotts Kopf purzelten die Gedanken hin und her. Sie mussten Grolli aus dem Käfig holen und den Weg, den sie gekommen waren, zurück nehmen – daher hatte er sich jede Ecke und jeden Durchgang eingeprägt. Doch wie wurden sie nur Jostus los? Sollte er dem ehemaligen Gladiator Marls Stab über den Kopf ziehen? Dafür müsste Dott ein zweites Artefakt an sich nehmen, was …

Konnte er überhaupt fest genug zuschlagen? Wobei Jostus eigentlich eine solche Behandlung nicht verdient hatte. Doch was brachte es, ihn einzuweihen, ihm zu erklären, dass es sich bei der Grolldrummel um einen guten Freund handelte. Es war nicht damit zu rechnen, dass er sie verständnisvoll samt Grolldrummel zum Ausgang geleitete.

Die drei traten auf den Käfig zu.

Jostus breitete die Arme aus: »Hier steht ihr vor einer der heutigen Attraktionen. Schaut euch nur das Fell an – vor allem die Mähne rund um den Kopf.«

Ungläubig starrten Arn und Dott in den Käfig. Hinter den dicken Gitterstäben war keine Grolldrummel zu entdecken, stattdessen lauerte dort eine goldene Riesenkatze in gebückter Angriffsstellung. Sie brüllte ohrenbetäubend. Ihre Zähne waren noch länger und die Pranken noch dicker als die der Grolldrummel.

»Das … ist aber nicht Grolli«, entfuhr es Arn.

»Das ist ein Löwe, auch König der Tiere genannt, mein Kleiner«, erklärte Jostus mit gewissem Stolz, doch dann flog ein Schatten über seine Gesichtszüge. »Er wird heute kämpfen müssen.«

Eine Pranke schoss durch die Gitterstäbe und schlug nach ihnen. Erschrocken machten Arn und Dott zwei Schritte zurück.

So ein Pech, stellte der Glückner fest. *Jostus hat uns zur falschen Fellbestie geführt.*

»Was ist mit der Grolldrummel?«, fragte Dott, dabei versuchte er möglichst gleichgültig zu klingen.

Der alte Gladiator kratzte sich am Kopf. »Ihr Besitzer hat auf gesonderte Verwahrung bestanden. Und doppelte

Bewachung. Das Betreten des Trakts ist verboten. Tut mir leid. Allerdings ist es nun eh zu spät, die Kämpfe gehen gleich los. Ich bringe euch zurück zum Mittelrang, wo wir uns getroffen haben.«

Ziegenkacke, ein neuer Plan muss her.

»Wo werden die Tiere in die Arena gebracht?«, fragte Dott

»Nicht weit von hier ist ein Tor. Jeweils vier Männer tragen die Käfige mittels langer Stangen direkt auf den Kampfplatz.«

»Die Spiele gehen los. Raus hier!«, rief eine raue Stimme. Mehrere kräftige Männer mit nackten, glänzenden Oberkörpern traten ins Bestiarium. Wildes Hundegebell erklang in einer Ecke. Der Löwe brüllte gereizt.

Von draußen drangen die Geräusche der ersten Zuschauer herein. Sanft, aber bestimmt schob der ehemalige Gladiator Arn und Dott in Richtung Ausgang.

»O nein, jetzt schaffen wir es nicht mehr, ihn rechtzeitig zu befreien«, flüsterte Arn, als sie das Bestiarium verließen.

Dott nickte, er wusste nicht, was mehr schmerzte, das Eingeständnis des Versagens oder die Enttäuschung.

Es tut mir leid, Grolli, dachte er. Ich bin wohl doch kein Glückszauberer.

Gut gegrollt

Dieses sture Weibsstück! Wie konnte ich mir nur jemals einreden, sie zu mögen?«, knurrte Marl. Wütend trat er eine alte Tonflasche weg, die trotzig in seinem Weg lag. Mit einem Platschen landete sie im Hafenbecken. Missmutig blickte er in das dreckige Wasser, auf dessen Oberfläche bereits allerlei anderer Müll schwamm, den die Mannschaften der Freibeuterschiffe achtlos über Bord warfen. Er blickte den Bug eines schlanken Zweimasters empor, der komplett in Schwarz gestrichen war. Wie viele Piraten, so hatte auch dieser Kapitän einen Namen gewählt, der seinen Gegnern Angst einflößen sollte: *Skorpion.* Er war nicht allein damit. So gab es etwa eine *Schattenfürst* und eine *Haiflosse.* Daneben dümpelte, weniger originell, die Klinge samt ihres Schwesterschiffs Axt. Die Besatzung des Rumfässchens schien dem Namen nach etwas leutseliger zu sein, auch wenn das ihre Opfer sicher anders sahen. Belustigt schüttelte Marl den Kopf: Piraten waren schon ein Völkchen für sich. *Ein grausames Volk*, mahnte ihn die

Stimme der Vernunft in seinem Kopf. Der Name des nächsten Schiffs erinnerte ihn an seine eigentliche Aufgabe. Die *Grolldrummel* hatte zwar schon bessere Tage gesehen und benötigte dringend eine neue Takelage sowie die Erzeugnisse des Pechkochers Henry, aber auch auf diesem Schiff gab es sicher jemanden, der ihn gern einen Kopf kürzer gemacht hätte.

Die verfluchte Fehris hat recht. Es war gefährlich für ihn, so gedankenverloren im Hafen herumzustromern, als würde er nur einen langen Tag an Land totschlagen wollen. Hastig klappte er den Kragen seines reichlich ramponierten Hemdes hoch und lief in Richtung Gräuelmarkt. Der Platz samt seinen Händlern und Kunden trug diesen Namen nicht von ungefähr. Mit den Kreaturen, die dort gehandelt wurden, stellte man selten etwas Gutes an. *Armer Grolli.* Auch wenn Fehris es nicht verstehen wollte, so hatte er doch eine enge Verbindung zu dem wilden Wesen. Ähnlich wie in ihm selbst sahen auch in der Grolldrummel alle nur das Schlechte und nahmen sich gar nicht die Zeit, den wahren Kern des Wesens etwas besser kennenzulernen.

Fehris hat dich kennengelernt und mag dich jetzt noch weniger.

Er versuchte den Spott in seinem Hinterstübchen zu überhören und lief mit gesenktem Kopf weiter. Auch wenn sich die Stadt verändert hatte, trugen ihn seine Füße immer noch mit schlafwandlerischer Sicherheit durch ihre Straßen. Es war ein feuchtschwüler Tag geworden. Die dunkler werdenden Wolken kündeten von Regen. Marls sicheres Gespür für das Klima der südlichen See verriet ihm aber, dass es nicht dazu kommen würde. Vielmehr sorgte Marl sich wegen der argwöhnischen Blicke, die ihm der ein oder andere Seemann zuwarf. Glücklicherweise waren die meisten von ihnen auch am frühen Vormittag schon so betrunken, sodass sie den merkwürdigen alten Mann mit dem hochgeklappten Kragen schnell vergaßen. Auf See durften die Mannschaften nicht trinken und selbst die Offiziere nur ab und an ein kleines Gläschen Rum zu sich nehmen. Das Meer war einfach zu gefährlich und verzieh keine Nachlässigkeiten. Das führte dazu, dass sich die meisten bei ihrem Landgang ständig betranken. Aus diesem Grund gab es unzählige Spelunken auf der Insel – und Freudenhäuser. Trotz der widrigen Umstände kam in Marl Melancholie auf, als er das heisere Lachen aus den verruchten Schänken hörte. Dass ihm eine kreischende Möwe im selben Moment auf die Schulter schiss, trübte den erinnerungsschwangeren Eindruck ein wenig.

Ein junger Matrose, der mit halb hochgezogener Hose aus einem Hurenhaus gewankt kam, welches den sinnigen Namen *Zum Vögelchen* trug, rempelte Marl an, als der gerade dabei war, mit einem Palmwedel die Hinterlassenschaften der Möwe zu entfernen. »He, Opa«, lallte er böse. »Kannstu nich aufpassen?«

Der alte Marl hätte dem Jungspund ein paar Takte erzählt. Der alt gewordene Marl sah aus dem Augenwinkel den Kumpan des Betrunkenen im Türrahmen des Freudenhauses stehen, dazu den Krummsäbel in dessen Gürtel und die beeindruckenden Muskelberge an seinen Oberarmen. Zudem hinderte ihn sein Ansinnen, möglichst wenig aufzufallen, daran, jetzt ein Fass aufzumachen. Daher sagte er beschwichtigend: »Entschuldigt bitte, mein Herr.« Piraten liebten Unterwürfigkeit. Bei diesem Bengel war das nicht anders.

Großzügig vergab er ihm. »Schon gut, pass aber beim nächsten Mal besser auf. Es gibt hier viele gefährliche Kerle.« Er lachte dümmlich.

Marl deutete eine katzbuckelige Verbeugung an und verschwand eiligst in der beschwingten Menge.

Nachdem er einige Querstraßen hinter sich gebracht hatte, schaute er nach, was seine offensichtlich immer noch passabel schnellen Finger dem Aufschneider entwendet hatten: Ein ziemlich dünnes Beutelchen mit vielen Kupfer- und sehr wenigen Silbermünzen – vermutlich war der Großteil seiner Heuer bei den Vögelchen des *Vögelchen* geblieben – dazu ein schwarzes Tuch und ein metallener Schlagring, durch den man seine Finger stecken konnte. »Keine schlechte Beute«, lobte Marl sich selbst, obwohl er wusste, dass er weit unter seinen einstigen Fähigkeiten geblieben war. Immerhin hatte er als junger Mann der gefürchteten Beronga die gesamte Beute von Jahren des Sklavenhandels aus der Kajüte gestohlen. Und das, während die Alte sich wenige Handbreit entfernt in ihrer Koje mit zwei Sklaven vergnügt hatte. Er wickelte sich das Tuch nach Piratenmanier um den Kopf. Das musste ausreichen, um aus dem Schwarzen Marl einen Unsichtbaren Marl zu machen. Einer Laune folgend erwarb er für seine wenigen Silbermünzen an einem wackeligen Händlerkarren einen Becher ordentlichen Rum. Dann noch einen und noch einen. Jeden leerte er in einem Zug. Der Alkohol brannte scharf und süß zugleich auf seiner Zunge. Nach dem dritten Becher fühlte er sich zwanzig Jahre jünger. »Ahh!« Er wischte sich den Mund mit dem Oberarm ab. »Das tut gut. Scheiß auf Fehris und den blöden Belam. Ich rette Grolli und wir werden die größten Freibeuter des Südmeers.« Beschwingt setzte er seinen Weg durch die Gassen der Stadt fort. Fast war er versucht, ein wenig zu pfeifen, als ihn einer der überall herumlungernden Anpreiser anhielt.

»He, Großer. Du siehst mir nach jemanden aus, der ein Abenteuer sucht.«

»Nein, davon habe ich gestrichen die Schnauze voll. Ich suche nur nach meinem Freund.«

»Der liegt bestimmt besoffen in den Armen irgendeiner Hure, also tu ihm den Gefallen und lass ihn dort. Aber ich habe dir etwas zu bieten, was du dein Lebtag nicht vergessen wirst.«

Gegen seinen Willen nahmen Marl die Worte des untersetzten Kerls mit der polierten Glatze gefangen. Der Rum tat sicher sein Übriges dazu.

»In der Arena gibt es heute ganz besondere Kämpfe.«

Und schon verlor er Marls Aufmerksamkeit. Er hatte weder Lust noch Zeit, sich irgendwelche armen Sklaven oder Tiere anzuschauen, die sich gegenseitig zerfleischten. Mord und Totschlag bot ihm sein wirkliches Leben schon mehr als genug. Gelangweilt winkte er ab.

»Wartet, Freund.«

Der Mann wagte es doch tatsächlich, seine Hand auf Marls Schulter zu legen. Unwillkürlich ballte sich dessen Hand zur Faust.

»Ich spreche hier von etwas Außergewöhnlichem. Heute wird eine Grolldrummel so lange kämpfen, bis sich ein Wesen findet, das ihrer ebenbürtig ist.«

Grolli! Oh nein! Schlagartig bekam er Kopfschmerzen vom Rum, und auf seiner Zunge lag ein schaler, abgestandener

Geschmack. Auch sein von den Braunmücken so gequälter Darm meldete sich gurgelnd zurück. Wie hatte er sich nur so gehen lassen können? Er änderte die Richtung und rannte, ohne auf das Gezeter des Anpreisers zu achten, in Richtung der Arena. Das suppenschüsselartige Gebäude war das größte auf der Insel und aus allen Himmelsrichtungen nicht zu übersehen. Bei besonderen Kämpfen strömten die Menschen sogar von den Inseln des Morgens und des Abends hierher. Zu besseren Zeiten auch von der südlichen Küste, doch aufgrund des Schattenstaubs kam von dort seit einigen Jahren keine lebende Seele mehr.

Als Marl die großen Tore erreichte, durch die die Zuschauer ins Innere gelassen wurden, erwarteten ihn neben einer langen Schlange auch weitere Anpreiser. Sie hatten auf Holztafeln ungelenke Zeichnungen einer Grolldrummel gemalt und dazu Bilder der unterschiedlichsten Kreaturen. Marl erkannte Schlangen, Löwen, Hunde mit riesigen Gebissen, ein Krokodil und einen Bären. Die anderen dargestellten Wesen waren so abscheulich, dass sie ins Reich der Fabel gehören mussten und vermutlich von den Werbern erfunden worden waren, um noch mehr Zuschauer zu den Kämpfen zu locken. Zumindest hoffte er das. Sein Blick blieb an einer dreiköpfigen Ziege hängen, sein Herz bekam einen Stich, denn er musste an Dott denken. Doch das war nicht alles. Schräg darunter auf derselben Holztafel starrte ihn nahezu lebensecht ein wütender Grolli an. Was für eine brillante Zeichnung! Sogar die vertrauten Gesichtszüge konnte er ausmachen. Für Dott konnte er zwar nichts mehr tun, doch sein felliger Freund lebte eindeutig noch.

Halt aus, Grolli, ich komme!

Seine Ellbogen einsetzend drängelte er sich durch die Menge. Ein Turm von einem Mann brachte ihn schließlich dazu, stehenzubleiben.

»Zwei Silberlinge, wenn du rein willst, Alter.«

Der harte Blick des Mannes mit den mandelförmigen Augen und dem langen schwarzen Zopf ließ keinen Zweifel daran, dass er dieser Aufforderung Nachdruck verleihen würde.

Ohne Diskussion schüttete Marl den Rest der dünnen Börse in seine riesenhafte Hand.

Mit verkniffener Miene wischte der in den dreckigen Kupfermünzen herum.

Hätte ich mir bloß keinen Schnaps gekauft.

Saufen ist aller Laster Anfang, wisperte Fehris' Stimme in seinem Kopf.

»Das reicht nicht«, brummte der Riese mit tiefer Stimme.

»Komm schon …«, begann Marl.

Der Schädel des Einlassers setzte schon zu einem Kopfschütteln an, da rettete Marl das Murren der anderen Wartenden, die kein Verständnis für die Verzögerung hatten.

»Also gut …« Mit genervter Miene schob der Dunkelhaarige ihn an sich vorbei in den Innenraum der Arena.

Die Ränge waren noch nicht komplett gefüllt, aber das würde sich bald ändern. Grollis Kampf wollte sich offensichtlich kaum jemand entgehen lassen. Ein intensiver Geruch nach gebratenem Schwein, frischem Stroh und verschüttetem Bier waberte durch die Spielstätte. Auch hier war ein Großteil der Anwesenden betrunken. Einige Huren hatten sich bei Piraten untergehakt, andere gingen in den schattigen Ecken der Arena ungeniert ihrer Arbeit nach.

Marl ignorierte all dies und suchte sich auf den steinernen Bänken einen Platz aus, der besonders nah an der Spielfläche lag. Unauffällig studierte er die Umgebung; er suchte nach einem Weg, um ins Innere des von einem hohen Gitter umschlossenen Spielrunds zu gelangen. Wozu genau, wusste er im Moment nicht, eine andere Möglichkeit, Grolli zu Hilfe zu eilen, fiel ihm schlicht nicht ein.

»Zurück auf deinen Platz und weg vom Zaun«, zischte ihn ein Wächter an, der sich in Statur und Größe nicht sonderlich von seinem Kollegen an der Tür unterschied.

Wohl oder übel tat Marl wie ihm geheißen. Als er noch grübelte, was er nun tun sollte, tauchte ein komplett in Rot gekleideter Mann im Sand der Arena auf.

Die Menge begann zu johlen. Der sogenannte Ludus – der Spielleiter – war gekommen, um das Spektakel zu eröffnen.

Hier drin würde Marl nichts ausrichten können. Panisch blickte er sich nach den Ausgängen um, doch der Versuch, sich gegen die nach Blut lechzende, euphorische Menge zu stemmen, war zum Scheitern verurteilt. Wann immer er einen halsstarrigen Piraten oder eine keifende Hure hinter sich gelassen hatte, stellte sich ihm das nächste Pärchen in den Weg. Schon ereilten ihn die Blicke der Aufpasser; er setzte sich auf den nächstbesten Platz, um nicht noch mehr Aufmerksamkeit auf sich zu ziehen. *Ich brauche einen Plan.*

Wäre vielleicht besser gewesen, einen zu machen, bevor du hier hereingestürmt bist, wisperte Fehris' spöttische Stimme in seinem Kopf.

»Meine sehr verehrten Damen …«

Die Dirnen lachten über die Bezeichnung.

»… und Herren.«

Ihre männlichen Gegenstücke fielen mit ein.

»Es ist mir eine Ehre, Ihnen heute das Grauen aus dem Nebelhain zu präsentieren: Eine wilde Groooooolldrummelllllllll.«

Die Menge brüllte, als der arme Grolli in einem Käfig von vier muskulösen Männern mit eingeölten und glänzenden Oberkörpern hereingefahren und in der Mitte abgestellt wurde.

Wütend schlug sein felliger Freund mit den Krallenpranken gegen die armdicken Gitterstangen und grollte so herzzerreißend, dass es Marl in der Seele wehtat.

»Das Biest ist bereit, doch gegen welche Bestie soll es antreten?«

Weitere Käfige und Kisten wurden hereingebracht.

»Den Löwen? Die tapfere Bärin? Die mörderischen Hunde oder doch gegen die Viper Megara aus den Sümpfen der Pirateninsel?«

Die Leute auf den Sitzen neben Marl schrien sich die Hälse heiser, als sie versuchten, ihren Wunsch beim Ludus zu platzieren. Sie mussten sehr betrunken sein, wenn sie glaubten, dass irgendetwas dort unten dem Zufall überlassen wurde.

Mit einer beschwichtigenden Geste brachte der Spielleiter das Publikum zur Ruhe. Er machte eine grüblerische Miene und stolzierte an Grollis Käfig entlang. Immer gerade so knapp entfernt, dass Marls tierischer Freund ihn nicht packen oder mit dem Schwanz erwischen konnte. »Ich denke die meisten Zurufe bekamen die … HUNDE! Beginnen wir mit ihnen!«, schrie er plötzlich aus Leibeskräften.

Jemand schlug mit einem Eisen an die Käfigstangen der Kampfhunde, die daraufhin wütend bellten.

»JA! JA! JA!«, brüllte der entfesselte Mob.

»Setzt jetzt auf den Sieger, um eurer heutigen Dame noch ein paar mehr Freudenschreie zu entlocken!« Der Ludus zwinkerte anzüglich in Richtung der Zuschauerränge.

Affektiert kicherten die Huren, die wohl tatsächlich auf gute Geschäfte mit den Wettgewinnern hofften.

Natürlich, dachte Marl genervt. Damit verdiente die Arena den größten Batzen: Wetten!

Zahlreiche Seeleute strömten zu den Wettbuden, um ihre sauer verdienten Münzen einzusetzen.

Der Käfig mit den Hunden wurde Grollis genau gegenübergestellt, die anderen Tiere wurden aus dem Spielrund geschafft.

Auch der Ludus beeilte sich, hinter die Absperrung zu gelangen. Von dort rief er: »Lasst uns beginnen!«

Mit langen Hakenstangen öffnete man umständlich die Käfige.

Die Hunde – insgesamt fünf, mit so breiten Brustkörben, dass es verwunderlich war, wie ihre krummen Beine sie überhaupt tragen konnten – verteilten sich in Rudelmanier um Grollis Käfig. Der schien allerdings beschlossen zu haben, nicht anzutreten, denn er blieb einfach in seinem eisernen Gefängnis hocken.

Die ersten Buhrufe wehten wegen dieses Verhaltens von den Rängen.

Schlauer Grolli, dachte Marl grimmig und mit klopfendem Herzen zugleich. Es würde ihn um den Verstand bringen, wenn er hilflos zusehen müsste, wie sein einziger echter Freund von diesen Mistviechern in Stücke gerissen wurde.

Der größte der Hunde näherte sich knurrend der offenen Käfigtür. Seine Kumpane bauten sich wichtigtuerisch hinter ihm auf.

Urplötzlich schoss eine befellte Hand aus der Öffnung, packte den Leitrüden am Nacken und zerrte ihn ins Innere. Es folgte ein Jaulen und ein gespenstisches Knacken, während Grolli ihm den Hals brach. Achtlos schleuderte er den Kadaver aus dem Käfig.

Gut gemacht!

Es wurde so still, als wäre der Menge kollektiv der Atem abhandengekommen. So wie den vier verbleibenden Hunden der Mut. Mit zwischen die Beine gekniffenen Schwänzen liefen sie an die Stelle des Spielrunds, die am weitesten von Grollis Käfig entfernt war.

Die Zuschauer reagierten wütend. »Betrug! Feige Mistviecher!«, und anderes, noch weniger Erbauliches schallte von den Sitzreihen.

Zwar versuchten einige Dompteure die Hunde noch mit gezielten Schlägen davon zu überzeugen, gegen Grolli anzutreten, aber die Tiere blieben bei ihrer stoischen Weigerung – und Grolli in seinem Käfig.

Die ersten Gegenstände flogen auf das Spielfeld.

Der Ludus gab sein Bestes, um die Stimmung nicht endgültig kippen zu lassen. »Liebe Gäste, die Wetten für diesen Kampf werden annulliert. Sie bekommen Ihr Geld zurück. Außerdem wird die Arena jedem von Ihnen kostenlos eine Füllung Rum anbieten, wenn Sie einen Becher kaufen und …«

Alles andere ging im freudigen Johlen der Zuschauer unter.

Marl war sich unsicher, ob das die aufgeheizte Stimmung nicht noch mehr befeuern würde. Ihm allerdings spielte es in die Karten. Je mehr Chaos entstand, desto eher würde sich eine Gelegenheit ergeben, Grolli zu retten. Marl beobachtete, wie der Ludus aufgeregte Worte mit einigen weiteren riesenhaften Wächtern wechselte.

Schließlich trieb man den Löwen durch eine Tür im Gitter in das Spielrund.

Die Zuschauer, nun noch betrunkener, pfiffen und jubelten lauthals.

Nervös rutschte Marl auf seinem Hintern hin und her. Die Raubkatze war beeindruckend groß. Bei jedem ihrer federnden Schritte zeichneten sich dicke Muskelstränge unter dem gelblichen Fell ab. Dieses Mal lauerte kein Schoßhündchen vor Grollis Käfig, dem man einfach den Hals brechen konnte. Der Löwe brüllte langgezogen, um klarzumachen, wer der Chef im Ring war.

Grolli schien es auch jetzt wieder vorzuziehen, an Ort und Stelle zu bleiben. Als die große Katze jedoch ihren Schwanz hob und einen kräftigen Strahl Urin zwischen den Gitterstäben hindurchschoss, sprang er mit einem lauten Grollen heraus.

Die Menge belohnte das mit einem erwartungsvollen Aufstöhnen. Endlich zeigte sich die Bestie.

Marl knabberte aufgeregt an seinem Daumennagel. Grolli war im Vergleich zu dem Löwen erstaunlich klein, darüber hinaus schien ihn die brüllende Zuschauermenge einzuschüchtern.

Die Raubkatze wollte diesen Moment der Unsicherheit offensichtlich nutzen. Fauchend rannte sie auf Grolli zu.

Frenetischer Applaus erklang. Viele hatten wohl auf die Raubkatze gesetzt.

Auch der Löwe schien mit sich zufrieden. Stolz setzte er zu einem langen Sprung an – wohlweislich mit hocherhobenem Kopf, wie um seine Mähne in Position zu setzen.

Er schaffte es, der Grolldrummel einen Prankenhieb an der Schulter zu verpassen, aber Grolli schlug dem Löwen seinen dornenbewehrten Schwanz mit solcher Kraft seitlich ans Maul, dass ihm zwei Reißzähne herausflogen. Sich mehrfach überschlagend landete die Raubkatze auf dem Boden der Arena. Vor Pein schrie das Tier – einem verängstigten Kind gleich – auf und versuchte zu fliehen.

Die Grolldrummel kannte keine Gnade. Ihre blutende Schulterwunde ignorierend, setzte sie erst dem Löwen nach und dann zu einem erstaunlich hohen Sprung an, landete auf seinem Rücken und umklammerte dessen Hals. Die Raubkatze schaffte es noch, in eines von Grollis unkontrolliert hin- und herschaukelnden Beinen zu beißen, bevor die Bestie aus dem Nebelhain mit einem langen Schwung ihrer Krallen dem angeblichen König der Tiere die Kehle aufschlitzte. Ein Schwall Blut ergoss sich in das frische Stroh.

Der Löwe jaulte und strauchelte.

Grolli grollte seinen Triumph heraus.

Wieder verstummten die bis dahin so blutgierigen Zuschauer.

Grolli war das egal. Er begann jetzt, sich Stück für Stück durch den Löwen zu fressen. Sein Fell war blutgetränkt und das wohlige Brummen, das er dabei von sich gab, übelkeitserregend.

Geflüsterte Worte gelangten an Marls Ohr: »Widerlich! Der arme Löwe. Unfair. Die Bestie muss sterben.«

Die Stimmung drehte sich gegen seinen Freund.

Der Spielleiter griff ein, bevor die Menge auf die Idee kam, die Arena dem Erdboden gleich zu machen. »Es ist an der Zeit, dem Untier zu zeigen, dass nur eine Spezies diese Welt beherrscht.« Er machte eine einstudierte Pause. »Der Mensch! Wir suchen fünf Freiwillige, die den Mut haben, sich der Grolldrummel zu stellen. Auf den Gewinner warten zwei Goldstücke, ein Fass Rum und ewiger Ruhm.«

Es brandete Schock und Gelächter auf. Jeder sah seinen Nachbarn an und riss Witze, niemand war so dumm, sich zu melden.

Marl grinste zufrieden. *Das ist die Gelegenheit!* Sollte sich keiner melden, würden sie ihm Grolli vielleicht schenken, wenn er versprach dafür zu sorgen, dass der den aufgeblasenen Spielleiter nicht auffraß. *Oder sollte ich mich eventuell selbst …*

Mit einem Räuspern fuhr der Ludus fort. »Selbstverständlich dürfen die tapferen Recken in diesem Kampf Waffen und Rüstungen ihrer Wahl tragen.«

Etliche breitschultrige Kerle erhoben sich von ihren Sitzen.

Scheiße.

Das erste Todesopfer

Fassungslos und ohnmächtig verfolgten Arn und Dott im voll besetzten Mittelrang der Arena, wie Grolli um sein Leben kämpfte. Zuerst gegen eine bissige Hundemeute und danach gegen den Löwen, dessen Kadaver vier Sklaven hinter sich her schleiften und durch einen Abgang in den Katakomben der Arena verschwanden.

Mit Tränen in den Augen mussten sie mitansehen, wie sich Grolli in den Käfig zurückzog. Er humpelte, sein Fell strotzte vor Blut und Schmutz.Der Löwe hatte ihn an der Schulter erwischt. Wie schwerwiegend mochten seine Verletzungen sein?

Bisher hatte sich ihr Freund bravourös geschlagen und sogar den König der Tiere besiegt. Doch wozu? Damit jetzt, zum Vergnügen aller, gut bewaffnete Krieger gegen ihn antraten? Diese Ungerechtigkeit erboste Dott. Schon stolzierten vier Freiwillige in die Arena, kampferprobte Kolosse, die auf ihre Fähigkeiten – und Waffen – vertrauten und sich auf vermeintlich einfache Art zwei Goldstücke verdienen wollten. Und Rum und Ruhm.

Gegen eine angeschlagene Grolldrummel, dachte Dott bitter.

Begeistert nahm der Ludus sie in Empfang. »Seht sie Euch an, die Recken des Tages.«

Die Zuschauer johlten. Es bahnte sich ein Kampf nach ihrem Geschmack an.

»Noch jemand? Einen Platz hätten wir noch zu vergeben.«

Keiner im weiten Rund machte Anstalten, sich zu melden.

»Wir werden unsere Helden mit den Waffen ihrer Wahl ausstatten. Nur Fernwaffen wie Pfeil und Bogen sind nicht erlaubt. Wir wollen ja einen gerechten Kampf.« Er zwinkerte übertrieben in Richtung des Publikums.

»Was ist mit Speeren?«, fragte einer.

»Speere sind in Ordnung, wenn sie nicht geworfen werden«, rief der Ludus.

Dott schloss kurz die Augen. Er stellte sich dennoch vor, wie ein feige aus der Distanz geworfener Speer Grollis Brust durchbohrte. Denn was galten schon Regeln, wenn es um das eigene Leben ging.

»Und auch die Reihenfolge muss noch festgelegt werden, schließlich soll immer nur einer gegen das Monstrum antreten. Den anderen bleibt nur, auf das Versagen des Vorgängers zu hoffen, denn wir haben leider nur eine Grolldrummel. Hihihi!«

»Hahaha«, machte das Publikum.

»Ich trete als Erster an«, rief der Speerkämpfer.

Sein Nebenmann konterte: »Kommt nicht infrage. Ich zuerst. Mit einem Bidenhänder. Mal sehen, wie fest so ein Grolldrummelkopf sitzt.« Er grinste erwartungsfreudig. Seine muskulösen Unterarme konnten sich locker mit Dotts Oberschenkeln messen.

»Das könnte euch wohl so passen. Nein, ich!«, rief sein Gegenüber.

»Tapfere Recken, der Würfel wird entscheiden«, erklärte der Ludus. »Daher bitte ich das verehrte Publikum einen Moment um Geduld, bis wir die Reihenfolge ausgewürfelt sowie Waffen und Rüstungen verteilt haben. Folgt mir.« Der Ludus und die vier Freiwilligen verschwanden durch den Abgang in den Katakomben.

»Kannst du heimlich mit Elementarmagie helfen?«, fragte Dott Arn. »Ein Sandsturm, eine Sturzflut, was auch immer.«

»Ich weiß nicht, das sind mächtige Zauber. Die Piraten würden sofort sehen, woher sie kommen. Und dann werden wir gevierteilt.«

»Oder irgendetwas Kleineres, das Grollis Feinde ablenkt und seine Chancen verbessert?«

»Nicht von hier oben, wir sind zu weit weg.«

Dott schwieg. Was verlangte er von dem Jungen? Selbst wenn Dott für diese vier Freiwilligen keinerlei Sympathie hegte, konnte er schlecht von Arn verlangen, ihnen magische Knüppel zwischen die Beine zu werfen, damit Grolli sie zerfetzen konnte.

Nicht der Junge, sondern ich muss etwas tun, dachte der Ziegenhirte. *Etwas, das ich später mal Clarissa und meinen fünf Kindern mit Stolz erzählen kann.*

Er erhob sich. »Wir treffen uns nach dem ganzen Spaß an der Ostseite beim Nebeneingang, durch den wir reingekommen sind«, erklärte er Arn.

Der Knabe riss die Augen auf: »Was hast du vor?«

»Sag ich besser nicht. Dann kannst du es mir nicht ausreden.«

»Egal was es ist, ich begleite dich.«

»Ich weiß deinen Mut zu schätzen, doch das geht in diesem Fall leider nicht, Arn. Glaube mir. Aber drück die Daumen, dass das Glück mich weiterhin begleitet.« Mit diesen Worten sprang Dott die Treppen zur Arena hinunter.

»Halt«, hielt ihn ein riesenhafter Wächter auf. »Wo willst du denn hin, Kleiner?

»Na wohin wohl. Mich freiwillig als Fünfter melden.«

Der Mann runzelte die Stirn. »Du siehst mir nicht nach einem großen Krieger aus. Bist du dir da sicher?«

»Nein«, antwortete Dott, »sicher bin ich mir nicht, aber ich werde es trotzdem tun.«

Der Wachmann winkte ihn kopfschüttelnd durch.

Dott schwang sich über den Balken, der als Absperrung diente, und folgte den Freiwilligen in die Katakomben.

Im Tunnel hörte er sie schon von Weitem streiten, sie befanden sich samt dem Ludus in einem Raum rechts von ihm. Dicht davor blieb Dott stehen und holte tief Luft. Das half sonst immer gegen die Aufregung. Wusste er, was er da tat? Nein. Doch er wusste, was er wollte. Immerhin. Er lauschte.

»Das Vieh ist verletzt. Wenn wir noch lange reden, verblutet es von allein. Ich will jetzt kämpfen«, dröhnte der Speerkämpfer.

»Geduld! Die höchste Zahl gewinnt. Hier sind drei Würfel«, erklärte der Ludus. Dott hörte das Klackern von Würfeln in einem Holzbecher.

»Zwölf!«, stellte jemand fest.

Wieder wurde der Becher geschüttelt.

»Zehn!« Ein Fluchen folgte.

Der nächste Wurf. Raunen ertönte, dann verkündete der Ludus: »Siebzehn!«

Ein Jubelschrei. Dott erkannte die Stimme des Zweihandschwertkämpfers.

»Der schummelt doch!«, meckerte einer.

Der vierte und letzte Wurf folgte.

»Sechs! So ein Mist!«

»Damit steht die Kampfreihenfolge fest.«

Es gibt Momente im Leben, in denen es kein geregeltes Vor und kein Zurück gibt. Dann hilft es nur, mit dem Kopf durch die Wand zu rennen. »Augenblick, auch ich melde mich für den Kampf!« Dott trat um die Ecke und fand die Männer auf dem Boden sitzend vor – mit dem Würfelbecher in der Mitte.

»Was bist du denn für einer?«

»Ein Arenakämpfer, wie ihr ihn noch nie gesehen habt.«

»Da hat er recht«, grinste der Speerkämpfer. »Wo hast du deine Muskeln gelassen?«

»Die brauche ich nicht, um gegen die Grolldrummel anzutreten.«

»Geh heim zu Mami, bevor es zu spät ist, Kleiner«, schlug ein anderer vor und knackte mit den Fingerknöcheln; es klang, als hätte er gerade einem Gegner das Rückgrat gebrochen.

»Hast du gesehen, was dieses Biest mit dem Löwen angestellt hast? Du hast doch nicht den Hauch einer Chance, selbst wenn es schon verletzt ist«, meinte ein anderer.

»Ihr habt alle recht. Da ich also kaum in der Lage bin, euch das Preisgeld wegzuschnappen, könnt ihr ja getrost das Risiko eingehen, mich als Ersten antreten zu lassen.«

»Da ist was dran«, erklärte ein dunkelhäutiger Krieger, dessen Kreuz so breit wie das von Grolli war. »Der Hänfling dient dem Biest nur als kleine Vorspeise.«

Der Zweihandschwertkämpfer grunzte. »Kommt nicht infrage. Auch du musst würfeln. Und zwar mehr als siebzehn, sonst gehe ich als Erster.«

Der Ludus fuhr dazwischen: »Also gut – dann würfele meinetwegen. Und zwar schnell, damit die Spiele weitergehen können.«

Dott ergriff den Becher, verschloss ihn mit der flachen Hand und schüttelte. Mit einer schnellen Bewegung stülpte er ihn auf den Boden, ohne ihn hochzuheben. Die Würfel waren gefallen.

Liebes Glück, sei bitte zur Stelle. Ich tue dies für Grolli und diese vier Männer.

Langsam erhob er sich.

»He, hast du nicht was vergessen? Hoch mit dem Becher, du Tranbeutel!«, rief der Speerkämpfer.

»Nein, denn ich muss jetzt in die Arena«, antwortete der Ziegenhirte.

»Blödsinn! Der spinnt!«, knurrte der Zweihandschwertkämpfer, griff nach dem Becher und riss ihn hoch.

Die Augen aller richteten sich auf die Augen des Würfels. Kollektives Stöhnen der Kolosse.

Der Ludus erholte sich als Erster: »So ist es. Du zuerst«, sagte er zu Dott. »Was für eine Waffe wählst du?«

»Wie … wie … wie hat er das gemacht?«, stotterte der Zweihandschwertkämpfer.

Dott sagte: »Keine Waffe, ich erledige das Biest mit bloßen Händen.«

»Keine Ahnung, jedenfalls liegen dort drei Sechsen, das ist sicher«, erklärte der Dunkelhäutige.

Die Männer erhoben sich und lachten rau. Nicht einmal auf Zehenspitzen konnte der Ziegenhirte einem von ihnen über die Schulter blicken.

Der Speerkämpfer meinte: »Lasst den Knirps ruhig antreten. Die Grolldrummel wird ihn zerfetzten. Und dann kommen wir an die Reihe!«

Ein unwilliges Rauschen von den Rängen schwappte zu ihnen herunter.

»Das Publikum wird ungeduldig, raus in die Arena«, forderte der Ludus Dott auf.

Mit zusammengekniffenen Augen marschierte der Würfelheld gemeinsam mit dem Ludus aus dem Tunnel der Katakomben hinaus ins Sonnenlicht des Nachmittags. Amüsiertes Getuschel, lautes Gelächter und gespanntes Raunen begrüßte sie von den Rängen.

Einige riefen ihm etwas zu, doch Dott konzentrierte sich auf die Grolldrummel, die immer noch in ihrem Käfig saß. Sein Plan war so wagemutig wie verrückt, doch was hätte er anderes tun können? Er musste Grolli überzeugen, ihm zu folgen, ihm einfach nur hinterherzurennen. Hoffentlich verstand ihn die Grolldrummel. Und hoffentlich vertraute Grolli ihm, nach alldem, was die Menschen ihm angetan hatten. Verdammt viel *hoffentlich*, stellte Dott fest. So schnell wie irgend möglich würden sie dann durch den Tunnel in die Katakomben fliehen. Dank Jostus' kleiner Führung kannte der Ziegenhirte den Weg durch das Labyrinth – zumindest war er sich sicher, den kleinen Nebeneingang wiederzufinden. In diesem Falle eher den Nebenausgang.

»Meine Damen und Herren«, rief der Spielleiter mit tragender Stimme, »der Höhepunkt des heutigen Tages beginnt. Der Kampf Mensch gegen Grolldrummel.«

Frenetischer Jubel im Rund. Endlich ging es los! Und es gab auch schon das erste Todesopfer: Dotts Plan. Was er vorher von seiner Sitzposition aus nicht hatte sehen können: Der Eingang zum Tunnel wurde gerade durch massive, klappbare Holzplatten verbarrikadiert. Ganz in der Nähe postierten sich zudem mit Lanzen und Piken bewaffnete Wachen, um jeden Versuch, die Arena zu verlassen, im Keim zu ersticken. Solange der Kampf andauerte, kam dort mit Sicherheit niemand raus. Damit löste sich Dotts Fluchtweg in Luft auf.

Fünffache Ziegenkacke!

Freund oder Schurke?

Durch Belams wunderbare Landkarte in ihrem Kopf konnte Fehris problemlos feststellen, welcher der zahlreichen Strände an der Küste der Richtige war. Es gab einen mit schwarzem Sand und einen mit zerklüfteten Felsen, die sie weiträumig umgehen musste, weil die Kanten so scharf wie frisch geschliffene Messer waren. Danach folgte ein roter Strand mit einer seltsamen Erhebung in der Mitte, die Fehris nicht genauer bestimmen konnte. Das musste der Muschelstrand sein! Er ging nahtlos in einen Palmenhain und von dort aus in den Urwald über. Vermutlich lebte die kleine Beryll also in einer Waldsiedlung oder einem Baumhaus. Fehris stellte sich das siebenjährige Mädchen vor, wie es über den Strand rannte, durch die auf- und ablaufenden Wellenkämme sprang und Muscheln sammelte. Wie sie hinaus auf den endlosen Ozean blickte und sich fragte, wer sie eigentlich war und wohin sie gehörte. Sehr unwahrscheinlich, dass sie sich noch an ihre Mutter oder ihre Brüder erinnerte, aber mit Sicherheit an ihre getöteten Zieheltern. Wer waren wohl die Menschen, die sich jetzt um das verlassene Magierkind kümmerten? Die Tatsache, dass sie außerhalb des verruchten Drabnars lebten, sprach jedenfalls für sie.

All diese Grübeleien lenkten Fehris von dem Aufstand ab, der in ihrem Kopf tobte: Genau jetzt war Marl allein in der Stadt unterwegs, getrieben von dem aussichtslosen Unterfangen, seine Grolldrummel zu retten. Sie hätte ihn nicht gehen lassen dürfen, egal wie sehr sie sich über ihn geärgert hatte. Er mochte ein übelriechender, ständig widersprechender Miesepeter sein, aber dennoch war er alles, was Fehris geblieben war. Wenn er sich nun selbst zur Schlachtbank führte, trug sie einen Teil der Schuld. Doch was war die Alternative? Umkehren und sich ebenfalls abmurksen lassen? Um damit auch die letzte Chance auf eine Rettung Meribors in den Dreck treten? Nein! Sie musste jetzt mutig nach vorn sehen, einen anderen Weg gab es nicht mehr. Marl hatte sein Schicksal selbst gewählt.

Die scharfkantigen Felsen unter ihren Füßen stachen durch die Sohlen ihrer Stiefel, also bog sie ein Stück weit ins Inselinnere ab, wo es außer einem winzigen, heruntergekommenen Bauernhof mit einer einzelnen Kuh auf der Weide keinerlei weitere Behausungen gab. Außer den wenigen Einsiedlern schienen sich alle Bewohner der Insel in der Stadt niedergelassen zu haben, wo sie entweder von ihren Kaperfahrten, vom Fischfang, der Prostitution oder dem Sklaven- und Schwarzmarkthandel lebten. Diejenigen, die damit nichts zu tun haben wollten, endeten als melancholische Pechbrenner oder armselige Hungerleider in den unwirtlichen Gebieten der piratenverseuchten Insel. Wer wählte freiwillig ein solches Leben? Diese Frage legte leider nahe, dass auch Berylls neue Gastgeber auf irgendeine Weise einen an der Klatsche hatten. Hoffentlich würden sie Fehris freundlich empfangen!

Einige Meilen weiter wurden die spitzen Felskanten flacher und mündeten schließlich in den erwarteten roten Strand. Genau wie Marl gesagt hatte, spülten die Wellen hier zahlreiche Muscheln an Land und viele davon hatten die gleiche Farbe wie jene, die Dott einst aus der Jagdhütte im *Roten Forst* mitgebracht hatte. Selbst der Sand bestand aus den Resten abertausender zerriebener Bruchstücke davon, was ihm seinen roten Schimmer verlieh. Fehris hob eine intakte Muschel auf und hielt sie an ihr Ohr. Ein beruhigendes Rauschen erklang in deren Inneren – das ewige Lied des Ozeans, das niemals verstummte. Sie steckte das Fundstück ein. So hatte sie zumindest etwas, das sie vorzeigen konnte, um sich gewissermaßen auszuweisen. Wenn sie Beryll und ihren Aufpassern erklärte, dass diese Art von Muschel sie hergeführt hatte, würden sie vielleicht schneller Belams Retterin in ihr erkennen.

Sie beschirmte ihre Augen mit einer Hand und ließ ihren Blick über den Strand schweifen. So weit sie sehen konnte, gab es hier nichts außer Muscheln, Sand und Wellen. Und die seltsame Erhebung weiter hinten, die so etwas wie ein riesiger, vom Wasser rundgeschliffener Kalksteinbrocken sein konnte. Fehris beschloss, zuerst dort nachzusehen. Je näher sie dem undefinierbaren Gebilde kam, desto unsicherer wurde sie. Einem Impuls folgend verlagerte sie ihren Weg nach links und ging am Meeresufer entlang, um einen neuen Blickwinkel zu bekommen, da erkannte sie die Form des Felsens: Es war ein Totenschädel!

Der Unterkiefer fehlte, doch die leeren Augenhöhlen und das gespaltene Loch der ehemaligen Nase waren eindeutig zu erkennen. Letztere schien so etwas wie ein Eingang zu sein, während die Augenhöhlen als Fenster dienten. Die Zähne steckten wohl als Fundament im Sand. Wer auch immer den Felsen derart bearbeitet hatte – und aus welchem Grund –, konnte nicht alle Nadeln im Kompass haben. Hoffentlich war dies kein Wachposten eines Kannibalenstammes, der Beryll mittlerweile aufgegessen oder ebenfalls zur Menschenfresserin gemacht hatte!

Fehris zauderte. Am gesamten Strand gab es keinerlei Sichtschutz, in dessen Deckung sie sich näher heranwagen konnte. Andererseits: Wenn sie bis jetzt unentdeckt geblieben war, würde sie das vielleicht auch weiter bleiben. Möglicherweise lebte seit vielen Jahren niemand mehr in dieser monströsen Behausung und sie war lediglich das Relikt einer alten, längst versunkenen Kultur. Unentschlossen trat Fehris von einem Bein auf das andere.

Genau in dem Moment ertönte plötzlich spitzes Kindergeschrei. Ein kleines Mädchen mit zerzaustem, feuerrotem Haar kam durch das rechte Nasenloch des Totenkopfs gerannt, hinter ihr her eine Kreatur, die Fehris erst auf den zweiten Blick als Affe erkannte. Es war eines jener struppigen Tiere, die sie bereits auf den Bäumen im Urwald gesehen hatte. Dürre Biester mit menschenähnlichen Gesichtern und schaurig großen Augen, die selbst an einen Totenschädel erinnerten. Auch der Affe stieß hohe, kreischende Töne aus, während das rothaarige Mädchen beide

Arme in die Luft reckte und rannte, als gälte es ihr Leben. Wollte das Mistvieh ihr etwas zuleide tun oder war das alles nur ein Spiel?

»Beryll!«, schrie Fehris aufgeregt. Gleichzeitig zückte sie ihren Säbel und rannte auf die beiden zu.

Das Mädchen hatte ihr Rufen nicht gehört, wohl aber der Affe. Er hielt inne, stellte sich auf die Hinterbeine und fauchte Fehris entgegen. Für einen Moment sah es so aus, als blitzten Flammen in seinen Augen, doch es konnte auch der Widerschein der Sonne sein. So geschwind und kreischend wie sie aus dem einen Nasenloch des Totenkopfs herausgerannt war, verschwand das Mädchen im anderen. Gleich darauf setzte der Affe hinterher und schlagartig verstummte jedes Geräusch. Einzig das Branden der Wellen gegen den Strand war noch zu vernehmen.

Schwer atmend blieb Fehris in einigem Abstand zu dem Felsen stehen. Was war das denn gewesen? Vom Alter her konnte es sich bei dem Kind um Beryll gehandelt haben. Doch was hatte es mit diesem widernatürlich aussehenden Affen auf sich? Wenn sie das herausfinden wollte, musste sie wohl oder übel ebenfalls ins Innere des Totenkopfs steigen. Sie entschied sich für eine defensive Vorgehensweise, steckte den Säbel wieder weg und zog stattdessen die rote Muschel hervor. Besser, sie gab sich direkt als Freund zu erkennen.

»Beryll?«, rief sie, während sie sich mit zaghaften Schritten zum Nasenloch vorarbeitete. »Mein Name ist Fehris. Ich bin gekommen, um dich und deine Brüder zu den Magiern nach Kandoria zu bringen.« Dass es mittlerweile nur noch *einen* Bruder gab, weil der andere vom Ozean verschluckt worden war, behielt sie vorerst lieber für sich.

Sie reckte die Muschel nach vorn, in der Hoffnung, dass diejenigen, die im Inneren der Schädelhöhle saßen, sie erkennen würden. »Meine Gefährten und ich waren in deinem Versteck im *Roten Forst*. Wir haben diesen Hinweis entdeckt, der uns hierhergeführt hat.«

Obgleich sie nun direkt vor dem Eingang stand, konnte sie im Inneren des Felsens nur Dunkelheit erkennen. Nichts regte sich.

Mir bleibt wohl nichts anderes übrig, als hineinzugehen.

Sie nahm all ihren Mut zusammen und trat über die Schwelle aus düsteren Schatten.

Etwas kribbelte auf ihrem Scheitel wie ein feiner Nieselregen, der sich über sie ergoss und kalt an ihrem Rücken entlang nach unten rann. Fehris schüttelte sich. Das gleißende Sonnenlicht von außerhalb drang nur spärlich ins Innere der Höhle vor. Im Halbdunkel sah sie jedoch, dass der Raum, in dem sie sich befand, nur so etwas wie eine Empfangshalle war. Hinten, wo ein normaler Schädel in eine Wirbelsäule überzugehen pflegte, klaffte ein Tunnel, der stetig nach unten führte. Seine Wände bestanden aus nichts weiter als Sand. Besonders vertrauenserweckend sah das nicht aus.

»He, Kleine!«, rief sie, doch auch diesmal erhielt sie keine Antwort. Dafür begann die Muschel auf ihrer Hand zu vibrieren. Verdutzt starrte Fehris darauf, da fing das Ding mit einem Mal zu leuchten an, pulsierte wie ein glühendes Herz und zerplatzte in tausend lodernde Funken. Einige davon trafen Fehris' Mantel, der daraufhin zu brennen begann. Geistesgegenwärtig riss sie ihn sich vom Leib, bevor die Flammen ihre Haut erreichten.

»Du bisssst eine Verräterin!«, zischte eine Stimme durch das Gewölbe.

»Nein! Hört mich an!« Sie ließ ihren nun lichterloh brennenden Mantel liegen und rannte zu dem Abgang. Die sandigen Wände schienen zu leben und nach ihr zu greifen. Sie wirkten wie ein Strudel, der sie nach unten in die Erde reißen würde, sobald sie nur einen Schritt hineinsetzte.

»Ich wurde auserwählt, um Beryll zu retten!« Genaugenommen stimmte das nicht, aber Dott war tot und für ausführliche Erklärungen blieb keine Zeit.

»Bisssst du ein Freund, tritt nach vorn. Bisssst du ein Schurke, tritt zurück!«

Eindeutig kam diese Stimme aus dem Inneren des Schlundes. Jemand, wer auch immer es war, wollte sie prüfen! Und Prüfungen – das hatte Fehris nun mehrfach erfahren – konnte man nur mit Tapferkeit und kühlem Kopf bestehen. Sie atmete ein paarmal hintereinander tief durch, dann trat sie in den Tunnel. Doch genau, wie sie geahnt hatte, hielten die Wände nicht stand. Der Boden unter ihren Füßen gab nach und die Decke stürzte über ihr zusammen. Tonnen von Sand brachen über sie herein, umschlangen sie, zogen sie in die Tiefe und nahmen ihr den Atem. Sie schlug um sich, versuchte mit aller Kraft, sich nach oben zu kämpfen, aber es war sinnlos. Dunkelheit umfing sie. Da war keine Luft mehr zu atmen, kein Raum, sich zu bewegen. Sandkörner stachen in ihre Augen, drangen in ihre Nase, ihren Mund. Sie wollte schreien, um sich schlagen, doch nichts davon gelang. Das Herz raste in ihrer Brust, als wollte es zerspringen.

Marl, es tut mir leid!, dachte sie. Es musste der letzte klare Gedanke sein. Gleich würde das unerbittliche Gewicht der

Sandmassen sie erdrücken. Die Luftnot raubte ihr schier die Sinne. Sie hörte auf zu strampeln, spürte, wie sie tiefer und tiefer ins Bodenlose sank, ergab sich der Gewissheit, versagt zu haben. Für einige Momente schien sie zwischen Leben und Tod zu schweben. Sie schluckte, spuckte, sog verzweifelt Luft durch die Nase. Millionen von Sandkörnern fluteten ihre Lungen, jedes davon schmerzhaft wie ein Messerstich, bis sie endlich der Stille um sich herum erlag. Selbst der Druck auf ihrer Brust verschwand.

»Bisssst du ein Freund, kommt zurück«, schnarrte die gespenstische Stimme, ganz nah an ihrem Ohr. »Bisssst du ein Schurke, dann geh!«

Verwirrt öffnete sie die Augen und sah, dass sie wieder im Eingangsbereich des Schädels lag. Sie zwang sich zu einem erneuten Atemzug und stellte fest, dass ihre Brust sich ganz normal hob und senkte. Keine Schmerzen mehr. Sie war einfach nur einem Zauber aufgesessen. Doch dieser schien eine Warnung gewesen zu sein. Eine letzte Möglichkeit zu fliehen für diejenigen, die nicht mit reinem Herzen kamen. Doch das galt nicht für sie! Sie erinnerte sich an die Erfahrung mit dem Portal. Wieso glaubte die Magie, die hier am Werk war, ihr nicht? Noch bevor sie den Gedanken zu Ende gedacht hatte, begriff sie es: Sie hatte nicht nur gelogen, was ihr Auserwähltsein betraf, sondern auch eine falsche Muschel hergebracht, in Ermangelung der echten, die Marl zerstört hatte, um die *Schankmaid* zu rufen. Sie musste die genauen Umstände nur erklären, dann war alles gut!

»Es geht um die rote Muschel, nicht wahr?«, rief sie in den Gang hinein, der nun nicht mehr aus Sand bestand, sondern aus Felswänden. Hell leuchtende Ölfackeln hingen in gusseisernen Halterungen und Fehris glaubte, einen kleinen Schatten davonhuschen zu sehen. »Ich habe die echte verloren und deshalb eine vom Strand aufgehoben, um euch zu zeigen, dass ich zumindest weiß, wie das Zeichen aussah. Und auserwählt wurde ich tatsächlich … nur für ein anderes Kind … So hört mich doch an!«

Sie redete sich hier um Kopf und Kragen. Die erste Fackel verlosch. Antwort gab es keine.

Verflucht! Was würde geschehen, wenn sie den Gang erneut betrat? Noch stand ihr der Fluchtweg nach draußen offen. Entschied sie sich aber, den Weg weiterzugehen, so kam sie unter Umständen nicht mehr lebend heraus. Hätte sie diese verfluchte Muschel doch nie mitgenommen!

Allen Bedenken zum Trotz hievte sie sich hoch und trat zum zweiten Mal vor den Gang. Diesmal sah sie den Affen. Er kicherte gehässig, huschte ein Stück weiter vorn um eine Ecke und verschwand. War er es etwa, dessen Stimme zu ihr sprach? Ohne Zögern ging Fehris ihm hinterher. Die Luft hier drin war schneidend dick. Selbst die Fackeln an den Wänden schienen beinahe daran zu ersticken. Eine Flamme nach der anderen erlosch. Blinzelnd sah Fehris auf ihre Füße und erkannte, dass sie rückwärtsliefen, obgleich sie fest davon überzeugt war, vorwärts zu gehen. Sie hielt inne und lehnte sich neben eine noch flackernde Fackel an der Wand, um sich zu fassen. Dabei tropfte etwas Öl von der Halterung auf ihren nackten Unterarm herab. Noch ehe sie es wegwischen konnte, bildete sich eine Blase, die schnell größer und größer wurde. Mit Grauen bemerkte Fehris, dass sich etwas Schwarzes darin regte. Ein Schrei des Entsetzens drang aus ihrem Mund. Sie drückte auf die durchsichtige, zum Bersten gespannte Hautschicht, woraufhin das Dunkle in der Blase wieder abtauchte. Zischend landete ein weiterer Öltropfen auf ihrer Schulter und auch diese Stelle begann augenblicklich anzuschwellen und sich mit Flüssigkeit zu füllen.

»Weg! Du musst sofort weg!« Jemand riss an ihrem Arm.

Philipp? Sie sah seine Gestalt verwaschen, wie durch ein angelaufenes Butzenglas, obgleich sie die ekelhaften Blasen ungetrübt in ihrer vollen Widerwärtigkeit erkennen konnte.

»Lauf! Du musst hier raus!«, rief der unbekannte Retter. Nein, es war nicht Philipp, er schien von kleinerer und gedrungenerer Statur zu sein.

»Marl, bist du das?«, lallte sie. Ihre Zunge gehorchte ihr nicht mehr. Sie fühlte sich schwer und dick in ihrem Mund an, wie ein Fremdkörper.

Im selben Moment platzte die erste Blase auf und eine Spinne wurde herausgeschwemmt. Ihre acht Beine huschten über Fehris' Haut, tasteten und kratzten, dann vervielfachten sie sich, denn das Vieh teilte sich in der Mitte und gebar eine Schwester, die sich wiederum teilte. Fehris brüllte. Sie war keines dieser Mädchen, die sich wegen einer Küchenspinne in die Hose machten. Aber das, was da aus ihr herausgekrochen kam, war keine normale Spinne, sondern eine Fieberspinne, die mit jedem Atemzug größer wurde und mit jedem Herzschlag weitere Artgenossen in die Welt setzte. Heiße Flüssigkeit lief über ihre Haut, als auch die zweite Blase platzte. Sie schlug um sich, fegte die Biester von ihrem Körper und rannte panisch los, ohne weiter auf den nebelhaften Unbekannten zu achten. Den Gang entlang, immer auf die Stelle zu, an der der Affe verschwunden war. Doch je schneller sie lief, desto weiter entfernte sich das Ziel.

Hinter ihr erklangen Flügelschläge. Sie drehte sich um und sah einen ganzen Schwarm von riesenhaften Narbenkrähen in die Schädelhöhle flattern. Es war nur noch eine Frage der Zeit, bis diese Biester sie aufspüren würden. Doch Fehris' Füße trugen sie weiterhin in die falsche Richtung, genau auf den grausamen Feind zu. Dutzende haariger Spinnenbeine tasteten über ihre Waden. Ein Lachen erklang.

Kühle Nebelhände umschlossen ihr Handgelenk. »Andersherum, meine Schöne. Du musst rückwärtslaufen!«

So nannte sie nur einer. »Marl!«, kreischte Fehris. »Du bist es! Ich bin so froh, dass du gekommen bist!«

Er sagte nichts darauf, fasste sie nur sanft an den Schultern und drehte sie mit dem Kopf in Richtung der Krähen. Sie machte einen Schritt darauf zu und schon entfernte sie sich von ihnen. Es funktionierte! Noch ein Schritt und sie begann, entgegen der eigentlichen Richtung voranzustolpern. In der Bewegung versuchte sie, die Spinne von ihrem Bein abzuschütteln, doch diese schien sich dort festgesaugt zu haben wie ein Blutegel! Als sie den Blick nach unten wandte, stellte sie fest, dass es gar keine Spinne war, sondern eine Kummerqualle.

»Was geschieht hier?«, schrie sie. »Warum verfolgen mich die Biester?«

»Du selbst erschaffst sie«, raunte der Nebel-Marl. »Denk an was Schönes!«

»An was Schönes? Wie denn?«

»Du weißt wie. Du hast es schon einmal getan!«

Er flog neben ihr her wie ein Geist, verwaschen und weiß. Doch mit jedem Schritt, den sie rückwärts-vorwärts hasteten, klärte sich seine Gestalt mehr auf. Rote Schlieren kamen zum Vorschein, deren Quelle Marls Hals war. In dem Moment, als sie endlich den nächsten Gang erreichten, sah Fehris ihn klar. Sie schauderte und wich einen Schritt zurück. Marl war blutüberströmt. Jemand hatte seine Kehle durchgeschnitten und ihm mehrere Messerstiche in den Oberkörper zugefügt. Sein Hemd leuchtete purpurfarben und aus seinen Augen war jeglicher Glanz gewichen.

»Du … bist tot!«, schluchzte Fehris.

»Ja, wir alle«, ertönte es hinter ihnen.

Da stand Dott, umrankt von Algen und Tang, neben ihm Arn, auf dessen Gesicht Hunderte von Seepocken sprossen. Schwimmhäute breiteten sich, glitschigen Hautfetzen gleich, zwischen ihren Fingern aus. Fehris' Herz krampfte sich bei ihrem Anblick zusammen.

»Komm mit uns!«, blubberte Arn, wobei ein Schwall schwarzes Wasser aus seinem Munde quoll. »Wir gehen hinüber in die Schattenwelt. Dort ist es still. Und du wirst dein Kind wiedersehen.«

Fehris blickte von einem zum anderen. Sie verstand nicht, was hier geschah, doch eines wurde ihr nun bewusst: Diese Höhle war wie eine Gruft, in der ihre jüngsten, schwelenden Ängste begraben lagen. Jemand hatte sie geöffnet und die Albträume freigelassen.

Sie hörte den Affen kichern. »Bisssst du ein Freund, stell dich dem Tod. Bisssst du ein Schurke, dann lauf!«

Mit dem Davonrennen hatte Fehris ein für alle Mal abgeschlossen. Was auch immer sie in diesem unterirdischen

Grab erwartete, sie würde es tapfer ertragen. Wenn auf den zweiten Gang ein dritter folgte, so würde sie ihn bezwingen, ebenso wie den nächsten und den übernächsten. Und falls dieses Labyrinth der Verzweiflung niemals ein Ende nahm, so hatte sie es wenigstens versucht.

»Mein Antrieb, diese Mission zu beenden, ist größer als meine Angst!«, flüsterte sie in die Schatten. Und dabei war ihr, als öffne sich irgendwo in weiter Entfernung eine Tür.

Rum und Ruhm

Gleich nachdem die vier blutrünstigen Kerle in den Katakomben verschwunden waren, hatte Marl sein Gesicht in den Händen vergraben. Er wollte nichts mehr von der Welt und schon gar nichts von der furchtbaren Arena sehen. *Alles ist verloren.* Der Gedanke in Marls Kopf klang schrecklich – so brutal wie endgültig. Dott und Arn lebten nicht mehr und damit war die gesamte Mission, der er seit der verfluchten *Prüfung* sein Leben gewidmet hatte, gescheitert. Fehris erwiderte seine Gefühle nicht, viel schlimmer noch, inzwischen verachtete sie ihn. Und das konnte er ihr noch nicht einmal übelnehmen. Jetzt blieb ihm nur noch Grolli. Sein letzter echter Freund. Doch nicht mehr lange, denn den würde bald einer der muskelbepackten Kerle, die sich freiwillig dafür gemeldet hatten, abstechen. Zumal die Grolldrummel auch noch verletzt war. Der Ludus und all die anderen Halunken, die diese Blutspiele organisierten, hatten das mit Sicherheit von Anfang an so geplant, und sie würden nicht eher ruhen, bis Grolli in seinem eigenen Lebenssaft lag. Unterschätzen sollte man das wilde Wesen dennoch nicht. Nur mit viel Mühe hatte ein Dutzend Arenakämpfer und Wächter ihn mit langen Stangen und Speeren vom Kadaver des Löwen vertreiben können. Nur ungern hatte er sich seine gerade erst erlegte Beute wieder wegnehmen lassen. Jetzt saß er schimpfend in seinem Käfig und beobachtete, wie die vier öligen Sklaven die Überreste des einst so majestätischen Tieres über den Sand zerrten. Eine blutige Spur folgte ihnen, bis sie schließlich in den unterirdischen Gängen unter der Arena aus Marls Blick verschwanden. *Der Nächste, mit dem sie das machen, wird Grolli sein.* Es war zum Verzweifeln. Marl sah keinen anderen Ausweg mehr: »Ich muss jetzt einen saufen!«

Wütend drängte er sich durch die immer betrunkener werdende Menge zu einem der zahlreichen Holzstände, wo mit großen Kellen Rum aus bauchigen Fässern ausgeschenkt wurde. Von früheren Besuchen in der Arena wusste Marl, dass es sich um ganz elenden Fusel handelte, der hier an die Massen ausgeteilt wurde, aber das war ihm jetzt egal. Im Angesicht des Endes durfte man nicht wählerisch sein. Als er schließlich am Tresen stand, fragte eine tiefdekolletierte Blonde – die Rumverkäuferinnen in der Arena waren alle hübsch und sparsam bekleidet, damit der Umsatz stimmte – gelangweilt: »Wie viele Becher?«

Für einen kurzen Moment verloren sich Marls Blicke in den Rundungen ihrer hochgepressten Brüste und er stellte sich vor, dass es die von Fehris wären.

»Wird's bald? Du bist nicht der Einzige, der vor dem Schlachtfest noch etwas saufen will«, herrschte ihn ein hinter ihm wartender untersetzter Matrose mit beeindruckendem

Schnurrbart an, dessen blutunterlaufene Augen bewiesen, dass er sich heute nicht zu ersten Mal anstellte.

Bevor Marl zu einer passenden Antwort ansetzten konnte, wurde ihm bewusst, dass er gar kein Geld mehr hatte. Kostenlosen Nachschlag gab es nur für diejenigen, die bereits einen Tonbecher hatten und keiner war so dumm gewesen, einen davon achtlos auf dem Boden herumliegen zu lassen. Theatralisch suchte er nach seinem Geldbeutel und schrie dabei: »Diebe! Diebe in der Arena! Man hat mich bestohlen.«

Die Schankdame verdrehte die Augen. Sie war ein derartiges Possenspiel von klammen Kunden wahrscheinlich gewöhnt.

Auf sie hatte es Marl aber gar nicht abgesehen, stattdessen jammerte er weinerlich in Richtung des Schnurrbartträgers. »Dieses verfluchte Eiland«, schimpfte er und schloss sich der unter Piraten üblichen Tradition an, über die Pirateninsel zu schimpfen – es war ja auch ein furchtbares Nest voller Gauner. »Morgen früh laufe ich aus und wir machen die lange Fahrt bis zu den nördlichen Inseln des Morgens. Das hier sollte mein letzter Becher für Wochen sein und nun das.«

Wie beabsichtigt erweichte dieses Schicksal, das jeder Seemann nur zu gut nachvollziehen konnte, sogar das schwarze Herz eines gnadenlosen Piraten.

Verständnisvoll klopfte er Marl auf die Schulter und rief laut: »Schankdirne, Rum für mich und meinen Freund!«

Schneller als er gefüllt worden war, verschwand der Inhalt des Bechers in Marls gierigem Rachen. Wie erwartet, schmeckte das Gesöff furchtbar, aber es benebelte zügig seine Sinne. Marl war das mehr als recht. So würde er wenigstens nur am Rande mitbekommen, was der dämliche

Ludus von sich gab und was die Kämpfer mit dem armen Grolli veranstalteten.

»Meine Damen und Herren«, ertönte auch schon die tragende Stimme des Spielleiters in Marls Rücken, »der Höhepunkt des heutigen Tages beginnt. Der Kampf Mensch gegen Grolldrummel.«

»Noch einen, mein Freund?«, fragte Schnauzbart und kam Marl dabei wankend etwas zu nah. Er roch unangenehm nach Knoblauch und spuckte bei jedem zweiten Wort, aber seine Geldbörse schien gut gefüllt.

»Klar!«

Die Schankmaid reichte ihnen zwei randvolle Becher mit Fusel – wie versprochen, gab es den zweiten umsonst. Ihren mürrischsten Blick gab es obendrein dazu. »Auf den Sturm und die See«, prostete Marl seinem spendablen Gastgeber in alter Piratenmanier zu.

»Auf den Schdurm und die Schee«, lallte der zurück und verschüttete auf dem Weg zum Mund den Großteil des Becherinhalts. Der Rest landete in seinen Schnurrbart.

»Jeder unserer tapferen Recken wollte als Erster dem Untier entgegentreten«, drängte sich wieder die Stimme des Spielleiters in Marls Ohr, »daher haben wir um diese Ehre gewürfelt und …«

Marl hielt seinen Becher kopfüber und klopfte auf dessen Boden, um ihm auch noch die letzten Tropfen zu entlocken. »Tapfere Recken, dass ich nicht lache«, knurrte er. »Elende Arschlöcher sind das alles. Der arme Grolli.«

Sein Gegenüber blickte ihn sprachlos und glotzäugig an. Vielleicht machte er sich auch nur in die Hose. So genau konnte und wollte Marl das nicht feststellen.

»Der Erste, dem das Losglück hold war und der sich der Grolldrummel stellen wird, ist ein ganz besonderer junger Mann …«

»Noch zwei letzte?«, fragte er Schnauzbart, um die Stimme des Ludus aus seinem Kopf zu verbannen. Bewusst drehte Marl dem Spielrund den Rücken zu, um den verlorenen Grolli und seine Mörder nicht sehen zu müssen.

»Isch hab genug, denk isch«, nuschelte der Untersetzte, rülpste langgezogen, kippte nach hinten um und begann zu schnarchen. Sein Schnurrbart zitterte dabei wie eine Schilfgarbe im Wind.

Marl stöhnte. »Die zwei hätte ich noch vertragen.« Er versuchte ein betörendes Lächeln aufzusetzen und wandte sich an die Schankdame: »Schönes Fräulein, Ihr habt vielleicht von meinem schweren Schicksal gehört und …«

Sie machte nur eine beleidigene Geste mit der Hand in seine Richtung und drehte sich zum nächsten Kunden um, der tatsächlich auch bezahlen konnte.

»Unser erster freiwilliger Kämpfer stellt sich der Bestie ohne Waffen und Rüstung«, dröhnte die durchdringende Stimme des Spielleiters in Marls schmerzendem Kopf.

Das Publikum stöhnte voller Vorfreude über das anstehende Gemetzel. Einige lachten.

»Ohne Waffen? Da weiß einer nicht, was eine Grolldrummel ist.« Marl hätte es nicht zugegeben, aber der verfluchte Ludus hatte ihn doch tatsächlich neugierig gemacht. Wer kam nur auf die verrückte Idee, sich einer Grolldrummel freiwillig unbewaffnet zu stellen? Er streckte sich vergeblich, um über eine Gruppe zu lang geratener Kerle hinwegsehen zu können. Es half nichts, wenn er etwas mitbekommen wollte, musste er näher heran. Vorsichtig, weil er seinen benebelten Sinnen und Füßen nicht traute, wühlte er sich durch die Menschenmenge zu seinem Platz zurück. Er war es Grolli schuldig, wenigstens während dessen letzten Augenblicken bei ihm zu sein, wenn er ihm schon nicht helfen konnte. Immerhin war er der Einzige in der gesamten Arena, der sich dem Fellwesen freundschaftlich verbunden fühlte. Und der um seinen Tod trauern würde.

Die Stimme des Ludus begleitete ihn auf seinem Weg. »Der junge Mann nennt sich der Ziegenbändiger …«

Die Menge lachte.

Marl stutzte. Ziegenbändiger? Prompt stolperte er einige Stufen hinunter. Wieso schwankte die Arena hin und her, so als wäre er auf See? Im letzten Moment fing er sich an der Schulter einer matronenhaften Dirne ab.

»He«, zischte die wütend, »der nächste Tatscher kostet dich was.«

Marl ignorierte ihren Einwand und starrte auf das Spielfeld. Der Ludus hob gerade den dürren Arm eines jungen Mannes empor. Der sah ganz und gar nicht wie ein Gladiator aus, sondern wie … wie … Er kniff die Augen zu und riss sie wieder auf … wie der, den er tot auf dem Grund des Meeres glaubte.

Dott lebt! Wie kann das sein? Und wie ist der Kleine in die Arena gekommen? Eine Woge der Erleichterung und des Glücks überrollte ihn. Vielleicht war doch noch nicht alles verloren. Mit einem Mal fühlte er sich stocknüchtern. »Dott!«, schrie er und winkte aufgeregt. Doch gegen den Lärm der Menschenmenge, kam er nicht an. *Was hat der Ziegendödel nur vor?* War er vielleicht gezwungen worden, gegen Grolli zu kämpfen? Wieso sollte er sonst ohne Waffen antreten? Und wo war Arn? Hatte der kleine Zauberer vielleicht auch geschafft, sich aus den Fluten der südlichen See zu retten? Marls Kopf begann von all diesen unbeantworteten Fragen quälend zu pochen. Erneut überflutete Dunkelheit seine Gedanken. Wahrscheinlich hatte er sich zu früh gefreut und alles ging doch noch vor die Hunde. Kraftlos ließ er sich auf den erstbesten Platz fallen und rieb resigniert mit der flachen Hand über seinen Bart. Würde er jetzt etwa Zeuge werden, wie sich seine Freunde gegenseitig töteten? Ohnmächtig schaute er zu, wie der Ludus die Kampffläche verließ und die Helfer Grollis Käfig öffneten.

Im ersten Moment verharrten die beiden Arenakämpfer auf ihren Plätzen – Dott genau dort, wo ihn der Spielleiter zurückgelassen hatte, Grolli im Käfig.

Dann ging Dott einen zögerlichen Schritt auf diesen zu.

Die Zuschauer belohnten das mit kräftigem Applaus und frenetischen Anfeuerungsrufen: »Komm schon, Junge, du schaffst das!«

»Warum hat er nur keine Waffe mitgenommen, er muss verrückt sein.«

»Unfassbar mutig.«

»Unfassbar verrückt.«

Eine hohe Frauenstimme schrie euphorisch: »Wenn er das überlebt, dann mache ich es ihm umsonst.«

Ihr großzügiges Angebot wurde mit kräftigem Jubel der Umstehenden belohnt.

Langsam kroch Grolli aus seinem Käfig. Den Kopf leicht schräg gelegt, betrachtete er Dott aufmerksam aus seinen dunklen Augen.

Was machen die da nur? Unruhig rutschte Marl auf seinem Hintern hin und her.

Die Grolldrummel gab ein lautes Brummen von sich.

Wie zur Beschwichtigung hob der Ziegenhirte die Hände.

Einige der Zuschauer lachten hämisch über diese Szene. »Das wird ihn nicht vor den Klauen und dem Schwanz der Bestie beschützen.«

Plötzlich stürzte Grolli vor und gab Dott einen Stoß gegen die Schulter.

Die Wucht war so heftig, dass der Ziegenhirte zwei Schritte nach hinten taumelte. Dennoch schien ihn das nicht einzuschüchtern. Im Gegenteil. Nun griff er an – auf die gleiche Weise.

Die Grolldrummel kam dabei nicht mal ins Wanken, sondern probierte im Gegenzug erneut, Dott mit einem Schlag gegen die Schulter umzuwerfen. Der schien damit gerechnet zu haben und wich dem kraftvollen Stoß geschickt aus.

»Jetzt fangt aber mal endlich richtig an!«, keifte irgendjemand hinter Marl.

Als wäre das Dotts Stichwort gewesen, stürzte er mit gesenktem Kopf wie ein Stier auf Grolli zu. Na ja, wie ein noch feuchtes Stierkälbchen. Doch tatsächlich – er riss die Grolldrummel von den kurzen Beinen.

Wie ein pelziges braunes Wollknäuel rollten die beiden über den Boden. Grollis Schwanz peitschte dabei unablässig auf den Boden. Beige Sandwolken stiegen auf.

Dott schrie schrill.

Grolli grollte.

Und Marl ging ein Licht auf. *Sie tun nur so. Der Kampf ist eine abgekartete Sache.* Er erinnerte sich an das Gekabbel, das sich die beiden während ihrer Reise durch den Nebelhain geliefert hatten. Dott hatte damals versucht, mit Grolli zu reden – die Unterhaltung hatte mit freundschaftlichem Schubsen begonnen und mit spielerischem Raufen geendet. *Rolldrummel*, so hatte der Ziegenhirte Grolli daraufhin benannt, und auch jetzt wieder rollten die beiden wie ein Bündel wild über den Boden. Es sah gefährlich aus, zumal Grolli mit seinem Schwanz nach wie vor um sich schlug, so heftig, dass man meinen konnte, die Arena würde beben.

Vorsichtig blickte Marl sich um. Die Masse verfolgte den ungleichen Kampf mit geöffneten Augen und Mündern. Noch verstand er den Sinn des Ganzen nicht. Nach wie vor gab es keine Möglichkeit, der Arena zu entkommen. Die Zäune, die Wächter, die geschlossenen Tore verhinderten jede Flucht.

Plötzlich stieß Dott ein spitzes Kreischen aus, das auch von einer aufgeschreckten Ziege hätte stammen können.

In Erwartung seines gleich folgenden Todes pressten einige der Dirnen bereits Tränen in ihre Augen.

Doch es war Grolli, der im nächsten Augenblick ein langgezogenes, gequältes Brummen von sich gab. Dott sprang auf, die Grolldrummel lag mit dem Gesicht nach unten im Sand. Ein letztes Zucken und Rucken, dann blieb der pelzige Körper bewegungslos liegen.

Dott stellte ihm triumphierend einen Fuß auf den Rücken und reckte eine geballte Faust gen Himmel. »Der Mensch hat wieder einmal über die Bestie gesiegt!«, schrie er ins Publikum.

Die Zuschauer brauchten einen Moment, bis sie begriffen, dass der Kampf zu Ende war, dann begannen sie rhythmisch aus ihren vom Rum heiseren Kehlen zu brüllen: ZIE-GEN-BÄN-DIGER! ZIE-GEN-BÄN-DIGER …«

Ungläubig schüttelte Marl den Kopf, während er die angeblich tote Grolldrummel beäugte.

Nachdem die Gefahr besiegt war, kehrte auch der Ludus zurück in die Arena. Er zerrte an Dotts Arm, als er diesen zu einer Geste des Triumphs nach oben riss. »Wir haben einen Sieger. Dott! Möge man ihn von nun an den Grolldrummelbändiger nennen.«

Zustimmend johlten die Zuschauer.

Sklaven rollten ein riesiges Fass Rum herein, und in der Hand des Ludus funkelten die versprochenen zwei Goldmünzen.

»Du hast es dir verdient, Junge«, rief er und übergab beides jovial an Dott. »Alles ist vergänglich, aber der Ruhm, eine solche Bestie mit bloßen Händen besiegt zu haben, der wird auf ewig mit deinem Namen und dieser Arena verbunden sein.«

»HÖRT! HÖRT!«, schallte es von den Rängen.

»Rum und Ruhm, mehr braucht es nicht. Dieser vom Glück verwöhnte Ziegendödel.«

Nach dem Ende dieses historisch bedeutenden Kampfes leerte sich die Arena schnell. Hauptsächlich, weil mit dem Ende der Spiele auch der Rumausschank eingestellt wurde, damit die Menge nicht vollkommen außer Rand und Band geriet.

Zu gern wäre Marl zu Dott gelaufen, aber Grollis Kadaver wurde gerade aus dem Rund der Arena hinunter in die Katakomben geschafft. Die lange Blutspur, die die Grolldrummel dabei im Sand hinterließ, bereitete Marl doch ein wenig Sorgen. *Ich muss mich unbedingt zu Dott durchschlagen.* Er reihte sich in die Menge derjenigen ein, die darauf warteten, dass sich die Massen durch die engen Eingangstore quetschten, da fiel sein Blick auf eine zusammengesunkene, kleine Gestalt, die als Einzige noch auf ihrem Platz saß. »Arn!«, rief er freudig und rannte auf den jungen Zauberer zu.

»Marl? Du lebst?« Arn hüpfte vor Freude auf der Stelle.

Mit einem Lachen erwiderte er: »Ich lebe, und Fehris auch – aber wir dachten, dass ihr beide tot seid.«

»Wie du siehst, sind wir das nicht.« Der Junge schenkte ihm ein freches Grinsen.

»Wie … aber egal jetzt«, unterbrach Marl sich selbst. »Viel wichtiger ist, was hast du mit Dott in Bezug auf den armen Grolli ausgeheckt?«

Arn zuckte mit den schmalen Schultern. »Keine Ahnung, er hat es mir nicht verraten.«

Ein langgezogenes Stöhnen verließ Marls nach Fusel schmeckenden Mund.

»Aber ich habe etwas für dich.« Beiläufig zog er Marls Feuerstab hinter dem Rücken hervor.

Als sich seine Finger um das fein gemaserte Holz schlossen, spürte Marl erst, wie sehr er das Artefakt vermisst hatte. Es war ihm fast zu einem zusätzlichen Körperteil geworden. »Danke«, flüsterte er.

»Gern. Und ich habe noch etwas Besseres: Ich weiß, wo wir Dott finden können. Wenn alles so klappt, wie er sich vorgestellt hat. Komm mit! Der wird staunen, dich zu sehen.« Euphorisch griff der Junge Marls Hand und zog ihn mit sich.

Pferdefleisch

Unter rauschendem Jubel verschwand Dott in den Katakomben unter dem Kampfplatz – ausgestattet mit Rum, Ruhm, Ehre und Gold. Der Ludus schritt voran und fragte den Ziegenbändiger und Grolldrummelbesieger: »Wie konntest du das Biest nur mit bloßen Händen überwältigen? Und nicht einmal eine Wunde hast du davongetragen«, er spitzte spitzfindig die Lippen und setzte einen bedauernden Blick auf, »dabei liebt das Publikum Wunden.«

»Ich habe ein paar ordentliche blaue Flecken«, sagte Dott und krempelte wie zum Beweis den Ärmel hoch.

Der Miene des Spielleiters nach zu urteilen, zählten blaue Flecken nicht unbedingt als Verletzung.

Dott schielte am Ludus vorbei. Vier Sklaven schleppten Grollis Kadaver den Gang entlang ins Dunkel, dann drehte er sich um – zwei Helfer rollten das Fass Rum hinter ihnen her. Im nächsten Augenblick stürmten die anderen vier Freiwilligen auf ihn zu. Der Zweihandschwertkämpfer konnte es kaum fassen: »Ich bin zwar sauer, dass du mir meinen Auftritt gestohlen hast, doch dem Biest in der Arena ohne Waffe entgegenzutreten, nötigt mir allen Respekt ab.«

Der Ludus feilte bereits an einer Verbesserung der Darbietung: »Ganz am Ende wäre ein Schwert gut gewesen. Damit hättest du dem Monstrum zum Abschluss den hässlichen Schädel abschlagen können.«

»Beim nächsten Mal«, versprach Dott.

»Respekt, Ziegenbändiger«, lobte der Speerwerfer. »Ich habe dich unterschätzt. Wie fühlte es sich an, so einem Vieh das Genick zu brechen?«

»Mit dem richtigen Griff – ein Kinderspiel«, sagte Dott. »Doch jetzt sollten wir feiern. Alleine schaffe ich das Fass höchstens zur Hälfte, ich brauche noch ein paar Freiwillige, die mit Hand anlegen.«

Hilfsbereites Hurra-Geschrei hallte durch die Tunnel. Gemeinsam begaben sie sich in den kleinen Raum, in dem die Würfelrunde stattgefunden hatte. Die Sklaven hievten das Fass auf einen Mauervorsprung, schnell war es geköpft und mit einer Kelle der erste Tonkrug gefüllt. Die Krieger erwiesen sich allesamt als äußerst kundige Rumfassbändiger. Allen voran der Ludus – Reden machte wohl mächtig Durst. Mit fröhlichem Prosit stießen die Humpen aneinander, um dann zielsicher den Weg zum Mund zu finden. Dott hingegen achtete darauf, möglichst wenig in sich rein, dafür aber möglichst viel auf den Boden zu schütten. Die Feierlaune lockte weitere Männer an: Gladiatoren, Wärter, Sklaven. Glücklicherweise wurde das riesige Fass dem Andrang gerecht.

»Auf den Ziegenbändiger!«, rief der Speerkämpfer.

»Auf mich!«, rief einer der Gladiatoren und lachte lustig.

Und wieder füllte die Kelle die Krüge. Wohlwollende Hände landeten auf Dotts Rücken. Das Schulterklopfen nahm an Intensität zu. Der Ziegenhirte dachte darüber nach, bei Gelegenheit sein Wams an den entsprechenden Stellen mit Lederflicken zu verstärken. »Wohin habt ihr eigentlich den Löwenkadaver bringen lassen?«, erkundigte sich Dott beim Spielleiter, wobei er sich um einen möglichst gleichgültigen Tonfall bemühte.

»Hinterm Beds… Besd…darium is ne versteggte Egge dafür«, erklärte der Ludus. »Der Abdegger gommt sie dann holen.«

»Sie?«

»Alle Gadawa. Auch das Fellbiest. Morgen früh gommt er.«

»Ach ja, natürlich.« Dott nickte. »Wo ist denn der Abdeckerhof?«

»Im Nordosten, ausahalb der Stadt, wo er hingehört. Da stinkt's gewaltig.«

Die feiernden Männer gaben alles, es wurde wilder, lauter und betrunkener. Geschichten vergangener Kampftage wurden zum Besten gegeben. Wollte Dott diesen Glauben schenken, hatten bereits Drachen, Dreihörner und eine Hydra mit sieben Köpfen in der Arena zu Drabnar ihr Leben ausgehaucht. Bestimmt wuchs auch Grolli bei jeder Erzählung ein weiterer Schwanz.

Etwa fünfzehn gut gefüllte Tonkrüge für die gesamte Gesellschaft machten die Runde. Später gab Dott vor, zur Latrine zu müssen. Derweil stimmten die Recken ein Lied an – irgendetwas über einen Piratenschatz im Bauch eines Walfisches. Hoffentlich schwamm der Wal viele Strophen lang durch sämtliche Weltmeere, sodass die Gesellschaft erst einmal eine gute Weile mit Saufen und Singen beschäftigt war.

Kaum war er außer Sichtweite der Sänger, rannte er so schnell er konnte die Gänge entlang in Richtung Bestiarium. Lange suchen musste er die Abdeckernische nicht, denn lautes Reißen und Schmatzen sowie ein fauliger Gestank wies ihm den Weg. Der Anblick, der sich ihm dort bot, erklärte alles. Mit blutverschmierter Schnauze hockte die Grolldrummel neben dem Löwen*gadawa*, dessen Innereien sich großflächig über den Boden verteilten. Die Zähne der Grolldrummel gruben sich gerade tief in das Herz, als Dott um die Ecke bog. »Schmeckt's, Grolli?«, fragte er, wartete jedoch keine Antwort ab, sondern setzte hinzu: »Du hast das gut gemacht in der Arena. Hat der böse Löwe dich schlimm verletzt?«

Aufgeregt hüpfte die Grolldrummel auf und ab, sonderlich geschwächt wirkte sie nicht.

»Dann nichts wie raus hier, und zwar am besten schnell.« Dott winkte und bedeutete dem Fellwesen, ihm zu folgen.

Ein unwirsches Brummen folgte, so als würde Grolli ungern seinen Nachtisch im Stich lassen. Hektisch schlang er den Fleischbrocken noch hinunter.

»Mach schon, ich weiß, du verstehst mich. Es verbleibt uns nicht viel Zeit, um zu fliehen.«

Die Grolldrummel erhob sich – für sanfte Gemüter mit Sicherheit ein verstörender Anblick: Das Fell verklebt durch Körperflüssigkeiten und Sand aus der Arena, von den Zähnen und Krallen tropfte Blut. Doch ein sanfter Funke glomm in den kleinen Augen, als Grolli den Ziegenhirten ansah. Einen Augenblick später rannten sie gemeinsam in Richtung

Nebeneingang, genau die Strecke, die Jostus genommen hatte, als er Arn und Dott den Löwen gezeigt hatte. Der Ziegenhirte erinnerte sich an jede Kreuzung, sodass sie zuerst die Waffenkammer und danach die leeren Gladiatorenunterkünfte passierten. Zum Glück waren alle Arenakämpfer mit dem Leeren des ruhmreichen Rumfasses beschäftigt.

Nur noch wenige Schritte, dann würden sie den Ausgang erreichen. Doch, wie konnte es anders sein – nach der letzten Abbiegung kam ihnen ein Wärter mit Eisenhelm und Nietenrüstung entgegen. Er riss die Augen auf und sein Schwert aus dem Gürtel. »HALT! Wohin wollt ihr? Bist du nicht der … Oh, NEIN!« Voller Entsetzen richtete er seine Klinge auf Grolli und brüllte um Hilfe. Es hallte durch den Gang. »ZU HILFE!« Dann stach er zu. Die Grolldrummel wich zur Seite aus, gleichzeitig donnerte sie ihre Schwanzspitze auf den Schädel des Mannes, sodass es zu keinem weiteren Hilferuf mehr kam. Mit arg verbeultem Helm blieb der regungslos liegen.

»Weiter«, rief Dott atemlos. »Nur noch ein kleines Stück.«

Sie bogen um die letzte Ecke und rannten den Tunnel entlang bis zur Ausgangspforte, die natürlich geschlossen war. Draußen ertönte eine Stimme: »HALT! Hier darf niemand mehr rein.«

Auch wenn Dott raus wollte, fürchtete er, dass die Wächter dieses Argument nicht gelten lassen und sich ihm in den Weg stellen würden. Spätestens Grollis Anblick würde großen Aufruhr verursachen. Insgeheim hatte er gehofft, dass die beiden nach der Vorstellung ihren Posten vor der Tür verlassen würden, doch jetzt kam er nicht umhin, sich Gedanken über deren Schicksal zu machen. Er hatte nicht Angst vor, sondern um die Wärter, denn er wollte sie nicht einfach einem schlecht gelaunten Grolli zum Fraß vorwerfen. Dazu kam, dass der Platz um die Arena sicherlich noch gut gefüllt war und es auffallen würde, wenn die totgeglaubte Arenaattraktion schwungvoll zwei Menschen zerfetzte. Ziegenkacke! Bis zu dieser Stelle war der Plan gut gewesen.

»Hast du nicht gehört, du tauber Greis? Die Spiele sind vorbei, und das hier ist kein Eingang«, drang es durch die Tür.

Seltsam vertraut und doch wie aus einem anderen Leben knarzte eine Stimme: »Schon gut, Kameraden. Wir wollen gar nicht rein, sondern haben nur eine Frage: Ist hier so ein kleiner Wicht rausgekommen?«

Gänsehaut überzog Dotts Rücken, während sowohl Verstand als auch Vernunft sich weigerten zu begreifen, was nicht sein konnte. Die Stimme gehörte jemandem, den Dott auf dem Meeresboden vermutete.

Der Rum, war sein erster Gedanke. Habe ich doch einige Schlucke zu viel davon getrunken?

Wenngleich der Ziegenhirte auch zögern mochte, so galt dies nicht für Grolli. Mit hochgestreckten Ohren und gesenktem Kopf stürzte er vor, stieß ein Piepsen aus, das eher nach Gänseküken, denn nach Grolldrummel klang und riss mit einem beherzten Schwung die Tür gleich mit den Angeln aus der Wand. Vier Gesichter blickten ihnen erstaunt entgegen: die beiden diensteifrigen Türwächter, Arn und Marl. Der alte Pirat reagierte erstaunlich schnell. Flink wie ein Trommler zog er den beiden Männern seinen geliebten Stab über den Schädel. Ohne ausuferndes Federlesen sackten sie in die Knie und machten es sich auf den unteren Stufen des Abgangs unbequem. Im nächsten Augenblick flog Grolli Marl um den Hals und riss ihn vor lauter Begeisterung um, sodass sie auf die ohnmächtigen Wärter plumpsten. Glücklicherweise war der untere Bereich des Abgangs von der Vorplatzebene aus nicht einsehbar.

Lachend richtete sich Marl auf. »Schon gut, Alter.« Er klopfte der Grolldrummel auf den Rücken. »Uh, wir müssen dich waschen und dein Fell bürsten.«

Und so etwas aus berufenem Mund. Dott grinste Arn an, Arn grinste Dott an, und gemeinsam grinsten sie die beiden Gefährten an. Es verging viel Zeit, bis Grolli Marl aus der haarigen Umklammerung entließ, und im nächsten Moment flog Dott ihm in die Arme. »Schön, dass du lebst«, sagte er.

»Was für ein Wiedersehen, doch zuerst einmal müssen wir schleunigst raus aus der Stadt.« Marl roch zwar wie das Rumfass, hatte jedoch offenbar seine Sinne beisammen. »Grolli, du hast mich mit Blut vollgeschmiert, ich hoffe, es ist nicht deins«, sagte er und untersuchte einen langen Riss im Fell der Grolldrummel, dort wo die Löwenpranke ihn erwischt hatte. »Zum Glück sind beide Wunden nicht sonderlich tief, mein Freund.« Dann beugte sich der alte Pirat zu den beiden Wärtern hinunter. »Die schlafen noch eine Weile.« Er hob den Kopf. »Wie kriegen wir unsere tote Berühmtheit jetzt von hier weg?«

»Wir könnten es mit meinem Mantel versuchen. Vielleicht nutzt er einen Geistzauber und tarnt Grolli als … was auch immer.«

»Gute Idee, Ziegenbändiger«, meinte Marl. »Zumal es die einzige ist.«

Dott legte sein geliebtes Kleidungstück ab und hängte es Grolli um. Die Kapuze weigerte sich standhaft, über dessen Dickschädel zu passen.

»Dann muss es halt so gehen«, befand der Ziegenhirte und trat zurück.

Erwartungsvoll starrten sie zu dritt auf das Fellwesen. Es sah aus wie eine Grolldrummel, die jemand in einen grauen Mantel gezwängt hatte.

»Nein, so geht es wohl nicht. Wir versuchen es anders.« Dott legte den Umhang wieder an, stellte sich direkt hinter die Grolldrummel und ummantelte sie, sodass wenigstens der Schädel und ein Teil des Körpers bedeckt wurden. Fragend streckte Grolli den Kopf heraus.

»Hm, auch nicht viel besser«, meinte Marl.

»Vielleicht wirkt der Geistzauber bei uns nicht, da wir uns nicht täuschen lassen. Los, wir probieren es trotzdem«, schlug Dott vor und drückte den Grolldrummelschädel zurück. »Du musst dich unter dem Mantel versteckten, Grolli. VERSTECKEN. Kapiert?«

Ein missfälliges Brummen ertönte. Schwer zu sagen, ob das Fellwesen verstand, was sie von ihm wollten; mit Sicherheit hielt sich seine Begeisterung über die Kopfbedeckung in Grenzen.

Sie stiegen die Stufen hinauf und gaben damit ihren Sichtschutz auf. Angespannt blickten sie umher. Vereinzelt standen noch Grüppchen von Zuschauern herum und diskutierten die soeben erlebten Vorgänge in der Arena.

Langsam schlenderten sie über den Vorplatz. Die meisten Arenabesucher schenkten ihnen keine besondere Aufmerksamkeit.

»Schau mal, Mama, dort drüben. Das ist aber eine dicke Frau«, rief ein kleines Mädchen.

Der Geistzauber schien zu funktionieren. Dott freute sich.

»Und sieht der Mann daneben nicht aus, wie der böse Pirat Marl?«

Dott freute sich nicht mehr.

»Nein, mein Kind. Ich glaube nicht, dass er es ist. Viele ungepflegte alte Männer sind so hässlich.«

Als Marl erbost stehen blieb, offensichtlich im Begriff, gepflegten Widerspruch einzulegen, zog Dott ihn am Ärmel weiter. »Mach hier bloß keinen Aufstand.«

»Unverschämtheit«, grummelte der ehemalige Pirat derart tief, dass Grolli wieder neugierig den Kopf herausstreckte.

»Weg mit der Rübe!«, zischte Dott und drückte ihn hinter den Stoff zurück. »Und Ruhe, solange wir unterwegs und nicht in Sicherheit sind.« Offenbar war er nur mit Kleinkindern unterwegs. Bis auf Arn natürlich.

Ohne weiteren Zwischenfall erreichten sie eine Gasse, die nach Norden führte. Immer wieder blickte sich Dott zu allen Seiten um, doch Grolli und er schienen als gut gepolsterte Dame durchzugehen.

Die Sonne sank tiefer und tiefer, als wollte sie im Meer baden. Als sie den äußersten Stadtrand erreichten, machten die wenigen Menschen, die ihnen jetzt noch entgegenkamen, einen großen Bogen um die merkwürdige Gesellschaft. Erleichtert atmete der Ziegenhirte durch. Sie hatten es tatsächlich geschafft, die dem Tod geweihte Grolldrummel nicht nur aus der Arena, sondern auch aus der Stadt zu entführen. Hinter einer halb zerfallenen Kate machten sie Rast.

»Ich hab gar nicht gewusst, dass ich mich noch so freuen kann!«, jubelte Marl. »Grolli ist gerettet, und ihr beide lebt noch. Wie ist es euch ergangen? Die alte Beronga hat behauptet, ihr wäret ertrunken.«

»Wir sind über Bord gesprungen, dann hat Arn uns mit einem Luftblasenzauber gerettet. Stell dir vor, wir konnten dadurch unter Wasser atmen.«

Der Alte nickte dem Jungen anerkennend zu und grinste: »Auch Fehris und mich hat das Meer wieder ausgespuckt.«

»Das heißt, auch sie lebt! Juchu! Wo ist sie?«

»Ähm, nun, es ist so …«, er stockte, »… wir haben uns gestritten. Sie ist alleine zum Muschelstrand gegangen, wo wir Beryll vermuten, während ich zunächst Grolli retten wollte. Wobei ich – im Gegensatz zu dir – kläglich versagt habe. Was für ein Auftritt in der Arena! Du hast dich selbst übertroffen«, lenkte der alte Pirat von seinem Streit mit der Söldnerin ab.

Dott ließ ihn gewähren. »Wir haben doch nur Rolldrummel gespielt. Grolli ist der wahre Held, weil er verstanden hat, was ich von ihm wollte. Bei unserem Gerangel habe ich ihm immer wieder ins Ohr geflüstert: Du musst verlieren. Du musst dich totstellen. Totstellen, verstehst du? Und dann musst du dich raustragen lassen.«

Grollis Ohren spitzten sich, er sprang in ihre Mitte, drehte sich auf einem seiner kurzen Beine und ließ sich wie ein Sack Muscheln auf den Boden plumpsen, um dort reglos liegen zu bleiben. Alle prusteten um die Wette. Mit einem zufriedenen Brummeln setzte sich Grolli auf.

»Du bist kein Grolldummel, das hast du eindrucksvoll bewiesen«, lobte Dott seinen felligen Gefährten und knuffte ihn.

»Ich habe es immer gewusst«, freute sich Marl.

»Jetzt müssen wir nur noch die Pferde retten, denn laut Ludus befindet sich der Abdeckerhof am nordöstlichen Stadtrand von Drabnar. Der kann also nicht weit entfernt sein. Ihr wartet hier so lange auf uns, und dann brechen wir zu Fehris und Beryll auf«, sagte Dott.

»Kommt nicht infrage, natürlich komme ich mit! Als ob ich euch allein gehen lassen würde«, protestierte Marl.

»Du wirst viel zu schnell erkannt, außerdem sollte einer bei Grolli bleiben. Oder soll auch er uns nach Drabnar begleiten, nachdem wir ihn gerade erst mit Müh und Not da rausbekommen haben?«

»Natürlich nicht«, entgegnete Marl. »Aber ich bin der Älteste und damit unser Anführer.«

»Was denkst du denn, was das Beste in der augenblicklichen Situation ist?«

Marl kratzte sich am Hinterkopf. »Du läufst zum Abdeckerhof, der hier in der Nähe liegen soll, und kaufst die Pferde zurück. Nimm Arn mit. Grolli und ich warten hier. Für uns ist es zu riskant herumzulaufen. Dann gehen wir gemeinsam zum Muschelstrand und suchen Fehris.«

»Gute Idee!«, lobte Dott.

Arn grinste schief.

»Dann macht, dass ihr fortkommt – die Dämmerung bricht bald herein«, forderte der alte Pirat sie auf.

Im Eiltempo liefen Arn und Dott den Weg bis zur ersten Kreuzung zurück und bogen nach Westen ab, in Richtung Sonne.

Ein Eselskarren kam ihnen entgegen, Dott rief dem Mann am Zügel zu: »Verzeiht, geht es hier entlang zum Abdecker?«

Ohne ein Wort streckte er den Arm aus und wies auf die beiden Fahrrinnen hinter sich.

»Habt Dank!«

»Glaubst du wirklich, die Pferde wurden dorthin gebracht?«, fragte Arn.

»Das hat Beronga zumindest vorgehabt, zumal Grauer und Hott schon recht alt sind. Eine Gemeinheit, wie ihnen ihr langes Leben im Dienst der Menschen gedankt wird.«

»Wie wollen wir sie zurückbekommen?«, fragte Arn.

»Da kenne ich einen einfachen und wirksamen Zauber«, meinte Dott. Er holte die beiden Goldmünzen, die er als Grolldrummelbändiger in der Arena verdient hatte, aus der Gürteltasche und hielt sie hoch. Verheißungsvoll glitzerten die Geldstücke in der Sonne. »Davon brauche ich demnächst fünfzig, damit ich Clarissa heiraten darf. Doch zunächst retten wir damit unsere Pferde.«

Wenig später erreichten sie den Abdeckerhof. Mit dem Wind günstig im Rücken war der Gestank der Kadavergruben halbwegs zu ertragen. Dott lief immer schneller, sodass der arme Arn kaum noch mitkam. Der Gedanke, dass sie zu spät kommen könnten, war unerträglich. Die Bilder in Dotts Kopf spielten verrückt: Mit einem schweren Hammer schlug der Abdecker den drei Tieren auf den Kopf, um sie zu betäuben. Danach stieß er ihnen ein Hohlstechmesser tief in die Brust, um sie ausbluten zu lassen.

Während der Ziegenhirte rannte, schüttelte er sich vor Entsetzen.

An das längliche Haupthaus schloss sich ein enger Pferch an, in dem der Ziegenhirte sich bewegende, große Tiere ausmachen konnte.

»Haserl!«, rief Dott. »Haserl, ich komme!«

»Brüll hier gefälligst nicht so rum!« Ein riesiger Kerl mit Schultern so breit wie eine Pferdekutsche stampfte aus dem Nebeneingang. »Wir haben hier keine Hasen. Nur Gäule, Rindviecher und zwei räudige Köter, also verzieh dich gefälligst!«

Dott war so beschäftigt damit, nach dem grauen Rücken und den schönen langen Ohren seiner Stute Ausschau zu halten, dass er glatt das Antworten vergaß.

»Wir suchen nach drei Pferden, zwei davon alt, eines hässlich«, übernahm Arn diese Aufgabe.

»Davon habe ich eine ganze Menge«, antwortete der Mann schon etwas aufgeschlossener, nun, da er eine zusätzliche Einnahmequelle witterte. Er wischte sich die blutigen Hände an einem noch blutigeren Lappen ab und deutete auf den Pferch. Der Ziegenhirte verfiel zunehmend in Panik, denn darin konnte er keines ihrer Pferde entdecken.

»He, Dott!«, drang plötzlich Arns Stimme an sein Ohr. »Komm schnell.«

Er wandte sich um. Arn stand auf der Schwelle der Tür, durch die der Riese vorhin ins Freie getreten war, und deutete aufgeregt ins Innere des Gebäudes. Für einen Moment schöpfte der Ziegenhirte Hoffnung, dann folgte er den beiden nach drinnen und erkannte in all dem stickigen, blutigen Dunst die Umrisse zweier Pferde – Grauer und Hott. Sie lebten! Aber wo war Haserl?

»Diese beiden nehmen wir auf jeden Fall«, verhandelte Arn bereits. »Und mit derselben Lieferung musst du noch ein drittes Pferd erhalten haben: eine Stute, die ein bisschen wie ein Esel aussieht.«

»Da kommt ihr zu spät.« Er deutete in Richtung eines mindestens sechs Fuß hohen Berges aus Fellen. Dott blieb das Herz stehen, seine Augen füllten sich mit Tränen, was nicht verhinderte, dass er es sah: Das graue Fell ganz oben auf dem Stapel. Aufgewühlt drängte er sich am Abdecker vorbei und stolperte auf die unwürdig hingeworfenen Reste ehemals tapferer Tiere zu.

»He, was willst du dort? Die Knochen- und Fellhaufen habe ich schon an die Seifensieder und Gerber verkauft!«, rief der Riesenkerl hinter ihm her. »Aber ich hab noch gutes Fleisch übrig, garantiert frei von Würmern und Wildfieber!«

Dott starrte auf das graue Fell. Was Arn und der Abdecker hinter ihm redeten, hörte er nicht mehr. War er tatsächlich zu spät gekommen? Seine Augen brannten. *Oh Haserl, nie gab es ein besseres Pferd als dich. Kein anderes war so klug, so gewitzt, so mutig wie du!*

Wie grausam das Schicksal doch war, dass es ihm erst seine Gefährten zurückbrachte und im nächsten Atemzug sein treues Pferd vernichtete. »Ihr habt Haserl ermordet.«

»Ermordet würde ich das nicht nennen.« Er grinste.

Dott sah den Hünen irritiert an. »Was … hast du zu verbergen? Rede Metzger, oder … oder …«

Der Abdecker verschränkte die muskelbepackten Arme vor der Brust. »Oder was?«

»Oder ich trete dir vors Schienbein«, machte Dott blutigen Ernst.

Sonderlich verängstigt wirkte der Kerl ob dieser hartherzigen Drohung nicht gerade – vielmehr grinste er selbstgefällig. »Jetzt, wo ich um mein Leben bange, frage ich mich, was du denn für ein schönes, junges Pferd bezahlen würdest, das sein ganzes Leben noch vor sich hat? So eines mit langen Ohren, das auf den Namen Haserl hört?«

»Sie lebt? Ich … ein Goldstück!«, rutschte Dott heraus.

Arn schlug sich mit der flachen Hand vor die Stirn.

Nun grinste der Abdecker breiter als seine Schultern. »Folgt mir!« Er führte sie an dem Fellhaufen vorbei und um den Schlachthof herum. Eine saftige Wiese tat sich vor ihnen auf. Dott weidete sich an dem wohl prächtigsten Anblick, den die Pirateninsel ihm bisher geboten hatte: Haserl – gesund und munter. Alles andere zählte nicht. Selbst das beleibte, rotwangige Mädchen mit einer Haselnussrute in der Hand auf ihrem Rücken konnte Dotts Entzücken kaum trüben.

»Papa, das dumme Pferd will nicht galoppieren!«

In diesem Moment bemerkte die Stute den Ziegenhirten und machte drei, vier Haserlsprünge auf ihn zu. Überrascht flog das Mädchen aus dem Sattel und landete mit der Nase voraus in einem Haufen Pferdeäpfel.

Dott applaudierte. Aber nur kurz, denn gleich darauf brauchte er beide Arme, um Haserl zu umschlingen. Er spürte den Luftzug aus ihren Nüstern an seiner Wange, die Wärme ihres Körpers unter seinen Händen – und war für diesen einen Augenblick wunschlos glücklich.

»Was soll das, Papa? Du hast gesagt, ich kann den Gaul behalten!«, maulte das Mistmädchen, das sich nun wieder aufgerappelt hatte und mitsamt ihrer Haselnussrute auf sie zugestampft kam.

»Kind«, antwortete der Abdecker. »Du kriegt einen neuen. Einen, der auch galoppieren kann. Der Goldesel hier geht an die beiden jungen Herren«, antwortete der Abdecker.

Das Mädchen überlegte offenbar, ob sie sich damit zufriedengeben oder weitermeckern sollte.

Ihr Vater beachtete sie gar nicht mehr, sondern richtete seine Aufmerksamkeit auf den anstehenden Handel. Fordernd streckte er Dott die Hand entgegen. »Schlag ein, du Schienbeintreter. Und ich bin gar nicht so – für ein Goldstück lege ich die zwei Klepper vom Schlachtstand obendrauf. Dann kann ich für heute Feierabend machen.«

Da gibt es nichts mehr zu diskutieren, befand Dott.

Wozu hatte er eine Grolldrummel gebändigt, wenn nicht zu dem Zweck, seine alte Freundin wiederzubekommen? Eines seiner beiden Goldstücke wechselte den Besitzer, und wenig später zogen ein kopfschüttelnder Arn und ein fröhlich pfeifender Ziegenhirte mit den teuersten *Schlachtrössern* aller Zeiten von dannen.

Vereint die Flammen!

Es war genau, wie Fehris geahnt hatte: Auf jeden Gang folgte ein weiterer, auf jedes schauderhafte Erlebnis stellte der Affe die gleiche Frage: Bist du ein Freund oder ein Schurke? Sie antwortete stets aufs Neue mit Taten und Worten, doch langsam glaubte sie nicht mehr daran, ihr Gegenüber – wer immer das auch war – überzeugen zu können. Das geheimnisvolle Tier führte sie kreuz und quer durchs Nirgendwo, verharrte nie länger als für ein paar kurze Augenblicke und verschwand dann wieder lachend um die nächste Ecke. Es wirkte beinahe, als wäre all dies nichts weiter als ein unterhaltsames Spiel für ihn. Für Fehris hingegen war es ein fortwährendes Grauen. Sie sah mit an, wie die Narbenkrähen ganze Fleischbrocken aus ihr herausrissen, wie immer größer werdende Fieberspinnen ihre Stacheln in sie bohrten, spürte ihr Herz in Todesqualen flattern und ihre Beine schwarz vor Wundbrand verfaulen. Und obgleich sie wusste, dass alles nur ein Geistzauber war, fühlten die Schmerzen sich dennoch real an.

Auf jede Qual folgte eine kurze Pause, in der die Frage gestellt wurde und sie darüber nachdachte, diesem ganzen Wahnsinn ein Ende zu bereiten, indem sie sich als Schurke zu erkennen gab. Womöglich würde man sie dann töten, vielleicht durfte sie aber auch gehen – zurück in die Welt da draußen, die vom Schattenstaub verschlungen wurde. Ohne Beryll und ihre Gefährten, ohne Hoffnung. Der Gedanke an die Zukunft, die sie dann erwartete, gab ihr die Kraft, es stets von neuem mit der nächsten Tortur aufzunehmen.

Es fühlte sich an, als irre sie bereits seit tausend Jahren durch die Unterwelt, blind, gelähmt, zerbrochen, wieder geheilt und von neuem aufgefressen. Ein besonders schauderhaftes Erlebnis war die Eisbestie, die es vermutlich nach der kurzen Begegnung auf dem Gräuelmarkt in ihr Unterbewusstsein geschafft hatte. Sie bohrte nacheinander jedes ihrer vier Hörner in Fehris' Leib, als wäre sie zum Bankett der Monster geladen worden und wollte sich hierfür einen besonders hübschen Blutanstrich verpassen. Stöhnend schleppte Fehris sich um die nächste Ecke und sah dabei zu, wie die Löcher in ihrer Brust sich wieder schlossen. Die nächste Folter würde nicht lange auf sich warten lassen.

Doch diesmal war etwas anders: Die Frage fehlte. Niemand schien sich mehr dafür zu interessieren, ob sie Freund oder Schurke war. Auch der Affe tauchte nicht mehr auf. Überließ man sie nun für den Rest ihres Lebens einsam ihren Qualen? War dies das Schicksal der Schurken?

Schwankend hievte sie sich auf die Beine und stellte fest, dass sie sich wieder im Eingangsbereich des Totenkopfes befand. Draußen sank die Sonne dem Meer entgegen und tauchte den Himmel in ein traumhaftes Abendrot. Falls dies also die Wirklichkeit war und kein erneuter Geistzauber, dann hatte sie einen halben Tag in dem unterirdischen Schädellabyrinth verbracht.

Fehris hörte ein Lachen vom Strand her. Doch diesmal kam es nicht von dem Affen, sondern wieder von dem rothaarigen Mädchen. Voller Hoffnung rannte sie zum Ausgang. Und tatsächlich, da stand das Kind: klein und zierlich, die zerzausten Locken von der Abendbrise verweht, ein Stück Treibgut in der Hand. Ein Spiegel vermutlich, denn das Mädchen starrte hinein und kicherte dabei fortwährend. Fehris sah die geschwungene Stupsnase, die hohe Stirn, die kindlich-gepolsterten Wangen, auf denen eine hübsche, gesunde Röte stand. Doch erst als die Kleine ihre Hand mit dem Spiegel ein Stück weit drehte, wurde klar, dass es sich wirklich um Beryll handelte. Denn auf ihrem Handrücken prangte das gleiche Zeichen wie auf Arns: eine schwarz züngelnde Flamme.

Gerade eben wollte Fehris den Mund auftun, um ein weiteres Mal den Namen des Mädchens zu rufen, da drehte dieses sich und wandte ihr seine andere Gesichtshälfte zu. Erschrocken fuhr Fehris zurück. Denn während Berylls rechte Seite das blühende Leben darstellte, war die linke vom Tod entstellt. Die Haut war fast vollständig abgefallen. Muskelfetzen und Sehnen hingen über blanken Knochen. Schwarzfaulige Lippen verzogen sich zu einem grotesken Grinsen.

Du bist immer noch in dem Zauber gefangen! Das ist nicht die Realität!, versuchte die Stimme der Vernunft, Fehris zu beruhigen, doch ihr Herz raste dennoch wie von Sinnen. Erst Marl, Arn und Dott, jetzt Beryll – wessen entstellten Leichnam würde sie als Nächstes zu Gesicht bekommen? Gordyns?

»Es kann auf ewig so weitergehen!«, ertönte plötzlich eine Stimme hinter ihr.

Auf alles gefasst drehte Fehris sich um und war beinahe froh über den Umstand, nichts Schrecklicheres zu sehen als ein altes Weib in einem schmuddeligen Flickenkleid mit Rüschenärmeln. Ihre Lippen waren schwarz geschminkt, was zu den zahlreichen abgestorbenen Zähnen in ihrem Mund passte. Sie trug das Haar in Filzsträhnen, mit bunten Glasperlen darin. Auf ihrer Schulter saß der Affe mit dem Totenkopfgesicht. Beide grinsten sie das gleiche Grinsen.

»Es gibt so viele schauderhafte Bilder, die wir dir noch nicht gezeigt haben, so viele Schmerzen, die du noch erleiden kannst«, verkündete das Hexenweib.

Fehris spürte Wut in sich hochsteigen. »Warum, verflucht? Warum quält ihr mich, ohne mich anzuhören?« Sie ballte die Hände zu Fäusten.

»Wir bestrafen jeden, der mit Lügen durch den Schauer tritt. Hast du ihn nicht gespürt, als du durch den Eingang getreten bist?«

Fehris erinnerte sich. Das war das unangenehme Gefühl gewesen, das sie beim ersten Schritt in den Schädel bemerkt hatte. Eiskalte Luft von oben, wie ein unsichtbarer Nieselregen.

»Beryll und ich, wir verbinden unsere magischen Kräfte auf äußerst praktikable Weise«, sagte die Alte mit einer Spur von Angeberei in der Stimme. »So entlarven wir jeden!«

»Mich habt ihr aber fälschlicherweise entlarvt!«, beeilte Fehris sich zu sagen. »Ich komme in guter Absicht. Meister Belam hat mich auserwählt, um die Kinder des Lichts zu finden und nach Kandoria zu bringen – mich und zwei andere. Doch meine Gefährten sind tot … oder … auf dem besten Weg zu sterben.«

Die Hexe legte den Kopf schief und musterte Fehris.

»Ich weiß, das hört sich nicht sehr vertrauenserweckend an, aber …«

»In der Tat«, schnitt die Alte ihr das Wort ab. »So wie ich das sehe, gibt es drei Möglichkeiten. Erstens: Du bist eine talentierte Lügnerin. Zweitens: Du bist eine Verrückte. Und drittens: Du sagst die Wahrheit. Selbst in letzterem Fall würde ich dir Beryll nicht anvertrauen, denn ganz offensichtlich hat Belam die falschen Helden ausgesendet. Leute, die nicht einmal für ihre eigene Sicherheit sorgen können. Solchen Versagern gebe ich doch das Kind nicht mit.« Dann wandte sie sich in Berylls Richtung und rief: »Komm, kleine Krabbe, genug gespielt. Wir gehen wieder rein!«

Das Mädchen kam angerannt, jetzt wieder auf beiden Gesichtshälften der Inbegriff des Lebens. Fehris erkannte, dass sie Sommersprossen auf der Nase hatte und ihre Augen grün wie Frühlingstriebe waren. Sie lächelte Fehris schüchtern an, dann war sie auch schon an ihr vorbeigehuscht und im Inneren des Schädels verschwunden. Der Affe sprang von der Schulter seiner Herrin und setzte ihr nach. Auch die Hexe wandte sich zum Gehen.

»So warte doch!«, rief Fehris, bebend vor Zorn und Verzweiflung. »Ihr habt meine Gedanken gelesen, habt die Unwahrheiten erkannt und meine Albträume zum Leben erweckt. Ihr wisst so viel über mich!«

»Nicht wir«, belehrte die Alte sie. »Nur Beryll. Sie ist es, die in deinen Geist blicken kann.«

»Dann weiß sie es … Sie muss erkannt haben, dass ich nur ihr Bestes will!«

»Beryll spricht nicht viel. Was sie mir mitzuteilen hat, sagt sie fast immer über Gedankensprache. Der Verlust ihrer Zieheltern hat sie hart getroffen. Jetzt hat sie wieder eine Heimat gefunden.«

Das ist es also!, dachte Fehris. *Die Kleine hat Angst, schon wieder aus ihrem Leben herausgerissen zu werden. Sie will hierbleiben, bei dem Affen und der Hexe, die ihr Sicherheit geben.*

»Lass mich mit dir nach drinnen kommen. Ich erzähle euch alles in Ruhe. Wir sitzen am Feuer und reden, nur einen Abend … ich bitte dich!«

Doch alles Flehen half nichts. Die Hexe kehrte ihr den Rücken zu und ging wieder in ihren Schädelfelsen. Zurück blieb nichts als Leere. Und ein weiterer quälender Geistzauber, der Fehris schlimmer traf als jede Eisbestie oder Narbenkrähe: Am Strand entlang kam eine Reitergruppe auf sie zu. Erst glaubte sie, es handele sich um Piraten aus Drabnar, doch dann erkannte sie Marl, Dott und Arn. Sie hatten Grolli und die Pferde dabei. Was für ein grauenvoller Streich von Beryll, ihr diejenigen so lebensnah vor Augen zu führen, die sie erst liebgewonnen und dann verloren hatte. Selbst der alte Hott war dabei, er trabte brav neben Grauer her, während Marl seine Zügel hielt. Dott saß wie immer mit Arn zusammen auf Haserl. Es war ein rührendes Bild, ganz anders als der letzte Zauber, der die Gefährten als blutleere lebende Leichname vorgeführt hatte. Dennoch konnte Fehris den Anblick kaum ertragen. Sie ließ sich in den Sand sinken und schlug die Hände vors Gesicht. Tränen schossen aus ihren Augen.

»Wäre ich doch nie hierher gesegelt!«, schluchzte sie. »Hätten wir bloß nie diese dreimal verfluchte *Schankmaid* gerufen!«

»Frau Fehris!«, drang Dotts glockenklare Stimme an ihr Ohr. »Wie schön, dass wir dich gefunden haben!«

Sie reagierte nicht. Die Trugbilder eines Geistzaubers verschwanden schneller, wenn man ihnen keine allzu große Bedeutung zuteilwerden ließ oder an etwas anderes dachte – das hatte sie mittlerweile begriffen.

Es funktionierte nicht besonders gut. Hott wieherte, Grolli grollte und Arn kreischte ein »Wir sind noch am Leeeeben!« heraus.

Vielleicht musste sie den Strand verlassen, um Berylls Angriffe abzuwehren. Wenn sie erst ein paar Meilen durch den Urwald gelaufen war, reichte der Abstand zu der kleinen Magierin vielleicht aus, um ihre zermürbenden Visionen loszuwerden. Wie grausam von dem Kind, sie derart zu quälen!

Sie ließ die Augen geschlossen und stand auf. Erst als sie sich umgedreht hatte und ein paar Schritte gelaufen war, öffnete sie die Lider wieder, dennoch war ihr Gesichtsfeld von Tränen getrübt. Auf einmal legte sich von hinten eine Hand auf ihre Schulter. »Bist du übergeschnappt oder machst du einen auf Fehris Fersengeld?« Marl.

»Geh weg!«, zischte sie ihn an.

»Du bist aber ganz schön nachtragend, meine Schöne! Freust du dich nicht einmal, dass Dott und Arn noch am Leben sind?«

Er ruckte an ihrer Schulter, doch sie weigerte sich standhaft, sich zu ihm umzudrehen. Nur seinen durchdringenden

Geruch nach Schweiß, Schmutz und Schnaps nahm sie wahr. Dieser neue Geistzauber war in der Tat so real wie kein anderer zuvor.

»Was ist mit ihr los?«, hörte sie Dott besorgt fragen.

»Keine Ahnung. Scheint irgendwie durchgedreht zu sein. Vermutlich, weil ich sie ein paar Stunden alleingelassen habe. Die Sehnsucht hat ihren Geist vernebelt.«

»Lasst mich mal ran!«, sagte Arn. Er stapfte durch den Sand um sie herum und winkte mit beiden Händen vor ihren Augen, als hätte er es mit einer Betrunkenen zu tun. Dann hielt er verdutzt inne. »Du weinst ja! Wieso das denn?«

Fehris schniefte. »Weil ich euch so sehr vermisse!«

Sprich niemals mit den Trugbildern, sonst bleiben sie umso länger!

»Na, dann ist doch alles gut!«, jubelte Arn und schlang seine dürren Ärmchen um sie. Kurz hielt er sie umklammert, dann ließ er sie wieder los und fummelte an seinem Gürtel herum. »Guck, das haben wir auf dem Schiff gefunden, kurz nachdem der Sturm euch über Bord gespült hat!«

Fehris traute ihren Augen nicht. Er hielt doch tatsächlich ihren Beutel mit den Artefakten in der Hand. Hatte Beryll in ihren Gedanken auch diese Episode gesehen? Nicht einmal Fehris selbst hätte sagen können, wann und wo genau sie ihr Hab und Gut verloren hatte.

»Ich dachte, der wäre auf den Meeresgrund gesunken…«, murmelte sie.

»Nein, zum Glück nicht.«

Wie paralysiert griff sie nach dem Beutel und öffnete ihn. Alle drei Sterne lagen darin, ebenso die Eisträne, ihre Krähenfeder und ein verschrumpelter Apfel. Sie hatte vergessen, dass sie dieses Fallobst überhaupt aufgehoben und eingesteckt hatte. Es war ausgeschlossen, dass Beryll sogar diejenigen Erlebnisse aus ihrem Geist las, an die sie sich selbst nicht mehr erinnerte – oder?

Nun endlich wagte sie es, sich zu ihren Freunden umzudrehen. »Ihr seid … wirklich echt? Kein Traum? Keine Vision? Kein Zauber?«

Alle nickten, sogar die Pferde.

»Der Rest vom Dreigestirn und der fabelhafte Zauberlehrling Arn obendrauf!«, bestätigte Dott.

»Und Grolli«, ergänzte Marl.

Bei allen Rumfässern Meribors, was hatte er nur für eine fürchterliche Fahne! Selbst Dott roch wie eine Hafendirne nach Mitternacht.

Nun konnte Fehris ihre Tränen nicht mehr zurückhalten. Einem nach dem anderen fiel sie um den Hals, sogar der Grolldrummel, die daraufhin ein verwirrtes Knurren von sich gab. Zuletzt barg sie ihr Gesicht in Hotts weicher Mähne. »Beronga sagte, ihr wäret ertrunken. Sie hätte noch versucht, euch ein Seil zuzuwerfen, doch …«

»Pah!«, rief Arn. »Die alte Schachtel hat uns sogar aneinandergekettet!«

»Genau. Ohne unseren Obermagier hier hätten wir nie auch nur einen Fuß auf die Insel gesetzt«, sagte Dott.

Fehris konnte ihr Glück kaum fassen. Da standen sie, alle zusammen, wieder vereint! Ob dieser Tatsache war es vielleicht nicht einmal ausgeschlossen, es noch einmal mit Beryll und der Hexe aufzunehmen.

Sie hatte den Gedanken kaum zu Ende gedacht, da fuhr Arn plötzlich herum wie von der Fieberspinne gebissen.

Stocksteif stand er da, die Augen weit aufgerissen, und starrte auf den Eingang des Totenschädels, wo ein roter Haarschopf im Schein der Abendsonne leuchtete.

»Auf dass das Licht niemals erlöschen möge!«, flüsterte er.

Dann machte er einen Schritt auf seine Schwester zu – und Beryll einen auf ihn. Zögerlich, als wären sie nicht sicher, ob der andere wirklich das verlorene Geschwisterchen oder vielleicht doch ein Schreckgespenst aus dem Schattenstaub war, näherten sie sich einander. Eine Armlänge entfernt blieben sie beide stehen und streckten einander die Hände entgegen. Im selben Moment, als sie sich berührten, leuchteten die Male auf ihren Handrücken auf. Die beiden Flammen, die bisher kalt und schwarz gewesen waren, erstrahlten in einem so grellen Licht, dass Fehris ihre Augen schließen musste, um nicht geblendet zu werden.

»Nehmt Platz«, sagte die Hexe, die den unaussprechlichen Namen Karantulani trug. Durch eine geheime Tür in der hinteren Schädelwand hatte sie die Gefährten und die Kinder in ihre Wohnstatt geführt, während die Pferde im Eingangsbereich friedlich Hafer mampften. Um der freundlichen Aufforderung nachzukommen, mussten Fehris, Dott und Marl erst einmal Muschelschalen, Seile, Fischernetze und jede Menge Einmachgläser mit undefinierbarem Inhalt von den Bänken räumen. Auch der Tisch war gerammelt voll mit allem möglichem Treibgut, vom Bronzekelch bis zur Armprothese, dazwischen zahlreiche Kerzen, die den finsteren Raum nur spärlich beleuchteten – was vielleicht ganz gut war, denn garantiert lauerten in den dunklen Ecken jede Menge Spinnen und viele Haufen Mäusekot.

Und uns willst du das Kind nicht anvertrauen!, dachte Fehris insgeheim. Wie konnte man nur so leben? Fernab von jeder Siedlung, jedem Brunnen und jedem erwachsenen Gesprächspartner. In all dem Dreck schien es nicht einmal einen Kamm zu geben, um Berylls Haar zu pflegen! Allerdings konnte sie mehrere geschnitzte Holzfiguren und ein Spielbrett mit bunten Steinen entdecken.

Die Kleine selbst schien sich in dem Durcheinander jedoch heimisch zu fühlen. Sie setzte sich, schnappte sich eine der Figuren, einen Krieger mit einem erhobenen Bidenhänder, und hielt ihn Arn entgegen. Lächelnd berührte er das Schwert, woraufhin dieses zu brennen begann. Beryll quietschte vor Vergnügen. Auch der Affe schien entzückt, denn er sprang kreischend auf dem Tisch auf und ab.

»Sie ist vor fünf Monaten zu mir gekommen«, sagte Karantulani. »Ganz plötzlich saß sie am Strand, mit tränenverschmiertem Gesicht und in eine Decke gehüllt. In der Hand hielt sie das hier.«

Sie griff in ihren üppigen Ausschnitt und zog einen roten Stein hervor, der an einer Lederschnur hing.

»Welche Bedeutung hat der?«, fragte Fehris.

Der Blick der Hexe war nun viel offener als bei ihrem letzten Gespräch, was aber weder an Fehris noch an ihren Gefährten lag, sondern einzig und allein an Arn. »Vor vielen Jahren wurde ich von der obersten Lumina in den Lichttempel berufen«, erzählte sie. »Unah hat meine Lebensweise als Einsiedlerin nicht gefallen. Sie wollte mich wieder in die magische Gemeinschaft integrieren und bot mir an, Lehrmeisterin ihrer Novizen zu werden. Einige Monate lang habe ich es probiert. In dieser Zeit lernte ich Soraya kennen, eine äußerst begabte junge Lichtmagierin. Zusammen mit ihren Freunden und ihrem Lebensbegleiter Navian hatte sie einen dieser verbotenen Novizenzirkel gegründet. Harmlose Angelegenheit, aber Unah hat das nicht gern gesehen. Sie nannten sich die *Gemeinschaft der Kristalle.* Als Erkennungszeichen dienten ihnen Ketten wie diese. Immer wenn einer von ihnen während meines Unterrichts Hilfe brauchte, griff er mit einer Hand wie zufällig an seinen Stein und die anderen wussten, dass sie ihm helfen mussten. Manchmal flüsterten sie einander die richtige Antwort per Geistzauber ein, starteten ein Ablenkungsmanöver oder gestikulierten wild hinter meinem Rücken herum, weil sie glaubten, ich würde es nicht merken. Ich mochte diese jungen Leute, weil sie immer so treu zueinanderstanden. Dies hier war Sorayas Stein. Und wisst ihr auch, welche Art von Kristall es ist?«

Fehris und die anderen schüttelten den Kopf.

»Es ist ein roter *Beryll.* Sie trug ihn bereits Jahre bevor unsere kleine Krabbe hier das Licht der Welt erblickt hat. Nennt es Zufall oder Bestimmung, doch auf irgendeine Weise schien Soraya schon immer gewusst zu haben, dass ihr Schicksal mit dem des Mädchens verknüpft ist. Ich weiß nicht, weshalb sie gerade mich als letzte Zuflucht erwählt hat. Vielleicht nur deshalb, weil sie wusste, wie ich lebe: zurückgezogen und allein. Keiner der Piraten sucht mich hier auf, denn sie haben fürchterliche Angst vor mir.«

»Ach, deshalb ist die Anwendung von Magie in Drabnar verboten«, warf Arn ein und löschte seine Flamme, bevor sie den ganzen Holzkrieger verschlingen konnte.

Karantulani entblößte ihre schwarzen Zähne und kicherte. »Ja. Wir hatten ein paar Meinungsverschiedenheiten, als ich hierherkam. Aber im Laufe der Jahre haben wir gelernt, einander zu meiden.«

»Also hat Berylls Ziehmutter sie zu dir geschickt, nachdem ihr Versteck entdeckt worden war«, griff Fehris das ursprüngliche Thema wieder auf.

»Ja. Erst wusste ich nicht, was ich mit der Kleinen anfangen sollte, aber nach ein paar Tagen begann sie mittels Gedanken mit mir zu sprechen. Sie erzählte von Soraya und Navian, von einem Bauernhof mit einem Dach aus Reet, einem Bett mit blumenbestickten Kissen. Von Spielen, die sie gespielt, und Ziegen, die sie gemolken hat. Und von der roten Zaubermuschel, die Soraya auf ihren Nachttisch legte. Jeden Abend, wenn sie Beryll zu Bett brachte, streichelte sie ihr übers Haar und sagte …«

Es rauschte in Fehris' Kopf. Dann ertönte eine fremde Frauenstimme, wohlklingend und voller Liebe: »Tag und Nacht wacht sie über dich, mein süßes Mädchen. Solltest du je in Not geraten, so wird sie einen Helden finden, der dich retten kann.«

Fehris' Blick traf den von Beryll und sie erkannte, dass es das Mädchen war, das zu ihr sprach. Oder vielmehr: Es projizierte die Worte seiner verstorbenen Stiefmutter in ihren Kopf. Dann sah sie Marl an und zuletzt Dott.

»Und stattdessen kam ein einfacher Ziegenhirte«, antwortete der zerknirscht.

»Wir hatten auch eine Ziege. Sie hieß Berta.« Es waren die ersten Worte aus Berylls Mund.

Dotts Miene erheiterte sich sofort. »Wirklich? Stell dir vor, ich hatte einen Bock namens Bert!«

Ganz kurz lächelte Beryll, dann sah sie schnell wieder auf

die halb verkohlte Holzfigur in ihrer Hand. Arn legte einen Arm um sie und zog sie an sich. »Schlaf ruhig, Schwesterchen. Sicher war es anstrengend, Fehris so lange mit Geistzaubern zu unterhalten.«

Das Mädchen gähnte als Antwort.

Unterhalten! Diese Magierblagen hatten wirklich eine sehr schräge Sicht auf die Dinge!

»Warum hat Soraya diesen Ausweg gewählt und das Mädchen nicht stattdessen zu Belam nach Kandoria geschickt?«, fragte Marl unvermittelt. »Ich meine … nun ja, du bist nicht gerade eine begnadete Ersatzmutter …«

Damit sprach er aus, was auch Fehris dachte, sich aber nicht getraut hatte, es zu sagen. Sie hielt den Atem an. Im Moment mochte Karantulani eine aufgeschlossene Gastgeberin sein, aber diese Frau war eindeutig gefährlich und jederzeit bereit, ihre Magie einzusetzen. Nicht umsonst fürchteten die Piraten von Drabnar sie. Nicht umsonst lebte sie allein. In einem Totenkopf!

»Du wagst viel!«, brummte die Hexe. Dann kniff sie die schwarzen Lippen zusammen und schien nachzudenken. »Aber tatsächlich habe ich mich das auch gefragt. Es gibt nicht viele naheliegende Antworten, im Grunde nur eine.«

Alle starrten gebannt auf Karantulani.

»Und die wäre?«, hakte Fehris nach.

»Verrat. Es gibt einen Verräter in Belams Reihen und Soraya hat das gewusst oder geahnt.«

»Die Fahnenflüchtigen!«, fuhr Dott auf. »Wir hatten ebenfalls den Verdacht, dass ihnen jemand von uns erzählt hat!«

»Und erinnert ihr euch an Belams Worte, als er uns die Aufenthaltsorte der Kinder verraten hat?«, warf Marl ein.

»Er sagte, selbst am Hof gebe es Verräter und Spione.«

»Denen wir auch den Angriff von Razuhls Bestien in der *Krummen Wurzel* zu verdanken hatten«, pflichtete Fehris ihm bei.

Sie alle sahen einander grübelnd an.

»Wenn das stimmt, sind die Kinder nicht sicher in Kandoria«, sagte Karantulani schließlich.

»Ebenso wenig wie bei dir! Denn falls der Verräter uns immer noch auf den Fersen ist, wird er über kurz oder lang hier aufschlagen«, stellte Marl klar. »Selbst du wirst sie auf Dauer nicht schützen können.«

Karantulani hieb mit beiden Fäusten auf den Tisch. »Eher als ihr drei Flaschen!«

Bevor die Diskussion in einen handfesten Streit mit brennenden Lichtkugeln und fliegenden Fäusten ausarten konnte, erklang wieder Berylls Stimme in ihren Köpfen – offenbar in allen gleichzeitig, denn keiner sprach mehr ein Wort.

»Die Flammen müssen vereint bleiben.«

»Das hat Mutter immer gesagt!«, rief Arn. »Unsere echte Mutter, Unah! Ich hatte es vergessen, doch jetzt erinnere ich mich wieder daran.«

»Wirklich?«, fragte Beryll. »Ich nicht.«

»Warum hast du es dann gerade ausgesprochen?«

Sie zuckte mit den Schultern. »Das weiß ich nicht. Aber es erschien mir richtig.«

Die Hexe seufzte. Sie stand auf und kramte in einem Regal voller Säckchen und Holztiegel herum. Als sie wieder zurück zum Tisch kam, hatte sie zwei Teller voller Salzheringe und einen Korb mit steinhartem Fladenbrot dabei. Sie stellte beides auf den Tisch und holte auch noch einen Becher Wasser für jeden von ihnen. Fehris' Mund wurde ganz wässerig beim Anblick der einfachen, aber sehr reichlichen Speisen.

»Esst, damit ihr bei Kräften bleibt«, sagte Karantulani. »Solltet ihr diese Kinder aber in den Tod führen, dann komme ich persönlich, um euch alle drei hinterherzuschicken!«

»Das ist ein Wort!«, rief Marl. Er angelte sich einen Hering und verschluckte ihn mit zwei großen Bissen. Arn tat es ihm gleich, was seine Schwester zum Kichern brachte.

Damit war es beschlossen. Sie würden die Nacht in der stickigen Totenkopf-Bude verbringen und am nächsten Morgen gemeinsam weiterreisen, um auch noch das letzte Geschwisterkind zu finden. Gordyn. Fehris bekam eine Gänsehaut, als der Name laut in ihrem Kopf widerhallte. Beryll zwinkerte ihr zu. So müde und verschreckt sie zu sein schien, würde sie sie dennoch begleiten, daran gab es keinen Zweifel. Ein sanftes Pflänzchen von Vertrauen keimte in ihr und Fehris hoffte, dass es schnell genug wachsen würde, um diese anstrengende Reise zu überstehen. Aber zunächst einmal mussten sie alle schlafen, so lange und so tief wie möglich. Eines zumindest wusste Fehris gewiss: Albträume waren für heute Nacht keine mehr übrig.

Seelenverkäufer

Mit einem Keuchen schreckte Marl auf. Etwas war über sein Gesicht gekrabbelt und hatte ihn aus dem Schlaf gerissen. Im schummerigen Dunkel des gerade anbrechenden Tages sah er einen Schatten davonhuschen. Vermutlich eine Maus oder Ratte. Genervt stöhnte Marl und wollte sich gerade wieder auf die stinkenden Decken sinken lassen, die er sich für die Nacht in der Unterkunft der verrückten Hexe gesucht hatte, da fuhr er wieder hoch: Zwei Augen funkelten ihn an. »Was soll das? Willst du mich erschrecken?«, knurrte er.

»Ich weiß, wer du bist.«

»Na und? Ich weiß auch, wer du bist: Hexe vom Felsen. Ich war lange genug hier, um all die Geschichten zu kennen. Piraten, die du angeblich in Bullen verwandelt und dann gebraten hast. Schiffe, die auf deinen Fluch hin unsteuerbar wurden, oder Geisterstürme, die ganze Flotten in den Abgrund gerissen haben sollen.« Er räusperte sich ausgedehnt und spuckte ungeniert auf den Boden. »Alles gequirlte Rattenscheiße, wenn du mich fragst. Lügen, die eine alte Eule erfunden hat, um ihre Ruhe zu haben. Glaube bloß nicht, dass du mir mit deinem Hokuspokus Angst machen kannst. Ich war bei Belam dem Schrecklichen und habe seine *Prüfung* überstanden, mich kann keine gewöhnliche Zauberin mehr schrecken. In der Lichtbogenfeste habe ich von euren drei magischen Säulen gehört.« Er streckte ihr seine Hand mit drei erhobenen Fingern entgegen. »Wenn ich mich hier so umschaue, frage ich mich doch: Wie viele beherrscht du?« Er klappte zwei Finger ein und winkelte den letzten an. »Eine halbe?«

»Ach was, du kennst dich also mit Magie aus.« Ihr höhnisches Grinsen ließ verfaulte Zähne zum Vorschein kommen.

»Vielleicht mehr als du. Wenn du mich entschuldigst, ich würde gern noch ein wenig ruhen. Ich habe eine wichtige Mission zu erfüllen.« Er warf sich auf die Seite und schloss demonstrativ die Augen. Das würde hoffentlich reichen, um die Alte zu vertreiben.

Plötzlich begann die Hexe mit schriller Stimme zu schreien: »Es brennt bei den van Tellenkamps. Schnell, kommt und helft! … Sie sind alle tot. Die ganze Familie. Nur Marl hat überlebt. Der arme Junge.«

»Hör auf damit!«, schrie Marl die Hexe an und griff nach seinem Stab. Doch statt des Knüppels lag an seiner Stelle eine armdicke Schlange, die ihn böse anzischte, als er sie umgriff.

»Er hat das Haus selbst angezündet. Er ist schuld …«, keifte sie dennoch immer weiter.

»Woher weißt du davon?« Marl hätte sich am liebsten die Ohren zugehalten, doch sie würde nicht aufhören. »Gut,

gut«, lenkte er daher ein. »Ich gebe zu, dass du eine große Zauberin bist. Kann ich jetzt weiterschlafen?««

»Das war eine kleine Warnung, *Schwarzer Marl*. Ich habe meine Ohren auf der ganzen Insel. Selbst das wimmernde Geschwätz eines besoffenen Piraten hören sie. Und ich vergesse nie etwas.«

Zuckende Schmerzen breiteten sich in Marls Eingeweiden aus. *Sie weiß es.* Nur zu genau konnte er sich an den rumgeschwängerten Abend erinnern, an dem er – aus einer sentimentalen Laune heraus – einem Seemann von der *Schankmaid* seine Vergangenheit anvertraut hatte. Der Mann war glücklicherweise so betrunken gewesen, dass er am nächsten Morgen alles vergessen hatte. Leider galt das wohl nicht für jeden auf der Insel.

»Ich habe dich sofort gespürt, als du zurückgekehrt bist. Das Böse mag über das Eiland herrschen, aber deine Ankunft stellt alles in den Schatten.«

»Ich habe mich verändert«, beteuerte Marl flüsternd.

Karantulani schaute ihn aus ihren unergründlichen Augen an. »Davon bin ich nicht überzeugt. Wärst du als Erster eurer Gruppe über meine Schwelle getreten, anstelle der tapferen Fehris, hätte ich dich augenblicklich getötet.«

Fehris hat mir schon wieder das Leben gerettet.

»Es ist mir unerklärlich, wie Belam so dumm sein konnte, jemanden wie dich auszuschicken, um die Dunkelheit, die sich über Meribor ergießt, aufzuhalten.«

Verlegen zuckte Marl mit den Schultern. »Feuer bekämpft man am besten mit Feuer.«

»Oder es umschließt einen und verschlingt alles.« Sie wedelte mit ihrem gichtgeschwollenen Zeigefinger. »Es wird der eine Moment kommen, Schwarzer Marl, an dem du beweisen musst, ob du dich tatsächlich geändert hast, und ich rate dir, dich dann richtig zu entscheiden, sonst folge ich dir höchstpersönlich in die Folterkammern des Schattenfürsten hinab, um dich zu quälen.« Mit einem Stöhnen erhob sie sich von dem wackligen Schemel, auf dem sie gesessen hatte. Sie zeigte auf seinen Stab. »Es ist grausame Ironie des Schicksals, dass ausgerechnet du das Artefakt gewählt hast, das einst mir zugehörig war.«

Mit ungläubig aufgerissenen Augen starrte Marl sie an.

Sie grinste. »Du glaubst mir nicht? Dann schau ihn dir einmal ganz genau an!«

Verdutzt drehte Marl den Stab und kniff die Augen zusammen. Etwas, das er bisher für eine Maserung im Holz gehalten hatte, erwies sich bei genauerer Betrachtung als eine Art Brandzeichen. Je nachdem wie er es betrachtete, sah es mal aus wie ein Totenkopf, mal wie ein Affenschädel.

»Hast du nie darüber nachgedacht, warum die Schatzkammer des Königs voller ungenutzter magischer Artefakte ist? Seit Razuhls schändlichem Verrat gibt es nicht mehr viele Zauberer auf Meribor, die ihre Gegenstände nutzen könnten. Ausgestoßene wie ich mussten ihre natürlich ebenfalls wieder abgeben.«

Einem Impuls folgend, hielt Marl ihr den Stab hin. »Hier, nimm ihn zurück! Er gehört dir.«

»Vielleicht hast du dich ja wirklich geändert.« Sie blickte mit sehnsüchtigem Blick auf das mächtige Artefakt. »Nein, behalte ihn, denn noch erstaunlicher für mich ist, dass der Stab offenbar auch dich auserkoren hat, um dir zu dienen. Das ist alles andere als selbstverständlich. Wie dem auch sei, bei dem, was du vorhast, brauchst du ihn dringender als ich, aber denk an meine Warnung.« Sie schlurfte davon.

Ungläubig betrachtete Marl seinen Stab. Plötzlich schoss eine kleine Flamme aus dem Artefakt hervor und verbrannte ihm eine Haarlocke. Irgendwo aus dem Inneren des Felsens erklang daraufhin das meckernde Gelächter der alten Hexe.

Beim Frühstück stocherten sie alle etwas lustlos in dem undefinierbaren Brei herum, den Karantulani ihnen in einem riesenhaften Kessel zubereitetet hatte. Marl und Fehris blickten sich konspirativ über den speckigen Tisch hinweg an. Es war nicht nur die grünliche Farbe der Pampe, sondern auch die Tatsache, dass Marl sicher war, gesehen zu haben, wie sich etwas in dem Topf bewegt hatte. Dotts Gesichtsfarbe hatte sich der des Breis angepasst, nachdem er einen Löffel davon gekostet hatte. Einzig die beiden Kinder und Grolli griffen herzhaft zu.

Um vom Essen abzulenken, sagte Marl: »Läuft doch ganz gut. Zwei von drei Kindern haben wir gefunden. Jetzt schnappen wir uns noch schnell euren Bruder Gordyn und schon seid ihr bereit, den Schattenstaub zu vernichten.« An Fehris gewandt rief er: »Gewöhne dich schon einmal daran, mich Graf zu nennen, meine Schöne.«

Beryll blickte ihren Bruder aus strahlendblauen Augen fragend und sehr ängstlich an.

Fehris schenkte ihr ein aufmunterndes Lächeln. »Was der komische alte Mann sagen will, Süße, ist, dass wir auf eine Reise gehen werden, um euren Bruder zu holen.«

Das Mädchen klammerte sich mit einer Hand an Arn fest, den anderen Arm schlang sie um den schlingenden Grolli.

»Keine Sorge, die beiden kommen natürlich auch mit«, beruhigte Dott sie mit einem Zwinkern und schaffte es gleichzeitig, Marl genervt anzusehen.

»Mhh … ja, genau das wollte ich sagen. Was wissen wir denn eigentlich über den Aufenthaltsort von Gordyn?«, versuchte Marl schnell wieder auf sicheres Terrain zu kommen.

Umständlich zog Fehris die Eisträne aus ihrem Beutel hervor, die sie aus dem verlassenen Heim des dritten magischen Kindes mitgenommen hatte.

Mit argloser Neugier griff Beryll danach.

Fehris ließ sie lächelnd gewähren.

»Wenn man der Oma unseres Grolldrummelbezwingers …«, begann Marl. Grolli hielt kurz beim Vertilgen der Inhalte sämtlicher unangetasteter Schüsseln inne und gab ein böses Grollen von sich. »… Glauben schenken darf, dann gehörte die einem verliebten Riesen aus den Eislanden und deswegen …«

»… finden wir Gordyn höchstwahrscheinlich im hohen Norden«, ergänzte Fehris.

Aufmerksam betrachtete Marl sie. Immer, wenn sie oder jemand anderes den Namen des dritten Kindes erwähnte, verdunkelte sich das Gesicht der Söldnerin. *Es wird Zeit, dass ich sie endlich mal ein wenig besser kennenlerne.*

Bisher hast du ja nur von dir erzählt, neckte ihn eine bissige Stimme in seinem Kopf.

Der alte Pirat stöhnte. »So weit, so bekannt, nur leider ist diese Ortsmarkung reichlich ungenau.«

Fehris und Dott nickten zustimmend. Der gesamte Norden Meribors bestand aus den lebensunwirtlichen Eislanden. Man konnte dort Jahre vergeblich nach einem Versteck suchen und nichts weiter finden als Schnee und Kälte.

»Deine Oma hat dir nicht zufällig erzählt, wo genau der Riese geheult hat?«, fragte Marl und versuchte zu ignorieren, dass Grolli gerade aus seiner gefüllten Schale einen riesigen strampelnden Käfer herausfischte und genüsslich knackte, bevor er ihn in sein Maul stopfte.

»Leider nein. Vielleicht müssen wir einfach auf unser Glück vertrauen, um Gordyn zu finden. Bisher hat es mich auf dieser Reise noch nicht im Stich gelassen.«

»So viel Glück hast selbst du nicht, Dott.«

»Sag das nicht, Schwarzer Marl«, mischte sich überraschenderweise Karantulani ein. »Wenn ich mich nicht täusche, bist du mit einem Glücksgänger unterwegs. Ich kenne die Geschichte des sanften Riesen. Man bringt sie jedem Novizen im ersten Jahr bei.«

»Warum gerade die?«, fragte Dott.

Die verschrumpelte Hexe schenkte ihm ein liebenswürdiges Lächeln.

Marl verdrehte genervt die Augen. *Schleimer*. Als er aber spürte, dass sein Stab sich merklich erwärmte, versuchte er ebenfalls, einen interessierten Blick aufzusetzen.

»Wir lernen sehr früh etwas über die magischen Artefakte. Wie ihr ja selbst schon erfahren habt, sind sie sehr mächtig und auch von Nichtzauberern anwendbar.«

Reflexhaft strich Dott über den Mantel, Fehris über die Sterne im Beutel und Marl über seinen Stab.

»Ohne euch mit den Lehren der Magiergilde Meribors langweilen zu wollen, kann ich euch sagen, dass es gewisse Materialien gibt, aus denen man besonders mächtige Artefakte schaffen kann.« Sie hielt kurz inne und schien für einen

Moment an einem anderen Ort zu weilen. »Dazu gehören unter anderem Knochen. Stammen diese dann noch von einem magischen Wesen, stärkt dies die Kräfte des Gegenstandes um ein Vielfaches.«

Jetzt interessierte es selbst Marl, worauf die alte Vettel hinauswollte.

»Und Riesen sind sehr starke magische Kreaturen.«

»Es gibt Riesen auf Meribor?«, fragte Dott.

Wieder erntete er dafür ein mildes Lächeln von der alten Hexe. Marl konnte kaum glauben, dass dies dieselbe Frau sein sollte, die ihm vor wenigen Stunden eröffnet hatte, dass sie ihn unter anderen Umständen ohne Zögern getötet hätte.

»Nicht mehr, aber es hat sie vor langer Zeit einmal gegeben. Knochenfunde in der Eiswüste haben dies bewiesen. Das Besondere an ihnen ist, dass die Riesen zum Sterben alle an denselben Ort gegangen sind.«

»Welchen?«, fragte Marl schnell. Er spürte die Bedeutung dieses Moments.

Ihm schenkte die Hexe natürlich nur ein höhnisches Mundwinkelzucken. »In die *Schlucht des langen Schweigens*. Am Fuß des *Letzten Gebirges*, weit im Norden der Eislande.«

Augenblicklich zeigte die magische Karte in Marls Kopf ihm den beschriebenen Ort.

»Hört sich nicht gerade nach einer Gegend an, die man gern besucht«, warf Dott ein.

»Ach was, wenn Gordyns Zieheltern die Felsspalte für ihn ausgesucht haben, dann wird es dort schon nicht besonders gefährlich sein«, versuchte Marl mehr sich selbst als den Ziegenhirten zu beruhigen.

»Worauf warten dann wir noch?« Fehris schlug mit der flachen Hand auf den Tisch. »Auf geht es nach Norden!«

»Dazu müssen wir als Erstes eine Möglichkeit finden, von dieser Insel herunterzukommen«, warf Dott ein.

»Da fällt mir vielleicht etwas ein«, sagte Marl nach kurzem Zögern. Eigentlich war es eher eine vage Erinnerung, als eine Idee, aber das brauchte die anderen im Moment nicht zu interessieren.

Die Söldnerin stöhnte genervt. »Deine Ideen haben dich fast in einen Pechkessel, mich in die Hände eines perversen Piraten und Dott auf den Grund des Meeres geschickt.«

Marl ignorierte ihre Unkenrufe. »Ich habe da einen alten Freund, der uns ein Schiff verkaufen wird.«

Fehris winkte ab. »Das können wir uns doch gar nicht leisten. Warum erwerben wir nicht einfach eine Passage hinauf in die Eislande? Es gibt doch auf diesem blöden Eiland wahrlich genug Schiffe.«

»Weil sämtliche Piraten nur darauf warten, uns den wilden Tieren in der Arena vorzuwerfen.« Mit spitzen Fingern, vermutlich, um jeglichen Körperkontakt mit dem Brei zu vermeiden, schob Dott seine Schüssel von sich. »Grolli und mich, weil wir in der Arena betrogen haben. Dich wird dein verliebter Pirat sicher auch nicht gerade mit offenen Armen empfangen und Marl …«, der Ziegenhirte klopfte einen kurzen Trommelwirbel mit seinen schlanken Fingern auf dem Tisch und scheuchte damit weitere Käfer zwischen den Schalen auf, »… tja, unseren Marl, den hat jedermann hier ganz besonders lieb.«

»Hört, hört!«, rief der Liebling voller Stolz. »Also machen wir es so, wie der berühmte Marl es vorgeschlagen hat, und besuchen meinen alten Kumpan Telok. Er lebt und arbeitet ganz im Norden der Insel. Bis dorthin werden die Geschichten über unsere hiesigen Heldentaten noch nicht vorgedrungen sein, geschweige denn irgendwelche Häscher. Beeilen wir uns und sorgen dafür, dass es so bleibt.«

»Ich dachte, er ist dein Freund. Wieso sollte ihn interessieren, was wir hier angestellt haben?« Es war nahezu unmöglich, aber Fehris schaffte es trotzdem, ihrem Gesichtsausdruck noch mehr Skepsis zu verleihen.

Anstatt mit Erklärungen aufzuwarten, machte Marl nur eine vage Handbewegung, die jedermann interpretieren konnte, wie er wollte.

In Ermangelung anderer Möglichkeiten ließ ihn die blonde Frau wortlos vom Haken und erhob sich vom Tisch.

Damit war Marls Plan beschlossen und auch ihr Aufbruch. Sie packten Proviant zusammen, hauptsächlich Wasser und Zwieback und verabschiedeten sich zügig von Karantulani und ihrer schmuddeligen Unterkunft. Der Hexe standen Tränen in den Augen, als die kleine Beryll sie umarmte und ihr einen Kuss auf die faltigen Wangen gab. Der Affe veranstaltete ein furchtbares Gezeter und zerrte an Berylls Hand, um sie zum Bleiben zu bewegen.

Das kleine Mädchen drückte beide so fest, wie ein kleines Mädchen nur drücken konnte. »Wir besuchen euch, wenn wir unseren Bruder gefunden haben«, versprach sie, während ihr die Tränen in Strömen über die Wangen liefen.

Marl führte ihre mittlerweile recht große Gruppe über einen ausgetretenen Pfad an dem Totenkopffelsen vorbei in Richtung Norden. Er nutzte die Zeit, die sie unterwegs sein würden, um eine Sache zu klären, die er nicht vor sich herschieben wollte, bis er der Pirateninsel – zum hoffentlich letzten Mal – den Rücken kehrte: »Fehris, auf ein Wort?«

Er konnte ihr am Gesicht ablesen, dass sie mit sich rang und ernsthaft überlegte Nein zu sagen, aber schließlich nickte sie und schloss zu ihm auf.

»Alles gut zwischen uns beiden, Frau Fehris?«, fragte er sie in Dott-Manier.

Das entlockte ihr doch tatsächlich ein kurzes Lächeln.

Wie ich das liebe. Ihr Lächeln hatte ihm in der kurzen Zeit ihrer Trennung gefehlt.

»Ich denke schon. Einigen wir uns darauf, dass wir beide überreagiert haben. Alles vergeben und vergessen.«

»Ich verzeihe dir auch.« Marl deutete eine Verbeugung an.

Sie blieb so plötzlich stehen, dass Grolli, der gerade an etwas Buntem herumkaute, das wie ein kopfloser Papagei aussah, in sie hineinlief. »Was hast du mir denn zu verzeihen? Dass ich dich davor gewarnt habe, in dein eigenes Verderben zu rennen?«

Von Dott kam ein übertriebenes Stöhnen, als er Haserl und die auf ihr sitzenden Kinder an ihnen vorbeiführte: »Fall doch nicht ständig auf sein Getue rein.«

»Spielverderber«, tadelte Marl spaßig und zwinkerte Fehris zu. »Entschuldige den dummen Scherz und entschuldige, dass ich mich so blöd verhalten habe. Ich werde versuchen, in Zukunft öfter auf deinen Rat zu hören.«

»Das kannst du beweisen, wenn wir gleich bei deinem angeblich*en Freund sind.*«

Auweia!

Bald schimmerte das azurblaue Meer durch die Bäume und sie erreichten einen Strand, dessen Sand so fein und weiß war, dass seine Reflexion in den Augen blendete. Im seichten Wasser davor lag ein gigantisches Schiff auf der Seite. Der Rumpf war mit Muscheln bewachsen und wies kopfgroße Löcher auf. Schwärme von Möwen nisteten in der zerfetzten Takelage und deren Ausscheidungen hatten das Deck vollkommen überzogen. Die Ausmaße des Schiffes sprengte alle Dimensionen, und es erinnerte eher an ein kleines Dorf, denn an etwas, das auf dem Wasser schwimmen sollte.

»Ist das Ding dort etwa Bestandteil deiner Idee? Ich denke, wir sollten unser Glück lieber mit den Piraten versuchen. Das wäre sicherer, als auf die Idee zu kommen, mit diesem Kahn in See zu stechen. Du und deine grandiosen Pläne.« Resigniert schüttelte Fehris den Kopf.

Er hat es also nicht geschafft. Der Anblick der so dahinrottenden *Meerjungfrau* machte Marl traurig. Telok war ein talentierter junger Schiffsbauer gewesen, als Marl die Insel verlassen hatte. Schon damals war er von der fixen Idee besessen gewesen, das größte Schiff zu bauen, das jemals auf den Meeren segeln würde und hatte mit dem Bau der *Meerjungfrau* begonnen.

»Ich frage mich«, teilte Dott nun seine Bedenken öffentlich mit, »ob so ein Monstrum überhaupt schwimmen kann.« Er hatte seine Schuhe ausgezogen und gönnte seinen Zehen ein bisschen Freiheit im warmen, pulverigen Sand.

»Das Wrack da sieht nicht danach aus. Die Pläne dafür müssen direkt dem Hirn eines Verrückten entsprungen sein. So ähnlich wie aktuell die unsrigen.« Fehris stemmte die Arme in die Hüften und funkelte Marl an. »Ich gebe den Kindern erst mal etwas zu essen. Es dauert sicher noch einen Moment, bis dein genialer Geist sich etwas Neues für uns ersonnen hat, das uns dann vermutlich endgültig ins Verderben reißt.«

So eine verfluchte Scheiße, dachte Marl und sagte dennoch: »Nicht verzagen, Marl fragen.« Vermeintlich zuversichtlich stapfte er, eine fröhliche Piratenweise pfeifend, auf Teloks windschiefe Hütte am anderen Ende des Strands zu. Als er sich über die Schulter umblickte, sah er, dass Grolli sich Fehris angeschlossen und sich im Schatten einer Palme zusammengerollt hatte. Das ungewohnte Klima der Pirateninsel machte ihm zu schaffen. Er war ein Geschöpf des Nebelhains – oder aber die gigantischen Mengen des scheußlichen Hexenbreis rächten sich jetzt. Was es auch war, es verdeutliche Marl nur noch mehr, dass sie von dieser verfluchten Insel herunter mussten. Sollte Telok ihnen nicht helfen können, war guter Rat teuer. Kein Pirat oder Sklavenhändler würde sie übersetzen. Dazu waren sie alle zu rachsüchtig, und ihre kleine Truppe hatte deren überbordenden Egos zu viele Kratzer verpasst. Im Hafen von Drabnar wartete nur eines auf sie: der Tod. *Vielleicht lassen sie die anderen gehen, wenn ich mich als Bezahlung anbiete? Ich bin immerhin hundert Silberlinge wert.*

Zaghaft klopfte Marl an die von der Sonne ausgeblichene Tür zu Teloks Behausung. Dabei schwang sie auf wie frisch geölt. »Telok, bist du da? Ich bin es, Marl. Du erinnerst dich bestimmt. Ich sollte die *Meerjungfrau* als Kapitän steuern, wenn du mit dem Bau fertig bist. Wie ich gesehen habe, stehst du kurz vor der Vollendung deines Meisterwerks.«

Möwen, die es sich in der baufälligen Hütte gemütlich gemacht hatten, kreischten wütend, als Marl zögerlich die Schwelle übertrat. Eine kleine Düne hatte sich durch die zerborstenen Fensterscheiben ins Innere geschoben und machte seinen Füßen nur mit einem protestierenden Knirschen Platz. Teloks einfaches Zuhause bestand aus einem einzigen kargen Raum. Mehr brauchte er wohl nicht. Deswegen musste Marl auch nicht lange nach ihm suchen. Sein alter Freund hatte sich am Deckenbalken mit einem Tau erhängt. Der Leichnam war von der Hitze und den steten Seewinden ausgetrocknet. Die braungewordene Haut spannte sich über den Schädel und hatte ihn zu einem immerwährenden, höhnischen Grinsen verdammt. Knarzend schwankte er im Luftstrom hin und her.

Ein trauriges Seufzen entwich Marls Kehle: »Glaub nicht, dass ich es nicht verstehen würde. An einer großen Aufgabe endgültig zu scheitern, ist furchtbar und kann einem jeden Lebensmut rauben. Das habe selbst ich auf meine alten Tage gelernt. Doch nun kann ich dir nicht mehr helfen.« Flüsternd setzte er hinterher: »Und du mir auch nicht mehr. Ich hätte wirklich gern mit dir auf der *Meerjungfrau* die südliche See durchquert, mein Freund.« Mit hängenden Schultern verließ er die Hütte. Was sollte er nur den anderen erzählen? Ganz besonders Fehris. Ein leises Pfeifen holte ihn aus seinen Gedanken.

»Marl«, ertönte die leise Stimme Dotts hinter dem Haus.

Überrascht drehte er sich um und entdeckte den jungen Ziegenhirten, der vorsichtig um eine Ecke lugte. »Dott, ich … ähm … ich fürchte, wenn du mit meinem Freund reden willst, wird das nichts. Er ist nicht mehr am Leben.«

»Das tut mir sehr leid, aber vielleicht schaffen wir es auch ohne seine Hilfe, von hier wegzukommen.« Er zeigte auf etwas, das hinter dem Haus liegen musste. »Sieh dir das an!«

Mutlos lief er zu ihm und blieb erstaunt stehen, als er unter einem teilweise zurückgeschlagenen, alten Segeltuch den Rumpf eines langgezogenen Schiffs hervorschauen sah. »Was haben wir denn da? Hilf mir mal, Dott!«

Zusammen schafften sie es, das von einer dicken Sandschicht bedeckte Tuch herunterzuziehen. Zum Vorschein kam eine langgezogene Knorr. Der offene Einmastsegler hatte schon bessere Tage gesehen, aber er war groß genug, um sie alle – inklusive der drei Pferde – von der Insel zu schaffen.

»Können wir damit zu den Eislanden segeln?«, fragte Dott und seine Augen strahlten vor Aufregung.

Wenn wir das Ding ins Wasser bekommen, ohne dass es auseinanderfällt, wäre ich überrascht. »Ganz bestimmt, mein junger Freund.«

Freudig klatschte der Ziegenhirte in die Hände. »Dann ab mit dir zu Frau Fehris. Du hast einiges bei ihr gutzumachen. Und mit so einem tollen Schiff kannst du gleich damit anfangen.« Er grinste sein typisches Dott-Grinsen.

Marl spürte, dass er auch das vermisst hatte.

»Gut, ich muss zugeben, dass du ein Schiff gefunden hast, aber wie bekommen wir es ins Wasser? Und wird es dort nicht genauso schnell untergehen, wie seine dickbauchige Monsterschwester da hinten?« Immer noch skeptisch inspizierte Fehris Dotts Entdeckung – aber ihre Laune hatte sich eindeutig gebessert.

»Ich werde noch einige kleinere Schönheitsreparaturen vornehmen müssen, bevor wir starten. Material dafür gibt es in Teloks Hütte genug. Auch alles andere, was wir für eine Schiffsfahrt brauchen, hat er dort gehortet. Und Proviant haben wir ja von der alten Hexe mehr als reichlich mitbekommen. Nicht mehr lange und dann geht die Reise auch schon los.«

Die »kleineren Schönheitsreparaturen« nahmen fast einen ganzen Tag in Anspruch, sodass sie erst am folgenden Nachmittag bereit zur Abreise waren. Auf langen Stämmen, die sie aus der dahinsiechenden *Meerjungfrau* herangeschafft hatten, rollten sie ihr neues Schiff über den Strand in Richtung Meer.

Möglichst unauffällig kreuzte Marl die Finger hinter seinem Rücken, als der Kahn zu Wasser gelassen wurde, aber er schwamm tatsächlich. Bevor das Schiff es sich anders überlegen konnte, schwang er sich hastig an Bord. »Alles hört auf das Kommando von Kapitän Marl. Schafft Kinder und Frauen zuerst an Deck! Pferde, Ziegenhirten und Grolldrummeln warten noch einen Moment.«

Fehris verdrehte die Augen – aber nicht mehr ganz so schlimm wie sonst – und kletterte über die von Marl notdürftig geflickte Reling. Leider fehlte ihm Pech, um das Schiff wirklich dicht zu bekommen, aber auf ein Wiedersehen mit Henry verzichtete Marl wegen dieser Lappalie nur allzu gern.

»Sollte ein Schiff nicht immer einen Namen haben, bevor es seine erste Reise antritt?«, fragte Dott und hievte eine Kiste mit staubtrockenem Zwieback an Bord.

»Ja«, Marl strahlte, daran hatte er gar nicht gedacht. »Wir könnten sie Windjammer nennen.«

»Wie wäre es mit *Dreigestirn*?«, schlug Dott vor.

Fehris kippte einen Eimer Wasser über die Reling und sagte: »*Seelenverkäufer* ist der einzige Name, der wirklich passt.«

Kämpft!

»Uuuuund zieh! Uuuuund zieh!«, brüllte Kapitän Marl, während er selbst am Steuer stand und den Griff locker mal hierhin, mal dahin bewegte.

Fehris saß am linken Ruderplatz, Dott am rechten. Oder backbord und steuerbord, wie Marl sagte. Hinter ihnen hockten Beryll und Arn, die zwar fleißig ihre Ruder bewegten, aber dabei einen Zusammenstoß nach dem anderen verursachten. Selbst Fehris und Dott fanden keinen gemeinsamen Rhythmus. Da half Marls Geschrei auch nicht.

»Wie lange sollen wir den Kahn noch aus eigener Kraft vorwärtsjuckeln, verdammt?«, brüllte Fehris.

»Bis wir über die Brandungswellen hinweg sind und ich das Segel hissen kann! Uuuuund zieh!«

»Frau Fehris … dein Ruderblatt … steht nicht aufrecht«, keuchte Dott.

»Tut es doch!«, keifte sie zurück und korrigierte unauffällig dessen Stellung.

Sie kamen so gut wie gar nicht vorwärts. Die alte Knorr

ächzte unter dem Gewicht der Pferde, der nutzlosen Grolldrummel und des ständig hereinlaufenden Wassers. Dazu ertönte beinahe bei jedem Ruderschlag ein lautes »Klonk«, wenn wieder eines der Kinder aus dem Takt kam. Fehris' Arme schmerzten jetzt schon, als hätte sie einen Tag lang Steine geschleppt. Irgendwann kam Marl auf die glorreiche Idee, Arn und Beryll das Wasserschöpfen zu übertragen. Er redete eine Weile auf Grolli ein, vollführte Ruderbewegungen mit den Armen und drückte ihn schließlich auf die Bank hinter Fehris. Unerwarteterweise erwies das Fellwesen sich als recht passabler Galeerensklave. Seine Ruderschläge fielen so stark aus, dass sie drohten im Kreis zu fahren. Also setzte Fehris sich hinter Dott.

Doch von da an wurde es besser. Als sie endlich weit genug vom Ufer entfernt waren, band Marl das Steuer mit einem Seil fest und zog das löcherige Segel auf. Tapfer blähte es sich im Wind, doch viel Fahrt brachte es nicht. Fehris zog ihr Ruder ein. Ihr Atem ging stoßweise. Weder sie noch Dott bekam nach dieser Anstrengung noch ein Wort heraus. Vornübergebeugt blieben sie auf ihren Bänken sitzen, hörten ihr Blut in den Ohren hämmern und starrten auf ihre Füße, die knöcheltief im Wasser standen.

Grolli hingegen sprang auf und schwankte nach achtern, wo er vorgab, einen Proviantsack vor dem Durchnässen zu retten, doch gleich darauf hörte man das Krachen von Zwieback zwischen seinen Zähnen.

»Wir werden innerhalb der nächsten Stunde untergehen, weil mehr Wasser reinläuft, als wir rausbefördern können«, war das Erste, was Fehris sagte, sobald sie wieder genug Luft zum Sprechen hatte.

Marl jedoch schien ganz in seinem Element zu sein. Gut gelaunt stapfte er durch den schwimmenden Badezuber, nahm Grolli den Zwieback weg, zog ein paar Taue fest, hielt den Finger prüfend in den Wind und stellte sich schließlich wieder mit stolz geschwellter Brust ans Steuer. »Nein, nein, alles gut. Auf diesen Schiffen muss man Wasser schöpfen, das ist ganz normal.«

Noch während er das sagte, ließ Beryll beim Auskippen ihren Eimer über Bord fallen. Fehris starrte ihm hinterher, wie er an ihr vorbei und zurück zur Pirateninsel trieb.

»Selbst ein Stück Holz ist klug genug, um sich lieber an Land zu retten«, grummelte sie.

In weiser Voraussicht hatte Marl genug Schöpfgefäße mitgenommen, wodurch sie den Verlust verkraften konnten. Dennoch musste auch er einräumen, dass die *Seelenverkäufer* mit ihrem durchleckten Boden und durchlöcherten Segel nicht viele Knoten machte.

»Wir bräuchten etwas mehr Wind«, murmelte er mit kritischem Blick auf die wenigen Wolken am Himmel. »Sonst werden wir ständig rudern müssen, um das Schiff in Position zu halten.«

»Bitte nicht!«, stöhnte Fehris.

»Das mit dem Wind erledige ich!«, verkündete Arn.

»Kannst du das denn so lange aushalten?«, gab Dott zu bedenken. »Immer wenn du Magie aufwendest, um uns aus der Patsche zu helfen, bist du anschließend wie erschlagen.«

»Wir gehen abends nahe der Küste vor Anker. Dann kann Arn sich ausschlafen und wir anderen entwässern das Schiff einmal komplett«, beschloss der selbsternannte Kapitän.

Das versprach eine anstrengende Überfahrt zu werden! Bei dieser Reisegeschwindigkeit würden sie mindestens eine Woche lang unterwegs sein, um in die Eislande vorzustoßen. Bei dem Gedanken, sieben oder acht Tage und Nächte ununterbrochen Wasser zu schöpfen, wurde Fehris ganz schlecht. Aber leider hatte sie auch keine bessere Idee. Nur ein Umstand gab ihr Hoffnung: Die schreckliche Pirateninsel hinter ihnen wurde schon jetzt immer kleiner.

Sie hielten sich nah an der vom Schattenstaub verseuchten Küste, wie Marl gesagt hatte. Arn stand die meiste Zeit mit ausgebreiteten Armen am Heck, das dunkle Haar vom Wind zerzaust und mit einem ernsten, erwachsenen Ausdruck im Gesicht. Beryll hingegen sorgte für gute Laune, indem sie den einen oder anderen kleinen Geistzauber wirkte: Delfine, die neben der Reling ihre eleganten Bögen sprangen und Spinnen, die rosafarbene Netze in den Löchern des Segels webten.

»Spar dir deine Kraft!«, ermahnte Marl sie schließlich. »Wenn wir die Inseln des Abends passieren, musst du uns vielleicht vor den Blicken der Strandwachen verbergen. Die halten uns sonst für illegale Siedler.«

Alles in allem verlief der erste Tag auf See besser als befürchtet. In Sichtweite der Inseln warf Marl den rostigen Anker, der nur noch einen Arm hatte, vermutlich, weil der selige Telok vor einigen Jahren um ein Stück Eisen verlegen gewesen war. »Morgen müssen wir uns entscheiden, ob wir außen um die Inseln herum segeln wollen oder zwischen ihnen und der Küste hindurch«, verkündete er.

»Was sind die Vor- und Nachteile?«, fragte Dott.

»Außen herum bedeutet, wir müssen es mit dem offenen Meer aufnehmen, vielleicht mit Stürmen und hohem

Wellengang. Dafür können wir uns aber außer Sichtweite der Strandwachen halten«, erklärte Marl. »Bleiben wir an der Küste, so wird die Fahrt beschaulicher und wir haben die Möglichkeit, im Notfall schnell an Land zu gelangen.«

»An welches Land? Das mit dem Schattenstaub oder das mit den feindlichen Wachen?«, fragte Fehris zynisch.

Sie mussten nicht lange diskutieren. Von den gegebenen Möglichkeiten war die offene See immer noch die am wenigsten tödliche. Also außen herum.

Zum Abendessen gab es nur Zwieback und Wasser. Beryll wollte eine Gute-Nacht-Geschichte hören, und Fehris erzählte ihr von dem Piraten, den sie nackt in dem Teich mit den Aalen zurückgelassen hatte, bis Dott augenrollend einschritt und stattdessen so lange über meckernde, hüpfende und friedlich grasende Ziegen redete, bis Beryll in seinem rechten Arm wegdöste und Arn in seinem linken. »Tut mir leid, Frau Fehris, dann musst du wohl oder übel schöpfen. Wenn ich jetzt aufstehe, wecke ich die armen Kinder«, sagte Dott und es klang wirklich nach einer Entschuldigung.

Fehris kippte so lange Wasser über die Reling, bis der Mond aufgegangen und mehrere Handbreit über den Himmel gewandert war. Ihre Finger fühlten sich nicht nur klamm an, sondern sahen runzlig und verwelkt aus. Sie presste die Lippen zusammen, um nicht laut loszuschreien. Nun packten auch Grolli und Marl mit an und zu dritt schafften sie es schließlich, das Schiff fast vollständig trockenzulegen. Wenn das so weiterging, würde ihre Ankunft in den schneebedeckten, lebensfeindlichen Eislanden vermutlich die reinste Erholung darstellen.

Völlig entkräftet rollte Fehris sich auf einer leicht erhöhten Stelle am Bug zusammen. Das leise Schwappen der Wellen gegen die Planken und das gelegentliche Schnauben der Pferde lullte sie innerhalb kürzester Zeit in den Schlaf. Sie träumte von Narbenkrähen mit schwarzen Fischschwänzen, die Löcher in den Kiel ihres Schiffes pickten, und von dem einarmigen Anker, der am Grund des Meeres durch massenhaft Seetang pflügte, welcher in Wahrheit aus dem Haar ertrunkener Seeleute bestand.

Ein Donnerschlag ließ sie schließlich hochfahren. Noch benebelt von ihren Albträumen blinzelte sie in die Dunkelheit und stellte fest, dass Marl schon wieder Wasser schöpfte. Jetzt kam es auch noch von oben. Regentropfen so groß wie Taubeneier platschten vom Himmel. Nacheinander wachten auch Dott und die Kinder auf.

»Arn, etwas weniger Sturm wäre gut!«, rief Marl über das laute Grollen hinweg, das sowohl von dem Gewitter über ihnen als auch aus der Kehle der Grolldrummel in ihrer Mitte stammte.

Schlaftrunken kam der junge Magier auf die Beine und reckte die Arme zum Himmel. Es dauerte einen Moment, doch dann flaute der Sturm tatsächlich ab und wenig später zog sich auch der schwarze Wolkenvorhang am Horizont zurück, um die Bühne für den Sonnenaufgang zu bereiten.

Marl hisste das Segel. »Auf geht's, um die Inseln herum!«

Sie segelten und schöpfen. Schöpften und segelten. Immer im Kampf gegen den Sturm, der sofort wieder zurückkehrte, sobald Arn auch nur eine kleine Magiepause einlegte. Der Ozean schien einen derartigen Appetit auf die *Seelenverkäufer* zu haben, dass er keinen noch so zermürbenden Kampf scheute, um sie sich einzuverleiben. Gegen Mittag, als sie soeben die äußerste Insel hinter sich gelassen hatten, klappte Arn zusammen. Ohne jegliche Vorwarnung knickten seine Beine weg und er schlug der Länge nach aufs Deck.

»Arn!«, riefen alle gleichzeitig und sogar Grolli gab ein verschrecktes Quieken von sich. Sie eilten dem Jungen zu Hilfe und stellten schnell fest, dass er sich außer einer Beule an der Stirn keine weiteren Verletzungen zugezogen hatte. Sein Gesicht sah erschöpft, aber friedlich aus – er schnarchte.

»Lassen wir ihn schlafen«, beschloss Marl. »Wir werden es schon irgendwie durch das Gewitter schaffen.«

Er hatte sich geirrt. Ohne Arns Schutz kehrten die schwarzen Wolken zurück – es schien, als hätten sie noch Verstärkung mitgebracht – und der Regen prasselte noch heftiger als zuvor aufs Deck. Schäumende Gischt kühlte ihre vor Anstrengung erhitzten Gesichter, während die Wellen sich immer höher türmten und die *Seelenverkäufer* wie eine Nussschale hin und her warfen. Längst hatte Marl das Segel gerefft und sogar den Mast umgelegt, doch immer noch bot das Schiff dem Wind zu viel Angriffsfläche.

Grolli saß mit den Kindern in einer Ecke und hielt beide fest umschlungen, Marl versuchte zu navigieren, Dott und Fehris schöpften, schöpften, schöpften. Dann ertönte ein Geräusch, wie Fehris es noch nie zuvor in ihrem Leben gehört hatte. Es begann wie ein einzelner Orgelklang, zog sich unnatürlich in die Länge und entlud sich schließlich in einem riesenhaften Rülpser, gefolgt von einem ekelerregenden Klatschen.

Jetzt ist die nervige Grolldrummel auch noch seekrank geworden!, dachte sie. Doch als sie sich nach ihrem haarigen

Begleiter umdrehte, stellte sie fest, dass nicht er es war, dessen Mageninhalt auf den Wellen davonschwamm: Haserl hatte ihren langen Hals über die Reling geneigt und erbrach sich ins Meer.

»Ist das … ein Geistzauber?«, krächzte Fehris.

»Das ist unmöglich! Pferde können nicht kotzen! Niemals!«, schrie Marl.

Nur Dott stellte seinen Eimer ab und gesellte sich tröstend zu seiner geliebten Stute. »Wie schrecklich musst du dich fühlen, du Arme …«, sagte er mitfühlend und hielt ihren Kopf. »Doch, sie hat sich übergeben. Sie ist seekrank«, rief der Ziegenhirte.

Marl erstarrte. Diese Episode schien so etwas wie ein Omen zu sein. Er schlug das Steuerruder in die andere Richtung und lenkte den maroden Kahn zurück zur Küste.

Fehris watete zu ihm hinüber. »Was machst du denn? Wollten wir nicht außen herum fahren?«

»Ich hab in meinem Leben schon vieles gesehen, meine Schöne«, antwortete Marl. »Aber das nicht! Ein altes Piratensprichwort sagt: Wenn du Pferde kotzen siehst, reiß das Ruder herum. Daran gedenke ich mich zu halten.«

An der Küste regnete es ebenfalls, aber längst nicht so schlimm wie draußen auf dem Ozean. Bei ruhigerem Seegang umsegelten sie erneut die äußere Insel und bogen in die Meerenge ein, die das Festland von den Siedlungsplätzen der Reichen und Mächtigen trennte. Der Schattenstaub zu ihrer Rechten kam ihnen bedrohlich nahe. Marl lenkte das Schiff so dicht heran, wie er es verantworten konnte, um auf größtmöglichem Abstand zu den Strandwachen der

Inseln zu bleiben. Mit großen Augen betrachtete Beryll die turmhohe Wand aus schwarzem Staub, der beständig seine Form veränderte, als sei er ein lebendes und atmendes Wesen. »Es sind traurige Stimmen dort drin«, flüsterte sie und klang dabei aufs Äußerste eingeschüchtert. »Sie reden über Schmerzen und Tod.«

Fehris nickte und dachte an den Tag der *Prüfung*, als die Magier sie zum ersten Mal mit der tödlichen Erscheinung konfrontiert hatten. »Am besten, hörst du gar nicht hin.«

Sie drückte das Mädchen an sich und streichelte ihr über die roten Locken. Dabei beobachtete sie Dott, der immer noch an der Reling neben Haserl lehnte, und sie fast ebenso zärtlich umarmte, obwohl es der Stute nun wieder gut zu gehen schien. Marl bereitete ihrer kleinen Blase aus Geborgenheit jedoch schnell ein Ende, indem er Beryll zu sich rief und sie bat, einen Geistzauber über das Schiff zu legen, damit sie ungesehen durch die Engstelle kamen. Von hier aus bis zum Leuchtturm gab es keinerlei Möglichkeit mehr, irgendwo anders hin zu fliehen außer nach vorn. Die äußere Küste der Hauptinsel war bereits in Sichtweite – hierhin hatte sich König Joradin vor dem Schattenstaub gerettet. Dies war der begehrteste und bestverteidigte Ort ganz Meribors, abgesehen von der zweiten Inselgruppe im Osten. Nur der Elite des Adels und einigen ausgewählten Kriegern und Handwerkern war die Ehre zuteilgeworden, ihren Regenten zu begleiten. Sollten die Wachen das marode Schiff mit den drei abgerissenen Matrosen, zwei Kindern, drei alten Kleppern und einer Grolldrummel an Bord bemerken, dann würden sie vermutlich nicht zögern, einen Schauer aus brennenden Pfeilen auf sie niederregnen zu lassen.

Beryll schloss die Augen und tauchte in ihre Geistwelt ab. Eine plötzliche Kühle erfasste Fehris, aber sonst bemerkte sie keinerlei Veränderung. Das schwimmende Wrack sah immer noch aus wie ein schwimmendes Wrack. Die Küste näherte sich. Aus den kleinen schwarzen Punkten am Strand wurden Krieger in Rüstung, bewaffnet mit Pfeilen und Speeren. Einige beschatteten ihre Augen mit der Hand und sahen in ihre Richtung. Eine Spur von Panik kroch in Fehris hoch.

»Klappt es?«

Beryll nickte, ohne die Lider zu öffnen. Sie legte ihre Zeigefinger auf ihre Lippen. »Du kannst es nicht sehen!«, wisperte ihre Stimme in Fehris' Kopf. »Wer in direkter Verbindung mit dem verzauberten Objekt steht, erkennt die Veränderung nicht. Für sie sind wir ein toter Walfisch. Halb verrottet, damit sie nicht auf die Idee kommen, ihn sich zu angeln.«

Das war in der Tat eine fantastische Idee von der Kleinen! Dennoch hielt Fehris den Atem an, während sie die Soldaten passierten. Sie alle starrten zu ihnen herüber, interessiert, aber nicht feindselig. Keiner zog seine Waffen oder schlug Alarm. Etwa eine halbe Meile entfernt standen sie in einer langen Reihe am Strand und ließen es zu, dass sie einfach an ihnen vorbeisegelten. Was für ein Glück, dass Beryll hier war!

Auf diese Weise ging es weiter bis zum Sonnenuntergang. Sie sahen prunkvolle Häuser aus der bewaldeten Inselmitte ragen, vermutlich sogar den Königspalast. Schafe weideten auf üppigen Wiesen und an einem kleinen Hafen mit komplett weiß getünchten Landungsstegen schaukelten nur noch wenige Fischerboote auf den Wellen. Zwei davon, mit Laternen an ihren Steven, kamen ihnen beängstigend nah. Der Himmel hatte sich mittlerweile fast vollständig verdunkelt, nur der Schein eines Leuchtfeuers im Norden erhellte den Wasserspiegel. Der Mann, der breitbeinig auf dem Dollbord des vorderen Bootes stand, starrte in ihre Richtung, winkte dem anderen im Boot nebenan und stellte schreiend fest: »Halb verwest, kann man nicht mehr essen. Aber Tran könnte man noch daraus kochen!«

»Gute Idee, ziehen wir ihn an Land!«

Beide holten ihre Harpunen hervor.

»Mist!«, zischte Marl. »Geht in Deckung!«

Fehris duckte sich und zog dabei Beryll mit nach unten. Das Mädchen gab ein angestrengtes Stöhnen von sich und öffnete kurz die Augen. Im gleichen Moment krachte auch schon die erste Harpune in die Seite der *Seelenverkäufer.* Die morschen Planken zersplitterten unter dem Aufprall und die Widerhaken der Waffe rissen ein immenses Loch ins Holz. Hastig rannte Marl dorthin, trat die Harpune weg und stopfte die Plane, mit der Telok ursprünglich ihr Boot abgedeckt hatte, in das Loch. Das verhinderte zwar, dass der Rumpf auf der Stelle volllief, aber trotzdem drang vermehrt Wasser ein.

Die zweite Harpune blieb aus. »Das ist kein Wal!«, schrie einer der Fischer ängstlich. »Das ist … ein Wrack, direkt aus dem Schattenstaub! Mit Geistern und Bestien drauf!« Im schwachen Schein der Bootslaternen und des Leuchtturms mussten sie allesamt einen wahrhaft vernachlässigten Eindruck erwecken.

Ein Blick auf Beryll machte Fehris klar, weshalb der Zauber mit einem Mal verflogen war: Das Mädchen hatte die Augen geöffnet und starrte gebannt auf das riesige Loch in ihrer Backbordseite. »Wir brauchen deine Magie!«, erinnerte Fehris sie. »Bitte, Beryll, streng dich noch einmal an!«

Tapfer schloss die Kleine wieder ihre Lider und kurz darauf hörten sie den zweiten Fischer brüllen: »Das geht nicht mit rechten Dingen zu. Jetzt sieht es aus wie ein Eisberg! Weg hier!«

Die Harpunenschleuderer waren sie also schon mal los. Doch das viele Wasser, welches nach wie vor durch das Loch in der Außenwand eindrang, füllte den Bauch ihres Schiffes immer mehr. Es reichte Fehris schon fast bis zum Knie. Arn, der bis jetzt fest geschlafen hatte, erwachte prustend, weil ihm Wasser in die Nase lief. So schnell sie konnten, schöpften sie – Marl, Dott, Fehris, Grolli und schließlich auch Arn. Ein sinnloses Unterfangen: Für jeden Eimer, den sie über die Reling kippten, liefen zwei durch das schlecht gestopfte Loch wieder herein.

»Wir sinken!«, verkündete Kapitän Marl. »Ihr könnt euch erschießen lassen, ertrinken oder in den Schattenstaub stürzen«, stellte er sie vor eine Wahl, die in Wahrheit keine war.

»Nichts da!«, presste Fehris zwischen zusammengebissenen Zähnen hervor. »Da vorne ist der Leuchtturm. Und Licht hält den Schattenstaub ebenso fern wie Wasser. Wir werden es bis zu diesem verfluchten Turm schaffen, selbst wenn ich das gesamte Wasser aus dem Schiff herausschlürfen muss!«

»Genau«, pflichtete Dott ihr bei. »Ein Kampf ist erst verloren, wenn man aufhört zu kämpfen.«

»Sagt wer? Deine Großmutter?«, stöhnte Marl.

»Ja!« Damit schnappte der Ziegenhirte sich einen zweiten Eimer und kämpfte verbissen weiter.

Verbündete

Diesen Abend würde Dott sein Leben lang nicht vergessen, egal wie viele Abende er noch vor sich haben würde. So schnell es seine Arme zuließen, eimerte er das Wasser aus dem Schiff. Schiff? Nein, das traf es nicht. Aus der morschen, lecken, vergammelten Holzschale, die ausgerechnet er entdeckt hatte. Offenbar hatte sogar das Glück darauf verzichtet, mit an Bord zu gehen.

Immerhin schafften sie es Bootslänge um Bootslänge an der Schattenstaubküste entlang geradewegs in Richtung Leuchtturm, der das sprichwörtlich rettende Ufer beleuchtete.

Alles, nur nicht direkt im Schattenstaub stranden, dachte Dott. *Solch ein Ende hat unsere Reise nicht verdient.*

Mit geschickten Ruderbewegungen nutzte Marl die ein oder andere Welle, um darauf zuzuhalten. »Raus mit dem, schneller!«, rief er und griff selbst wieder nach einem Eimer.

Mit letzter Kraft schöpften die Kinder erst Atem, dann Wasser. Was anderes blieb nicht, für einen rettenden Zauber fehlte Arn die Kraft. Das Wasser stieg unaufhaltsam höher, doch trotzdem gelang es ihnen, sich ein Stück weit in Richtung Leuchtfeuer zu kämpfen und sich damit der schattenstaubfreien Küste im Nordosten zu nähern.

Viel Anstrengung und etliche Eimer später knirschte es unter dem Rumpf.

»Hurra!« schrie Marl. »Nehmt alles mit, was wichtig ist, hier ist es seicht, wir gehen das letzte Stück zum Lichtkegel des Leuchtturms im Wasser. Dott, führe du die Pferde.«

Sämtliche Menschen, Pferde und Grolldrummeln verließen das sinkende Schiff. Der Ziegenhirte schnappte sich die Zügel aller drei Reittiere und klopfte beruhigend auf Haserls Hals. Marl, der als Letzter von Bord ging, trug Arn huckepack, während Beryll auf Dotts Schultern saß. So konnte er die Zügel der Pferde halten. Sie wateten parallel zur Küste dicht am Schattenstaub vorbei auf das Licht zu.

»Hier können wir an Land«, rief Marl freudig und stampfte auf den Strand zu, der im Schein des Leuchtfeuers lag.

Erschöpft setzte Dott das Mädchen ab und ließ sich in den Sand fallen.

Sie hatten es tatsächlich ans rettende Ufer geschafft. Zugegeben, besonders weit waren sie mit dem Wackelboot wahrlich nicht gekommen. Was für ein verkorkster Beginn der Suche nach dem dritten Kind! Selbst die Mondsichel am Nachthimmel schien Dott näher zu sein als die Eislande.

Langsam ließ das Brennen in seinen Lungen nach. Er sah sich um. Auch wenn der Leuchtturm noch ein gutes Stück nordwärts stand, erfasste sie sein Lichtschein und hielt den Schattenstaub in Schach, der einen Steinwurf weiter im Süden wie eine diffuse Wand pulsierte. An diesem Ort konnten die Menschen auch ohne eine Karte Meribors im Kopf die enorme Bedeutung des magischen Feuers im Turm begreifen. Einzig das Licht verhinderte, dass sich die schwarze Seuche zwischen Fluss und Küste hindurchquetschte und den ganzen Kontinent verschlang. Aus diesem Grund hatte der König bereits vor einigen Jahren diese Lichtfestung errichten lassen – gut bewacht von den fähigsten Magiern des Reiches.

Während Dott die Pferde einsammelte, kamen auch die anderen langsam wieder zu Atem.

Die Wut verlieh Fehris zusätzliche Kraft. Dampfend wie ein Pferd im Winter nach einem langen Ritt baute sie sich vor Marl auf, breitbeinig, mit in die Hüften gestemmten Armen. »Muss ich zu dieser lustigen Seefahrt noch irgendwas sagen?«

Schnaubend wie ein Pferd im Winter nach einem langen Ritt entgegnete Marl: »Aber natürlich, raus damit. Wie wäre es mit einem: *Gut gemacht, lieber Freund. Unglaublich, dass du es mit der brüchigen Nussschale noch am Schattenstaub vorbei bis hier hingeschafft hast. Und bevor ich es vergesse: Danke, ohne dich wären wir nie von der widerlichen Pirateninsel heruntergekommen.* Nur einmal, ein einziges Mal möchte ich ein Lob von dir hören.«

»Pft. Dann es verdiene dir. Nur ein einziges Mal.« Sie stampfte mit dem Fuß in den Sand. »Ich kann mich erinnern, dass wir bis in den Norden segeln wollten – in die Eislande. Stattdessen stranden wir bei der erstbesten Gelegenheit an der erstbesten Küste, Kapitän Marl.«

Ein triefender Grolli wankte heran, stellte sich neben Fehris und schüttelte sich wie ein nasser Hund. Erstaunliche Mengen Wasser spritzten aus dem Fell; der Sprühregen wollte gar nicht mehr aufhören.

Frau Fehris machte einen Satz zur Seite. »Irgh! Macht dein Grollmonster das absichtlich?«

»Braver Junge«, entgegnete Marl. »Auch er findet es ungerecht, dass du so wenig Dankbarkeit zeigst. Immerhin sind wir nicht mitten im Schattenstaub schiffbrüchig geworden, sondern haben es aufgrund meiner seemännischen Erfahrung bis zum Leuchtturm geschafft. Und was ich immer mal loswerden wollte: Deine ständige Meckerei bringt uns kein Stück weiter.« Er schielte auf die Schattenstaubwand im Süden. »Kommt, ich weiß, wir sind alle hundemüde, aber ein kleines Stück in Richtung Leuchtfeuer schaffen wir noch – bis zu der kleinen Felsformation dort drüben. Weiter sollten wir nicht gehen, die Magier verstehen keinen Spaß, wenn sich Fremde in der Nacht ihrem Turm nähern. Gleich wärmen wir uns an einem Feuer auf, trocknen die Kleider und beratschlagen uns.«

»Aye, aye, Kapitän Marl«, schäumte Fehris.

Die Gefährten mobilisierten ihre letzten Kräfte und schleppten sich noch ein Stück den Strand entlang bis zu den Steinen, die einen schützenden Halbkreis bildeten.

»Ich sammele Holz«, sagte Dott. »Arn und Beryll, ihr setzt euch hin und ruht euch aus.« Den beiden Kindern fielen die Augen zu und ihre Gesichter wirkten blass, was nicht nur am fahlen Licht des Leuchtturms lag.

Wenig später, rund um ein tröstendes Feuer, besserte sich die Laune aller. Die Gefährten begannen neue Pläne zu schmieden.

Marl sagte: »Glücklicherweise ist niemand verletzt, und auch die Pferde sind unversehrt, also reiten wir nach Norden in die Eislande. Fehris nimmt Beryll vor sich auf den Sattel,

Dott Arn und ich Grolli. Noch ist genügend Zeit, Kandoria zu retten, so schnell wird der Fluss auch nun wieder nicht zufrieren.«

Der Ziegenhirte sah es ihr an. Mit größtmöglicher Fraubeherrschung verkniff sich Fehris jeden Kommentar ob des Kapitänsgehabes von Marl an Land. »Den ersten Teil der Strecke kenne ich sogar«, erklärte Dott schnell. »Den habe ich schon auf dem Weg zum *Roten Forst* bereist.«

Marl wirkte abwesend, doch dann sprang er auf und rief: »Da hinten kommt jemand.« Er zeigte auf eine Gestalt, die von Osten in den Lichtkegel ritt und geradewegs auf sie zuhielt.

Da Dott immer wieder ins Feuer gestarrt hatte, mussten sich seine Augen erst an die Dunkelheit gewöhnen. Marl neben ihm nahm seinen Feuerstab in die Hand und beäugte den Neuankömmling misstrauisch. Fehris zog Arn und Beryll hinter ihren Rücken.

»Wie schön, dass ich euch gefunden habe!« Eine Frau stieg vom Pferd, schlug die Kapuze ihres Reitmantels zurück in den Nacken und trat auf das Feuer zu. Eine unscheinbare Erscheinung mit kurzen, braunen Haaren. Ihre großen Augen strahlten freundlich in die Runde.

»Helikon!«, rief Marl. »Das ist ja eine Überraschung.«

»Gut, Euch zu treffen«, freute sich die Novizin. »Und ich sehe, die Gemeinschaft der Auserwählten zur Rettung Meribors ist inzwischen auf fünf Mitglieder angewachsen. Mir fällt ein Stein vom Herzen, dass es euch gut geht.« Leutselig nickte sie auch Fehris und Dott zu.

»Seid gegrüßt, Helikon«, antwortete der Ziegenhirte. Ob Belam sie zur Unterstützung geschickt hatte?

Die Novizin breitete die Arme aus und kniete sich vor das Mädchen. »Du musst Beryll sein. Ich war eine gute Freundin deiner Mutter Unah – ich habe sie wirklich gemocht.« Sanft nahm sie die Kleine für einen Moment in den Arm, dann wandte sie sich ihrem Bruder zu. »Und du bist das älteste Geschwisterkind. Hallo Arn, es erleichtert mich so sehr, euch alle gesund und munter anzutreffen.« Sie lächelte in die Runde.

»Setzt Euch zu uns ans Feuer, es gibt viel zu erzählen«, lud Marl sie ein.

Helikon band ihr Pferd an und gesellte sich zu ihnen.

Auf einmal sprang ein felliges Fellwesen herbei und grollte aufmerksamkeitsheischend. Helikon reagierte erstaunlich gelassen. »Eine Grolldrummel! Ein wahrlich ungewöhnlicher Reisegefährte.«

Fehris ergriff das Wort: »Sagt Helikon, was ist in Kandoria geschehen, seit wir aufgebrochen sind?«

Augenblicklich erinnerte sich Dott an ihr Zukunftserlebnis im *Turm der Zeit*.

Das Gesicht der Novicia verdüsterte sich. »Leider nichts Gutes. Es ist furchtbar, Belam ist tot. Der wichtigste Magier des Reiches wurde in seinem eigenen Gemach brutal ermordet. Somit steht unumstößlich fest: Es gibt einen Verräter in unseren innersten Reihen.« Die Flammen spiegelten sich in Helikons feuchtglänzenden Augen, sie sammelte sich für einen Moment. »Seit diesem Ereignis ist Lantbert verschwunden, was ihn sehr verdächtig macht.«

»Der war mir von Anfang nicht geheuer«, meinte Fehris.

»Doch ganz sicher können wir nicht sein, vielleicht ist auch er Opfer eines Verrats und wurde beiseitegeschafft.

Jedenfalls lastet nun sämtliche Verantwortung auf mir. Aus diesem Grund habe ich die Burg verlassen, um zu helfen und euch zu warnen. Seit vielen Tagen suche ich Euch schon. Ihr dürft noch nicht nach Kandoria zurückkehren. Arn und Beryll würden dort in Lebensgefahr schweben, zumindest, bis wir den Verräter gefunden und ausgeschaltet haben.«

»Wir ahnten bereits, dass jemand geheime Informationen an Razuhl weitergibt«, erklärte Dott. »Über die Artefakte, unsere Reisewege und vermutlich auch über den Sinn und Zweck der Mission. Daher wusste er, wo ich auftauchen würde, um Beryll zu holen. Plötzlich stand er vor mir.«

Erschrocken schlug sich Helikon die Hand vor den Mund. »Nein, ist das schrecklich! Wie seid Ihr ihm entkommen?«

In wenigen Sätzen erzählte Dott von der Begegnung hinter dem Portal *im Roten Forst* und schloss mit den Worten: »Tatsächlich haben wir viel erlebt, seit wir Kandoria verlassen haben. Stellt Euch vor, jeder von uns dreien ist zu spät gekommen, alle drei Verstecke waren leer. Das heißt, die Zieheltern ermordet und die Kinder verschwunden.«

Helikons blasses Gesicht wurde noch blasser, doch sie fing sich schnell. »Umso erstaunlicher, dass Ihr es so weit gebracht habt. Belams *Prüfung* hat tatsächlich ihre Schuldigkeit getan und die fähigsten Recken hervorgebracht. Die Helden, die es gebraucht hat.«

»Ja, wir ergänzen uns gut«, stellte Marl fest, ausnahmsweise ohne sich besonders hervorzutun.

»Jetzt fehlt nur noch Gordyn, dann können wir diesem abtrünnigen Razuhl den Garaus machen und den Schattenstaub für alle Zeiten vernichten«, sagte die Novicia und ballte die Fäuste.

»Wir sind auf dem besten Weg, das dritte Kind zu retten«, sagte Marl.

»Das ist wunderbar. Ihr wisst, wohin es verschwunden ist?«

Dott schwieg. Bewusst überließ er es Marl zu antworten.

Eine Weile knisterte nur das Feuer.

Helikon hob die Hand. »NEIN, sagt es mir nicht. Was ich nicht weiß, kann selbst ein raffinierter Geistzauber oder eine brutale Folter meinem Kopf nicht entlocken – falls ich in Gefangenschaft geraten sollte.«

»Ihr seid eine mutige Frau«, befand Marl.

»Nein, nein, zu viel der Ehre. Ihr seid die wahren Helden. Gern möchte ich auch etwas beitragen. Was kann ich tun?« Sie blickte in die Runde.

Fehris legte ein Stück Holz nach.

»Ich mache Euch folgenden Vorschlag«, rief die Novicia. »Während Ihr nach Gordyn sucht, nehme ich Arn und Beryll in meine Obhut. Da sie aus besagten Gründen nicht nach Kandoria können, bringe ich die beiden an einen geeigneten Ort. Gar nicht so weit von hier kenne ich einen Gutshof mit vertrauenswürdigen Menschen. Dort wären sie in Sicherheit.«

»Ich möchte bei euch bleiben«, bat Beryll und kuschelte sich schläfrig an Fehris, die überrascht schien. Jedoch nur einen kleinen Moment, dann legte sie ihren Arm um ihre schmalen Schultern und drückte das Mädchen an sich.

Arn starrte stumm ins Feuer, die Schatten verstärkten die dunklen Ränder unter seinen Augen.

Die Kinder werden ganz schön hin- und hergeschubst, befand Dott. Das gefällt mir gar nicht.

Marl räusperte sich, um anschließend mit fester Stimme

vorzutragen: »Euer Ansinnen ist von Vernunft geprägt, doch wir haben mehrfach unser Leben riskiert, um Beryll und Arn zu finden. Und wir haben uns geschworen, sie zu beschützen. Sie jetzt wieder herzugeben, wäre ein zu hoher Einsatz und widerspräche unserem hehren Eid.«

Dott stellte erstaunt fest: Der lärmende Marl, der allzu häufig schneller prahlte als dachte, fand zum richtigen Zeitpunkt genau die richtigen Worte.

Helikon nickte verständig. »Das kann ich nachvollziehen und es zeigt, wie sehr Ihr Euch der Verantwortung stellt. Befindet sich das letzte Kind denn hier in der Nähe?«

Fehris schüttelte den Kopf. »Nein, ein weiter Weg liegt noch vor uns.«

»Seht Ihr, dies ist ein Grund mehr, mir die beiden zu überlassen. Die lange Reise wäre eine Qual für sie. Und es wäre ja nur eine Trennung, bis ihr Gordyn gefunden und zum Gutshof gebracht habt. Danach sorge ich dafür, dass Ihr immer in ihrer Nähe bleiben könnt.«

»Ich habe das nicht alleine zu entscheiden«, befand Marl. »Wir stimmen ab.«

»Natürlich. Das wird am besten sein.« Helikon lächelte. »Der Vorteil an einem Dreigestirn: Es gibt immer eine Mehrheit.«

»Wir sind fünf!«, erklärte Marl. »Und ich frage die Kinder zuerst, schließlich dreht sich alles um sie. Wollt ihr bei uns bleiben oder mit Helikon auf den Gutshof gehen?«

»Bleiben!«, sagte Beryll knapp.

Arn erhob sich, mit einem Mal wirkte er um Jahre gealtert: »Ihr mögt eine gute Frau sein, Helikon. Doch auch ich vertraue im Moment nur Fehris, Marl und Dott.«

»Dann müssen wir gar nicht weiter abstimmen,« sagte der Ziegenhirte. »Ich schließe mich den Kindern an.«

»Das sehe ich auch so«, meinte die Söldnerin und drückte die Kleine erneut an sich.

Der alte Pirat breitete die Hände aus. »Dann ist es entschieden, die Kinder bleiben bei uns. Erklärt uns doch den Weg zum Gutshof, und wir finden uns dort ein, unmittelbar nachdem wir Gordyn gefunden haben.«

»Ich respektiere Eure Vorsicht«, entgegnete die Novicia. »Auch ich riskiere viel, um Euch zu helfen, doch Ihr müsst mir vertrauen, schließlich habe ich Euch von Beginn an unterstützt.«

Im Schein des Feuers konnte es täuschen, doch Dott glaubte, eine ganze Armee Schatten über Helikons Gesicht laufen zu sehen und entgegnete: »›Vertrauen und Müssen schließen sich gegenseitig aus‹, sagte meine Oma immer.«

Fehris lehnte sich vor. »Helikon, zwar bin ich Euch immer noch dankbar, dass Ihr mir bei der zweiten *Prüfung* geholfen habt – ich weiß nicht, ob ich ohne Euch im Angesicht des Schattenstaubs auf *Hingabe* gekommen wäre – doch dies ändert nichts an unserer Entscheidung.«

»Auch den anderen beiden habe ich geholfen«, ereiferte sich die Novicia. »Beim Zweikampf auf Leben und Tod musste ich eingreifen, um Dotts Leben zu retten. Oder glaubt ihr, sein übermächtiger Gegner wäre kurz vor dem Todesstoß *zufällig* an einem Herzleiden gestorben?«

Marl hob den Kopf. »Tatsächlich?«

»Tatsächlich! Auch Ihr habt meine Unterstützung erfahren. Was meint Ihr, wer bei der dritten *Prüfung* in Belams Gemach für das Feuer auf den Wehrgang gesorgt hat?«

»Euer Werk. Dann haben wir es also Euch zu verdanken, dass wir drei siegreich aus der *Prüfung* hervorgegangen sind«, fasste der alte Pirat zusammen.

»Ja, deshalb müsst Ihr mir nicht vertrauen«, sie warf einen Blick randvoll mit Sauertopf auf Dott, »doch Ihr *solltet* es tun. Wir sind Verbündete und kämpfen für das Gute.«

Mit sorgfältig gerunzelter Stirn fragte Marl: »Sagt, Helikon. Warum habt zum damaligen Zeitpunkt ausgerechnet uns geholfen?«

Auf einmal kam es Dott so vor, als knisterten die Flammen in ihrer Mitte immer lauter. Ein Feuerwerk aus Knacken, Knallen und Zischen. Oder lag dies an der unheimlichen Stille, die sich über den Strand gelegt hatte? Sogar die Wellen schienen das Sichwellen eingestellt zu haben. Und das Atmen.

»Ihr … erschient mir am … geeignetsten für diese schwere Aufgabe«, erklang es schließlich gepresst.

Ganz untypisch spitzte Marl die Lippen. »Und das habt Ihr schon am ersten Tag der *Prüfung* erkannt, als Ihr Dotts Gegner … aus dem Rennen genommen habt?«

Helikons Gesicht gewann an Farbe und Furchen – Zornesröte und Zornesfalten. Und dann lief das Fass über. Ein unbeherrschtes Zischen entstellte ihre Stimme. »Weil ich dachte, dass Ihr die Ungeeignetsten seiet, die Schwächsten von allen Prüflingen, diejenigen, die keine Chance haben würden, auch nur die erste Etappe der Reise zu überstehen. Drei Dahergelaufene, die nichts, aber auch gar nichts in der *Prüfung* verloren hatten und bei allen weiteren Herausforderungen mit Sicherheit scheitern würden.«

Marl, Dott und Fehris sprangen gleichzeitig auf, die arme Beryll, die an Fehris gekuschelt geschlafen hatte, kippte in den Sand. Wie Gegner in der Arena standen sich die Erwachsenen auf einmal gegenüber.

Jetzt offenbart sie ihr wahres Gesicht, raste es Dott durch den Kopf.

Marl wirkte nicht sonderlich überrascht. »Ja, ja – so entlarvt sich ein vermeintlicher Zufall nach dem anderen als nichts anderes als berechnendes Menschenwerk. Doch meine Frage habt Ihr nur zu einem Teil beantwortet.« Eindringlich fuhr er fort: »Nun erklärt uns nur noch, aus welchem Grund Ihr uns drei Versagern damals geholfen habt.«

Die Novicia schrie: »Ich wollte, dass diese lächerliche Mission scheitert. Weil ich dem einzig wahren Herrn diene: Razuhl, dem Gebieter des Schattenstaubs. Nur er kann dieses verkommene Reich retten.« Sie streckte beide Hände gen Himmel.

Marl riss den Stab nach oben, grelle Flammen schlugen aus dem Holz.

Fehris nestelte nach ihren Sternen. Dotts Gedanken jagten durch seinen Schädel. Würde die mächtige Zauberin sie nun alle töten? *Nein, sie braucht uns noch für das dritte Kind. Razuhl will es. Warum auch immer.*

Helikons hysterisches Lachen schmerzte in Dotts Ohren. Marls Stab erlosch wie eine ausgepustete Kerze. Fehris stieß einen Schrei aus und ließ einen ihrer Sterne in den Sand fallen, als hätte sie sich daran verbrannt.

»Glaubt Ihr Kümmerlinge, Eure lächerlichen Artefakte könnten etwas gegen meine Magie ausrichten? Auch Belam, dieser überhebliche Eigenbrötler, hat mich jahrelang unterschätzt.«

Dott spürte, wie etwas seinen Geist und Körper umwickelte, denken und bewegen fiel ihm plötzlich schwer, so als wäre er in zähem Schlamm gefangen. Fehris und Marl schien es ähnlich zu gehen. Arn machte trotz aller Müdigkeit Anstalten, einen Zauber zu wirken … dann wurde es dunkel.

Der Ziegenhirte riss die Augen auf. Voller Grauen dachte er, der Schattenstaub hätte sie sich einverleibt. Oder war etwa das Leuchtfeuer erloschen? Doch dann entdeckte er wie den Mond im Nebel das Licht des Turms. Nur ihr Küstenabschnitt lag im Dunklen. Mit Sicherheit hatte Helikon irgendeinen Zauber gewirkt, der eine Glocke aus Schatten über sie gestülpt hatte.

Helles Kinderkreischen ertönte: »Nein, ich will nicht! Lass mich los.« Die Stimme kam aus Süden.

»Wo bist du, Beryll?«, rief Fehris und lief den Schreien hinterher. Nach Süden, genau in Richtung Schattenstaub.

Aufgeregte Stimmen der Magier schwappten vom Turm im Norden zu ihnen herüber. Die wunderten sich vermutlich über das schwarze Loch mitten am Strand.

Im nächsten Moment löste sich der Zauber in Luft auf, hell reflektierte der Sand unter Dotts Füßen das Licht des Leuchtfeuers. Doch in der kurzen Phase der Dunkelheit war der Schattenstaub bedrohlich nah an den Lagerplatz herangerückt. Mit wütendem Flüstern zog er sich jetzt unwillig zurück. Zunächst nur ein paar Handbreit. In seinem magisch vernebelten Verstand versuchte Dott, die Geschehnisse zu sortieren. Ihren Verdunklungszauber hatte Helikon genutzt, um sich die beiden Kinder zu schnappen. Gleichzeitig war der Schattenstaub näher herangerückt. Die Novizin hatte sich das zappelnde, kreischende Mädchen über die Schulter geworfen und zerrte den sich wehrenden Arn am Arm hinter sich her – in Richtung des schwarzen Nebels. Berylls angsterfülltes Geschrei zermarterte Dotts Hirn. Wollte die Zauberin sich mit den Kindern ins Verderben stürzen? Mit einem Mal tat sich in der schwarzen Mauer ein kleiner Tunnel auf – der Schattenstaub bildete eine Gasse, so als stünde er Helikon samt ihrer Beute Spalier. Die drei verschwanden darin.

Fehris erreichte die Öffnung als Erste. In diesem Moment schloss sich die Gasse, und die Wand aus Schattenstaub sah aus, als hätte es nie einen Durchgang gegeben. Die Gefährtin stockte, schluchzte und rannte dann weiter, bereit sich in den schwarzen Nebel zu stürzen. Sie würde die Kinder nicht aufgeben.

»NEIN!«, brüllte Marl, erwischte sie an der Schulter, knapp bevor sie den Schattenstaub erreichte. Mit der anderen Hand stieß er sie um. Schluchzend lag sie auf dem Boden und grub ihre Hände tief in den Sand.

Aus der Schwärze hörten sie Helikon rufen: »Beryll und Arn geschieht kein Leid, Razuhl hält den Schattenstaub von den Kindern ab. Aber nur solange ich es will. Also – wehe, Ihr bringt mir das dritte Kind nicht … Brecht unverzüglich auf und findet Gordyn! Wir treffen uns genau an dieser Stelle, und beeilt Euch, ich bin ungeduldig.«

Der Ziegenhirte wusste nicht, was er antworten sollte, genauso wenig wie seine beiden Freunde.

Verdattertes Schweigen, so lange bis Arns Stimme durch die Dunkelheit drang: »Tut, was sie sagt. Folgt uns nicht. Sucht nach Gordyn. Findet ihn!«

»Was willst du mit den Kindern?«, schrie Marl. »Was soll das Ganze?«

Es kam keine Antwort mehr aus der wabernden Wand. Ohnmächtig blieb das Dreigestirn zurück und mit ihnen die Stille. Helikon war mit Beryll und Arn verschwunden. Alle atmeten heftig, nur langsam fiel die Trägheit von ihnen ab, die Helikon durch einen hinterhältigen Zauber verursacht haben musste. Mit gesenkten Köpfen schlichen sie zum Feuer zurück.

Über Fehris' Wangen rollten Tränen. »Was ist da bitte gerade geschehen?«

»Diese hinterhältige Mistkuh!«, schimpfte Marl. »Gegen Helikon ist Beronga eine Heilige.«

»Nach dieser bitteren Lektion wissen wir immerhin, wer der Verräter ist«, sagte Dott. »Ob Helikon sowohl Belam als auch Lantbert aus dem Weg geräumt hat?«

Mit ruhigen Bewegungen klopfte sich Fehris den Sand aus den Kleidern, dann suchte sie Marls Blick. »Du hast dieser Heuchlerin nichts von Wichtigkeit verraten, und durch deine beharrlichen Fragen hat diese miese Schickse ihr wahres Gesicht erkennen lassen. Und nicht zu vergessen, du hast mich davor bewahrt, sinnlos im Schattenstaub zu sterben. Das hast du gut gemacht, mein lieber Freund. Richtig gut! Danke!«

»Nicht der Rede wert«, knurrte Marl. »Nur kann ich mich angesichts des Verlusts der beiden Kinder nicht so recht über dein Lob freuen. Wie konnten wir der nur so auf den Leim gehen?«

»Sind wir nicht«, widersprach Dott. »Schließlich haben wir ihr die beiden nicht freiwillig ausgehändigt.«

»Neue Fragen tun sich auf. Wofür braucht Razuhl die Kinder? Sie sind doch eine Bedrohung für ihn mit all ihrer

Macht, die sie zu dritt entfalten könnten. Laut Belam – und ich sehe keinen Grund, ihm zu misstrauen – können nur die Kinder des Lichts Razuhl mit vereinten Kräften vernichten.«

»Der Schurke hat irgendetwas mit den Geschwistern vor, ansonsten wäre es heute ein Leichtes für Helikon gewesen, sie zu töten. Oder auch nur eins von ihnen, denn das würde ja ausreichen. Ich glaube ihr, dass sie Arn und Beryll zunächst nichts antun wird. Es ist offensichtlich, dass Razuhl und Helikon für ihre dunklen Machenschaften auch noch Gordyn benötigen.«

Marl wischte sich mit beiden Händen durchs Gesicht. »Und nun? Wollen wir ihnen wirklich auch noch das letzte Kind auf dem Silbertablett liefern?«

»Marl, wir alle haben Arns Worte klar und deutlich gehört. Uns bleibt gar nichts anderes übrig«, sagte Fehris. »Wir werden ihnen schon noch zeigen, wozu die ungeeigneten, schwachen Versager imstande sind.« Sie glühte regelrecht vor Empörung und Entschlossenheit.

»Ich hätte es wissen können«, sagte Dott leise. »Durch mein Erlebnis im *Turm der Zeit.* Schon damals war sie Razuhl zugeneigt.«

Fehris winkte energisch ab. »Mach dir keine Vorwürfe, du hast es uns erzählt, und auch wir sind nicht auf den Gedanken gekommen, dass Helikon die Verräterin ist.«

»Das sehe ich auch so. Hinterher sind immer alle schlauer«, meinte Marl.

Grolli torkelte auf sie zu, im tiefen Sand wankte er noch mehr als sonst. Fragend brummte er von einem zum anderen. Wie sollte ein einfaches Fellwesen auch verstehen, zu welcher Niedertracht Menschen fähig waren?

»Wir finden zunächst Gordyn in den Eislanden, dann sehen wir weiter«, sagte Fehris und streckte ihnen ihre flache Hand entgegen.

Dott legte die seine obendrauf, um im nächsten Augenblick die schwieligen Finger des alten Mönchs auf seinem Handrücken zu spüren. Wind wehte dem Ziegenhirten um die Ohren, oder hörte er das Rauschen seines Blutes? Das Blut des Dreigestirns. Schweigend schworen sich die Gefährten ein – entschlossener denn je.

Weiter gehen die Abenteuer von Fehris, Dott und Marl im dritten Band der Schattenstaub-Saga.

Mehr Infos dazu unter:

weltenbauer3.de

samfeuerbach.de

mira-valentin.de

gregwalters.de